读客® 知识小说文库

读小说，学知识

简墨
A SONG OF THE CREATOR
造物者之歌

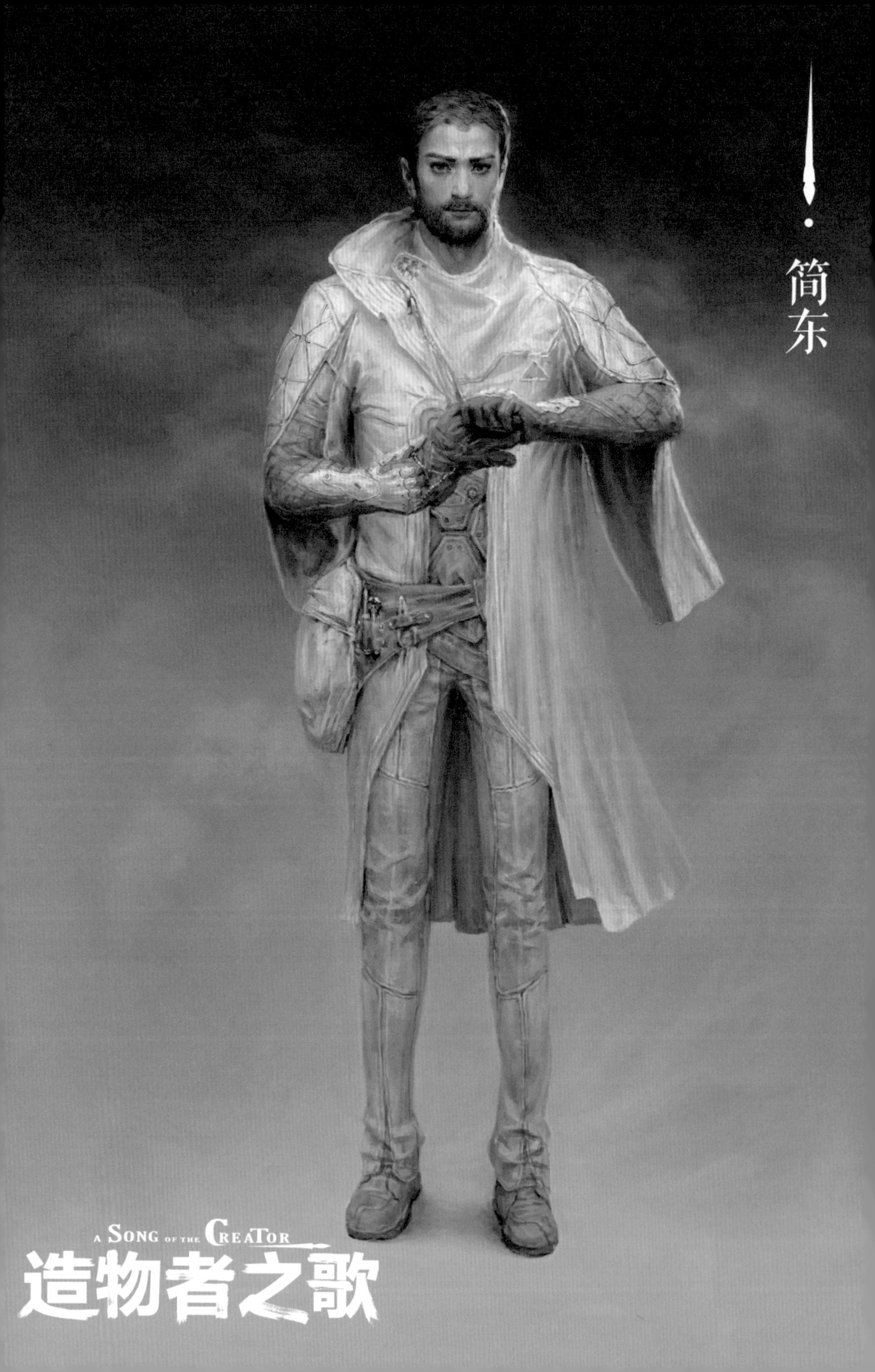
简东
A SONG OF THE CREATOR
造物者之歌

简要
A SONG OF THE CREATOR
造物者之歌

轻音
A SONG OF THE CREATOR
造物者之歌

A SONG OF THE CREATOR

造物者之歌

狷狂 著

上海文艺出版社

图书在版编目（CIP）数据

造物者之歌 / 猬狂著 . -- 上海 : 上海文艺出版社，2019.7
（读客知识小说文库）
ISBN 978-7-5321-6998-6

Ⅰ . ①造… Ⅱ . ①猬… Ⅲ . ①长篇小说—中国—当代 Ⅳ . ① I247.5

中国版本图书馆 CIP 数据核字 (2019) 第 013219 号

责任编辑：毛静彦
特邀编辑：袁莹莹　　陈朝彦
封面设计：蒋咪咪
插画设计：周　玮

造物者之歌
猬　狂　著
上海文艺出版社出版、发行
地址：上海绍兴路7号
电子信箱：cslcm@publicl.sta.net.cn
网址：www.slcm.com
新華書店经销　三河市龙大印装有限公司印刷
开本 680毫米×990毫米　1/16　18.5印张　字数 287千字
2019年7月第1版　2019年7月第2次印刷
ISBN 978-7-5321-6998-6/I.5593
定价：48.00元

目 录

第一章　**神奇的造纸展览** / 001

无数巨大如同店铺凉棚的绿色树叶，层层叠叠的，从各个方向，自脚下向天空徐徐延展。纯净的蓝天就在这深深浅浅的青枝绿叶中随性地穿插。简墨的视角中，脚下依旧是普通的白色大理石地板的石纹，但树皮的褶皱却通过脚底的触觉清晰地传递到意识里。人身等高的蝴蝶在树枝间飞舞，一落到树枝上，就化成统一着装的会场工作人员。

第二章　**贩卖私货的六街** / 023

木桶区的弃纸尤其的多。隔三岔五的就会有被旧衣服裹着、破背包装着的，甚至全身赤裸的纸婴在清晨的街头被人发现。如果有人想要收留，就必须在七点前去捡回来。否则七点后垃圾车路过的时候，会把这些呼吸尚存或者已经冻死的孩子铲进垃圾车，带去谁也不想知道的地方。

第三章　**清街和谋杀** / 040

步步逼近的威胁和恐怖从脚底蹿上脑门，将他团团包围起来，激得简墨全身血液都变得滚烫，他猛地握紧胸前的银链：自己还从来没有经历过这样生死系于一刻的阵仗呢——平常和三儿在六街与人打架和这种狙杀根本就不在一个层级！

第四章　**石山中学接触造纸 / 050**

二次纸原战争前，已经有专门教授造纸的专科学校出现。为了更好地培养造纸人才，造纸已经成为政府承认并鼓励发展的专业学科。而作为造纸核心和灵魂的造纸师越来越受到重视和尊敬，收入和社会地位一路飙升。有造纸天赋的孩子成为所有家庭和学校一致看好的培养对象。

第五章　**纸人造生节 / 078**

纸人的造生节上，如果想对某个人表达祝福，便用制成魂笔模样的普通墨水笔蘸上青蓝色墨水，在被祝福者的皮肤上写下“天赋祝语”，可以在手上，也可以在其他裸露的部位，这种仪式象征着祝福的“添加”，希望被祝福者的未来如同“天赋祝语”一样美好。规模盛大一点的聚会，所有的参与者会一起穿上淡黄色或者白色的传统衣物，让祝福者直接在衣服上书写“天赋祝语”。

第六章　**写造原文风波 / 094**

此帖一出，围绕简墨的风波骤起。传统派的写造原文无论在网络还是书店都很难见到。之前写造老师对简墨评价很高的传闻在学生间流传已久，但简墨一直不肯将自己的文稿公开，造成许多学生认为简墨不过是故作神秘、自抬身价，根本名不副实。直到帖子出来，所有质疑的声音都消失了。

第七章　**天赋测试 / 118**

简墨声音听起来带着一丝好笑，但心里其实是在嘲笑自己：难得他挣扎着过了自己这一关，打算认真对待这次天赋测试，结果最后要在这里翻船？如果一开始就发生这茬事情，他也就罢了。可他已经决心要赴这场荒谬到极点的约会，所有的环节都在有条不紊地准备着，这时却杀出一只拦路虎来，叫他怎么甘心！

第八章　**初窥之赏 / 134**

他感觉自己正飘在无尽的宇宙中央，周围有许多星星点点的荧光在浮动，有的明亮如皓月，有的微弱如萤火，有的灵动如精灵，有的旋转如陀螺……远远近近，如幽暗的海上漂流着的发光藻类。从小到大，梦见这样的场景已经不是第一次：真实的星空虽然同样浩渺无际，却给人空灵寂寞之感。而这一片星海，却让他感觉到蓬勃的生机，就仿佛那些星星是有生命的。

第九章　**简要的意志 / 152**

“其实叫什么都不重要。但为了将来少些麻烦，我们可以选择一个对外最便利的关系。”简要显然看出简墨的尴尬，微笑着解释，“反正您总有一天是要认回我的，到时候我得有一个合适的身份待在您身边吧？您怎么向其他人解释，我一个上得了讲堂、下得了厨房、打得过特警的社会精英，会待在一个毫无背景的少年背后呢？”

第十章　**复原社的袭击 / 167**

男子一走出屏障，身边的空气便快速旋转起来，以他的立足之地为风眼，转瞬之间形成了一个小规模的龙卷风。几乎在龙卷风成型的同时，男子便感受到有东西向自己飙速而来，并且是很多个，从四面八方直扑过来，仿佛他是一块人形吸铁石，吸引着周围的磁石到来。然而这些如同子弹一样弹射过来的物体，一靠近风域边缘便脱离了原来的轨道，顺着旋涡的风向改变方向，然后被卷上天空，不知抛向何处。

第十一章　**简墨的抉择 / 178**

简墨终于深刻地意识到：他就像一只蝙蝠，既不是真正的禽鸟，也不是纯粹的兽类。无论是站在原人这边，还是纸人那边，他都与周围的世界格格不入，好似混入白色羊群中的黑羊，永远找不到自己的同伴。“我是谁？我应该站在哪边？”

第十二章　**诱饵封玲** / 192

能隔空控物的异级如同简墨预料，没有放弃对他的追杀。除了如同流星雨袭来的大小石块外，路边陆续被击断的电线杆、广告牌、路灯……都如同发生了地震一样，向马路中间奔跑的简墨争先恐后地压过来。甚至当他跑过附近一座石拱桥的时候，湖水海啸一样暴起十几米高的巨浪，连同水中鱼一起向他拍了过来。

第十三章　**复原社报复升级** / 206

尖锐的玻璃碎裂声和重物倒塌粉碎声接踵而至，噼里啪啦的断裂声，轰轰的倒塌声，让人担忧是不是整栋房子都要坍垮。而几乎同时，强劲气流带来的粉尘，扬满了这间本来就不怎么宽敞的甜品店。甜品店里都是些十几岁的学生，哪里见过这样的场面，齐齐发出惊恐的尖叫，连爬带滚地向外跑了出去。

第十四章　**造纸比赛** / 241

会有多少生命从这群学生的笔下诞生呢？会是漂亮娇俏的少女、高大威猛的青年，还是慈祥可亲的长者、温柔细致的妇人……如果他们中间有天赋超人的家伙，或许还会写出非常出色的人物：浪漫的诗人、优雅的钢琴师、严谨的科学家、激情的舞者……

第十五章　**魂力暴动** / 255

这是什么样的……光啊？如同极光一般清澈盈亮，以玉壶高中为中心，环形波一样猛然扩散开来，一瞬间就覆盖了视野中的整个天空，与视网膜上的景致重合在一起。波动周而复始，如同海浪一般，在星海之中有力地推进，连蔚感觉自己也在随着波动不由自主地颤抖。

第一章
神奇的造纸展览

1 不请自来的客人

“那是什么？”监控室里的一名安保突然眯起眼，盯住其中一块监控屏幕。

他的同事凑过头来：“怎么了？”

安保指着屏幕中空无一人的通道，有些不确定地说：“刚才这块墙，好像动了一下？”

同事乐了：“墙怎么能动，你眼花了吧？”

话音刚落，这条通道中突然出现一抹黑影。两人一惊，随后又放松了下来：一只黄色的虎斑猫正跑过通道。

“你刚刚看见的是这只猫吧？”同事起身，“是不是太困了，我去冲两杯咖啡来吧。”

安保皱着眉头盯着屏幕：明明是墙壁……好吧，或许是我太疲倦了。

揉了揉眼睛，他听见同事在背后惊讶道：“这猫怎么跑我们这里来了？”

怎么可能！刚刚那段通道距离至少有七八分钟的路程呢！

安保心底蹿起强烈的不祥之感，立刻转头看去。只见监控室的墙面一瞬间如同有了生命，快速蠕动起来，将同事整个人都卷裹了进去。

“啊——”两杯咖啡猛然摔到地上，褐色的液体连同碎裂的瓷片迸落满地。

安保惊慌失措地后退半步，左手下意识藏到背后，摸向桌上的警报按钮，却不知道那只黄色的虎斑猫正蹲在按钮旁边，身形不断抽长……

距离这里直线距离不到两百米的大门岗亭，两名安保正在闲聊，对监控室发生的事情一无所知。

“还有一个小时天就要亮了。坚持一下，马上就换班了。”大门口岗亭里的老安保对年轻的安保说。

“他们这是有病吗？”年轻安保眼睛都快睁不开了，“又没什么贵重物品，用得着连续一个星期二十四小时警戒吗？还什么一只苍蝇都不能放进去！哼，开什么玩笑，我们又不是异级纸人！”

“人家到底是李氏，讲究点也正常。”老安保拍拍年轻安保的肩膀，“别抱怨了。人家办公室的小姑娘最近不也和我们一样天天加班吗？”

年轻的安保闻言瞟了一眼建筑中灯光犹亮的几间办公室，心里稍微平衡了点：“班长，李氏怎么会跑到我们这鬼地方来办展览？他们到底怎么想的啊？”

“我怎么知道？也许有什么特别的用意吧。”老安保耸耸肩膀，对追寻这个问题的答案并没什么兴趣，“实在撑不住，就闭上眼睛眯一会儿。有事我叫你。”

监控室里的设备还在继续工作，不过里面的人却已经不同了。

“这栋楼的人都清理干净了吗？”一个轻柔的萝莉音响起。这声音听起来稚嫩，但是这里没一个人真敢把声音的主人当成不知世事的小女孩。

“‘变色龙’已将所有人都关进档案室。”一个年轻男子迅速回答道，“那地方偏远，很少人去。”

“很好。”萝莉音女孩声音没有起伏地表扬，“副队，你留在这里监控全局。其他人由‘猫’对应这些人的样貌做好伪装。尽量不要再惊动更多的人，但万一被发现破绽——”

萝莉音女孩琥珀色的眼眸瞟了一眼旁边的墙壁：“‘变色龙’，就交给你了。”

监控室的墙壁又蠕动起来，仿佛是在回应她的指令。

“是——咦，队长，这里有两个小家伙！”年轻男子突然定睛在某块屏幕上。

画面立刻在主屏幕上放大：两个十五六岁的少年，偷偷翻过栅栏，然后飞快地躲到最近的一栋建筑里去了。不知道是运气好，还是有所准备，两个少年一路居然巧妙地避开了三波巡逻的安保，最终躲进了最大展厅所在建筑的一间……

男卫生间里。

“是李氏展览主会场那栋楼。”年轻男子疑惑道，“这俩小孩——是想逃票？”

李氏造纸研究所的展览门槛素来不低，一向需要邀请函才能进入。有钱也拿不到入场券的大有人在，因此逃票的参观者也不是没有。

萝莉音女孩没有立刻回答，似乎在比较到底是留下他们带来的威胁更大，还是赶走他们导致暴露的风险更大。最后她决定道：“别管他们。需要的时候，就推出来做个烟幕弹。大家各就各位，务必打李氏一个措手不及。”

李氏展览主会场一楼的男卫生间。

“还有半个小时才能出去啊。真希望时间快点过去。”隔间里一个瘦高少年正瘫坐在马桶盖上，短发泛着不健康的黄，一双眼睛却嫌机灵得有些过头。他侧头向隔壁的人抱怨，“闷死了。”

这栋老旧的会展中心通风效果并不怎么好。两人凌晨五点就进来了，到目前为止已经在这个卫生间待了四个多小时。值得庆幸的是，隔间里都是抽水马桶，否则要在这个气味难以言喻的狭小空间里呆站四个小时，可不是一般难熬。

另一个隔间里的少年正合眼抱臂靠在隔板上养神。他年龄与黄发少年仿佛，同样等了这么久，却没有流露出丝毫焦躁。少年的头发略长，低头的时候额前发正好盖住了左边半张脸。若是仔细观察，便能发现被遮住的左眉眉尾有一处细细的断口，像是被什么划破的旧伤。但此时这道断口被眉笔细心地修补完整，显然此行之前，少年将相貌做过伪装。

断眉少年名叫简墨，今年十六岁，与死党封三来自木桶区六街。两人对李氏造纸研究所在木桶区办的第一场展览都非常感兴趣。既没门路又没钱的他们，便胆大包天地想到在黎明之前偷偷潜入会场，以此逃掉门票的主意。

虽然前期的等待是枯燥难耐了一点儿，但到目前为止一切还算顺利。此时是上午十点，正是今天展览的入场时间。简墨事前已叮嘱过好友，只有当展馆里人足够多的时候他们才能出去，这样被发现的概率会低很多。

“四个小时都等了，还差这半小时吗？”他心不在焉地安抚着。

简墨没有自己的死党神经那么粗。即将看到李氏展览的兴奋并没有抹消他内心的担忧和警惕。两个没钱没势的小人物逃票，一旦被展览方发现，肯定会吃不完兜着走。三儿是原人，最多被罚些钱了事。但简墨自己，搞不好会被送进纸人管理局，好好“教育”一番。

这便是纸人和原人的区别待遇，现实且残酷。

100 多年前，一场世界性大洪水淹没了地球 80% 的陆地，带走了 90% 的人类。洪水退去后，泛亚共和国成立。因华人幸存者最多，于是决定以夏为纪元，又因华夏文明上下五千年的说法，将洪水退去的那年定为夏历 5001 年。大洪水退去后的第五十三年，即夏历 5053 年，造纸之术为纸人之父李青偃所发明，并公之于世。

一支魂笔，一管点睛，落笔于诞生纸，投之于孕生水，一个生命就此诞生。

纸人的出现正好弥补了大洪水这场全球性灾难对人口数量几近毁灭性的掠夺。如果单靠人类自然繁衍来提供劳动力，即使有灾前紧急留存的科学技术为基础，至少也需要数百年甚至上千年时间，地球才可能重新恢复大洪水前的景象。但纸人的到来，却使这一进程经过短短百余年就完成了。

尽管纸人对全球复兴进程有着不可磨灭的贡献，《纸人权益法案》自夏历 5087 年就正式启用了，主流媒体从来不会直接发表任何歧视纸人的言论，但事实上，纸人卑微又窘迫的处境，似乎从没有发生根本上的变化。这一点无论谁都心知肚明，包括纸人自己。

简墨七岁时，看到六街其他原人小孩被父母带去上学，也闹着要简爸带他去。简爸没有办法，只好把他带到了木桶区小学。

他直到现在也忘不了，那位招生办老师看到自己档案本时的表情。原本天使般微笑着的面孔，仿佛瞬间被漫天乌云遮住，没有了一丝阳光。

“纸人？”她的目光仿佛黑夜里探照灯的灯光，从简墨的头顶高高地照射下来，将他整个人笼罩。说服简爸的欣喜雀跃，不用再被当面炫耀的洋洋得意，在这一刻全都消失不见了。虽然对方只说了两个字，却让简墨感觉自己变成了废弃物一样的东西。

“是什么让你觉得，”简墨感觉她的目光从他身上收回来，抬高扫向他身后的简爸，“我会让低贱肮脏的小老鼠坐到教室里上课？嗯？”

简墨没听到他爸说话，却感到被简爸按着的双肩猛地一紧。

那位女老师用拇指和食指捻起档案本的一角，嫌弃无比地将它拎起来，向外一甩。档案本翻飞着，掉到门外，好巧不巧地被一个家长牵着走进来的小男孩踩了个正着。本子与地面急促摩擦，发出一声尖锐刺耳的“吱啦——”

那小男孩抬头看到简墨，立刻瞪大了眼睛：“你怎么会在这里？”接着他又看到简爸，“你，你不会是来报名的？被赶出来了吧？哈哈哈，你还真以为自己能够与我们这些原人一样……我可是我妈妈辛辛苦苦十月怀胎才生出来。你不过是一张纸，几分钟就写出来了。虽然有个人样，但充其量不过是个人形的小动物。不对，人家小动物也是生出来的——应该说是人形的机器，就像家里的吸尘器或者电饭煲。哈哈哈，你见过谁家的吸尘器或电饭煲来上学的？真是太好笑了，哈哈哈哈哈……明天我一定要告诉其他人，哈哈哈……”

如果是以前，简墨想都不用想，扑过去就揍。但那个时候，他却只能低着头，在那一片嘈杂无比的笑声包围中，默默捡起破了的档案本，跑出了那所小学。

原本，简墨那天计划从学校一回去就找到这个男孩，对他大声说：“上学有什么了不起的，我还不是一样能上……”

虽然那天的简墨以为，自己已经把一辈子要受的羞辱和难堪都受完了。但后来事实告诉他，这最多只能算个开始。

不过话说回来，被展览方发现然后关进纸人管理局，还不是他目前最担心的事情。

简墨盯着门背后一小块脏兮兮的小广告贴纸，第十七次用眼神去描绘它的形状了——他很努力不去想，如果他爸知道自己今天跑来看了李氏的造纸展，最后还被人抓住了，脸上会是什么表情。

其实，李氏造纸研究所来他们居住的木桶区办展览这件事，简墨一开始是不相信的。

李氏是谁？那是全泛亚历史最悠久、规模最大、综合实力排名第一的造纸研究所。举个简单的例子，简墨工作所在的楚中市电子加工厂，员工上千，年销售额过亿，可他们的老板与李氏最普通的初级研究员，恐怕连个握手的机会都没有。

而木桶区又是什么地方？那是楚中市最混乱的一个行政区。

“一打领带二牵狗，三无胖子四起晚。五家小伙壮如山，六楼纸香十里传。”

这首描述木桶区六个主街区的歌谣，这里所有的小孩都会唱。

一街和二街与楚中市其他地区一样，可以正常上班悠闲生活。三街却是各类禁药泛滥，即便是土著也不敢在这条街乱吃东西，自然不会有胖子。四街的原居民们，则多在下午两三点起床，摆出妖娆的姿态，站在街头或窗口迎接各自崭新的一天。五街孔武有力的男性占了多数。在这里，只要五百块，你就可以让你看不顺眼的人在医院里躺上两个月。

简墨居住的六街表面上看，与一街二街一样，甚至时不时会出现一些普通人可能一辈子都不会见到的大人物。那是因为这条街道私贩的纸货在整个楚中市都是有名的，四大造纸工具，还有其他与造纸相关的货物，品种多又便宜。

只要找对人，同等商品拿到的价格，比其他地方正规商店里的要便宜二成到五成，甚至七成都有可能。这些私货多是有熟络关系的人，从造纸工具的制造工厂里私下接过来的，也有从个人小作坊里收购的，甚至还有零星从手工制作师手上收购的高级货。本市的造纸师中图便宜的、胆子大的、图新鲜的，时常会来这里淘货，从市外“慕名”而来的也不鲜见。

自《纸人权益法案》即“二次协定”，明确规定禁止私自造纸后，造纸相关的产业都受到了监督和管制。没有官方许可，制造、运输和买卖造纸相关产品均属于非法。罪名一旦成立，监禁五年起步，二十年封顶，没收一切非法所得。

只是法律的阳光永远照不到阴影中的交易。

预定的时间到了，简墨正打算叫上封三一起出去，卫生间里却进来两个保洁工。

“接了李家这么大一单，连多请两个人帮忙都不肯。我们黄经理这人，真是勤俭持家！”一个人讽刺道。

“早就预料到了，我一点也不意外。”另一人叹了口气接着道，“话说这来的都是市里有头有脸的人物，也没见素质多高。才多长时间，就搞得到处脏兮兮的。”

等到两人离去，简墨和封三同时打开了门对视一眼。

“这倒提醒我们了。”封三咧开嘴。

简墨心照不宣地笑了笑。

两人从清洁间里偷偷取了两套清洁工作服，又各拿一套工具，大摇大摆地出去了。他们事先背过会展中心的平面图，因而不费吹灰之力就找到通往展览大厅的最近通道。

然而意外出现了，平面图所标的展览大厅入口居然不在这条通道上——整面崭新的淡蓝色墙面上找不到一丝裂痕，更别说一条通道了。

两人面面相觑。虽然他们事先做好了实际可能与计划不符的心理准备，但也没想到这么快就碰到了。

“看来我们得另找一条通道了。”封三低声说。

“等等。”简墨仔细观察着墙壁和四周的环境，不想这么快放弃了。他爸说过，当预估情况与实际情形不符时，有可能是事情真的发生了变化，也有可能是别人故意布下的疑阵。

简爸是楚中市电子加工工厂的高级电子工程师——一名普级纸人能够坐稳这个职位，技术无疑是相当的过硬。简墨向来不掩饰自己为爸爸的技术感到骄傲这件事，同时暗觉他爸的头脑和见识水准更在技术之上。

这时，一位打扮入时的女士正向他们这个地方走过来。她大概是刚从对面的女洗手间出来。

女士一靠近墙壁，平面图所标入口处附近的墙面忽然发生了变化：如同有石子投入平静的湖面一般，淡蓝色的墙面上荡开一圈圈涟漪，淡蓝逐渐转为碧蓝，墙体变得通透深邃，如同汪洋大海被刀切割下来的一块。

随着女士步步接近，入口处如同摩西分海般，澄碧的海水向两边齐齐退去，露出一条铺着洁白海沙和贝壳的通道。

女士显然已经见过这场景，也不惊讶，优雅地提起裙角，踩着高跟鞋，依依袅袅地走了进去。分成两半的海水随着她的远离，如同台幕一般闭合，还原成浑然一体的大海。最后涟漪消失，墙面又变成了没有任何异常的淡蓝色。

简墨看呆了。

封三表现得比他更直接，双眼放亮地惊叹：“天哪！太帅了！真不愧是李氏！”

简墨很快收拾好自己的情绪，冷静地盯着墙壁观察：为什么他们靠近的时候，这墙面没有任何变化？莫非是这种模拟海洋的异能同时还能够辨别来人的身份——参观者肯定是凭入场券识别。展馆的工作人员是不是也发放了身份识别的物件？

如果是这样，想要混进去，可就麻烦了。简墨想到这个可能，不由得大皱眉头。他不甘心地伸手摸了摸淡蓝色的墙面，顿时察觉出异样：墙面触手粗糙，不似看上去那般平滑。

心念微微一动，修长的手指轻贴墙壁，简墨一路向着刚刚女士进入的地方走去。快到目的地时，他感觉手指突然陷空，定睛一看，果不其然：视觉上手指完全没入墙面，就好像突然会了穿墙术一样。

简墨心中一松：入口通道的位置并没有改变，只是被异级纸人使用了障眼法。当手持门票的参观者靠近，海洋通道的视觉效果才会展现。而工作人员对展览大厅的布局本就熟悉，又被提前告知，自然也是出入自如。

看来李氏也觉得，这么一场小小展览，还不需要安排那么严谨的身份筛查，简墨想。

“两个小家伙倒比队长运气还好。”副队长躺在监控室的靠椅上扬了扬眉毛。

这时，门开了。

“队长。”副队长见到来人，心思立刻拉回到正事上，“接下来怎么办？对方很谨慎。”

“我也没想过第一次接近他们就能成功，好歹是李氏。”萝莉音队长平静地看一眼监控屏上的时间，“15 分钟后，‘变色龙’在那一层电路上做点手脚。等到中央空调无法供冷了，他们会需要会展的人跑一趟。”

说话间，萝莉音队长已经脱掉身上清洁工工服，换上一套白领职业装。

“需要让‘猫’过来帮忙吗？”副队长见女队长在监控室里旁若无人地换装，忙转过头，盯着桌前的二十多块屏幕目不转睛。

“不用，他正忙。”萝莉音队长掏出不知道从哪里“顺”来的化妆包，十分钟后让自己相貌年龄成熟了五六岁。

“其实……队长，我有点不太明白。我们为什么非要选择李氏入手？”副队长背对着萝莉音队长问，“这个起点是不是有点高了？”

“当一朵烟花在夜里炸开的时候，你会注意地上一根被点燃的导火线吗？”萝莉音队长反问。

“您是想把李氏的造纸师当成烟花点了，好让其他人不会发现，我们真正的目的是引爆火药库。”副队长恍然道。

“是，也不是。”萝莉音队长左手一握，关上的化妆盒发出“咔”的一声，“火药库当然最重要。但烟花，也不能放过。”

“队长一石二鸟，果然高明。”副队长偷偷斜目瞟了一眼，看见气质大变的队长，生硬地拍着马屁，“队长这次肯定能够成功。”

“如果断一次电还不够，就断两次、三次。断电不行，就再给他们制造点别的麻烦……直到把那两个造纸师逼出休息室为止。”萝莉音队长最后掏出一副金丝眼镜戴上，光亮的镜片后一对明净的琥珀色眼眸看向主屏幕。

两个不请自来的少年穿着清洁服，游荡在展览大厅中，不时清理下垃圾，不时又驻足在某个展位前，看得两眼发直，仿佛灵魂要飞出体外。

2　李氏的造纸展览

“空调一上午就罢工了两次。安检门现在也坏了快一小时了，你们展馆难道穷到连个像样的设备修理工都招不起了吗？”贵宾休息室里，穿着浅灰色西服的中年男子一脸怒容地按挂电话。

他转身向旁边沙发上翻着杂志的女研究员抱怨：“小黄，你说说，上面是怎么想的？到哪儿开展览不好，非要在这么个穷乡僻壤开？”

“既然是所里安排的，许老师就受点累吧。”这位女研究员显然也想不明白原因。

被称为许老师的男子当然心里清楚，同事也不可能知道答案。他无奈地叹了口气，火气稍微消了些：“你倒是轻松，只管纸人就完了，其他所有杂事可都是我一个人扛着呢，年轻人怎么不知道积极主动一点。”

“我一个初来乍到的初级研究员什么都不懂，哪敢瞎逞能。许老师，您可是中级研究员了，我这趟出来不正是要跟您多学习学习嘛。”女研究员冲他笑笑。

虽然明白这是女研究员的刻意恭维，但这番话确实让中年男子心里舒坦不少，不再纠结她躲懒的话题。

他看了一眼手表，叹了口气：“算了，我还是下去盯着吧。不亲自看着，怕是要等到今天展览结束了都弄不好。”

简墨不知道这场展览的主办方正为会场设备频频故障而大动肝火，此刻的他就像一个没见过世面的土鳖，贪婪地睁大了眼睛看着整个展厅，每一处细节都舍不得放过。

虽然简爸允许简墨同许多六街的小孩一样，偷偷地摆摊贩卖纸货，还亲自教导过如何制作魂笔，调制点睛。但只要涉及到写造这一块，哪怕只是沾一点边，简墨都被简爸明令禁止接触。

六岁那年，简墨因为好奇，独自一人跑去玉壶区，看了一家造纸研究所做的路演。那场路演规模并不大，前半段技术介绍他听得半懂不懂，后面的表演却让简墨大开眼界。

虽然那些表演者与他同属纸人，却不是他这种看起来与原人没有两样的人类:他们有的不借助任何道具，就能够在天空中自由地翱翔;有的只是站在那里，突然就和周围的景物融为一体，像变色龙一样；有的能够操纵火，用火焰在空气中“写”出一行行文字；有的能够控制水，在路演现场直接下了一分钟的毛毛细雨……

那天回家后，简墨挨了他有生以来第一顿揍。

他起初以为是因为自己随意乱跑而挨的揍。可简爸揍完后，才一字一句地警告他：以后绝对不许参与任何与写造有关的活动，绝对不许看任何与写造有关的书刊、电视，绝对不许……总之，凡是能让他了解写造是什么的东西，都绝对不可以接触。

简墨到现在还清晰地记得，小时候的自己一边抹着眼泪鼻涕一边不明白地问：为什么别人家的小孩都可以，他就不行？简爸的回答是：没有原因。简家的规矩就是如此。

这是什么破规矩？

简墨已经不记得自己经历多少顿揍才记住了这条规矩，但从那以后，他就没有再触碰过。其实他已经这么大，就算挨一顿揍也不会感到多害怕多难堪。只是小时候那么多顿揍让他牢牢记住：世界上唯有这件事情，是他爸最最讨厌他做的，也是他此生不能触及的禁区。

而简墨现在正站在这片禁区之中，觉得就算今天回去后被他爸揍十顿，也值了。

抬起头，入目而来的不是原本有机玻璃铺就的透光天花板，而是美得令人心悸的一抹蓝：清亮、澄透，没有一丁点杂质，仿佛是从完全没有受过污染的大海里提取的一汪精华，又仿佛是最上等的蓝宝石融炼成的颜料。美得那么极致，纯得那么天然，让人有一种不敢轻易触碰的脆弱感。

薄薄的白色云雾就在他身边飘浮着：有的伸手可及，有的高不可攀，有的从脚底飘过……云雾擦过皮肤时，他甚至能够感觉到清凉的湿意。

然而，能看得到的天空，还只是展馆里极小的一部分。

无数巨大如同店铺凉棚的绿色树叶，层层叠叠的，从各个方向，自脚下向天空徐徐延展。纯净的蓝天就在这深深浅浅的青枝绿叶中随性地穿插。简墨的视角中，脚下依旧是普通的白色大理石地板的石纹，但树皮的褶皱却通过脚底的触觉清晰地传递到意识里。人身等高的蝴蝶在树枝间飞舞，一落到树枝上，就化成统一着装的会场工作人员。不想走路的参观者，坐着不同种类的大型毛毛虫来回穿梭；想到高层或者低层的树枝去，则可以在鸟巢边等待，在工作人员的带领下坐上百灵或者啄木鸟……

偶尔穿过云层的太阳光，将树枝上盛开的白色花朵映照成半透明的淡金色。清风刮过的时候，花朵会旋转着坠落下来。如果正好砸中一位参观者，花瓣便碎成大团大团的金粉，伴着阵阵淡雅清新的香气悠悠地散开。

被砸中之人的妆容和衣服，在视觉上会立刻发生变化。男性多半会变成背着宽剑的英武骑士，或是穿着符文法袍的神秘魔法师，女性则通常变成拥有白色翅膀的天使或者尖尖耳朵的美丽精灵，小朋友则会长出各种可爱小动物的耳朵和尾巴。穿着各式各样奇特衣物的参观者，他们在展馆中仿佛是来自小人国的居民。在巨大树叶下搭建的展台前参观，脸上无不洋溢着惊奇和欢乐的表情。

笔直通天的巨大树木和穿梭于其中的各种生命形态，构建了一个奇幻逼真的小世界。这让简墨立刻想到他的那本老旧阅读器里，东方神话故事所记载的建木[1]，以及西方魔幻小说里描述的魔法师和精灵等。

1　建木是上古先民崇拜的一种圣树，沟通天地人神的桥梁。

那本老旧阅读器是简墨识字后简爸给他的，里面存储了上万本电子图书。虽然他爸从来没有提过这本阅读器的来历，也禁止他向任何人透露阅读器和里面记录的东西。但是简墨知道，阅读器里存储的，都是大洪水前地球上曾经有过的书。

据说那个时候有很多很多的书，多到一个人几十辈子都看不完。但因为大洪水的到来太过迅猛，除了与人类生存息息相关的科学技术作品外，只有一些最经典文学作品勉强得到了保留。绝大多数的文学作品都湮没在了那一场全球性的大灾难中。

这本阅读器里的图书对于个人来说不算少，但对大洪水前的旧纪元，只是浩瀚星空的一角而已。然而这不多的书，已经是他童年最爱的，也是为数不多的消遣之一了。

阅读器里的书种类比较杂，小说故事居多，有部分自然科学与历史军事类的书，还有少数工具书。从他开始认识这个世界起，这些书就像无数个拥有独立思想却没有任何私欲的老师，从各个方向各个层面影响着他、引导着他，让他学会用不同的角度、不同的思维方式看待这个世界，让他体会各式各样的人生经历和情感历程。

简墨很喜欢这些书，其中特别喜欢的，他甚至能够背下来。因为简爸的要求，简墨从来没有把书里的内容讲给其他人听，但不可否认，这些书对他的影响是巨大的，甚至会让他身边的人时常觉得他的想法太过另类，甚至无法理解，比如三儿，有的时候还包括简爸。

而那些别人看来天真或者荒诞的想法，简墨却觉得，世间一切本该如此。若硬要说有什么不对，那也是这个时代的不对。

首先有一样不对的地方，就是对文学创作的态度。

全球复兴的进程中，落地几乎就是现成劳动力的纸人，无疑能够发挥极大的推动作用。为了让世界尽快回到灾前水平，新纪元的人们逐渐形成了这样一个观念：所有的文学创作，不，所有的文字创作，如果不是为了造纸，就是一种罪大恶极的浪费。

简墨从小拥有这本阅读器，并没有感受到这个观念给整个社会带来怎样难以逆转的后果。等到他长大了才发现，不仅仅是六衔，整个木桶区，乃至木桶区之外的世界，几乎没有任何文学作品：小说、散文、神话、童话、话剧、诗歌……

新纪元里绝大部分文字创作，都只有一个目的——造纸。也就说，除了造纸原文，简墨这辈子恐怕都不可能再看到与阅读器中的书相媲美的文字了。

而简墨从来没有机会见一见造纸所用的原文。

能够造出纸人的文字，会是多么美丽、多么奇妙、多么有趣呢？

那些勇敢无畏的、灵动狡黠的、温和儒雅的、桀骜不驯的、纯真无邪的、孤傲不群的……灵魂，那些上天入地、操控万物、白骨生肉、变换万千……穷极人类之想象力的能力，那些贲张有力的、纤细柔软的、高大结实的、苗条曼妙的……躯体和相貌究竟是如何通过文字，一点一点构筑、一层一层叠加起来的呢？

反正有一点是可以肯定的，简墨目不暇接地看着展馆的奇幻景象，十分有信心地断定，造纸原文至少不会逊色阅读器里的书篇，否则，何以旧纪元造不出纸人来，新纪元却能够？

他的眼睛在一个个造型独特的展台上扫过，大脑几乎来不及将这些绮丽美妙的异景完整地记录下来。惊喜和赞叹如同海边的浪花，一重一重卷过心头。简墨觉得自己就是一个非法入侵者，在这个神奇的国度里，偷偷地享受着不属于自己的短暂欢乐时光——无论是从物理层面上，还是精神层面上。

真想亲眼去看一看一名纸人是怎么被创造出来的！那些文字是如何通过魂笔、点睛与诞生纸结合在一起，然后在孕生水中孕育出一个新的生命？可是简墨想，为什么他偏偏是纸人呢？

从有造纸之术的那天起，无数次试验证明：纸人是不能造纸的，原人才拥有造纸的可能。

原人中拥有造纸天赋的人被称为天赋者，占原人总数的 10% 左右。而天赋者中又只有约 5% 能够通过造纸师认证，成为真正的造纸师。其他天赋者可以从事与造纸相关的工作，比如造纸工具的生产、造纸行为和纸人事务的管理等。

只占原人总数大约 0.5% 的造纸师按照造纸的能力划分为普、特、异三大等级，分别对应能够制造出普级纸人、特级纸人和异级纸人的造纸师。其中普级造纸师占造纸师总数的 85%，特级造纸师占 14.5%，异级造纸师占 0.5%。

按照这样的比例算，每 10 万个原人中，大概会有 1 万个天赋者，500 个造纸师。这500个造纸师中差不多会有425个普级造纸师，72个特级造纸师。而位于顶级的异级造纸师，不会超过3个。

也就是说，能够制造出今天他看到的这些奇妙异象的异级纸人是由10万原人中仅有的3名异造师写造出来的。

就算他是原人，也不一定就是天赋者。就算是天赋者，也未必能够成为造纸师，更不用说是最令人向往的异造师了，简墨又自嘲地想。

简墨和封三进入大厅没多久就走散了。好在他早有准备，进来前已经与封三约好碰头时间地点，因此并不着急。

然而，当他正准备向另一根树枝出发时，封三从不知道哪个角落匆匆跑来，拖了他就走。

起初简墨还以为是两人的身份暴露了，心慌下一问，才知道这家伙是想拉自己英雄救美。

“你疯了吧！”简墨不可思议地瞪着封三，“你是嫌自己没有机会暴露吗？老毛病又犯了？”

他这个死党机敏滑头又非常识时务，但唯有一个破毛病：看到漂亮女孩就走不动路。这让这家伙时不时要惹些麻烦上身。简墨不用问就知道，这家伙看到的那个被人刁难的女孩肯定长得很漂亮，不然这家伙是不会多管闲事的。

“咳咳，我承认那个小姐姐是挺好看的。但是人家也真是很可怜，一个安检门三个电工师傅修了一个小时都没修好。这又不是她的错，人家确实也尽力了。”封三故意提了一句，“那个小姐姐是个纸人，被上司和李氏的造纸师轮流地骂。骂得可难听了。”

简墨的抗拒心确实因此有些动摇，可是——

“三个电工都修不好的东西，你觉得我就一定能修好？”他还是不太想去。

“你爸不是这方面的高级工程师吗？你平常听得多看得多，肯定比一般人有办法。”封三哀求道，“你先去看看，先去看看嘛！又没有一定要你动手，你看了之后觉得有把握再动手。不行的话我们不管就是了。”

简墨无奈地叹了口气，被半拖着向前走：真是迟早要被这个色令智昏的家伙害死！

这根树枝与主干连接的地方就是主会场的入口之一。

一小时之前，入口的安检门就开始莫名发出警告的鸣叫，可一直都没有解决。

好在附近的展台并不多，参观者虽然略显烦躁但并没有特别的抱怨。可在追求尽善尽美的李氏负责人眼里，这是一个不可原谅的错误。

一个浅灰色西服的中年男子面色不悦地站着，另一个对着他点头哈腰的男人一看便知是会展中心的高级管理人员。旁边还有一个神色难堪、满面羞愧的年轻女孩，应该是男高管的下级职员。男高管一面对着中年男子态度谦卑地道歉，一面色厉词严地责骂着年轻女孩。

简墨一边从男高管的话中了解事情原委，一边仔细观察着被拆开的安检门和三个满头大汗的电工师傅手上的动作："这三个电工师傅很专业……基本上已经把这类故障发生的原因都排除掉了。"

封三急问道："那你看出什么问题来没有？"

"让我想想。"简墨对这种古怪的异常也开始产生兴趣，轻轻咬着手指，脑子里将从小到大简爸给他讲过的特殊案例回忆了一遍，把握慢慢上升到五六分。

"……这年头长得漂亮的纸人女孩要多少也有多少！我请你来不是为了你这张脸的，是要你用头脑和心思做事的，明白不明白！再给你二十分钟，搞不定就自己打辞职报告吧！"男高管厉声训斥道。

年轻女孩低着头，眼圈红红，一个字没有反驳。

简墨心里有了底，从安检门上收回目光，抬眼端详这女孩：确实长得不错，很符合三儿的审美偏好。

他考虑了一下，走了过去对年轻女孩道："我懂一些电器知识，让我试试吧。"

年轻女孩对着简墨愣了一会儿，不明白为什么一个清洁工会突然跳出来提这个请求。

男高管见到简墨身上深绿色的清洁服也是一怔："一个清洁工想要在这里搞电工，专业跨度挺大的。"他话说到一半，突然露出疑惑的目光，"你们两个我以前好像没见过？"

"我们是黄经理招来的临时工。"简墨不知道对方是不是起了疑心，不慌不忙地将之前在卫生间里偷听到的名字报出来。

“老黄那么……节俭的人，这次居然也舍得招临时工？”男高管警惕的神色这才放松，却没忘记继续讽刺，“可要是清洁部随便招来的两个临时工就能够搞定，设备部请的几个特级岂不都是废物？”

“我只是正好对这个型号了解得多一点。”简墨耐心解释。

“行了！”男高管翻了个白眼，“不知道天高地厚，瞎捣乱。滚远点！”

说完，他向简墨挥了挥手。

简墨顿时感觉到一股强大到无法抵抗的气流袭来，好像一辆表面不太坚硬的大卡车迎面撞在身上，然后自己就向后飞了过去，像一只毫无分量的风筝一样。

这是一个纸人，异级纸人！简墨在空中蓦地明白了这一点。

不知道是他的运气好，还是封三太倒霉。简墨先撞到封三，然后两人一起摔到五六米外。有人做垫背，他并没有摔得太狠，但封三的叫声却有点惨。

简墨慌忙爬起来，跪在封三旁边急问道：“你怎么样？”

封三躺了好一会儿，皱成一团的脸才慢慢松开，喘着气说：“真是好心没好报！明明是来帮忙，结果还要挨打。哎哟，我的腰！”

“还敢强词夺理！”男高管厉声呵斥，上前一步，想要再教训两人。

“等等。”中年男子瞥了简墨一眼，“先让他们修吧。修不好，你再处理。”

修不好，你再想怎么教训他们就怎么教训他们——简墨在心里还原了这位李氏造纸师的话中话，嘴紧抿成一条线。但最后在三儿催促的眼神中，他还是把满腔愤怒压了压，向一名电工师傅借了工具，开始检查。

简爸曾说过，当实力不及对方的时候，如果只有忍耐才能缓解危机，那就忍耐。不要因为一时意气做无谓的反抗，尤其是占没有任何实际意义的口头便宜。积蓄实力，寻找机会，让对方百倍相还，才更能解恨。

之前简墨综合考虑了各种可能后，脑子里已有一个大胆的猜测。他原打算先装模作样做两次失败的试探，但中烧的怒火消耗这份耐心，上来便直接断了安检门的电，拆了怀疑度最高的部分，要了一块强力磁铁。三分钟后，简墨从一处不起眼的凹槽里取出一根细小的大头针。

安检门里为什么会有这个？所有人面面相觑。

简墨将所有部件还原，再打开电源。安检门安静了。

在场的人都松了一口气。封三的脸上更是流露出洋洋得意的笑容，然而他的笑容没有持续多久。因为男高管在松了一口气后，开始眯起眼睛上下打量起简墨："这可真是本事。别人折腾半天都没个结果，你一上去就发现里面有一根针了。"

这话每一个字都没错，可语气几乎是在说针就是简墨放进去的。

"你——"封三握紧了拳头，正要反驳。

简墨按住他的手臂，冷静回答道："我不知道里面的东西是针，也不知道为什么里面会有针。安检门是密封的，通常情况下不可能有外物进入。但我刚刚在一边看这几位师傅已经将常见的故障因素都排除了，这说明安检门本身故障的概率非常低。所以我猜测，有能引起报警的东西'意外'地出现在报警器的探测范围，却又藏在一般人看不见的位置，比如报警器的内部……现在结果证明，我的猜想是正确的。"

他还有些话没有说完：将一根大头针强行穿透密封的安检门外壳，藏在内部，显然不是自然条件下会发生的事情，而是有人蓄意为之。而在众人无所察觉的情况下完成这一举动，唯有异级纸人。这位异级这么做的目的究竟是什么？总不会就是为了单纯的恶作剧吧？

能混进李氏造纸研究所的人除了一身造纸技术，脑子的敏锐程度也都不差。中年男子闻言脸色顿时一变，带着身边的保镖匆匆向楼上奔去。

3 谋杀

看见休息室里女研究员依旧安坐在沙发上翻着杂志，中年男子暗自舒了一口气。

他离开这里时带走了一半保镖。休息室位置较偏，真有居心不良的，他这位同事很可能会出事。

不过既然什么都没发生，也可能是他想得太多了。

"怎么了？许老师。"女研究员见状问道。

中年男子略顿了一下，决定还是把刚刚发生在下面的事情说出来。

女研究员也觉得有点不大对劲："许老师，要不把展馆的人叫来问问，有没有什么可疑人物？”

中年男子想想，也有可能是对方还没有来得及出手，于是赞同道：“也好。距离展览结束还有好几个小时，我们还是谨慎一点。”

李氏造纸师突然离去，让男高管错愕了一秒。但他也很快意识到，展馆危机已解决，后面不是他能插手的了，表情便彻底放松下来。然而，目光扫到解决这场危机的简墨、封三等人，男高管脸上并没有什么赞赏之意。

“真是小看你们！”男高管阴沉的目光依次扫过年轻女孩、简墨和封三，仿佛在看一群妄图挑衅大象尊严的蚂蚁，“看在问题解决了的份上，暂且放你们一马。但是特级而已，就觉得能够在我面前没上没下了吗？”

他用眼神表达了“日子还长着呢，你们最好给我小心点”的意思后，傲慢地离开。

三个电工师傅收拾好地上的工具，赶紧撤离，避免无辜波及。

年轻女孩脸上的阴云却并没有消散，只不过男高管的离开让她没有继续压抑自己的情绪，抽噎的声音也大了些。

封三趁机靠近年轻女孩，安慰道：“小姐姐别担心了，事情不是已经解决了吗？”

年轻女孩眼里没有感激，反用一种欲嘲还忍的眼神盯了封三两秒，吸了吸鼻子，调转目光看向别处，拒绝的意味很明显。

封三接收到女孩不领情的信号，却不明白为什么。他摸了摸脑袋，有些莫名其妙的尴尬。

年轻女孩见他不离开，索性直接开口：“你以为你们今天是好心帮我吗？你们还不如不帮我呢！本来被副总奚落一顿这事就算完了，反正平常他也没少奚落我。但是今天被你们当着这么多人下了面子，他以后怎么可能善罢甘休……你们倒可以一走了之，最后还不都是迁怒到我身上！”

封三大概没有想到，虽然英雄救美是救成功了，但漂亮小姐姐反而不高兴。

“你们其实是特级吧？以为在普级面前有几分体面，就可以在异级纸人面前无所顾忌了？”年轻女孩琥珀色的眼睛盯着他们，毫不客气地教训道，“你们最好记住了：异级和我们根本不是一个世界的人——他们连原人都不放在眼里。我们这些特级，在他们看来，也不过是比普级稍好一点的劣等品而已。得罪了他们，怎么死的都不知道！”

原人歧视纸人，这是地球人都知道的事实，但纸人这个族群的内部也并不是完全平等的。像简墨这样的普级纸人之上，还有两个等级：拥有一技之长的特级纸人，以及拥有原人都没有的异能的异级纸人。

简墨在六街认识的纸人几乎全是与他一样的普级——天赋与原人的平均资质水平相仿的纸人。而他的父亲作为普级，在不断地学习和钻研下，技术水准也并不弱于一般特级。所以简墨虽然一直羡慕异级纸人能拥有不凡的能力，却从来没真切感受过纸人之间等级差别带来的压力。

今天，他终于知道了，这种等级差别不仅仅是无形的优越感，还有生杀予夺的威胁。最现实的是，他自己是纸人族群这个大金字塔里最底层中的一员。

简墨开始还想解释一下自己并不是特级纸人，但听完年轻女孩的话，心里突然很不是滋味。可他虽然不满，却又无法反驳，索性闭了嘴。

封三倒是想反驳几句，但看着年轻女孩梨花带雨的模样，又不太忍心，只好自认倒霉地扶着简墨的肩膀打算离开。

然而不知道为什么，才离开的男高管又回来了。

他瞥了简墨两人一眼，然后转向年轻女孩，抬起下巴示意一下：“跟我去见下李氏的人。”

简墨见男高管虽然不悦，眼里却没有惊惶之色，心里微松一口气：看来目前还没发生什么不好的事情。不过事情应该不会这么简单就结束了，他们还是赶快离开的好。

封三对这里却还有些念念不舍，简墨耗费了许多口舌差点就要发火了，才说动他同意离开。

“下次再遇到这种情况，我一定躲得远远的。”封三不甘心地回头望了主会场大楼一眼，“阿墨，我们好不容易才进来的，半途而废不可惜了吗？”

从发现大头针起简墨内心就生出的不安，此刻变得越来越强烈。在卫生间换下清洁服的时候，这种不安的感觉简直要从他的喉咙里汹涌而出。

简墨左手猛地握住藏在衣服里的银链，深吸一口气：“行了，赶快过来！”他翻过围栏，稳稳地落在地上，回头看一眼主会场大楼，莫名感觉其中几扇窗户上突然多了点什么，“再不走就要有大麻烦了。”

封三大概也从简墨焦躁的情绪中察觉到了什么，当下闭上嘴，跟着翻过围栏。

走进李氏研究员的专属休息室，男高管态度恭敬地向两个研究员问了一声好。然而还来不及将年轻女孩介绍给两人，他便见眼前数条雪亮的银色弧线交叉划过，有若黑夜中闪过的电光一般，接着是什么金属制品掉落在地的声音。

男高管还没意识到发生了什么，热热的液体就迎面喷到他的身上、脸上，以及天花板、墙壁、玻璃窗、地板、茶几……只不过一眨眼的时间，原本温馨洁净的房间变成了血色的泼墨画室。

正欲开口说话的许研究员圆瞪着眼睛，双手捂着渗血不止的脖子，眼里闪着求救的光芒，却一个字也没能说出来，便倒了下来。黄研究员手上的咖啡杯蓦地翻倒在她的衣裙上，褐色的液体浸污了质地优良的白色布料，又继续向下蔓延至沙发。而自他进门，就一直警惕地打量两人的两名保镖，也在同一时间摔倒了下来，血溅满地。

这是……都被杀死了？

男高管眼球暴出，嘴唇哆嗦着，脑子一片空白。过了好几秒，他的脑袋如同缺少润滑油的机器一样，颤抖着一格一格地转向自己身左。因为惊恐而收缩的瞳孔将年轻女孩那抹如看蝼蚁的轻蔑完全接收。

“她”根本不是会展中心的人。

“救命——别杀我！”男高管上下排牙齿打着战，全身僵直，完全没有意识到自己的舌头并没有听从大脑指挥，把这句话完整地表达出来。在他颤抖的双膝快要支持不住前，对方就从视线里消失了，男高管这才找回自己的声音，发出尖叫。

门外的保镖立刻冲了进来，里面的情形一目了然。

他们此行保护的两名对象，还有正副保镖队长，正横七竖八地歪倒在地上。他们颈部全部被一刀切开，血溅满室。只有会展中心那名衣着体面的高管跪在地板上，西装裤的裆部被水渍染成深色。而一同进来的女主管，则整个人都消失了。

凶手就在一墙之隔的地方动了手，他们能力最出色的两位队长甚至来不及反应。所有的保镖脸色都难看得要命——为对方强悍惊人的实力，也为对方丝毫不将他们放在眼里的轻视。

一个年轻的小个子保镖轻声道："韬哥，现在队长和副队长都不在了。这里您的能力和资历都是最高的。您拿个主意吧！"

被称为韬哥的保镖是最先恢复冷静的。他只考虑了一秒，便环顾周围征询道："如果大家都没意见的话，我谢子韬就托大，暂代一阵子队长职责。"

众保镖都没有反对。

"现在开始，整个展馆立刻封闭，许进不许出。"谢子韬下指令。

"女主管嫌疑最大，重点搜索她的下落。安抚唯一的幸存者，让他尽快把事情经过说出来……把这一周监控调出来，搜寻线索。"

"我来上报研究所，看他们是否派人过来主持大局。"

直到踏上六街，简墨才缓下狂奔的脚步，双手扶着膝盖，努力平复着呼吸。他看着胸前荡来荡去的银色项链，紧张和不安慢慢地消散。

银链是简爸捡到他时就挂在他身上的，上面还挂了个木质魂笔坠子，样式是随处都可以买到的款式。若说有什么不同，就是链子非常长，足够在他脖子绕上两圈。

他爸说，这或许是造师留给他的一个念想，让他一直戴着不要取，所以简墨洗澡也不曾拿下过。后来不知道从什么时候起，一遇到举棋不定或者感到危险的时候，简墨就下意识想摸摸它。好像手里只要拽着它，心里就有底气。

"我说，我说……你，你跑什么快到底干吗？"封三也跟着扶着膝盖喘气，"你不知道我的腰刚刚摔了啊。"

简墨刚才脑子里只想着赶快离开那个不祥之地，完全忘记封三刚刚摔过，眼下见他抱怨，不由得有些担心："你，现在还好吧？"

"还好。"封三在路边一屁股坐下，一副快死了的模样，"还活着。"

简墨在他旁边坐了下来，一起看着路上车来车往发呆。十分钟后，两人才恢复如常，想起今天的经历，不由得相视一笑。

"虽然最后出了一点点意外，但我们没惊动任何人就混进去，又毫发无伤地跑出来，中间还在李氏造纸师的眼皮子底下走了一遭——我觉得我们真是太厉害了！小爷现在都觉得，以前太小瞧自己了。"封三一把揽住简墨的肩膀，骄傲地说，"这事要是让六街那群混蛋知道，岂不是要羡慕死他们！！"

简墨瞥了得意忘形的死党一眼，开口赞赏："李氏的展览确实很厉害。"

"我说吧！那可是李氏造纸研究所！"封三得意地说，"你先前还怕你爸不敢来！现在知道了吧！不来才后悔呢！"

"是啊。"简墨双眼放空地望着马路对面，"可他到底是我爸。"

"我说阿墨，你该不会想着回去怎么跟你爸认错吧？"封三把头凑到简墨面前，"别傻了！这事天知地知，你知我知。连我姐我都没跟她说实话，不会有第三个人知道的。"

简墨斜眼瞥着他："还天知地知你知我知，这都四个人了，你会数数吗？"

"打你的，敢说小爷我不会数数——"封三故作恼怒翻身向他扑过来，简墨连忙向旁边躲去。

两人一边相互抬杠一边你推我搡，嘻嘻哈哈地向家的方向跑去。

简墨记得，封三七岁那年，和十一岁的姐姐封玲被亲生父母遗弃在六街。

木桶区的纸人和原人比例大约是八二开，远远高于其他地区。因为不能像原人那样自然繁衍，又无法造纸，所以成年纸人常常会收养一个小孩作为晚年陪伴。这也是为什么很多原人小孩被遗弃在这里的原因。只是成年纸人多半更乐意收养一个不知事的婴童，从小培养感情，比如像简爸和简墨这样的。可封玲那时已经不算小，加上封三不愿意和姐姐分开，所以他们一直都没能找到收养他们的人。封玲刚开始带着他沿街乞讨，小偷小摸，还能弄到点东西果腹。等到封三大些懂事了，六街被遗弃的原人小孩也越来越多。"竞争"一大，生活雪上加霜，收养的事情就连提的人都没有了。

封玲迫于无奈，只能去四街陪酒。可那种地方怎么可能容得下单纯的"陪酒"女。

简墨不知道最艰难的那段时间他们是怎么过的，即便是看起来没心没肺的三儿也一次都没有提起过。他只知道封玲现在有一个小公司老板的儿子做"男朋友"，时不时能拿到些"零花钱"，勉强维持着现在的生活。

封三最大的愿望，就是早点到十六岁，到了法定劳动年龄，找到一份工作。无论什么工作，至少能够有一份稳定的收入，或许付完房租，就所剩无几，但好歹是一份希望。

"明天上班一起走啊。"简墨向三儿挥手说。

"嗯。"三儿抬了下手，向街对面的小楼走过去，"明天见！"

第二章
贩卖私货的六街

1 简爸的愤怒

简墨心中忐忑地推开门。简爸不在家。

他有些意外，星期天除了买菜，简爸能去哪里呢？这个点还没回来，难道是工厂临时加班？

桌子上留着的四菜一汤，都是他喜欢的。简墨犹豫了一下，还是坐了下来。或许是因为偷看展览而产生的愧疚感将前几日对他爸的怒气抵消了一大半，简墨现在的心情已经平静了许多。

话说就算不消气又能怎么样？那是他爸啊。难不成他还能与他爸生一辈子气不成？

简墨心念一定，坐下吃饭。

吃完饭后，简墨照例回到自己床上懒洋洋靠着，随手拉开旁边桌子下的第一个抽屉，手习惯性在抽屉上方的暗槽处一摸：这是以前他藏阅读器的地方。

但此刻，里面空无一物。

简墨的手停顿一下，缠绕他多日的阴郁此刻又爬上心头。

七八天前，他也是这样吃完了饭便靠到床上，正准备看书却突然发现阅读器不见了。

他强自镇定地将房间所有角落都翻了一次后，才忍不住跑到他爸的房间："爸，我的阅读器不见了！"

简爸听完后居然神色如常，拍拍椅子让忐忑不安的他坐下来。

"小墨，有些话我一直很想正式和你谈一谈。你已经十六岁，是个大人了，可以对自己未来负责了。在大多数问题的处理上，我对你都很放心。但唯有一件事情，你总是无法理性地去面对。小墨，你是……纸人，无论怎么喜欢、努力，都不可能写造出纸人。你心里其实也很清楚这一点，对不对，可你就是不愿意面对现实。你爱看书，对造纸也感兴趣。这原本不算什么错，但也要看对谁而言。为什么不能果断放弃这些无用的东西，把自己的精力放在对你有益的事情上呢？那些东西不值得你浪费时间——"

这些话简墨早已听得耳朵长茧，他在椅子上绷直了身体道："爸，我都已经听您安排在工厂里上班，规规矩矩，从不偷懒。只不过是业余时间看看书，写写文，这并没有耽误我的工作，怎么就不行呢？"

"虽然你是在上班，但是它们才是真正占据了你心思和时间的东西，不是吗？"简爸仿佛能够透视的目光让他无法否认，"我几乎可以预见，未来你的精力仍然会被这些无用的东西霸占。你会依旧沉浸在那些虚幻的、不切实际、对你毫无益处的事情上，永远无法把注意力放在你真正应该重视的事情上去……小墨，我知道要改掉一个习惯很难。所以爸爸替你做一个决定——我的做法可能有些不妥，但都是为了你好。"

简爸的话让他升起一股极不好的预感："你把阅读器扔了？"

"是的，我把它扔到腐蚀液里了。"简爸平静地回答。

阅读器对他有多么重要，简爸不会不知道。然而简爸却连与他商量一下都没有，直接毁了它。简墨当时就很想质问他爸："是不是因为我是你儿子，所以你想要我怎样我就得是怎样的？我是怎么想的，我喜欢什么不喜欢什么，根本就不需要考虑！"

不过那时他急于查看阅读器还能不能救回来，没顾得上发火。而抢救失败后，简墨就觉心口像是被剜去一大块肉，情绪极度低沉，多说一句话都觉得累得慌。因而后来，当封三再次怂恿他去看李氏的展览时，一想到这是简爸最讨厌他做的事情，便毫不犹豫地答应了。

现在展览也看了，阅读器反正也不可能再回来，简墨自我安慰了几句，总算心平气和地打开抽屉下的柜子。

柜子装满了厚薄不一的软面抄和硬面抄，一共六十七册，里面是他从小到大写的所有的小说。笔迹从稚嫩到成熟，构思从简单到复杂，内容从短小浅白到长篇大论，充满了他对这个世界最精致的幻想和最热忱的期待，也包含了他对这个世界最澎湃的失望和最深沉的不满。

如果能将这些本子里的角色变成真正的人类该多棒啊，简墨想。

叹了一口气，他从床上翻身过去，打开窗户，伸出脑袋向外面张望了一会儿：通向自家巷子的小路上行人并不多，但没有简爸的身影。

简墨说不出自己到底是希望简爸早点回还是晚点回——或许还是晚点回的好，这样就能晚点面对与简爸冷战的尴尬气氛。

关上窗户，拿出一本崭新的硬面抄在桌边坐下，简墨回想着今天在会展中心看到的景象，心里像有一根细细的弦被谁的手指勾得微微作响，又像有一股热流从心涧淌过，汇集到心窝满满的快要溢出来：创造那样一个奇境的异级纸人，如果由他来写，该如何下笔呢?

严格来说，一名真正的造纸师需要通晓造纸所有操作的环节。然而大工业生产时代下，点睛、魂笔、孕生水这些可以脱离造纸师独立进行生产的东西，已经被社会化分工分担，实际落到造纸师们身上的任务就只剩下写造这个核心环节，其他的东西只需要付出货币就可以换回来了。

其实六街的造纸工具十分齐全，魂笔和点睛简墨自己便会制作和调配。诞生纸被造纸管理局管制得最严格，是最为难弄的。孕生水配置的繁琐程度是最高的。大众的孕生水配方和它所需要的材料倒是易得，但据从卖孕生水材料的店铺伙计口里打听到的信息分析，这东西处理方法和下料的顺序都不能有丁点出错。并且一旦调配好，就必须在一定时间内使用，否则就会失去造纸活性，变成“死”水。

但对于他这个六街土著来说，若是真想要，费上一番工夫，未必不能瞒过他爸的视线将造纸的全部流程走一次。只不过就算他冒着惹怒他爸的风险，耗费大量心思、时间、金钱去造一回纸，又不可能真的创造个纸人出来，何必白折腾一番呢？

“……女主管已确认不是会展中心的员工。”小个子保镖手捧一叠文件，表情严肃，“监控室以及物业办公室的所有职员都被打晕，扔在平常没人的档案室。我们接触的那些会展员工，恐怕大都是由凶手团伙的人伪装的。”

“那个副总呢？”谢子韬抬眼问。

“他倒是会展中心的人，不过平常一两个月才来一次，对自己的下属和业务细节并不熟悉。加上会展期间，这些‘员工’分散在各岗位上，他也没有发现异常……韬哥，从被攻击对象和行事作风上看，我怀疑他们是复原社的人。”小个子保镖最后一句压低了声音说。

谢子韬皱了下眉头，眉头拧得更紧了。

“复原社。”他从烟盒里抽出一根烟，点了两次才点着，吐出一口烟雾后，语气平静地说，“就是专门针对造纸师，声称要‘制裁罪恶之源，让世界恢复正常秩序’的那个复原社？”

“就是他们。”小个子保镖脸色也不好看，“五年前，复原社前社长被楚中市的异查队抓获后，他们就从楚中市销声匿迹了。新社长上任后，行事比之前低调收敛了许多，不过行踪也更变幻莫测了。”

“被抓住的前社长现在在哪里？”谢子韬弹了弹烟灰。

“还在市纸人管理局的重犯监狱里关着呢。”小个子保镖回答道。

谢子韬按灭烟头，叹了口气：“不管是不是，先给这里的纸人管理局打个招呼吧。让他们把人看紧点……对了，你之前说，那个发现安检门里大头钉的人也不是展馆的人？”

简墨是被强行从椅子上揪起来时惊醒的。

他脑子里还是一片混沌，茫然看着他爸站在他面前，面色阴沉地说：“你今天去哪里了？！”

这句话就像一盆迎面泼来的冰水，让简墨的瞳孔猛然一缩：这么快就知道了？他定了下心，控制自己的眼神不要乱飘，但一直盯着儿子表情变化的简爸声音变得更低沉了：“你敢胡编乱造试试！”

身上穿的铁灰色工作服还没来得及换下，应该是刚刚从工厂回到家，但从表情看，他爸显然已经知道了什么。简墨心里叹息道，如果只是怀疑的话，他爸不会那么干脆地把他从睡梦中拖出来。

沉默了两秒钟，他抬起头，语气无比平静地说："我去看了李氏的展览。"

简爸的表情稍稍凝滞了一下，但下一秒，简墨就感觉对面原本压抑着的怒火一瞬间飙得更炽烈。他有预感，自己这种无所谓的态度会火上浇油，但还硬是挺直了背，毫不退缩地对上简爸的视线。

见他死不悔改的模样，简爸脸都青了，大手一扬，向他的脸抽过来。

尽管早就做好了要挨顿狠揍的心理准备，但是耳光扇来的时候，简墨还是忍不住闭了下眼睛。

然而等了好久，预想中的疼痛并没有传来。

简墨有点忍不住，微微掀起眼皮：简爸的右手停在离他脸颊不到十厘米的地方，虎口那道浅白色斜十字疤痕此刻在视野中模糊起来。他唯一清晰感受到的是，这只手此时像是得了帕金森一样，不住地颤抖——不知道是因为主人气得太过，还是停下来时用力太猛。

"爸？"

又等了半晌，那只手还是没有落下来。简墨的内心越来越诧异，他试着抬眼去看简爸的表情。

他爸正盯着他看，只不过那眼神给简墨的感觉复杂得难以形容：像是要把他心里的每个想法都看个透彻清楚，又像是要做一个难以决定的选择……还有一点，这或许是错觉——简墨觉得他爸似乎在透过自己，看很遥远很遥远的什么地方的什么人。

"爸？"他试探着又叫了一声。

简爸像是从梦境中惊醒，缓缓收回手，合上眼睛，一言不发，沉默了足足一分多钟。

这短短一分钟简墨感觉过了一个小时，十分漫长。他很想打破这种死寂的静默，却又感觉如果打破了，事情可能会向更糟糕的方向发展。

不过，还没等他想好，简爸便睁开了眼，眼底的怒火莫名消失殆尽，半点痕迹不剩。房间里的一触即发的气氛，顿时平和下来。

简墨略松一口气的同时又觉有点古怪，心仍不敢完全放下。

“中午老板让我去一街的会展中心一趟。”简爸像是没有察觉自己态度变化得十分蹊跷，若无其事地在儿子的床沿坐下，平静地说道。

果然是知道了。简墨一惊，随后又放松了：反而已经都坦白了，还有什么好提心吊胆的。简爸的话倒让他想起三儿提过，大老板拿到了展览邀请函。

“一般电工遇到那种情况，少有会想到有人中途故意用异能放了东西进去。不过，”简爸停了一下，抬头看了简墨一眼，“我记得曾经给你讲过一次类似的例子。”

此时简墨再没有遮遮掩掩的必要，便直接问道：“问题不是已经解决了吗？为什么还把你叫过去啊？”

简爸没好气地瞪了儿子一眼：“因为李氏的两名主要负责人被杀了。”

简墨微微张了张嘴：“怎么……还？”

“李氏的保镖队长觉得修好安检门的人也有嫌疑，给我看了监控。”简爸瞥了他一眼，“自己的儿子再怎么伪装，我又怎么可能认不出来？”

简墨想起自己尴尬的化装技巧，不由得低着脑袋在地上找东西。

“你们运气不错，赶在事发前跑了，没留下什么明显的破绽。李氏的造纸师被杀后，会展中心就封锁了，直到保镖团把所有人都排查了一遍才放行，包括我这种后来的。”简爸说完了今天的事，顿了一顿，用极为认真的目光注视着简墨，“小墨，你认真告诉爸爸，你真的那么喜欢造纸吗？”

简墨的警惕心又提起来，不知道他爸问这个问题到底有什么用意。

他谨慎地观察了一下他爸的表情，心里琢磨了一会儿，努力选择既能表达自己想法又不会再次激怒他爸的措辞：“我是觉得造纸很有意思。可是就像爸你说的，就算我再喜欢，我还是个纸人。”他握了一下手指，努力笑着说：“我也不是想去学造纸，只是单纯地觉得好玩有意思，当成一个业余爱好而已。我又不是那种真的认不清现实，以为自己能够打破纸人不能造纸这个规律，痴心妄想地做点什么。爸，我没那么傻！”

说完这话，简墨紧张地偷觑着他爸的反应。

简爸听完后，反应竟然出奇地平静。简墨甚至没能从他的脸上找到半分怒意，只听他语气淡然道：“说得也是。”

他爸居然会……赞同？！简墨半晌没说话，勉强控制自己没露出一副瞠目结舌的傻相。如果不是实在找不出破绽，简墨简直要怀疑他爸是不是被什么人给替换了。

“罢了，以后我再不干涉你了。”简爸的目光在桌面摊开的硬面抄上停留了两秒钟，长叹了一口气，“你喜欢做什么，就去做什么吧。我终究……不能代替你选择你要走的路。工厂那边，我会代你辞掉。以后你不必再强迫自己去了。”

“爸，我、我……并没有不去工作的意思！”简墨这次真的被惊到了，话都不知道该怎么说了，“真的！”

简爸见到儿子茫然失措的表情，反而笑了起来。他如同往常一样，拍了拍简墨的肩膀：“就这样吧，去睡吧。”

2 脏乱的六街

第二天早上简墨起来的时候，简爸已经去上班了。

看着桌上的早餐，简墨摸了摸后脖子，觉得想不明白：一旦涉及造纸的事情，他爸特别紧张。哪怕只是与造纸有点关联的阅读和写作都被严格控制，为此还特地把自己弄进了他所在的工厂，放在眼皮子底下照看。如今一直抗拒去工厂上班的自己都已经妥协了，他爸反倒改变了主意。

简墨在早餐面前拉出衣领里的银链，看着淡黄色木纹的魂笔坠子在眼前晃来晃去：他也不是不能在工厂里好好工作，只是不希望他爸干涉自己做喜欢的事情。

要不要现在去告诉他爸，别帮他辞职呢？可他爸难得在这件事情上让步了，他反而要坚持，是不是……简墨突然自嘲地想，自己现在的状态就像是在笼子里关久了的小鸟，有一天放到野外，反而不知道该如何飞了。

先不想那么多了。昨天说好了和三儿一起去上班呢，先出门再说吧。简墨决定。

马路对面一个白白胖胖的婴儿露出粉红的牙床，冲着简墨傻笑。

或许是感受到他的目光，婴儿莲藕般的小肉胳膊兴奋地滑动着，整个人原地移动了一个小小的角度。这似乎让他很有成就感，粉嫩的脸上笑开了花，嘟嘟的小嘴吹出了一个奶白色的泡泡。

酱油色的污水从塑料袋的破口处渗漏出来，汇集成为一条条或深或浅的小溪，打湿了婴儿稀疏的胎发，顺着他胖乎乎圆溜溜的脑袋向下缓慢延伸。散发着腐臭味的污水表面五彩的油光拉成长长的细丝，液体表面模糊地映出晃动的小手掌。粉白小手背上沾的辣椒粉末，显得格外红艳。

婴儿浑然不知自己置身在一堆隔夜的垃圾中，对将他包围的气味也没有什么疑问，兀自玩得开心。或许在他记忆里，这个世界就是这样：到处都是肮脏的、杂乱的、冰凉的……没什么值得在意的。

绿皮白条的垃圾车摇摇晃晃开了过来，停在这一大堆垃圾旁边。巨大的铲子将婴儿同他旁边堆积成小山的垃圾猛地一推一铲，举过车顶，然后一倒，重物纷纷落入车厢。婴儿受惊的啼哭隐约传出，但不过一秒就淹没在车铲与地面摩擦时发出的刺耳刮擦声中。

垃圾车清理完这个垃圾点后，又摇摇晃晃地走了。铁皮的车缝兜不住的残液臭水，在马路上滴出两道充满味道的轨迹。

与此同时，数百辆一模一样的垃圾车正在楚中市的各个街道勤勉地工作着。它们在不同的街道驶进又驶出，仿佛搬着过冬粮食的蚂蚁，最后汇集到一处大型的垃圾处理场。

垃圾处理场内垃圾堆积如山。每座山旁边都有一条巨大传送带，轰隆轰隆发出巨响，不断地将堆积如山的废弃物传送进垃圾焚烧口……

木桶区的弃纸尤其的多。隔三岔五的就会有被旧衣服裹着、破背包装着的，甚至全身赤裸的纸婴在清晨的街头被人发现。如果有人想要收留，就必须在七点前去捡回来，否则七点后垃圾车路过的时候，会把这些呼吸尚存或者已经冻死的孩子铲进垃圾车，带去谁也不想知道的地方。

这些被抛弃的纸人婴儿下场凄惨，可被扔在木桶区的弃儿又岂止弃纸。不少原人的孩子也被遗弃在这里，从三四岁到十二三岁的都有。初生婴儿原人家庭一般不会丢弃，如果不想要这个孩子，完全可以提前打掉。而大一点的孩子，十四五岁只要再多养一两年，到了十六岁法定劳动年龄，总能讨上一口饭吃。原人家庭遗弃孩子的原因很大程度是因为在生下小孩后又失去了工作，咬牙坚持一段时间，实在坚持不下去了，才不得不扔到木桶区，希望有人能够收养，封玲和三儿就是很典型的例子。

简墨站在街头，默然无言望着垃圾车远去，眼神麻木而冷漠。他习惯性假装没有注意着每天都会上演的这一幕，却很难控制自己的心神，不知不觉地跟着那辆车远离。

简墨一个人在路边发呆的样子引起了几个路过的原人少年的注意。

一个头发染得五颜六色的少年，看了一眼街那头，露出不怀好意的表情，故作好奇地凑了过来，学着他的姿势向那个方向张望："哟，看什么啊？！"

简墨转头就走，懒得跟这几个混蛋纠缠。换了从前，就算三儿不在，拼着自己带点彩，也非把他们打成狗。

几个少年难得见简墨落单，哪会轻易放过他，齐齐跑到他前面，一边后退着走，一边表情夸张地说："怎么走了？哎呀，看着那几个小纸头被垃圾车拖走，是不是想到你自己了？也是啊，当年要不是你爹把你从垃圾堆里捡回去，那些小纸头就是你的下场——"

简墨骤然停下了脚步，抬头看向他们。

少年们以为简墨被他们激怒了，越发笑得开心了："怎么生气了？我们只是开个玩笑而已嘛。你该不会连个玩笑也开不起吧——啊——"

几个少年一边转身一边去摸脑袋和后背，摸到一手黏糊糊又腥又臭的脏水，顿时露出恶心又惊怒的表情。

头发微黄的少年站在他们的背后，"啧啧"嫌恶地甩着手上不得不沾上的脏水——甩到几个少年身上的是垃圾车漏掉的一大袋垃圾，现在已经七零八落地散落在他们脚边。

"你——"一个少年表情极为难看，"封三，你他妈的到底是原人还是纸人？怎么总是帮着这个家伙？"

封三抬了抬下巴："老子爱帮谁就帮谁，你管得着？"他故意嘲讽着怒火渐燃的几个少年，一边暗暗冲简墨使了个眼神。

等将几个少年挑逗得怒气爆棚，封三就转身跑了。

几个少年吃了亏，哪会善罢甘休，立马追上去，但没多久就追丢了。等他们再回头来找简墨，哪里还找得到人影。

两人很有默契地在老地方会合了。

“怎么，小爷不错吧，给你出了口恶气！”

“不错个鬼啊，你刚刚把脏水也甩到我身上了！”

“你有没有搞错啊？还嫌我把脏水弄你身上了？我可是在帮你啊！我自己的手还不是弄脏了！”

两个少年一个一本正经地逃，一个咬牙切齿地追，嘻哈地向前跑去。

“你的腰不疼了？”

“你的腰才疼呢？小爷身轻体健，那一点小伤早好了。”

简墨突然站住脚：“那你去上班吧，我不去了。”

“啊？为什么？”三儿停住脚，呆住了。

“我爸已经答应我不去工厂了。”简墨笑了一下。是的，既然他爸已经同意了，他也没有必要继续勉强自己做不想做的事情。

“什么？这是什么时候的事情？我怎么不知道？”三儿惊讶道。

“你别管了，先去上班吧，小心迟到。”简墨怕拍他的肩膀，推了他一把，“你下班回来再跟你说。”

“那你现在干吗去啊？”三儿一边后退着走远，一边不甘心地问。

“我……去出摊吧。”简墨想了想，也只有这件事情可以做了。

封三是六街同龄人中唯一一个愿意和简墨做朋友的原人。

虽然六街的纸原比例比其他地方都要高些，很多原人也是由纸人抚养长大，但这并不代表着六街的纸原关系与其他地方就截然不同。

封三刚来到六街的时候与简墨并非没有接触过。相反，两人与其他的纸原小孩一样，小小地交恶了几次。这并不奇怪，简墨相信，封三父母从前一定在他面前抱怨过，就是廉价的纸人用工使他们失去了工作。

直到有一天，封玲在距离简家不远的地方被五街的一个混混缠上。封三虽然在，但年小力薄，如何是一个成年壮汉的对手。简墨那日正好进完魂笔材料回家，看到这一幕，出手帮忙吓走了混混。后来封三就完全转变了态度，把简墨当成了亲兄弟。

中秋过后的天气依旧有些炎热，但是那热气明显有些外强中干的意思，至少站在树荫下，还是能够感受到薄薄的凉意。

经过漫长的酷夏，楚中市市民对这丝凉意还是感觉非常满意的。

不满意的大概只有树上那些用长长的鸣叫哀叹自己寿命即将终止的蝉儿，还有此刻毕恭毕敬站在木桶区警务室办公室里的二十七名巡警。

这二十七名巡警平常在卑贱的木桶区居民面前仿佛是贵族一般的存在，何等的意气风发、神采飞扬。如果说他们是封地的贵族，现在坐在他们面前的，就是木桶区的“国王”——他们的顶头上司夏尔警长。

“56 号公文都看见了吧。”夏尔警长推了推眼镜。

巡警们都老老实实地回答道：“看过了。”

夏尔警长“嗯”了一声，继续道：“废话不多说。平日里下的那些公文你们执行得怎么样，我们彼此心里都有数。你们也都是这一区的老人了，什么该要紧什么可马虎的心里都有个谱。不过这次不同——”

他用修理得光滑齐整的指甲敲了敲桌子：“今天开始，有大人物会在楚中市停留一段时间。”

说到这里夏尔警长用那双湛蓝色的眼睛扫了自己的下属一眼，把他们的表情神态变化都收在眼里，冷笑一声：“你们这群小兔崽子心里想什么我很清楚。旁人都喜欢把我这木桶区叫饭桶区，笑我们这一区尽出饭桶！别不乐意——楚中市犯罪率最高和破案率最低的地方是哪里？就是我们这里。”

巡警们心想：既然上司你都这么说我们还有什么好反驳的，齐齐闷着脸听上司训斥。

夏尔警长见这群家伙敢怒不敢言的样子，轻轻一笑：“我知道你们心里憋屈。这也不全怪你们，我向来也不在乎这些名声。所谓的政绩，不过是表面功夫。更何况不脏不乱，不鱼龙混杂，我们这些一年到头日晒雨淋提着性命做事却只能拿点干薪的人到哪来的外水呢？”

巡警们听到这里彼此互看一眼，心里微微松了一口气。

一个平常最油滑的老巡警立刻奉承道：“都是头儿日常照应我们这些可怜的弟兄们，我们心里都记着头儿的好的。”

夏尔警长听完这话，露出满意的神色：“记得就好，话归正题。今天找你们不是我这个当上司的没事折腾，是上面有正事交代下来了，重点提了木桶区。从今天起，让那些牛鬼蛇神都给我消停下来，给我安安静静休息几天。这几天过去了，马照跑，舞照跳。但这段时间内，若是谁给我出了岔子——”他环视了众人一眼，敲了警钟，“留着自己的饭碗，才能吃得好，吃得久。若不想要这碗饭的，提前跟我说，别到时候带累其他人跟你一起倒霉！”

巡警们脸上露出了然的神情：肯定又是哪个高层领导巡视来了，他们差不多也要做做样子，不让那些糟心的、见不得光的事露出来。

“您放心，我们都是老人了。这种事不是经历了一回两回，哪次给您出过岔子？放心吧，就交给我们，这几天我们保证整个木桶区安静规矩得跟富人别墅区似的。”巡警们七嘴八舌地保证。

夏尔警长方才满意地点点头，挥手让他们离开自己的办公室，自己则打开抽屉，从暗金色的盒子里抽出一支雪茄。

如果有人认得这雪茄的牌子，一定会觉得不可思议：这怎么会是一个小街区警长能够享用得起的。

夏尔警长抽出了雪茄，却并没有立刻拿出火柴，而是夹在两根手指里轻轻晃了两下，仿佛是对要不要在这个时候抽雪茄还有疑虑。

等下属们鱼贯而出快要不见的时候，夏尔仿佛才考虑好，叫住走在最后的老巡警：“六街，这次趁机清了。”

老巡警大吃了一惊，不由自主地说：“头，离上次清街才两年时间。六街虽然不如三街四街五街油水那么厚，但也算不错，胜在稳定又不扎眼，了不起禁街也就——”

看见上司突然变得冰冷的眼神，老巡警心里暗自抽了自己一耳光，立刻改口道：“不过那群家伙最近确实不怎么听话，也是时候换换水了。”

3　摆摊

木桶区六街，简家巷子斜对面小楼的二层。

“他们家除了那个叫简东的男人外，是不是还有一个男孩？”穿着黑色短袖衬衣的男子问房间的主人。

封玲小心地看了一眼周围戴着墨镜的高大保镖，犹豫了一下。

“怎么，你认识他们？不想说？”男子仿佛察觉到她内心的想法，抬起眼睛看了她一眼。

虽然只是一眼，封玲便感受到了其中的威胁和压迫，立刻意识到：这绝对不是她能惹得起的人物！这种压迫感与她那位富二代男友老爹看她时的那种高高在上截然不同。后者只是用财富垫起来的虚高，而前者则是通过无数次生杀予夺和将权力玩弄于股掌之上建立起来的。

简家怎么会招惹上这样的人？封玲几乎要尖叫起来了，但她毕竟是从小在木桶区挣扎着长大的人，无数磨难给了她至少两个优点：识时务并且抗压能力强。

她立刻赔着笑小心地回答：“门对门的街坊邻居，抬头不见低头见，怎么可能不认识。打打招呼，说几句家常总是有的，但平常交往并不是很多。毕竟他们是纸人，我们是原人，关系能好到哪里去。”

她最后一句话大概说服了黑色衬衣男子，对方并没有针对两家关系继续询问，而是道：“你是说，那家的男孩是个纸人？”

封玲马上点头：“是啊，这是大家都知道的事情。他爸好像……就是十六年前的造师节前后几天把他捡回去的。”

“捡回去的纸婴啊？”黑色衬衣男子用手指轻轻地敲着太阳穴，似乎觉得有什么事情超出了他的意料，“有人亲眼看见简东将那个男孩捡回去吗？”

封玲怔了一下：“这个我就不知道了。我到六街的时候，简墨已经有六岁了。至于有没有其他人看到，我倒没有听谁提起过这件事。”

这时一个保镖走过来道：“家里没人，也没找到照片。”

“行了，我就了解这么多。”黑色衬衣的男子闻言从椅子上站了起来，深深地看了封玲一眼。

封玲立刻保证道：“我什么都不会说的，我从来就没有见过您，也没有跟您说过任何话。”

“是个聪明人，不过，光是聪明是没有用的。”黑色衬衣男子笑了。

两个保镖几乎是同时动手，一个捂嘴，一个钳制身体。

看着封玲惊恐又愤恨的眼神，黑色衬衣男子露出一个温柔的表情：“你放心，我不会杀你的。杀了你，就打草惊蛇了。”

他对保镖中的其中一人道：“给她做记忆重建。”

那人点点头，走向被控制住的封玲。

“周先生，已经完成了。”

黑色衬衣男子看了一眼昏睡过去的封玲，道:“明天你们带一个辨魂师同去。如果简家那孩子是纸人，就不用管他。若是原人……要确认他死透了。”

“是的。”

“事情过去那么多年，本以为不会再起什么风浪。没想到当年可能还留下了一个小尾巴。”周勇冷笑一声，“不过，就算那个老不死的藏得再严实，最后结果还不是一样。”

“去会展中心,看看到底怎么回事吧。”他站起身,“如果不是这两个人的死，我也不会看到那段监控，也正因为如此，才看到那个老家伙藏在这里，这两个人也算是做了一件好事。”

六街街心公园的梧桐树下，简墨此时的心情很恶劣。

造成他这种不良情绪的，就是眼前这两个在他摊子上挑挑拣拣的一男一女。两人丝毫没有眼色，来来回回试了七八支笔，才挑中两支。这也就算了，居然还开口要还价，要附赠点睛。他已经声明不还价，没赠品，他们却磨了半个小时还不依不饶。

“小朋友，你这就不对了！做生意哪有不还价的？”

“我们也不多还，就打个八折，再送一管点睛吧。”

“是啊，这次算你吃点亏，以后我们多介绍朋友过来。”

吵死了，简墨皱起眉头，做了个停的手势，然后指着公园外街对面一家纸货商店，态度良好地推荐：“他家的东西全部都是七折，买得多还可以谈，你们可以去那里看看。”

两个客人脸色就不好了：“小朋友，你这是什么意思？”

“没什么意思，只是觉得我的货不适合你们，为避免你们空跑一趟，介绍一家不错的店给你们。”简墨诚心诚意地说。

对面那家老板平常对他不错，丝毫没有同行相忌的小心眼，偶尔还会推荐客人来他这里。

“小朋友，做生意和气生财，哪有把生意往门外赶的！”男子不悦道。显然他对挑中的笔是很满意的，根本没有换的意思。

“就是就是，八折八折了，我们也不要你送点睛了。”女子赶紧掏了钱，一副“我够爽快了吧”的样子，“赶快拿了钱，就这样了！”

简墨轻轻将他们挑好的两支笔收进了黑丝绒铺的木头盒子，一抖，就和其他笔混在了一起，立刻就分不出来了。

两个客人立刻面色铁青：“你——”

简墨将所有东西一收，放进背包里，客气道：“不好意思，收摊了，明天请早。”

两个客人望着简墨离去的背影，又是羞恼又是不甘心。

女子侧过身，跺脚低声抱怨道：“我早说了，这家摊子从来都是一口价。你偏要占便宜！刚刚你也试过了，同样品质的在我们那边店里最便宜也要一万。他这里五千五就可以拿到，你还要人家怎么便宜啊？”

男子也是皱着眉头，嘟囔道：“不就是个卖私货的吗？抓起来不怕牢底坐穿，居然拽成这样。”但语气明显有些弱了，不知道是不是后悔了。

女子似也受不了他，冷着脸索性掏了对方的钱包，追上简墨，笑容可掬道：“小朋友，五千五就五千五，两支一万一。喏，一块都不少你。我朋友不懂这里的行情，你不要见怪。”

简墨很想潇洒地说“明天请早”，但是看着已经递到眼前的蓝汪汪的票子，还是忍不住很没节操地伸手在背包里摸出两支递了过去。

“这怕不是刚刚选的……”对方犹豫说。

简墨不耐烦道：“都是一样的。”

想了想，他还是补充了一句，“用得不好只管来找我，一个月包修包换，但不退。”顾客是上帝，衣食父母少得罪。

女子不知道是晓得他摊子的规矩，还是已经付过钱认命了，点点头拿着笔拉着同伴走了。

简墨将钞票叠好放进钱包，掏出手机一瞄钟点：时间差不多了，回家吧。

他走到半路，一抬头，一个头发微黄的少年正拿着一支冰棍优哉游哉地走来，没拿小冰棍的另一只手状似无意地轻轻弹了弹右耳。

简墨不动声色地继续向前走，只是微微加快了自己的脚步。路过池塘的时候，突然滑下自己的背包，左手一扬扔了进去。

几乎是同一时刻，一只骨节分明的手搭上了他的右肩。

简墨回头，脸上露出惊讶的表情："夏尔警长，您怎么在这里。"

夏尔警长是一位欧裔，身材高大，相貌英俊，肤色白皙，头发金黄，高鼻深目，一双湛蓝色的眼眸很是迷人，举止言谈亦是风度翩翩，与其他虎背熊腰的巡警截然不同。

然而这位看起来斯文优雅的警长大人，却能让五街那些长得比他健壮的大老粗噤若寒蝉。当然，木桶区所有的普通居民在他面前都是如此，包括简墨自己。

夏尔警长到底是有什么不得了的本事，又或者是有了不起的来历，简墨不知道。但他至少知道一点：在泛亚的绝大多数地区，警察局绝对管不了纸人管理局管的事情，纸人管理局却可以管警察局管的事情。而夏尔警长手下的木桶区，却是个例外。

斜睨着一边咕噜咕噜冒着绿色泡泡，但是已经看不见背包的池塘水面，夏尔警长微笑道："你手脚倒快！"

简墨一脸纯洁地望着夏尔警长："您说什么，我怎么不太明白？"

夏尔警长笑容更盛："你要我叫人来抽干池塘吗？"

每个月的"潜规则"从来没有少交过，居然还时不时来这么一下。今天要是被坐实了，半个月都白干了。简墨知道继续装傻也没有必要，索性收了假笑，等对方发话。

见少年变乖了，夏尔方开口道："天气不错。我请你喝一杯如何？"

少年立刻换了警惕的目光看他。

夏尔拍拍他的肩膀："放心。这里又不是三街。"

他五年前到木桶区就职时，这个少年就在六街街心公园最大的那棵梧桐树下摆摊。

少年每天早上十点出摊，下午四点收摊回家，比其他店铺营业时间都要短。货不多，叫价却极高。一支入门等级的制式魂笔在六街售价不过一千左右，中等的三千左右，他却敢叫到五千以上。起初少年生意并不好，但总有些猎奇的购买者会来尝试，但一买就成了回头客。自己回头不算，还带朋友来。一来二往，来六街的人都知道这个少年手上有好东西。

六街的私货老板们也不排挤他，甚至遇到有高要求的客人还主动给推荐过去。一则是少年嘴甜乖巧，二则少年的货并不多，一个月最多三四十支魂笔，几百毫升点睛，价格喊得极高且从来不还价，根本不影响市场。

不过夏尔知道一个六街的私货老板们都不知道的秘密：少年的私货并不是如老板们猜测的那般是从某个厉害的魂笔制造师手上拿到的，而是出自少年自己之手。

“点心不吃一点吗？”夏尔问对面的少年。

少年虽然长在六街，但也许是父亲养得精心的原因，发黑眼亮，皮肤光洁，不似这里同龄人一般邋遢粗糙。虽然平日里总是沉默寡言，但一对上眼神就知道不是呆蠢之人。头发长过耳，一低头刘海便遮住左边的眉眼。夏尔却自第一次见他，就发现那左眉眉尾有一道细细的破口，估摸着是小时候划伤过。但最引他注意的还是那一双手，漂亮得像是哪家娇养的小少爷，修长白皙，灵活有力。夏尔见过他与封家的黄毛小子在游戏厅跟人 PK，从没输过，也不知是不是经常制作魂笔锻炼出来的。

今天少年的衣服还是一如既往的干干净净，看着十分讨喜。这一点也与六街大多数小孩不太一样。当然，打架的时候除外，夏尔心想。

“不用了，谢谢。”少年面前的点心一动未动，目光仍是带着戒备。

“你今天怎么不去上班了？”夏尔又问。

“不想上班，太累了。”少年垂下眼睛，显然不想提及这个话题。

“也是。”夏尔也没有刻意找话题与少年攀谈，只是一边喝茶，一边有一眼没一眼地打量少年。

是那个孩子吗？依然是什么都看不到啊。夏尔垂下眼眸，温和笑容变得有些萧瑟。都五年了，他还是没有在少年身上看到自己想看到的东西，看来老师是判断错误了。

夏尔转头喊了服务员结账，回头发觉少年表情严肃地盯着他，眼里充满怀疑。他不由得笑了笑：“只是闲得无聊找你聊聊天，不用在意。”

夏尔始终没有提一句明天清街的事。

第三章

清街和谋杀

1　封三姐弟

夏尔那家伙今天吃错药了？

黄鼠狼给鸡拜年都是没安好心的。难道是想先麻痹他的警惕性，然后再抓他？这也不太对啊？他一个月又没多少出货量，要找麻烦也该找那些量大些的店家才对。可夏尔今天的行为，明摆着是冲他一个人来的。

简墨想来想去都没有弄明白，只好暗暗告诫自己最近要小心点。

路过池塘，他有些忧郁地看了一眼绿油油散发着腐烂气味的水面：今天带出来的货都废了。还好刚刚出手了两支，没有全军覆没。

摸着荷包里今天的一万多块收入，简墨觉得心里稍微好受了一点：一会儿还要谢谢三儿，如果不是他提醒，给夏尔逮住可就惨了。

都怪该死的夏尔。

路过快餐店，简墨买了一大盒鸡翅，一大盒薯条，一提冰啤酒。

敲开封家的门，首先闻到一股浓烈的香水味，接着一只白皙的柔荑伸出来，轻轻搭在了他的肩膀上，手指暧昧地捏捏他的下巴："阿墨可是好久没上门来玩了，可是嫌弃姐姐这里。"

简墨翻个白眼，不着痕迹地躲开那只手，问道：“三儿回来了吗？”

封玲一双杏目瞪了他一眼，向里面喊道：“三儿，阿墨来了。”

封三从房间里跑了出来，见到简墨和他手上的塑料袋，立刻笑开了：“我就知道今天没白帮忙。”

又看了一眼旁边抱着膀子没好脸色的女子，瘪瘪嘴：“姐，你又调戏阿墨了。我就说过，阿墨可不是那种没定力的家伙，他不吃你这一套！”说着一拉简墨，“去我房间。”

简墨只得一边向封玲点头，一边被封三拖进房间。

封三的房间照例乱糟糟的，脏衣服脏袜子满床都是。他也不在乎，随意地一挥手全部扫到地上，给简墨腾出了坐的位置。

简墨摸起遥控，换了几个台，都是各种选秀节目。他无聊地把遥控一扔，开了罐啤酒。

封三倒是看得起劲，一手拿着啤酒，一手拿着鸡翅，兴奋得眼睛亮亮的：“看见那个粉色泳衣没有，是陈一秀最新的作品，叫秀舞。看，那大腿又圆又直，真够劲。”

他意味深长地看了一眼简墨，一副你懂的表情。

简墨早就习惯了死党这猥琐的小眼神，无所谓地顺口接道：“上次你喜欢的，好像也是陈一秀写的。”

封三立刻反应道：“你说秀歌啊，那个也不错，就是穿得多了点，看得不过瘾。要我说，这选秀不就是看脸蛋看身材吗，裹那么严实做什么？小清新风格偶尔走走还可以，可终归还是要有看头才行嘛，听说包下秀歌的那个人是煤矿老板的儿子，挺有钱的，她的运气还不错。”

简墨扬起眉头：“不是说签去做代言了吗？”

“代言？”封三哈哈一笑，挤挤眼睛，“代言，不就那么回事吗？”

这时封玲推门进来，放了一沓钱在柜子上。封三看了一眼，皱眉问：“又要出门？”

封玲随意地靠在门口，斜眼看着电视，漫不经心地说：“一个月就回。海边上，好吃好喝的。你在家老实点，别给我惹事。”她丝毫不介意刚刚才调戏过简墨，转头板着脸用姐姐对弟弟的口气对他吩咐：“帮我看着点三儿，回来请你吃大餐。”简墨自然答应了。

封玲交代完毕，便关门出去了。

封三拿着啤酒盯了门一会儿，又瞟眼看钱一眼，视线又转移到电视剧上。过了一会儿，他似乎已经忘记了姐姐要出远门的事情，又对着电视里的美女大呼小叫起来。

等到节目完了，封三关上电视机，整个人仿佛才回到正常世界里。

他闷闷不乐地瞥了简墨一眼："阿墨，你以后都不去上班了？"

"我爸说他想通了，不逼我去工厂上班了。"简墨回答。

"他不是一直都挺顽固的吗？你是做了什么了不得的事情让你爸改变主意了？"封三说着猛然瞪大眼睛，"总不会是你把去看展览的事情告诉你爸了吧？可这事只会让你爸更加生气吧，怎么还反而成全了你的心愿？"

"我没告诉他，但他还是知道了。"简墨点点头，一口饮尽啤酒，抹了嘴，"你也觉得结果很不可思议吧，我也这么觉得。"

"其实，不去也好。"封三叹了一口气，"你还记得你进厂那天的事吗？那个讨要拖欠工资反被人事经理打的大杨吗？"

"他怎么了？"

"他本身腿就有伤，结果那天还被打得不能动弹。我今天听说，他被送到医院去的时候，医生说只能截肢，可他现在连截肢的钱都拿不出来。"封三的笑容有些凉，"本来是为了治伤才去讨那半个月的工资，结果反而弄成这样，早知道还不如不去呢。"

简墨没有说话，大杨是纸人，他也是。不过，简墨相信自己如果受伤，绝不会弄成大杨这样。但那并不是因为自己更聪明或者更识时务，而是因为他有简爸在。如果没有简爸，他同样会和大杨一样不得不每天工作超过十二个小时，拿着只能勉强维持温饱的微薄工资，一边忍受原人同事仇视的目光和无尽的嘲讽，一边还要对贪婪又粗暴的原人上司阿谀奉承，觍颜讨好。

说起来，简爸简直可以奉为普级纸人中成功的典范：全楚中市最大电器加工工厂的高级电子工程师，虽然也是纸人，但是因为技术高超，尽管只拿着同岗位原人工程师百分之七十的工资，却能将他好好养到十六岁。

不过，从前他表现得那么抗拒，简爸却矢志不移地想让他进工厂。如今他都已经妥协了，他爸却突然改变了想法，真是不太像他的性格。

封三或许是看出他的疑惑，拍拍他的肩膀："或许你爸是看你太热爱文学了，实在是不忍心看你这么难过。唉，我怎么就没这么个好爸爸呢？"

简墨笑了笑："可你有个好姐姐啊。"

"可我宁愿她没有我这个弟弟。"封三的笑容变得有些苦涩，"没有我的话，她的生活一定不会像现在这样。"

"未来会越来越好的，你不是已经开始工作了吗？"简墨安慰道。

"是啊，我要好好工作，升职加薪，变成大富翁……总有一天把那些欺负过我姐的人渣统统弄死。"封三一仰脖子倒完啤酒，猛地将啤酒罐子捏扁。

离开三儿家，天已经快黑了。

夏末秋初时节的夜晚，天空呈现出一片深蓝色，星子在薄薄的云层外闪着光芒，仿佛他在一街珠宝店隔着玻璃窗看到的钻石。

他曾经在一个电视节目中听说，旧纪元的地球工业虽然非常发达，但是因为没有足够的环境保护意识，所以越是人口稠密的地区，越是难以看到这么清澈的蓝天。

因为附近房屋太过拥挤，简墨看不见月亮在哪个方向。昏黄的路灯照亮了附近梧桐树上的树叶。但灯光照不到的地方，叶子已经看不出原本的颜色，和真正的阴影混杂成一大团深浅不一的黑，在渐起的凉风中发出轻微的沙沙声，洒向身下这条破旧不平的蜿蜒小路。

三儿和他姐姐租住的小楼和他家的巷子就隔着这么一条小路。有什么事情，只需要打开窗户大声喊一句，对方就能听到。

刚刚三儿问他，以后是不是就打算摆摊谋生了。他回答说，六街不有一半的人都是靠这个生存吗？实际上简墨也知道，卖私货虽然赚得多，可风险也大。两年前要不是他爸警惕性高，提前将家里有嫌疑的东西都处理干净了，只怕他父子俩现在就在牢里蹲着了。

"爸，我回来了。"简墨一边进门换鞋，一边喊了一声。

简爸的声音很快就从厨房里传出来："吃过了吗？"

简墨把鞋子放进鞋柜："吃过了，不过还想吃一点。"那点快餐怎么能饱肚子。

过了一会儿，简爸从厨房里端出两个菜，坐到他身边："今天怎么样？"

简墨拿起筷子，叹了口气："别提了，被盯上，东西都进池塘了。还好之前出手了几支笔，不然今天就白去了。"

简爸不以为然："丢了就丢了吧，明天再去进材料就是。"

简墨嗯了一声，犹豫了一会儿，还是把夏尔今天的反常举动说了一遍，然后问："爸，你说夏尔到底什么意思？"

简爸皱起眉头："夏尔不会做无的放矢的事情，这恐怕是清街的前兆。你今天晚上把家里剩下的货全部清理掉，多的材料也都丢掉。"

简墨目瞪口呆，嘴里的饭都没咽下去："距离上次清街不是才两年吗？"

简爸摇了摇头："凡事谨慎小心为上。虽然现在还没有听到什么风声，但是上次清街，六街的人也不是每个人都被招呼到了，被捉住的现在还在监狱里。少赚一个月的钱不是大问题，安全第一。"

虽然知道他爸说得没有错，简墨心里还是有些不爽，喃喃道："要停一个月啊——"

简爸看见他愤愤不满的模样，不由得笑了："一个月也不是很长时间，你不是一直抱怨没时间好好写小说吗？"

回到房间，打开台灯，简墨拉开柜子，看着里面六十七本册子。

这么多年他爸对他的这个爱好都冷淡得很。刚刚听到"好好写小说"这样的字眼从他爸嘴里说出来，下意识就觉得他爸是不是被调包了，全身细胞都在拉警报。

关上柜门，简墨打起精神开始清理家里与造纸有关的东西。

能拆的拆，能烧的烧，不能烧的冲进厕所下水道，不能冲下水道的，碾碎了扔到远处的垃圾箱里……为了保险，简爸也加入进来一起检查了两遍，一直折腾到凌晨两点。直到确认没有任何问题了，简墨才安心上床。

2 清街了

第二天，简墨习惯性早起，等他吃完简爸留的早餐后，才意识到今天不用去出摊了：接下来要做些什么呢？真待在家写小说吗？

今天天气很好，太阳的颜色已经由夏天刺目的白色变成了秋天的金黄色，照在建筑物上十分漂亮。这个季节温度适宜，晴好的时候很适合在户外游荡。

简墨带着本子，在街心公园的凉亭里写了三个小时，直到脖子和肩膀都僵硬了，才停下笔。懒得回家做饭，他索性到公园对面一家味道不错的面馆吃了午餐，然后慢吞吞地走回公园，瘫在人造湖边的木椅上对着湖水发呆，最后不知不觉地睡着了。

这一觉不知睡到了什么时候，最后简墨是被一阵慌乱嘈杂的打斗声吵醒的。

这声音听着就让人紧张，他小心翼翼地侧头从木椅的木条缝里向噪声来源处望去：一个大个子三十多岁的男人正被两名巡警扑倒在一片小孩子玩的沙坑边。

这男人简墨认识，正是街对面那家纸货店的老板。

纸货店老板抓起一把沙土扬向巡警的脸："混账！每个月都给你们这些王八蛋交了钱，凭什么来抓我们！拿了钱就不认人，你们这些混账王八蛋，老子跟你们拼了——"

"你交的那点钱老子喝茶都不够！还不老实点，不然吃亏还在后头！"两名巡警侧脸躲过沙子，一边从腰间抽出电棍，向纸货店老板身上毫不留情地抽下，狞笑着说："你以为跑得掉吗？"

纸货店老板躲避不及，被电得全身抽搐，惨声高叫。脸在地上被碎石沙划出道道触目惊心的血痕，然而他似乎都没有感觉，只是不停地喘气和打滚。

两名巡警睨视着地上失去反抗能力的"猎物"，优哉游哉地将电棍收回腰间，慢慢掏出手铐，吹着口哨将已经瘫软成一团泥的男子铐了起来，一路拖上警车，锁上车门，然后缓缓驶离公园。

过了好久，简墨才扶着椅子背慢慢地坐起来，僵硬的背感觉到一片潮湿冰凉，冷汗已经浸透了衬衣，贴在他的背上，非常不舒服。这个时节的风还夹着一丝初秋的燥热，但他却感觉像是刚刚从冰窖里出来一样。

前几天，简墨还和纸货店的老板说过话。但现在他知道，也许自己再也见不到这个人了。

清街了！居然真的被他爸说中。

为什么事前一点征兆都没有？上一次清街不过是两年前，夏尔为什么要做这种竭泽而渔的事情？

夏尔从上任起就与他的前任以及前前任一样，纵容下属放任六街私货泛滥并从中大肆渔利，这已经是大家心照不宣的默契。几年一次的清街，也不过是历任木桶区的“国王们”在适当的时机冲冲政绩保住这个肥缺的手段，是六街约定俗成的惯例。可今天发生的事情，简墨实在是无法理解：六街的人清空了对夏尔有什么好处。如果贩私的人都被抓走了，再想恢复生气，只怕没有几年根本不成。

简墨不敢马上离开这里，生生又挨了好一段时间，直到再看不见什么人跑进公园里，他才完全冷静下来。还好昨天他爸和他把所有东西都清干净了，一点痕迹也没有留下，不然此刻还要担心家里。

简墨假装放松，实则警惕地一边走一边观察周围的情形。

在公园摆摊的人很少，就算有，也只是同他一般出货量不大的流动小贩。巡警们多半是在那些出货量大的店铺抓人，刚刚的纸货店老板只怕也是意外跑脱。不过他现在可不敢去看那边是什么情形，只想尽快回去。

路过超市，简墨随便买了点小菜，飞快地结了账向家里赶去。

这个时候只有回到家里才会让他感觉安全一些。

简爸应该还没有回来，今天他没事就把晚餐做了吧，再拿些饭菜给三儿送去，免得三儿自己做糟蹋材料。

他脑子里乱七八糟地想些无关紧要的事情，让自己还有些慌乱的情绪平静下来。直到快到家了，简墨的心跳才完全恢复正常。劫后余生的庆幸感让他再次对他爸的谨慎感到钦佩和认同。在木桶区的六街生活，记住这两个字才能活得长久和安稳。简墨觉得自己也得把这两个字在自己脑子里再刻得深一点。

回想起刚刚公园那血迹斑斑的一幕，简墨不禁有些物伤其类。他从塑料袋子里摸出一个西红柿，一边啃一边走，仿佛酸甜的汁水能够让压抑的感觉稍微释放一些。

然而下一步刚刚抬起，仿佛有一道闪电从他后颈擦过，一种强烈的被人盯住的感觉猛地蹿上心头，全身汗毛都突兀地竖了起来。

是谁？！

这种类似警告的感觉只有被巡警盯上时才会偶尔出现，但也从来没有这样强烈过。随着简墨距离他家门口的巷子越来越近，这种被注视感变得越发明晰，简直就像是用强光灯直接照在背上一样，皮肤快被灼伤了。

简墨脑海里浮现的头一个猜想是：“难道巡警埋伏到自己家门口了？”

莫非是在他摆摊的老地方没有抓到现行，所以想要强套罪名给他？

简墨有种强烈的预感，如果自己走进这条巷子的话，肯定会有非常糟糕的事情发生。他立刻拿定了主意，保持步伐速度不变，优哉游哉地“路过”通往自己家门的巷口，向三儿家所在的小楼踱去。

他从口袋里摸出封玲每次离家都会留下的钥匙，从容地开门、关门。

很好，那道注视，消失了。

靠在门板上，简墨感觉到心在胸膛里跳得怦怦响，他忧虑地向窗户外看了一眼。

从三儿家客厅的窗帘缝，可以看到通往他家门口的那条巷子。可偷偷观察了好几次，简墨并没有发现什么值得怀疑的人，也没有发现什么不妥的细节。他好几次怀疑自己那个时候是不是产生了错觉，可每当简墨想要迈出三儿家时，适才那种如芒在背的感觉和刚刚才警告过自己要记住的谨慎两字，都提醒着他不要轻举妄动。

该怎么办呢?

漫长的等待，让简墨越来越烦躁，他还从来没有过这种有家不能回的经历。

太阳逐渐向地平线沉去，如同一条潜入深色海平面的金色大鲸鱼。

简墨看了一眼墙上的挂钟：他爸今天不加班的话，这个点应该快到家了。如果家附近真的有不速之客蹲守，他还是提前到必经路上去等着，把这件事情告诉他爸比较好。

这么决定好后，简墨站到窗帘后想最后观察一下。但这一眼看去却让他的心跳到了喉咙口：三儿正吊儿郎当地夹着一支点燃的香烟，大大咧咧地走进了巷子，向自己家踱去。

是了，三儿也该这个时候下班，他肯定以为自己在家里!

一种不祥的感觉提上心头。

简墨想都没想，伸手唰地一把拉开窗帘，砰地一把推开窗户，大喊:“别进！”

然而已经晚了。

封三没有回应他，脚也再没有迈出一步，上身随着前行的惯性，悄然无声地向前扑下。

连一声惨叫都没有。

简墨的呼吸一窒，最后一个字被生生截断在喉咙眼儿，眼睛直直地看着三儿一动不动的黑色后脑勺，不敢相信眼前的情景。

三儿死了？不会吧！是假的吧？

他最好的朋友，不过是从他家门口走过而已，什么也没有做，什么也没有说，就这么轻飘飘地、随随便便地死了？

简墨呆在窗后，全身僵直，连呼吸都不敢有。

巷子静静的，除了三儿倒下发出轻微的扑地声，没有发出任何声音。实际上除了一直关注巷子的简墨，那道轻微的倒地声也没有吸引来任何关注的人。没有枪声，没有任何慌乱嘈杂的声音，哪怕连喘气都没有，仿佛什么都没有发生过。

停在电线上的麻雀左顾右盼，弹弹跳跳，没有察觉任何不妥。

梧桐树叶在傍晚的风中发出沙沙的柔响，这条简墨熟悉无比的小路此刻突然变得阴森恐怖，令人毛骨悚然。

呆滞了不知道是三秒还是五秒，简墨才意识到什么，猛然翻身紧紧靠在窗边的墙壁上，握着的拳头止不住抖了又抖，一种说不出的惊惧袭上心头：他路过家门口时产生的那种尖锐的危机感，真的不是错觉！是真的有人想要杀他！不，也许是每一个进入他家的人。

可是六街极少发生杀人事件，贩卖私货最多就是牢底坐穿，巡警们是不会费力杀人的。

但它却发生了，而且正好发生在他家门口。

这已经超出清街的范畴了。或者说，这根本就不是在清街！因为三儿从来就没有私贩过纸货，不可能成为清街的目标。

简墨脑海里浮现一个极端诡异的想法：这个杀手或许和清街没有关系，是冲着他家来的！如果刚刚不是他警惕性高，现在就该轮到三儿给他收尸，或者两人一起下黄泉做伴了。

破旧的楼梯发出轻微的一声“咯吱呀”。

简墨猛地回过神来，他抬起头，盯着门的方向，左手下意识握住胸前的银链。

窗户可以看到他家门口的巷子，巷子自然也可以看到这里的窗户。

完了，他刚刚喊出的声音，是不是被这个杀手听见了？

步步逼近的威胁和恐怖从脚底蹿上脑门，将他团团包围起来，激得简墨全身血液都变得滚烫，他猛地握紧胸前的银链：自己还从来没有经历过这样生死系于一刻的阵仗呢——平常和三儿在六街与人打架和这种狙杀根本就不在一个层级！

也许是因为压力大大超过平常的指数，简墨心里明明怕得很，脑子却反而冷静了下来。

他爸说过，遇到生死危机会恐惧很正常。然而恐惧并不能解决任何问题，不如只当自己已经死掉了，再来冷静想想有没有活路可走。

简墨感觉自己大脑的热度立刻降了下来，他松开抓着银链的手。

迅速走进封三的房间，随手反锁上门，然后利落地打开唯一的一扇窗户，向下扫了一眼便翻出去，顺着下水管轻巧地下滑——这是他和三儿从封玲眼皮子底下溜出去玩时必走的路线，在外人看来不过是一条死路。

木桶区不存在城市规划这种东西。东拆西补的结果就是经常出现死路和天井，木桶区的居民对此种“区域特色”早就习以为常并且善加利用，总是拿来摆放一些闲置物品或者晾晒衣物。

简墨落脚的这条巷子里也不例外地放了各种各样乱七八糟的东西，看上去根本就没有出路。只有他和三儿知道，移开某些遮挡物，再推开某些障碍物，就能创造出一条足够他们这个年纪的少年通过的小路——就眼下来说，是生路。

他以前所未有的敏捷，快速打通了这条生路，逃了出去，头也不回。

身后远远地传来一声愤怒的咒骂，伴随着响起的玻璃破裂声。

第四章

石山中学接触造纸

1 插班

“这是石山中学的插班通知书。”连蔚把一张卡片和一份表格递给简墨，“从明天开始，你就在高一一班上课。课本已经准备好放在卧室了，早上 8 点上课，下午 5 点下课。我给你订了食堂的午餐，你带饭盒去吃就行。”

简墨犹豫了一下，还是接过来。虽然他不确定自己现在是不是想去上学，但是还是说了一声：“谢谢！”

连蔚大概是瞧出他脸上虽然有感激之色却对上学缺乏热情，并没有多少不满，反而安抚道：“还有六个多月就是造纸天赋测试了，你以前从来没有接触过这些，要抓紧时间好好准备。”

简墨垂着眼帘，只得“嗯”了一声。

“你家人的事不要太担心。等事情平静些了，再回去看看。若是被抓了，你也帮不了什么。若是没有被抓，你更不必担心。”连蔚的脸上露出一丝不自然的劝慰之色，大概是因为鲜少劝人的缘故。

已经不是被抓不被抓的问题了，简墨捏着插班卡并不乐观地想。

连蔚见他沉默，也不再啰唆。他本来也不是习惯啰唆的人。

等连蔚离开，简墨又仔细地打量了手中卡片上烫金的文字一番。

“兹接受谢首同学插班高一（1）班（三年制）就读。凭此件于夏历五一四六年十一月一日上午八时来我校学务处报到。楚中市石山高级中学招生办。”

他盯着卡片良久，忍不住骂了一句：“靠。”

六街乱了。

木桶区史无前例的大清街，波及了一到六所有街区。但是这次损失最惨重的，是谁都想不到的六街。

六街一共有一百三十多名居民被逮捕，这几乎是六街贩私店铺数的两倍。平均算下来，几乎每家铺面都有人被抓，甚至包括像他这样的流动摊贩。许多人的家也被查抄了，凡是家中搜出私货或相关物品的，也上了拘捕名单。好在开始抄家的时候，动静已经很大。不少人闻风逃走，使得这个数字没有再上升——这些都是连蔚告诉他的。

让他疑惑不解的是，连蔚告诉了他有多少人被抓，有多少人在逃跑或者拒捕的过程中受伤，但是却没提及有人死了。

是连蔚没有注意到？还是夏尔对外掩盖了木桶区的死亡人数？还是，他当时看错了，三儿根本还活着，没有死？

简墨回忆了一遍当时的情形，心中黯然否定，他亲眼看见三儿被一枪贯头，难道还有活的可能吗？

那天逃出去后，他在木桶区的各处废墟残垣中东躲西藏了两日，想要离开又担心简爸回来找他。但一靠近家附近，就能看见成队的巡警巡逻，以至于他根本无法弄清楚家里的情况。最后饿得不行了，他才不得不跑到相邻的石山区，偷偷翻进一处独立的小楼，准备在厨房里找点吃的，结果才进去就被推门而入的人发现了。

这人就是连蔚。

连蔚不知道是因为看他年少，还是那两日已经听多了六街人外逃的消息，并不惊慌于他的闯入，只是沉声问他到底想做什么。简墨有胆逃命，却还没勇气杀人灭口，正犹豫是抄家伙把人打昏还是赶快逃走时，连蔚先开口：“你是六街的？”

简墨一听，转身就要从窗户再翻出去，结果反被连蔚冲上来拉住：“你一个小孩子三更半夜去哪里？”

无处可去，他就这样别无选择地留下来了。

接连几天下来，石山区与木桶区交界的地方也能看到巡警的身影。好在这里已经属于石山区管辖的范畴，木桶区的巡警也并没有勤勉到越区搜人，简墨暂时算是安全了。

当连蔚问起他的名字时，简墨想了想，回答："谢首。"

阅读器里小说的作者总喜欢自称写手。

他爸现在也不知道怎么样了？有没有遇到那群杀手？是被害了还是逃走了？后来有没有来找过他……这些问题他现在一个都不知道。

简墨把卡片放进口袋里，摸了摸脖子上的银链。逃跑那两日里，链子不小心被钩断了一次。他只好随便捡了一根绳子临时将它系在手腕上。等到安定下来，简墨才找连蔚借了工具修理好。

连蔚显然把简墨当成了原人的弃儿，不但照顾有加，还叮嘱他好好准备天赋测试。只是奇怪的是，连蔚怎么会这么笃定从木桶区出来的自己一定是原人而不是纸人呢？木桶区的纸原比例那么高！

当然，简墨不会主动提醒他搞错了。

连蔚的家离石山中学有半个小时的步程。

上学第一天一大早，连蔚亲自带他去见了校长。

校长是个与连蔚年纪相仿的男人，胖胖的，看起来很好说话的样子。

"这个孩子就是谢首？"胖校长看着简墨问连蔚。

连蔚点点头："就是这个孩子。"

胖校长愁眉苦脸地看着眼前这个头发长到可以扎辫子的少年。对方除了一开始瞄了自己一眼之后就一直默默地望着窗外。看在老朋友的面子上，他主动开口："你之前一点学都没有上过。"

简墨点了个头："字我还是认得的。"

不错，人还是挺自信的，至少还认得字。胖校长感觉自己内心受到莫大的伤害。

他搓搓两只胖手，委婉地选择措辞："老连，按理说，这么多年你第一次主动开口找我帮忙我肯定是没话说。只是石山高中好歹是楚中市的重点，升学率向来都是排前三的，一班更是重点班。我安排一个一点基础都没有的孩子进去，影响不好不说，这孩子他跟不上进度反而对他也不好啊！”

连蔚对胖校长这番苦口婆心的劝说毫不动容：“他不需要跟上进度，别的你都不用管，只要他的天赋测试过了就行。”

胖校长张了张嘴，盯着连蔚看了半晌确认了某件事后，又看了一眼似乎并不怎么乐意上学的新学生一眼，一脸无奈地点了头。

二次纸原战争前，已经有专门教授造纸的专科学校出现。为了更好地培养造纸人才，造纸已经成为政府承认并鼓励发展的专业学科。而作为造纸核心和灵魂的造纸师越来越受到重视和尊敬，收入和社会地位一路飙升。有造纸天赋的孩子成为所有家庭和学校一致看好的培养对象。一个能够通过造纸师认证的学生，哪怕所有学科的成绩都一塌糊涂，在家庭和学校的眼中，也完全可以与一个考上名牌学府的学生相提并论。

很简单，哪怕是一个普级造纸师，一生也能创造几十几百甚至上千纸人，这些纸人就能够维持一个工厂的劳动力需要，也就是说一个老板只要请到一个普级造纸师就拥有了大量的廉价劳动力，由此可见该职业受欢迎的程度。

木桶区的消息再闭塞，简墨也能从新闻和电视上获取一些大多数人都知道的常识。比如原人最迟满十六周岁可以显示造纸天赋，如果此时无法通过，那就说明你终身无望成为造纸师。满十六周岁的原人都可以免费参加造纸管理局统一安排的造纸天赋测试，以确定是否有造纸天赋，是否能够成为造纸师。当然如果你觉得自己有这方面的天赋，也可以提前参加测试。简墨知道的泛亚最小的测试通过者只有六岁。

不过这些都与简墨无关，只因为他是一个纸人。

虽然世界各大造纸研究所对造纸原理各有解说，但从夏历 5053 年世界上第一个纸人诞生起，纸人无法造纸，就已经是公认的事实。

面对连蔚明摆着的胡说八道，简墨没有任何表态。毕竟离明年五月的天赋测试还有差不多半年，足够他躲过风声最紧的这段时间了。

高一（1）班的老师们对于接受这个没有经过任何考核中途插班进来的学生并不乐意。并不是每个学生都有造纸天赋，也不是每个有造纸天赋的学生都会成为造纸师。在他们看来，与其拼那百分之一都不到的概率，不如学好知识考入名牌学府，这样才是真正有保障的前途。

简墨上学的第一天，只和两个人说过话。

班长齐眉是一个马尾辫齐刘海，长相清秀的热心女孩，在简墨简短至极的自我介绍后，第一个鼓掌打破了教室里尴尬的气氛。课下齐眉还主动找他谈话，鼓励他多和同学交流，早点融入这个班集体。简墨在心里默默表示：没必要。

另一个人是名叫欧阳的男生，性格开朗，长得高大帅气，似乎是班上男生中的领袖人物。简墨第一天进教室，才坐下来，他就主动过来打招呼，问他是不是新来的插班生，要不要下课后一起去打球什么的。被简墨冷淡地拒绝后虽然有些失望却也没有生气，只是笑呵呵地说以后有他感兴趣的活动再来喊他。

除了这两个主动搭话的人外，简墨没有与其他人说过话。在他看来，自己在这里又待不长，何必把关系搞得那么亲密。更何况，别人不知道，难道他不知道自己是纸人？万一将来被发现了，与其将来为这个反目，不如现在保持距离，对大家都好。

再说了，他下课之后还要出去打工，哪里有时间跟这些人沟通感情。连蔚好心收留他是没错，可他还得为半年后做打算呢。

虽然做了在这个学校里待不长的打算，简墨对于拿到的高中课本还是很有兴趣的。

他甚至在拿到课本的第一时间，把每本书都细细翻过一次，这还是简墨头一次拿到崭新的课本。以前简爸隔段时间就会到旧书店给他淘一些二手的教科书和参考书给他，但并不强求他学到什么程度。只要他能够正常阅读，在制作魂笔和配置点睛，或者是将来在工厂工作的过程不会因为缺乏常识而犯些低级错误，简爸完全不会管他到底在这些二手书上花费了多少工夫。

他身边的同学见他兴趣盎然地翻看所有的新课本，包括政治书，不由得露出古怪的表情：是没见过教科书还是怎么了，这么兴奋？哪里来的土包子？

经过六街多年的熏陶，简墨早已经学会一件事：无关紧要人的态度，只要没有威胁，就不值得放在心上。

不过尽管他对其他人的态度并不在意，但第一天上课，简墨就发现了一个现象：班上有那么二三个学生根本没有认真，不，应该说完全没有在听课。他们有时在睡觉，有时在埋头吃零食，有时还插了耳机听歌……明目张胆到简墨都诧异不已。可老师对这几个学生违反学习纪律的行为视而不见，对待他们的态度还十分温和，甚至算得上温柔。

“别看了。”也许是简墨打量的目光太过频繁，欧阳下课后就坐到他身边解释，语气有些酸酸的，“他们都是早就通过造纸师认证的，普通人对于高考的爱恨情仇，他们注定是无法体验了。”

简墨对于欧阳这种自来熟也开始有点了解。虽然不想和这里的人有太多交往，但是也不好表现得太过冷漠，于是问道：“这样的学生，学校有多少？”

“他们是提前通过造纸师认证的学校特招生。等明年五月的天赋测试过后，应该还会有。我们年级有 300 多人，按比例算，天赋者至少有 30 人吧，能够通过造纸师认证的，应该有一到两个人。运气好的话，说不定能有三四个，运气不好，说不定一个都没有。”他一边说一边用眼角扫着这些脸带倨傲之色的学生，有些不爽道，“这种表情真是很贱，让人很想踩两下。”

也勿怪人家骄傲。简墨心想，你辛苦十几年从千军万马中杀出来，考一个大学，接着考一个研究生，再考一个博士生，而人家成了造纸师后不过随便几笔就能轻松写出来一个同级别的人才，这能相提并论吗？

不过，那种表情确实看起来很贱，简墨心有戚戚。

经历了三天乏善可陈的高中生活后他终于迎来了一堂写造课——唯一没有教科书的课程，简墨的状态简直可以用空前绝后来形容。

虽然很早他就知道自己是一个纸人，也大略知道纸人是通过点睛、魂笔、诞生纸和孕生水四样东西诞生的。但具体是怎样一个过程，他却从来没有亲眼见过。

他是怎么被造出来的呢？创造他的那位造纸师当初在自己的诞生纸上写的到底是什么？他有没有什么强悍的天赋属性？如果有的话，会是什么？

在经过了三天的接触后，大略了解到他对学校生活并不熟悉的欧阳和齐眉也猜到了简墨兴奋的原因，不由得觉得有些好笑。

只是，期待归期待，简墨注定是要失望的。

因为一节课下来，简墨的感觉就跟语文课的作文要求差不多。唯一的特点就是，这作文是写人的。

造纸课的老师是个三十多岁的女造纸师。不知道是无心教授，还是根本没有什么好教的，她只是语气冷淡地强调了要注意人物描写要合理，又叮嘱了几句要“好好写，认真对待”之类的，就发了文稿纸给他们。

这纸甚至不是诞生纸。简墨郁闷了。

不过这也是理所当然，一堂造纸课，不过是练笔而已，又不会真的拿去造纸。

欧阳因见他无精打采，打趣的话到了嘴边又咽了下去，安慰道：“你也不用失望，至少半年后的天赋测试里你肯定能免费全套体验一次！”

这话让简墨的眼睛重新亮了起来。欧阳见他心情好了，趁机约他出去打球，却不想又被简墨拒绝了：他要去打工。

连蔚对简墨下课之后打工的事情也颇有微词：“不要以为通过天赋测试是很简单的事情，你没有一点造纸基础，甚至之前没有受过专门的训练，如果不好好下功夫，很有可能通不过。”

简墨不能说自己在为几个月之后的跑路准备路费，只道：“在学校里的时间我会全部用来学习写造。但课后的时间，我想自己安排。”

连蔚知道这个少年是主见极强的，不然也不可能从混乱的六街几乎毫发无伤地逃出来。他自知无法强行为这个少年安排什么，只得退一步自我安慰：也好，学习要有张有弛。

想到这里，他又难得地给胖校长打了个电话：“谢首如果在其他课程上做别的事情，只要不影响正常授课，叫老师都别管他。”

2　来自五千年的愤怒

写造课的第二天，简墨被那位女老师叫到了办公室。

这位课堂表现得十分冷淡的女老师再次见到简墨这个插班生，脸上罕见地露出了微笑。她指着办公桌上的那两张文稿纸：“这是你自己写的？”

文稿纸上龙飞凤舞的字迹，透出一种难以描述的节奏和韵律。

简墨瞟了一眼，认出自己的字迹，心里有些忐忑。

他以前写的那些小说，因为有的涉及到阅读器中的内容，除了简爸偶尔会翻阅，连三儿都不曾见过。这是他头一次在陌生人面前展现自己的文字，所以一点自信都没有：这是一个单用文字就可以逆天的世界，自己那点小小的笔力在真正的造纸师面前到底够不够一看？握了握有些潮的手，简墨不是很利索地点点头，颇有点“伸头也是一刀，缩头也是一刀，干脆豁出去算了”的意思。

女老师大约是看出他有些紧张，笑得更加温柔了一些：“不用害怕，虽然老师不是传统派，但是对传统派也没有什么偏见。只是先前很好奇连主任难得开口推荐的学生，到底特别在哪里？不过，老师怎么也没有想到，连主任推荐的是一个传统派。”

传统派？那是什么东西？简墨莫名其妙地想。

女老师似乎也没有一定要简墨回答什么的想法，又或者她已经脑补出简墨的心理活动，于是又低头去看简墨那两张文稿纸。

“好久没有见到传统派的写作手法了，虽然现在……罢了，有些事情，老师也不好做什么评价。不过，你的文笔，嗯，传统派似乎是这么称呼的吧——很不错，虽然老师不太了解，也没有见过传统派的原文，但是看你所写的内容时也有那种自然流畅、身临其境的感觉。这种感觉，很奇妙。”

她又抬头，眼睛里绽放出欣赏的光芒。

这，似乎不是批评？

简墨心里隐隐有了小雀跃。虽然他明知道纸人是无法造纸的，写得再好，不能诞生纸人，在这个世界里就没有任何价值。但大抵作为他有生以来花费最多心血的一件事，又有着旧纪元一座文学宝库的熏陶打底，简墨心里总忍不住想与那些能够造出纸人的原文比试一下，看看孰高孰低。可在六街，他是不可能找到造纸原文的，因此也无从比起。但从眼下老师的评价看来，他写得好像还不错？

心情一松，简墨居然有心情打量自己的这位写造老师。他突然发现这位女老师笑的时候比上课绷着脸的时候要好看很多。这大概是因为虽然没有表现在脸上，却从骨子里透出来的那种与班上那几个已经通过造纸师认证的家伙一样倨傲，破坏了这种温柔恬静的气质。而现在对他展现的温柔，大概是出于同类的认可吧。

女老师将文稿纸折好，递还给简墨："收好了。虽然现在传统派与现代派已经不如以前那么针锋相对了，但还是不乏那些喜欢上纲上线、拿技术说态度的人，你在学校尽量低调些。"似乎是担心他这个年纪的学生有逆反心理，听不得这些规劝的话，她又补充一句道："不要着急，等到天赋测试后就好了。有才华的人，在哪里都不会被湮没。"

女老师大概是想提醒他什么，又担心这提醒打压了他的积极性。可是对方这一番自以为暗示得够明白的话，听在简墨耳朵里，完全是云山雾罩。不过对于要他低调这个嘱咐，他一个从六街逃出来的纸人本来就不想高调，只是这跟他的写造课又有什么关系？

虽然不明白女老师委婉的想表达什么，但这并不妨碍简墨从她说话的语气中感受到善意和欣赏。低头看见手中的文稿纸末尾被红笔写着俊逸的"优秀"二字，旁边还有一个小小的余字，他略低了低头："谢谢余老师。"

折起文稿纸，简墨将它装进口袋。

欧阳见他从写造课老师办公室回来，忙问是什么事情。

简墨自己还没有弄清楚状况，只得含糊其词地说："大概说我在这方面有潜力，但还需要努力什么的。"

欧阳怔了一下，表情有些古怪，眼眸中一瞬间掠过一丝似乎是失望，又似乎是自嘲的光。这神色消失得很快，如果不是简墨正巧望着他的话，根本就不会察觉——因为欧阳很快又兴奋地睁大眼睛望着他，惊叹道："真的吗？余玲老师可是普十三级的造纸师。她可从不轻易夸人，看来你的原文真的非常不错。"

说着他用眼角扫了一眼班上那几位已经通过造纸师认证的同学，微微翘了下嘴角："以前可从来没有见到余老师专门把谁叫进办公室去表扬的。"

即便没有欧阳刻意高声宣扬，几位上课从来不认真听讲的同学也早已经注意到简墨被写造课老师单独召唤的事情，目光中又是嫉妒又是轻蔑。

简墨扫了一眼周围，心想，你这是替我长志气呢还是替我拉仇恨呢？

意料之中，放学后，几个造纸师同窗围住了正要回家的简墨。其中一个头发有点天然卷的男生，皮笑肉不笑地开口："谢首同学，你的写造课作业可以借我们鉴赏下吗？"

话说得很客气，只是语气中带着毫不遮掩的不屑和嘲笑。

简墨环视了几人一眼，不动声色地握住书包背带，默默判断对方的威胁指数。在确认这是一群典型的四肢发达头脑简单的家伙后，他毫不客气地拒绝了："不可以。"

"为什么？"天然卷同学大概没想到他完全不给面子，扫视了周围一眼，人墙跟着收紧一步，企图给简墨带来一些压迫感。

"不为什么。"简墨凉凉地回答，抓起书包直接向他脸上扔过去。书包里装了大约十本书，颇有些分量。若是被砸实，感觉必定不会好受。

天然卷同学没有料到他突然来这么一手，惊呼一声，忙不迭地后退，身体猛地撞在课桌上，"轰"的一声连桌带人一起狠狠摔在地上。笔盒和书"哗啦"掉了一地，天然卷本人也痛得大叫起来。

其他学生怔住了，不知道是没有反应过来，还是被这声势吓住，居然没有一个人过来拉天然卷。

简墨低头看了一眼凌乱的现场，两步迈过去，在天然卷面前大大咧咧地蹲下来，吓得躺在地上的天然卷向后缩了一下。他大概是想爬起来，可简墨蹲在他旁边，他便一动也不敢动，戒备地盯着简墨。

其他学生见到简墨凶悍的模样也露出怯色。

就这种胆量还学坏孩子寻衅滋事，玩校园霸凌？

简墨不由想起自己阅读器上的某些校园小说，摇摇头。这些孩子们单纯率真得让他这个六街来的孩子不忍直视啊。挑了挑眉，他叹了一口气，拉长了语调摇头道："世风日下，人心不古啊——"

捡起书包站起身，简墨垂眼不屑地拍了拍书包外面，仿佛那里沾了许多灰。

天然卷见状忍不住喊道："谢首，你别太得意！你原文写得再好，也不一定造纸天赋就好。造纸天赋不够，就算原文再好，又能造出什么像样的纸人！现在这么嚣张，说不定连天赋测试都通不过！"

简墨淡淡地"哦"了一声，瞥了他一眼。见天然卷下意识地又瑟缩了一下，心里觉得十分好笑：明明怕得不得了，还要放狠话。

“我造纸天赋不好,那你的很高吗？”简墨歪着头,笑得很自信地请教对方。反正六个月后他人都不知道在哪儿了，因此根本不在乎自己放出来的豪言将来是不是兜得住。

听到这话，天然卷眼神虽然有些不自信，却仍旧直着脖子说：“虽然我只是刚刚通过造纸师认证，可你还未必有这个天赋！”

刚刚通过造纸师认证到底是什么水平，请恕六街的孩子孤陋寡闻。还有你之前说的原文写得好，造纸天赋不高的话，无法造出好的纸人是什么意思？

简墨把满心的疑惑都轻巧地掩盖于平淡的脸色下，只是半弯下腰，死死盯着地上的天然卷，一字一顿地说：“哦，你挺自信的，这真是一件好事。”

天然卷完全被简墨的气势压制住，双拳戒备在胸口，仿佛被恶霸欺凌的小姑娘。

论放狠话、打架、逃跑，六街的孩子哪个都能完胜这些温室里培养出来的小白花。就算是一对五，简墨未必不能全身而退。

至于嫉妒和中伤？

简墨嗤之以鼻，他曾经遇到过的少了吗？作为一名六街街头捡来的纸婴，如果对这种没有丝毫实质性的伤害都要耿耿于怀，那他这十六年可真是白活了。

环视一圈周围敢怒不敢言同时也不敢动的小造纸师们，简墨起先有点暗爽，但紧接着又觉得寡然无味。他在六街靠着拳头和双腿十多年锤炼出来的地位，在这个学校里不过一顿嘴炮就达到了，这真是野蛮人在文明世界里的优势吗？

没了和这些外强中干的家伙继续浪费时间的兴趣，简墨懒得再看他们脸色，背着书包准备去打工。

一出教室门，简墨怔了怔，门外背着书包靠在墙上笑得一脸兴趣盎然的欧阳，显然是刚刚在偷听他们说话。

欧阳悠闲地把手插在口袋里，自嘲地说：“还以为能帮上你的忙，看来是我想多了。”说着，一甩书包向外走去。

简墨瞥见地上一块被随意抛置的灰砖，眼眸染上淡淡的暖色。

虽然余玲老师让他低调些，但是简墨并不打算眼前一抹黑地过日子。权衡了一番利弊后，他将文稿纸给了连蔚。

等连蔚终于从纸上抬起头来的时候，看到他的目光和余玲十分相似，有充满意外的赞叹，也有欲说还休的担忧。

简墨将这反应默默观察在眼里，继续问："余老师说我属于传统派，这是什么意思？现代派和传统派有什么不一样？"以至于他写个文还要低调？

连蔚刚刚还震惊于文稿纸上流光溢彩的文字，接着听到简墨问出这么幼稚的问题，也是笑了一下，眼睛里满是"果然是从六街来的，什么都不懂"的神色。

"你能写出这样的文，实在是出乎我的意料。早知道如此，我应该提醒你掩盖一二的。虽说……罢了，写文的习惯，也不是说想掩盖就能盖得住的。现在不同以前，也不是什么大事。放心吧，无论如何，有我在。"

连蔚没有再解释，他回书房从书架上抽了一本书册递给简墨，说："这是现在主流的写造手法，你自己看吧。"

简墨看了一眼书册的名字——《经典写造原文集》。

眼睛一亮，他翻开第一篇，经典范例第 1 篇：爱丽丝

"女，二十岁，身高 168 厘米，体重五十公斤，皮肤白皙，四肢修长，身量窈窕轻盈，淡金卷发齐腰，碧色猫眼，浅红嘴唇。"

"喜欢的食物，小白菜、大白菜、卷心菜、娃娃菜、菜薹、油白菜……莴苣、胡萝卜、白萝卜、猫耳朵菜、大豆、豌豆、荷兰豆……牛肉、牛杂、猪肉、羊肉、兔肉、鸡肉、鸭肉、鹅肉……"

"喜欢穿的衣服，连衣裙，包括长袖、短袖、无袖、吊带、短裙、A 字裙、包臀裙……喜欢的面料，棉、雪纺、羊毛、莱卡、莫代尔、纤维……"

"喜欢的电视剧，言情、文艺、生活、探险、奇幻、科幻……喜欢的电影，言情、文艺、生活、探险、奇幻、科幻……"

"喜欢……"

关于爱丽丝的描述大约有十页，密密麻麻万余字的内容将爱丽丝的外貌形态、喜恶、性格、习惯……做了事无巨细的说明，犹如一份高新科技家电说明书。

这……是什么？

这到底是什么玩意儿！就这还"经典"写造原文？

长久以来的期盼如大地般咔嚓一声裂开，变成了悬崖和低谷，如同理想和

现实一样，顷刻间颠覆了十六年来他对这个世界最美好的幻想，将赤裸裸的真相展露。

他还一直以为能够创造出纸人的原文，绝对是臻至人间极点的文字。即便他自己终其一生无缘写造，可只要能让他亲眼品味到那些文字的韵味精髓，他也觉得十分满足；他还一直以为自己从小拥有一座别人没有的文字宝库，是小说里命运之神的挑选，是优美而神奇的文字对他这位追逐者特别的青睐和优待；他还一直觉得只要能与这些美好的文字同行，就算身份地位如何卑微，自己也拥有足够的勇气，抵抗这个世界对他无穷的歧视和恶意。

可现在他知道了，那些他原以为美味动人的食粮只是根本无法食用的干沙。他只是一条被扔进了沙漠的小鱼，却做着在海里畅游的白日梦。

原来真正的写造竟然是这样的？原来他心中向往甚至想要顶礼膜拜的神奇文字竟然是这个样子？

将一个人的个人特征喜好写出来就算是写造了？描写得越全面越仔细，则造出来的人越成功吗？这算什么玩意儿！填空题吗？

这还算是文字吗？算是华人子孙引以为豪、流传五千年的瑰宝吗？

文不能载道，字不能传情。那些在他梦中千百次萦绕不去的，挥毫泼墨间海纳百川，豪迈的、婉约的、严谨的、不羁的、恢宏的、细腻的、激昂的风流文字，都去哪儿了？

翩若惊鸿，婉若游龙。荣曜秋菊，华茂春松。髣髴兮若轻云之蔽月，飘飖兮若流风之回雪。远而望之，皎若太阳升朝霞；迫而察之，灼若芙蕖出渌波。

瞻彼淇奥，绿竹猗猗。有匪君子，如切如磋，如琢如磨。瑟兮僩兮，赫兮咺兮。

赵客缦胡缨，吴钩霜雪明。银鞍照白马，飒沓如流星。十步杀一人，千里不留行。事了拂衣去，深藏身与名。

黄蓉嫣然一笑，说道："我本是女子，谁要你黄贤弟、黄贤弟地叫我？快上船来罢。"

……

那些读来唇齿生香，思来荡气回肠的文字，承载了多少人的情感和向往。醇厚得如同深埋三十年的美酒，美妙得如同豆蔻少女的回眸一笑，耀眼得如同天上的日月星辰……文明不止，传承不息。

简墨曾经多少次在梦里想象：能够铸造出一个个鲜活多姿的生命，一个个个性迥异的人物的文字该是何等的惊心动魄，何等的倾国倾城？能够让人物跃然纸上，走进真正的三次元世界，这样的文字该是何等的优美灵动，韵味盎然，他以前光是想，都觉得魂魄要凭空飘起来了。

即便他也只是一个被文字铸造出来的纸人，即便纸人被这个世界上的人所鄙薄轻视，他从来没有觉得耻辱和怨恨，身为如此有趣和神奇的文字造物，他怎么会自怨自艾？

昨日提笔时的忐忑和挥笔时的谨慎，简墨还历历在目。那时他还在忧虑，以自己的笔力能不能描摹出一个真实生命的万分之一。但今日所见，却电掣雷击一样让他清醒过来：满目如同电路图一样被刻画得规规矩矩的格式，把一个个字、一个个词填空一样机械地焊接在纸上——这才是真相。

文字的灵魂何在，作者的尊严何在？在一心追逐生存空间和科技水平的时代，连文字也要变成那流水线上的标准件了吗？

这种流水线下的角色，真的可以称之为“人”吗？

那不过是用一堆名为文字的零件和电线制造出来的机器吧！

简墨恍然记起，小时候在某次电视节目中听过一位邢姓的教授愤慨地说，大洪水后的新纪元也是文化大失落的时代。虽然通过造纸达成了百年时间复原五千年科技水平的辉煌战果，但也因为造纸需求的巨大和迫切，导致文字创作的方向只剩下造纸这一座独木桥，全然失去了它本该拥有的璀璨光彩和无限可能，让整个新纪元人类的精神干枯得就像一片令人绝望的沙漠。

当时简墨还为这位教授做出的这番前所未闻的言论感到震惊。可现在回想起来，类似的观点此后他再也没有听到或看到过，像是完全从这个世界上绝迹了一般。

所以简爸给他的那本阅读器上的作品，已经是旧纪元时代仅存下来的文字遗产了吗？

可是现在，连阅读器也没有了。

连蔚注视着因为头发过长扎起短马尾的少年，他先是带着惊喜打开，微怔之后慢慢翻看，动作偶有停顿，后来则是越来越快，完全不是看书而是翻书。那双黑亮的眼睛从迷茫、惊诧、不可思议逐渐变成了失望，最后居然奇怪地转为了愤怒和冰冷。

少年的惊讶是他意料之中的事，六街虽然是以贩卖造纸私活闻名，但并没有一所正规的高中。普通人想要系统地了解写造之术，并不是很容易的事情。

只是少年脸上难以抑制的愤怒和失望，连蔚却想不通了。就算是因为孤陋寡闻而羞恼，也不至于这样的生气吧。

最后，少年闭上眼睛，五指抓紧了手中的书，却不像是因为珍惜和紧张，倒想是要将它撕掉毁坏一样。连蔚莫名有些担忧，可没等他再说什么，少年已经将书轻轻丢在桌上，如弃敝屣，最后一言不发地转身回了自己的房间。

3　写作和写造本来就是两回事

简墨最近两天的心情极糟，连和他一句话不说的同学都看出来了。

几位通过造纸师认证的学生刁难他不成反被教训的事情已经传播开来。大家都知道这个新来的插班生不是个可以随便捏的软柿子，再加上在年级里颇有号召力的欧阳似乎对他十分照顾，是以就算再看不惯他的人，想要找他的麻烦，也不得不考虑下后果。

“你到底在烦什么呢？”欧阳不解地说，“连余老师都看好你，就算你月测成绩再差，也不会被降级到二班。”

简墨担心的自然不是这个，升级降级对于只打算在学校待半年的他来说没有任何意义。“啪”的一声合上手中的数学题集，他终于决定把头转向已经骚扰他一个中午的欧阳：“你对传统派和现代派有什么看法？”

欧阳愣了一愣。

在欧阳的记忆中，传统派已经是尘归历史的一种写造流派了。他对它的认识只限于历史书的写造简史那一章。至少他有生以来，并没有看过传统派的写造原文，一定要找的话，应该还能在图书馆里找得到，只是谁会去找呢？

关于传统派和现代派之争，欧阳倒是曾经听他爷爷提过一次。在他爷爷年幼的时候，传统派和现代派之争正值白热化。据说最开始传统派占据了绝对优势，毕竟纸人之父的写造手法就属于传统派。但随着写造之术的普及推广，需要一定写作天赋和长时间辛苦练笔才能够成功写造出纸人的传统派，就慢慢被有规律可循、有格式可依，更为重要的是，能够为更多人学习并快速成长的现代派所取代。既然同样可以造出纸人，简单快捷的方法不是更好吗?

理所当然，曾经被评价为“投机取巧、浮躁贫乏”的现代派成为了主流，传统派自然而然成了“冥顽不化，清高保守”的落后人士，一步步退出了人们的视线。

简单取代繁琐，后起取代传统，这本来是很正常的事情。时代变迁，技术更迭，社会才能进步，这原本只是两种写造流派之间纯粹的技术之争。只可惜，任何事情一旦涉及到利益，就纯粹不起来了。

欧阳听爷爷提过：最初传统派占上风的时候，对逐渐兴起的现代派是各种蔑视和打压。现代派造纸师们总是感觉低人一等，或者被认作是投机取巧的“歪门邪道”，日子很不好过。风水轮流转，当现代派开始取代传统派，主导写造行业的话语权时，对于传统派的报复也是毫不留情。这种斗争甚至一度上升到了政治层面，直到最后导致一位年长颇有威望的造纸师溘然而逝，才止住了势头。

当这一批曾经围绕写造流派做过生死斗争的造纸师逐渐退出舞台后，这场技术之争才真正重新被一些开明的人士摆上台面公开讨论。从那时开始，整个社会对这场技术争斗的评价逐渐走向客观理性：传统派和现代派终究只是技术理念的区别，并不应该成为衡量造纸师水平高低，甚至人品道德优劣的标准。

因为这种宽松的技术氛围的出现，一度偃旗息鼓的传统派生机再现，这些年又逐渐出现了一些杰出的人物，只是对于现代派占据主流的局面已经无力回天了。

现代派写造手法的广泛传播，让社会上能够投入使用的纸人越来越多，社会生产力和科技水平也得到了前所未有的提高。但传统派的没落也产生了深远的负面影响：社会上的文学创作越来越少，市面上除了各大媒体的新闻报道外，几乎没有任何文学类作品出现。书店里除了各种教科书、工具书和专业书籍外，文学类的著作和期刊杂志已经消失殆尽。

新纪元中的文字创作本来已走到几乎只为造纸为生的境地，而当原文与文学作品极为类似的传统派彻底没落后，文字创作单一化和工具化的发展趋势已难以撼动。

尽管少数有识之士已经开始意识到文化产业的倒退和枯涸，呼吁人们的警惕和重视。但百年的全球复兴进程给社会留下一个严重的后遗症——人们已经完全固化了这样一个观点：文字也是讲究效用和价值的，与其去琢磨如何把文章写得优美流畅，把故事编得曲折动人，不如去好好研究下写造的规则。如何运用规范的文字创造几个有用的纸人来服务社会、服务人类不是更好吗？

若是能写造出高水平的医生，就可以挽回很多病人的生命；若是写造出高科技人才，就可以提高整体的科技水平；如果写造出优秀的老师，就可以培养出更多的人才……整天对着稿纸伤春悲秋、无病呻吟岂不是在浪费生命？若是没有写造天赋也就罢了，既然有这个天赋，为何不去做点正经事情？

如今，没落的传统派在大部分普通民众眼里，无疑就是浪费生命才华，不干“正经事”的典型代表。

简墨的提问很突兀，但是联系这几日他的表现，欧阳心里逐渐产生一个猜想：难道简墨是一个传统派？

他本人对传统派和现代派都没有好恶。在欧阳看来，这只是个人喜好和写造习惯问题。同样是传球，直接传和做个假动作再传，只要球能传到既定队员的脚上，又有什么区别呢？

“我觉得没什么区别，现在都什么时代了，想用什么手法写造，是个人自由、个人习惯，没有谁比谁更高尚的说法。”欧阳无所谓地说，“我总觉得那个时代的人把事情看得太严重了。写造就是写造，写作就是写作。写造的目的是造出纸人，是为了创造新的劳动力，用什么手法，根本不重要。”

“至于写作，目的是创作出文章，文以载道也好，自娱或他娱也好，两者根本不能相提并论。那些说写作是浪费才华、浪费资源的人，我觉得纯粹是多管闲事，用什么方式生活是个人自己的事。这世界上有的人爱好抽烟，有的人爱好赌博。从这个角度看，起码写作没有妨害到健康和其他人的生活吧。”

简墨怔怔地看着欧阳：是啊，写造又不是写作，根本无从比较。既然连目的都不一样，他用衡量文学作品的标准来衡量写造，岂不是荒谬？如果他固执己见地认为写造原文就必须用传统派的，跟那些上纲上线的现代派又有什么区别。一直以来，是他自己一厢情愿地认为写造的方式就应该同写作一样。

纠结了自己好几天的事情终于消融得无影无踪，不再是卡在简墨心口上的一根刺。他感觉全身松快了许多，对于写造课也不是那么排斥了。

欧阳似乎是十分开心自己猜中了简墨的心思，有些得意洋洋。但接下来，他对简墨也问了一个显得有些突兀的问题："既然你问了我一个问题，那我也问问你，对原人和纸人，你有什么看法？"

简墨眨眨眼睛：他能有什么看法，他自己就是个纸人，莫非还能对自己有意见不成。

就同欧阳猜测简墨是传统派一样，简墨也开始怀疑：欧阳难道也是纸人？又或者是怀疑他是纸人？

简墨发觉，即便是在"纯洁"的校园里，学生们对于纸人的态度也与六街没有什么本质区别，只是表现得不那么直接而已。最多提起某个纸人的时候，学生并不会公开用"破纸片""烂纸头"这类侮辱性的词语，而会用"纸人"这样中性客观的代称。这大概也算是泛亚教育局的功劳吧。

"纸人不会写造。"简墨想了想飞快地说，"纸人也不能自我繁衍。"

欧阳没想到简墨用这样的"标准"答案来敷衍他，不满意地说："这是谁都知道的事实。我问的是你对纸人和原人关系的看法。"

难道非要逼他坦白心声，他可不会傻到公开场合说真话。简墨回想了一下简爸少数几次在他面前谈论的纸人的事情，决定改头换面拿来利用一番："我觉得，计划造纸很重要。要知道社会资源是有限的，人口的增长必须与之相匹配，所以我觉得提倡计划造纸必须成为基本国策。"

计划生育是大洪水前华人人数最多的国家某个时期的重要国策。而泛亚人口中，华人也占据了绝对优势比例。因此这项国策即便是现在，也是人人皆知的事情。不过在人口匮乏的新纪元，没有哪届政府会提倡这样的国策了。

"你是说要控制纸人的数量？"欧阳盯着简墨说，"你也觉得纸人抢占了原人的生存资源，是吗？"

简墨直视着欧阳的眼睛："这是无可否认的事实。"欧阳表情微沉，像是不太高兴，却没有出言反驳。

“人口激增，社会资源有限，必然会产生各种问题。别的不提，劳动力的日益低廉，工作环境的恶劣，与此同时，还有原人大量失业造成的一连串问题。”简墨并没有因为欧阳的不悦而闭嘴，“原人的诞生和成长是有成本的，生育、教育、医疗都一定程度上遏制了原人的诞生速度。但是相对而言，几乎落地就能成为劳动力的纸人，他们的诞生和成本相对原人来说可以忽略不计。全球百年复兴进程的刺激，让社会对造纸规模的容忍程度无限膨胀，造生纸人的数目远远超过了合理的底线，使得社会矛盾激增。但是——”

简墨突然停了下来，欧阳正眯着眼睛看他。

他继续道：“造成这个局面的根源，是原人本身。没有原人整个群体欲望的驱使，没有造纸师的技术提供，这一切都不会发生。原人一面享受着纸人物美价廉的产品和服务，另一面又厌恶他们的存在妨碍了自己的利益。更奇怪的是，作为纸人创造者的造纸师反而在原人中大受追捧。这大概，是人类天生的劣根性吧？”

欧阳明明知道简墨在胡搅蛮缠转移话题，但却不知道怎样才能驳倒他，不得不接口说：“那么你认为控制纸人数量，计划造纸就可以解决这些矛盾吗？”

简墨摇头否认：“远水难解近渴。计划造纸真正起作用之前，这种恶劣的影响会一直持续。原人自己造的苦果终究是要原人自己吃。只是，造苦果的那一部分原人，未必是吃苦果的那一部分。从某种意义上来说，班上那些没有通过造纸师认证的人最讨厌的应该不是纸人，而是那些通过了造纸师认证的人。因为他们未来的工作就是造出会抢夺其他同学饭碗的纸人。”

可事实上是，这些普通的学生非但不讨厌这些通过认证的同学，反而是寄予羡慕和崇拜之情，甚至设法亲近讨好。如果给他们一个机会变成造纸师的话，一定不会有人犹豫——这是人类趋利避害的本能。

简墨对欧阳说的一番话没有刻意遮掩。

他这种观点之前并非从没有人提出，只是因为社会的主流声音太过强悍，这种言论还没扩散开来就已经湮没在了某个角落，不为广大人民群众所闻所悉，是以当他说出这番话的时候，下午提前到达教室的学生都被震动了。

首先做出反应的就是天然卷，现在简墨知道他的名字叫祝鸿飞。

他不服气地站起来，指着简墨说 ：“你这是在挑拨离间！难道说原人的失业都是造纸师造成的吗？”

简墨冷笑一声 ：“每当一个纸人被当作劳动力制造出来的时候，就有一个原人要做好失业的准备。不仅仅是造纸师，历史上每一次提高生产率的生产工具被改良和革新的时候，都会有大量失业者产生。蒸汽动力出现的时候，手工作坊破产了 ；电力出现的时候，蒸汽动力的工厂也破产了 ；设计软件出现的时候，手绘美工会失业……区别只在于前者是冷冰冰的工具，后者是人而已——你觉得我有哪句话说错了吗？”

祝鸿飞顿时哑口无言。只是出于强烈的自尊心和一贯的傲慢，他故意挑衅道：“既然你觉得造纸师这么十恶不赦，你还对写造那么有兴趣做什么？”

简墨像看精神病一样看了他一眼 ：“十恶不赦这个词是你说的，我可从来没说过。别诬陷好人。”

“可你不就是这个意思？”祝鸿飞气恼道。

“将来我要是成了造纸师，我也一样这么说。”简墨瞥了他一眼，“虽然事实如此残酷，可我不觉得造纸师本身有什么错。既然写造这个玩意儿已经被老天爷生出来了，就不可能被重新塞回他娘的肚子里去。既然没有能力改变现实，那就选择改变自己。与其整天怨天怨地，不如在已成定局的现实中寻找更有利于自己的出路。如果我能够成为造纸师从而赢得更好的生活，为什么不去？何况，没有造纸师就万事大吉了？在出现纸人之前，原人和原人之间就没有竞争和淘汰吗，可笑！”

“你，你这不等于什么都没有说吗？”祝鸿飞瞪着简墨。

“我是等于什么都没说，那你跑过来质问我什么？”简墨反问道，“我是在和欧阳聊天，我又不是在骂你。你有被害妄想症吗，总想把自己代入被骂的角色啊？”

祝鸿飞憋了一肚子气，拖着步子回到自己的座位。

其他学生虽然时不时用异样的目光打探一番简墨，却再没有人过来说什么，只是左右窃窃私语。

依旧坐在一旁的欧阳低声旧话重提 ：“这么说，你不讨厌纸人吗？”

简墨拍了拍他的肩膀，什么都没有回答，心底却起了薄薄的疑惑：莫非这学校里的纸人真不只自己一个？

4 欧阳的生日会

听到简墨说话的只是少数同学，但是这并不妨碍这番话在全班，甚至整个学校流传开，这大抵要归功于那位诘问他的祝鸿飞。可事实上简墨那段听起来非主流的言论非但没有引起其他学生的反感，反而得到了绝大多数人的共鸣。

无望成为造纸师的那些学生第一次有了这样的认知：原人的失业并非是纸人的原罪而是造纸师造成的，或者更进一步说，是由于造纸的无节制造成的。他们在感觉到新鲜有趣的同时，并没有因此生出太多的怨怼——正如简墨后面所说，与其整天抱怨自己生错了时代，不如赶紧多学些东西为自己的前程增加些筹码，整天叽叽歪歪地怨天尤地，有用吗？

奇怪的是，拥有造纸天赋的学生们居然也没有多少人对简墨生出反感。托祝鸿飞的福，他们觉得这个高一插班生也算是个敢说直话的人。显然他们也认同：既然造纸已经成为一种既成事实，这个社会总不会因为自己一个人不做造纸师而停止造纸，如此，选择一条对自己更有利的路又有什么错。

简墨摆明了用刻薄无情的嘴脸两边各打五十大板，不但没有引起两方的敌意，反而让他无形中又在石山中学出了一次风头。在本人都还不知情的情况下，他一时间成为全班甚至全校闻名的人物，连教师们也都对谢首这个名字不陌生了。

“原人的失业与纸人无关，这话是你说的？”晚饭桌上，连蔚迟迟未动筷子，眼神有什么情绪黑压压地在翻滚，颇有些恐怖。

简墨无动于衷地给自己盛了一碗汤，回答：“我没说过这句话。”

“你不承认？”连蔚盯着他喝完汤，语气有些严厉。作为地位举足轻重的一员，简墨在学校里发生的事情，都会被人有意或无意地传递到他的耳边，更何况是影响这么大的事件。

简墨放下碗，虽然不太想解释，但是为了保证自己这段时间平静安稳的生活，他不得不开口将中午发生的事情重复了一次。

“不知道谁跟你断章取义地说我说过‘原人的失业与纸人无关’这句话，但可以肯定的是，这个人说话的时候不是脑袋有问题就是心态有问题。”简墨结束了他的解释，继续吃饭。

连蔚张了张口，又闭上。

这个孩子讲述事情经过时眼底不屑的眼神，让他确信这才是真相。看着眼前黑发黑眸的少年说完又开始慢条斯理地用饭，接到校长电话时生出的怒火此刻消弭殆尽。

连蔚握着筷子恨恨地想，就知道这个胖子喜欢无事生非，挑拨离间。不就是给他的重点班塞了一个学生嘛，不就是让他跟老师们打招呼不要去管简墨吗？居然故意误导他。如果这个孩子今天反应差一点，必然会被他骂得狗血淋头，说不定还可能将这个无家可归的孩子赶出家去！死胖子，给他等着。戳到他的痛处还想好过，他会让这个家伙长长教训的！

时间不长不短，一个月过去了。

月末测试，九门功课，简墨写造单科年级第一，外语、历史、地理、政治四科满分，数学、物理、化学、生物四科不及格，最低的数学是3分。

老师们拿着简墨的成绩单，默默无语。

胖校长兴奋了，重文轻理是造纸师的学生时期的通病，或者是特性之一。一般来说偏科的严重程度和造纸的优秀程度成正比。有了连蔚的保证，胖校长根本没想过简墨有可能只是文章写得好，而根本没有造纸天赋这回事。

连蔚看到成绩单的时候虽然也有些吃惊，但是并没有表现得那么明显。但简墨感觉得出，这个五十多岁的老男人很高兴，因为连蔚接到成绩单后就回书房拿了一本书给他。书的名字是《造纸基础》。

这次，简墨没有生气，因为这是一本讲述造纸流程的书籍。

所有人都知道，造纸是造纸师将文字通过魂笔里的点睛，在诞生纸上书写后投入孕生水，最终从水中创造出新生命的过程。不过从专业的角度看，这个过程被划分得更加细致。

简墨数了数书上的造纸步骤，一共八个环节：起笔、落笔、搁笔、融生、孕生、赋生、凝形、造生。

“第一步，起笔。既以魂笔蘸取或灌入点睛，做好书写的准备。

第二步，落笔。将文字书写在诞生纸上。

第三步，搁笔。结束书写。

第四步，融生。书写完毕的诞生纸投入孕生水中，使两者融合。在这个过程中诞生纸上的字迹会发出微光，证明融合效应正在发生。”

《造纸基础》的作者在书中介绍，只要是原人书写的诞生纸在这个步骤都会发生融合效应，但是纸人书写的诞生纸却是无法发生的。因此，半成品诞生纸，即搁笔后的诞生纸是否能够在孕生水中发生融合效应，是目前公认最准确的区分纸人和原人的方法。

“第五步，孕生。融合效应发生后，纸人的生命形态和生命迹象开始显现，如同原人孕妇中的胚胎一般。”

“第六步，赋生。这个过程中胚胎会进一步成长，一般认为，纸人是在这一阶段获得造纸师赋予他的三项先天属性。”

纸人最重要的步骤就是获得造纸师给予的三项先天赋予。如果能够顺利完成这一步骤，则说明在诞生纸上书写原文的人拥有造纸天赋，有造出纸人的可能。但是要通过造纸师认证，仅仅达到这一步还不够。

“第七步，凝形。胚胎逐渐完成肉身的成长，成为完成体。完成体可以是幼儿，也可以是成年人，根据造纸师在诞生纸中的赋予而定。”

书中提到，纸人诞生后只要经过短期的学习和社会交际就可以迅速获得与同龄原人相媲美的知识和社会经验，表现出与原文角色年龄相匹配的智商与情商。

一个是花了十多年的时间努力学习才能获得足够知识和技能的原人，一个是几乎出生就能够掌握这些知识和技能的纸人，也难怪后者鄙视前者虚耗生命，前者指责后者是作弊的种族。简墨边看边想，这样速成且廉价的人才供给从社会生产的角度看自然是一大进步。但是纸人与原人一样，也是要消耗生活资源的。这种一味为了生产而制造出的大量人口，最终必然导致生活资源的激烈争夺。

简墨现在还不知道，负责管理造纸的最高政府部门造纸管理局很早就颁布了控制造纸数量的法令。然而上有政策，下有对策，这法令在执行上难免有各种漏洞。从六街出来的简墨对此自然是体会最深刻的。

“第八步，造生。完成体正常苏醒，宣告造纸结束，一个新的纸人诞生。”

纸人完成造生阶段，并且在非原文设定的情况下，能够存活 24 小时以上，意味着这位写造者通过了造纸师认证，成为一名正式造纸师。此后，造纸管理局会颁发认证证书，承认该造纸师有造纸的能力和资格，同时根据造纸天赋的等级，每年享有一定数额的造纸配额。

虽然知道自己没有能力造纸，简墨对这本书还是产生了强烈的兴趣，认真看完之后不由得再度浮想联翩：如果自己拥有造纸天赋，能够写出一个什么样的人。

《造纸基础》中所提到的纸人三项先天属性，包括天性赋予、天赋赋予、实体赋予。其中天性赋予决定先天性格，天赋赋予决定擅长领域或特长，实体赋予决定身体的形态。在简墨看来，这就像是写大纲的时候进行角色设定一样。

“有点意思。”可惜这种赋予并不是造纸师可以随心所欲给予的。他暗想，如果可以随意赋予的话，那么今天写个超人，明天写个孙悟空，这世界还不乱了套。

要是他是原人多好。

简墨叹了一口气，不知道第几次对自己的身份感到深深的无奈和遗憾：有什么能比亲眼看见自己创造出来的角色变成真人更有吸引力了呢?

关上台灯，睡觉。

“阿首，今天我的生日 party，你会去吧？”欧阳拿着请帖拦在他去打工的路上，大有你不去我就不让路的意思。

对于这个自来熟外加脸皮超厚，整天笑嘻嘻骂他也不生气的家伙，简墨总有一种无能为力的感觉：“你总得让我去店里请个假吧。”

欧阳笑眯眯地把请帖塞到他的书包里:“好。不过，如果你想趁机溜了的话，这个星期都别想按时到甜品店去打工。”

被威胁了的简墨撇撇嘴，背起书包默默向学校外的甜品店进发。

甜品店的老板娘童小琴是个热情又精明的女人，能把简墨每天下班的时间计算到秒，不过偶尔也会把当天卖不完的小点心给简墨带回去吃。

言辞诚恳地向老板娘道歉，并承诺这个星期每天免费多加半小时班后，简墨终于获得了休息一天的批准。既然已经到了甜品店，他索性挑了一款不是很甜腻的小蛋糕，不无恶意地想：希望这个家伙想起来拆这份礼物的时候，这份礼物已经长霉了。

只是他的恶意完全没有成功。

没有想到简墨这个看起来完全不懂人情世故的朋友还会带礼物，欧阳有些好奇，当场就拆开了礼物，在大失所望了一番后，把他推给刚刚接他进来的齐眉，自己继续去应付新来的客人。

在欧阳家转了一圈后，简墨确定这个平常在学校里高调无比的家伙让他看走了眼：楚中市的欧氏集团，名下产业众多，即便是在六街，简墨也听说过这个占据楚中市财富排行榜首位的家族。三儿最喜欢的一个女纸人就是欧氏香水的形象代言人。

大大的别墅里各种高档的娱乐设施齐全，大片简墨叫不出名字的花草和高低错落的灌木恰到好处地装点了庭院，体现了主人良好的生活品位。停在门口的各种名牌轿车简墨认都认不全，若不是齐眉受欧阳嘱托在这片高档别墅区的门口等他，恐怕到现在他还在外面“迷路”。

“你以前来过？”看到齐眉对欧家环境的熟悉程度，简墨心里也有了几分猜测。

今天一身粉色露肩小礼服看起来大有名媛风范的齐大班长居然耸耸肩：“我爸爸在欧氏工作，级别也算比较高的。欧阳的爸爸妈妈平常是很好说话的人，自从知道我和欧阳考进一家高中后，便邀请我来玩过好几次。不过欧阳这个人看起来很阳光很平易近人，实际上，你知道的——”

齐眉恰到好处地侧了侧身体，向简墨示意已经被各方的客人包围起来，却依旧应付得游刃有余的寿星：“生活在这样环境里的人，想单纯也很难单纯起来。”

简墨回忆了一下自己从进班起欧阳就对他表现出的异乎寻常的热情，心情比刚刚站在别墅群门口时又沉了一沉，不由得嘲笑起自己来：他居然天真地以为这个家伙喜欢炫耀挑事只是性格使然。自己警惕心比在六街的时候下降了不少。

齐眉似乎感觉到简墨内心的不悦，无奈地一笑：“你是不是觉得你在学校里两次莫名其妙地出风头都跟欧阳有关？”

她故意提起此事，听起来有些埋怨欧阳的意味。不过简墨却觉得，齐眉是被欧阳有意安排来安抚自己的。毕竟很多事情只要对方主动说出来，总比遮遮掩掩要让人感觉舒服。

这般出身的欧阳注定不会像普通高中生一样单纯因为性情相投去交朋友，他的出生环境决定了他会用各种事情考验并观察对方的反应，以此判断对方的背景、心性、能力各方面条件，看是否值得或适合结交。这种举动或许已经刻入他的骨髓，成为他本能的一部分，而并非是出于某种刻意居心不良。

道理简墨可以理解，可他能够理解并不代表他有这个义务去包容和原谅他。大家都是挑朋友，你有你的考量，我有我的偏好。你天生交朋友爱评估，我天生交朋友凭顺眼，谁也别指望谁迁就谁。

但人已经站到这里了，虽然心中十分不痛快，简墨还不至于大动肝火。此刻，他反而更关心另外一件事情：“我有点不明白，我一个普通人，值得纳入这位大少爷的交友考察范围吗？”

齐眉大概是觉得既然已经坦白，索性直白道：“普通人？你以为石山中学的一班是随便什么人都可以插进来的吗？若不是连主任的推荐，你以为谁能让那么顽固的余校长点头答应你进我们班。”

她突然上下打量了黑发黑眼的少年一下，觉得简墨的表情不像作伪，反问道：“你不是连主任的远房亲戚吗，难道你连他是什么人都不知道？”

这语气让简墨突然感觉自己可能错过了什么惊天大秘密，但连蔚既然从没有提醒过他隐瞒，他也没打算掩饰：“他不是年级主任吗？为什么连校长都要给他面子？”

齐眉定定地看了他一会儿，突然摇头苦笑了一下：“算了，本来我还想从你这里打探些内幕消息的，结果看来——”

简墨心里想，根本就是八竿子打不着的关系，或者说是劫持者和苦主的关系。后者如果不是圣母心泛滥就是得了斯德哥尔摩综合征，才会这样热心地帮他。

齐眉解释道：“连主任现在确实只是学校的年级主任。但是我爸妈说过，连主任从前即便在京华也是可以呼风唤雨的人物。虽然现在他已经不再造纸，地位在楚中市造纸师里却不低。不谈别的，他本身就是一个特造师！”

特造师！这次简墨是真的吃惊了。

通过这段时间的学习，简墨知道，特级纸人是指至少拥有一项明显优于原人平均水平的技能、特长或者天赋的纸人，能写造出特级纸人的造纸师称为特造师。特造师仅占造纸师的百分之十五左右，一般是各地区三大局、造纸师联盟、造纸管理机构，又或者是造纸研究所中的中高层人物，受到各方势力的尊敬和重视。

连蔚一个特造师，竟然屈就一个高中的年级主任，还真是让人觉得不可思议。

齐眉第一次见到简墨露出震惊的表情，也有些小小的得意，似乎觉得能让这个平常对什么都漠不关心的男生露出这种表情很有成就感："看来你对连主任真是一无所知，你这个亲戚该不会是假的吧？"

简墨心道，我是不太了解连蔚。但你跟我说这么多，又是想干什么？乖宝宝一样的班长大人看来心思也不简单啊，石山中学的水比他想象的要深得多。

其实石山中学和其他高中并没有什么两样，并没有简墨以为的那么藏龙卧虎。只是他非常不幸地或者幸运地被连蔚这个神秘人物推进了一个重点班级，自然而然引起了班上两位背景特别的学生的好奇心和探究心。

欧阳平日里与之勾肩搭背的哥们儿也有不少，然而这次生日 party，学校里受到邀请的除了齐眉，只有他一人。楚中市首富欧氏的大少爷，这个身份在学校几乎无人知晓，可他却对简墨敞开了自己的秘密。从某种程度上，这也算是对简墨的信任，或者说是认可，至少在绝大多数人看来是如此。

只可惜，这种单方面自带优越感的认可，给简墨带来的触动几近于无。它不及那天和祝鸿飞发生龃龉后，发觉欧阳在教室外预备为自己干架那一刻带给他的触动多，自然更是赶不上更遥远的小时候，三儿一脸淤青地站在他面前，满眼坚定地说要和他做兄弟的那一刻带给他的满心震颤。

友谊这种东西啊……

简墨内心的无动于衷并没有妨碍继续听齐眉对连蔚过往的介绍。

"一个特造师是不会待在一个小小的高中做一个微不足道的主任的，这其中也有原因，连主任很早以前有一个儿子，叫连英，你知道吗？"

很早以前？这个基调听起来就很不吉利。简墨快速回忆了一下，连蔚的那栋房子里似乎没有任何迹象显示有另一个小主人的存在。

“据说，连英当年也是一个非常出色的人。虽然没有继承连主任的造纸天赋，但是凭借自己的努力在生物医药研究上取得了非凡的成绩，具体做什么我不清楚，总之前途可以说是一片光明。但是很不幸，他遇到了一个糟糕的导师。

“当年连英在科研上取得重要突破后，本来有资格在学校申请一笔资金，建立一个独立的实验室进行深入研究。但是他的导师却不允许，理由是连英还没有独立进行研究的能力。明眼人都看得出来，他的导师只是不想放过连英的研究成果，希望以自己实验室的名义发表。

“但是连英年少气盛，哪里肯放弃。几次与导师理论未果后，他干脆直接去学校申请。只是申请递交了很长时间，最后却没有批下来。连英几番打探后才知道，他的导师拿着他的部分研究成果去找了一位特造师，写造出了一个在这个研究方向非常有天赋的纸人出来，并很快就将这个纸人培养成了自己的助手。”

“导师跟学校说，连英的那项研究在他的实验室可以继续进行，除了正常投入外不需要学校另投入资金建立新的实验室。”齐眉挑了挑眉毛，厌恶地说，“学校方面见到研究可以正常进行又能够省大笔资金，也就顺水推舟地同意了。后来不到一年的时间，连英原来负责的那个课题就有重大突破。与此同时，连主任收到了连英自杀的消息。”

简墨听到这里，立刻就想起连蔚神情激动问的那一句话：“你认为原人的失业与纸人无关？”

顿时食欲全无。

第五章
纸人造生节

1　纸人造生节

儿子因为纸人的介入，不但投入了无数心血的成果被人夺去，还失去原本光明一片的前途，最后甚至绝望地了断了年轻的生命。

也无怪连蔚那日几乎是暴怒地诘问自己。

可是，纸人何辜？被制造出来的种种罪孽，并非纸人愿意背负。真正要恨的，大抵只有那个自私残忍的导师和唯利是图的学校，或许，还有拿着别人成果造出具有同样天赋纸人的特造师。如果没有那个特造师，导师的阴谋又怎么会得逞？

但问题就在这里，连蔚自己也是一位特造师。

连蔚是否想过，他自己曾经写造出来的纸人，又夺取了多少精英俊杰继续生活下去的希望？

简墨心情十分复杂，因为他突然想到：连蔚对自己问出那句话时，内心所希冀得到的答案到底是否定，还是肯定？

“连主任极可能因为这个才对造纸师的身份产生了怀疑和动摇。”齐眉的声音还在他耳边响，“从那以后，他就没有创作过任何作品，也不再和造纸行业有任何牵扯。听说余校长和连主任有多年交情，两人面上看起来不太亲密，实际上感情却很好。连主任辉煌的时候曾经给了余校长不少帮助，所以连主任主动退出十二联席后，余校长依旧待他如昔。连主任这样骄傲的人，自此便在小小的高中屈就做了一个不起眼的年级主任。”

“当我知道你是连主任推荐来的时候，其实是很吃惊的，欧阳也是。”齐眉把话题又转回简墨身上，“欧家在石山中学有股份，有些事情是瞒不住欧家的。这么多年，多少学生家长用尽各种手段，想让连主任帮忙把自己的孩子调到更好的班级，又或者消除某个处分，连主任都无动于衷。所以，这一次他居然主动开口要为一个学生走后门，我们得知这个消息的时候有多震惊，你大概想象不到。余校长曾说过，连主任是那种连自己的亲生儿子都不会开口的人，你却轻易让他破了例。阿首，你说说，你到底为什么让连主任这样看重呢？”

你问我，我又去问谁？在齐眉的这番话下，简墨也渐渐觉得，自己或许不能再用简单的同情心或者斯德哥尔摩综合征来解释连蔚对待自己的异常了。

别墅大厅内的装饰和自助餐虽然不错，但待久了也很闷。

晚餐结束后，简墨走到室外，找了个喷水池旁边的椅子坐下。这里位置很好，不仅空气清新，环境幽静，还可以透过落地玻璃看见整个大厅里的动静。

今天的主角欧阳正在和一个穿蓝色长裙的漂亮女孩共舞。追光灯打在两人身上，营造出华丽梦幻的视觉效果，像极了童话里的王子和公主。

齐眉在他身边坐了下来。她看到欧阳臂弯里那个眉目精致的少女时，笑容突然有些僵硬。不过她并没有表示什么，只是默默地收回了目光，情绪控制得很好。

青春期的荷尔蒙总是到处飞扬，简墨心想。

简墨不知道的是，他和齐眉在看大厅里的人的时候，大厅里那位穿着蓝色长裙旋转的女孩的目光也扫过了他们。

一曲舞毕，蓝色长裙女孩对欧阳莞尔：“欧少，那就这么说好了。后年楚中市中学生造纸大赛的赞助欧家可是主力噢。”

欧阳笑道：“能为造纸人才的培养和发掘尽绵薄之力，是欧家的心愿。更不用说这是万主席主持的赛事，欧家一定会全力支持。”

穿蓝色长裙的年轻女孩在几个重要宾客之前混了个脸熟后，便走进了小花园里，似乎是跳累了。

一个穿着侍者服装的男子走了到她面前，毕恭毕敬地递给她一杯冰镇果汁。

“记得时不时提醒一下负责对接杨华东的人，谨慎一点，别让人察觉出了痕迹。”年轻女孩接过果汁，咬着吸管，琥珀色的眼眸里一抹赤色划过，“若是坏了我的事，就问问他想被分成几块下葬。”

“是，我一会儿就联系他。”侍者后背微僵。

“可惜晚了一步，要是能拿到明年赛事的组织许可就好了。”年轻女孩表情颇为遗憾。

侍者犹豫了一会儿：“队长，这个计划要不要先知会一下社长，毕竟社里不太主张向这些不成气候的小造纸师下手。杀死一个成名的造纸师，作用可比杀几个才通过认证的造纸师影响大多了。”

“真是今时不同往日，如今杀个造纸师，还要挑老的不要嫩的。”年轻女孩讽刺道，“副社长是担心行动一旦成功了，他的地位不保吧。”

“怎么会，大家都盼着老社长，”侍者被队长狠瞟了一眼，立刻改口道，“不不，是社长，大家都在盼着社长能早点回来。副社长其实也一直在设法救社长出来，这不就派轻音队长您亲自来负责楚中市的工作嘛！”

“既然知道楚中市现在是我负责，就老老实实听我安排，少自作主张。”年轻女孩看着大厅内几位衣冠楚楚的造纸师，“小树苗看着不起眼，但它们成片长起来的时候，就很难清理了。”

“而且，在这个过程中，又有多少无辜纸人被制造出来？而这些纸人要受多少磨难，又会给多少原人带来灾难。终归都是要杀的，为什么不从源头开始掐断？”她瞥了侍者一眼，“社里有哪条规定说，制裁的对象只能是成名已久的造纸师，不能是新晋造纸师？”

“当，当然没有。”侍者赔笑道。

年轻女孩目光再度投向简墨那个方向。

侍者显然也注意到队长的眼神，为了弥补之前话题的不愉快，他立刻道：“队长，那个男生有什么问题？您瞧了他好几次。”

年轻女孩用毛巾擦了擦手指，才回答道：“这个男孩有点像会展中心那个修好安检门的那个清洁工。虽然他那天做过伪装，但仔细看，还是看得出一些痕迹。”

“是他？”侍者惊讶了，“他怎么会在这里？难道是跟着我们来的？”

“谁知道呢？”年轻女孩又向简墨的方向望了一眼，“那天事后我本来想查一查他们的底细，没想到两个家伙溜得还挺快，今天居然还遇到一个。”

侍者赶紧说：“这小子的来历我刚刚听说了一点，才多长时间就与楚中市首富的儿子以及前十二联席之一连蔚走得这么近？我们花费了这么长时间也才走到这个地步。队长，我们是不是要好好查查他？”

“才提醒你的话就忘记了。”年轻女孩瞥了他一眼，淡淡道，“要不要我向上面申请一下，让你独自领一队出去。”

“不不不，我可没有这个意思。”侍者连忙道。

“你有没有这个意思只有你自己知道。”年轻女孩起身，留给侍者一个警告的眼神，“你少做些多余的事情。”

看着年轻女孩走远，侍者原本恭敬忐忑的表情一下阴鸷起来：“你当还是老社长在的时候，整天一副自己多么了不起的模样。若不是看在你有异能的份上，社长早就把你赶出去了！一天到晚把老子当仆人一样呼来喝去，哼！”

他走到暗处，摸了摸耳朵上的耳钉，低声道：“社长，轻音队长她……”

“去欧家了？”连蔚听了简墨晚归的原因，不由得皱起眉头，“以后那种铜臭熏天的地方少去。他们这种人，哪怕出门上车先迈左脚还是右脚都要考虑是不是有利可图，你跟那种人搅和，”连蔚看了看少年脸色，“吃瘪了吧？”

简墨摇摇头：“吃瘪倒不至于，只是不太喜欢那里的空气。”

他最后一句本来是想说“以后不再去了”。但不知道怎的，脑海里突然浮现那日欧阳人在门外，墙砖在地上的场景，犹豫了一下，改了口。

连蔚听他这样描述，不由得笑起来：“那里的空气确实不好。”抬头看了看时钟，“不早了，去休息吧。”

简墨显然不慌着去睡觉，他犹豫了一下，说：“今天齐眉问了我一个问题，其实我也很想问你。”

连蔚瞧着他认真的样子，点点头：“你问吧。”

“你为什么要这么帮我？”简墨说，“你一个特造师，为了我这么一个陌生人，做这么多，为什么？”

连蔚收敛了笑容，望着他的眼睛问：“谁跟你说的？”

简墨说：“谁和我说的不重要，我只是想知道答案。”

连蔚转身在书桌前的靠椅坐下，轻轻向后靠了靠，慢慢摇起来：“不是欧阳的话，就是齐眉了。他们是不是还跟你说了我的很多事情？哼，猜都猜得到！你对我的私事向来不感兴趣，现在这么问，八成是他们挑起的。不过，这回他们的小心思怕是要落空了。我估计无论他们问什么，你都是一问三不知，不过这至少能让他们肯定一点，你其实根本不是我的什么远方亲戚，这两只小狐狸！”

简墨看着书桌上的台灯，以及那灯光下晕开的黄色光团：“你不用岔开话题，我只想知道这个问题的答案。”

这个五十多岁的老男人很干脆地给了回应。

“你猜！”

“你猜我猜不猜！”

简墨忍不住翻了个白眼，咽下胸口堵着的一口气，走出书房。

通过这段时间的接触，简墨对连蔚的性格也有些了解，知道就算自己再追问下去，或许能得到一个答案，但也绝对不会是真正的答案。他猜测这个答案或许是涉及了连蔚的隐私，甚至某个痛处。既然如此，那他也不强求。

欧阳生日的第二天，对纸人们来说是一个特别的日子。

十二月三日，纸人造生节。

这一天是世界上第一个纸人的造生之日，后来逐渐演变成所有纸人庆祝自己造生的节日。有些不知道自己到底造生在哪一日的纸婴，也喜欢用这一天作为自己的生日。

十二月三日，是全世界所有纸人狂欢的日子。

简墨是简爸七月十六日那天从六街街头捡回来的，虽然他很可能不是造生在七月十六日，但简爸还是把这天当作了简墨的造生日。而简爸自己却是和很多纸人一样，在十二月三日过造生日。

简墨曾经问过简爸，他是正好造生在这一天，还是和某些纸人一样只是选择这一天作为自己的造生之日。

简爸的回答很不令人满意：“你猜。”

不过不管简爸是不是真的在这一天造生，十二月三日，简家都会和其他所有的纸人一样热热闹闹地庆祝一番。

没有家庭的纸人们大多会集中在附近的一户纸人家中一起庆祝，他们会用代表着点睛的青蓝色和代表着诞生纸的淡黄色为主的装饰物，布置房间和院落，然后在桌子上摆满各种口味的诞生纸饼和点睛酒。

诞生纸饼是一种用淡黄色或白色的糯米纸裹着各种口味馅芯的馅饼，和茯苓饼有一点相似。点睛酒不一定是真正的酒，它可以是青蓝色的饮料，也可能是调成青蓝色的鸡尾酒。但不管是用高脚杯还是普通玻璃杯，吸点睛酒的吸管一定是魂笔样式的。喝的时候，笔尖向上，看起来就像是纸人将点睛喝进肚子里一样，美其名曰“补充点墨水”。

庆祝者们会一起吃着诞生纸饼，一起唱着纸人们最喜欢的歌《我的生命》，然后举起点睛酒一饮而尽。接下来他们会互赠礼物，互写“天赋祝语”，狂欢到十二点。

纸人的造生节上，如果想对某个人表达祝福，便用制成魂笔模样的普通墨水笔蘸上青蓝色墨水，在被祝福者的皮肤上写下“天赋祝语”，可以在手上，也可以在其他裸露的部位，这种仪式象征着祝福的“添加”，希望被祝福者的未来如同“天赋祝语”一样美好。规模盛大一点的聚会，所有的参与者会一起穿上淡黄色或者白色的传统衣物，让祝福者直接在衣服上书写“天赋祝语”。

但是一般情况下，被祝福者的眉心都是空出来的。因为这个位置要留给对被祝福者来说最重要的人。

庆祝快结束时，主人家会拿出自制的“孕生水”给大家洗去手上的祝福语，或者将水洒在所有客人的身上，寓意着“天赋祝语”融入孕生水，已经生效。

因为合欢花是制作孕生水的常用材料，所以“孕生水”一般是浸泡着合欢花的清水。不过十二月不可能有新鲜的合欢花，因此大多数人都是在店铺里买了干的合欢花回来。当然如果主人家富裕的话，也可以买用异能保鲜过的合欢花，打开包装泡在水里，就像是刚刚摘下来一样。

有家庭的纸人们大多会在自己家里完成这一整套流程，当然他们也可以选择同关系亲密的几个纸人家庭一起庆祝。

可今年的纸人造生节，简墨只能一个人过：没有诞生纸饼，没有点睛酒，没有“天赋祝语”，也没有礼物，甚至没有家。简爸不知道在哪里，最好的朋友死于非命，而他只知道那场狙杀很可能是冲着自己的。但对于为什么会有人想他死，什么人想他死，他依旧一无所知。

虽说以前每年都过造生节，简墨也不觉得特别稀罕，也就是一般开心而已。可或许是失去的东西总是更让人想珍惜，一想到他和简爸分开前两日还在为看李氏展览吵架，他心里就更不好过了。或许，他真的不该去看那场展览的。

更烦心的是，他脸上还必须摆出一副啥事都没有的样子，否则如果有人问他为什么一脸丧气，他总不能回答，因为没有人跟他一起过节吧。

“您的提拉米苏和茉莉红茶好了，需要打包吗？”简墨带着礼节性微笑向一位女生询问。

“打包，谢谢。”

简墨将打好的袋子递给女生，说一声“欢迎再来”。

目送着客人离店，他忍不住打了一个呵欠。

透过门店明净的玻璃门，简墨羡慕地望向街道那边：他隐约可以看到一栋楼房中有两个窗户彩灯闪烁，好像挂着无数青蓝色和金黄色的小星星。传到耳边已经朦胧的音乐声和歌声中饱含着满满的欢喜。

“水木金石中诞生的血肉之躯
天赋注定了不会荒废的能力
笔墨书写了独一无二的天性
命运寄托了拒绝更改的使命
在化生池里睁开眼睛的那一瞬间
纯白无瑕的灵魂 降临

生而平凡 就像小草一样
去点燃 田野山谷城市荒漠烟火
抑或传奇 颠覆科学道理
轻易了 人间平山填海斗转星移

我的到来 连接现实与梦想

通过一层诞生纸的距离 抵达前所未有的时代

……"

这首歌的旋律很熟悉，它在纸人中就像圣诞节的"jingle bells, jingle bells, jingle all the way! "一样耳熟能详，人人会唱。

天已经黑了好一阵子，外面街道的人也渐渐少了。甜品店里已经有很长时间没有客人再进来。简墨放松了警惕，下意识跟着旋律哼了两句，但很快又闭上了嘴。

"爸，生日快乐！"

自己的这声"生日快乐"，他爸是不是永远都听不到了？

看了看挂在墙上的钟，已经超过正常下班快四十分钟了。简墨不由得好笑，自己居然伤感了这么长时间，收拾好卫生后，便锁上店门走人。

看到街头卖诞生纸饼的小摊，简墨停下脚步，对坐在小椅子上抽烟的大叔说："老板，给我一个'平安'。"

大叔露出黄黄的大板牙，咧嘴笑道："好的，十元一个。"

虽然牙齿看起来有点恶心，但大叔却意外地爱干净，拿饼的那只手还特地带上了白色卫生手套。

递过来的是一个白色糯米纸包着的纸饼，上面用青蓝色的糖浆写着"平安"两个字。小车上还整齐地放着"如意""长命百岁""财运当头"等。

虽然造生节是纸人的传统节日，但日久经年，许多原人也慢慢受到了影响，喜欢追求潮流的年轻人也经常在节日里互赠诞生纸饼，所以简墨去买一张诞生纸饼，并没引起任何人的猜测。

将纸饼放进嘴里，淡淡的糯米香混合着桂花味的糖浆在舌尖慢慢地化开。

真巧，简爸的诞生纸饼也总是做成桂花味的。简墨低头看看手里的纸饼，不知道是不是心理作用，他总觉得这饼的口感和简爸做的很相似。

猛地回头向那个纸饼摊子的方向看过去：老板大叔抱着手臂靠在小椅子上，正张着嘴，吐出一个个规整至极的烟圈，好像在玩杂耍一样。

简墨苦笑一下，摇摇头，想什么呢？简爸莫说自己抽烟，别人抽烟他都躲不及呢。

等短马尾少年的背影在这条街上消失，黄板牙大叔大概觉得时间也不早了，用脚碾熄还剩大半截的烟，开始收摊子。他将小椅子挂上车，然后取下手套，从车上堆得满满当当的纸饼中拿了一个，一边吃，一边慢慢地推着小车走出这条街。

取下手套的右手虎口上，露出一个斜十字的浅白色疤痕。

2　再回六街

站在梧桐树浓厚的影子里，简墨拉起黑色羽绒服上的兜帽，摸了摸遮住大半张脸的黑口罩，确定不会轻易掉落后，便选择了最不引人注意的路线，小心翼翼地向那栋熟悉的房子靠近。

距离清街已经一个多月了，那伙人应该已经离开了吧？

黑色电线杂乱无章地横亘在梧桐树的树枝中，因为太长的缘故，还在某处盘了一个鸟巢似的大圈。二三只麻雀站在电线上，偶尔挪动一下位置，却并没有发出叫声。夏日茂盛浓绿的梧桐叶现在已经全都不见了，只剩下一些枯黄卷曲的，随时随地准备投入身下这条破旧小路的怀抱。

六街这个光景，正是一天中最懒散闲适的时候。

回家晚的才开始吃饭，吃饭早的已经打开电视。而从前的他，要么是在自己房间里看阅读器里的书或者写文，要么是陪着简爸一起做家务或者看电视。那个时候，各家各户的灯光，都或朦胧或清晰地从玻璃窗透出来。眯眼望去，就像无数飞翔的萤火虫，悬停在深黑的夜色之中。

虽然是在破旧的六街，这些灯光同样承载了温馨宁静的味道。

即便没有细数，简墨也能感到，灯光比从前稀疏了许多，就像是忽然间搬走了许多户人家。尽管早知道这次清街波及不小，但真切地感受到这一点，还是让他觉得有些伤感。

一边观察着周围有没有不对劲的地方，一边计算着不同的撤退路线，简墨一点点地靠近，警惕也越来越高：五十米、二十米、十米……熟悉的房间里黑漆漆一片，没有一点声音。

但这并不代表里面没有人，或者别的什么。

屏住呼吸，观察一下周围，他后退了几步，然后一个加速，在外皮已经脱落的墙面上快速蹬了两步，蹿起两三米高，一把抓住二楼简爸房间的窗棂，快速往里扫了一眼，打开窗户，翻了进去。

很久没有通过风，空气闻起来有些不舒服。简墨轻轻摸了一下，桌上积了薄薄一层浮灰。他又随意开了几个抽屉，没有发现少了什么物件。用来存放现金的饼干盒里的两千多块都还在。

离开简爸的房间，他打开自己房间的门。

书桌面上除了灰尘外，只有他那盏孤零零的小台灯。简墨拉开抽屉，瞟了一眼，一切如旧，习惯性摸摸原来放阅读器的卡槽，空空如也。打开下面的柜子，里面大大小小的本子依旧凌乱地堆着。

他已经基本适应了房间里的阴暗，借着窗外透进的微弱灯光，又细细查看了一番，依旧没发现什么便签纸条或者字迹符号。

什么都没有，简爸或许是真的再没有回来过。

简墨一屁股坐在床上，双手抓着头发：真的是被那伙人抓走了，又或者被杀掉了吗？他到底该怎么办？

“爸——”

从今以后，这个世界上，他就只有自己一个人了。

再没有人为他遮风挡雨、嘘寒问暖，也再没有人为他汲汲谋划、恨铁不成钢。从此以后，他就只能靠自己了。

简墨头一次体会到“孤身一人”这词到底是什么感觉。

他现在很后悔当时太胆小，跑得太快，连杀手长什么样都没看见。可他也清楚地知道，如果自己看到那个杀手的模样，绝对没有逃走的可能。

抬起手，用袖子抹了一把眼睛，他吸了吸鼻子，用力深呼吸了一把，然后站了起来。

现在还不是死心的时候，事情或许不像他想的那么悲观。阅读器上不是说，没有消息就是好消息。至少，他爸还是有好好活着的可能的。不管是自由的，还是被人抓住了，只要活着，他就一定会把他爸找到。

当然这一切的前提，就是他得变强大起来。

最后环顾了一下自己的房间，简墨的目光落在了柜子里的六十七个本子上，犹豫了一下，是不是应该今天把它们都带走。如果说这里还有什么是他割舍不下的，就是它们了。

可是这么大一堆本子，想要轻松带走也不是那么容易的事情。简墨犹豫了一下，蹲下来伸手去拿最上面的几个本子。

然而，他的手却摸了个空。

柜子里并没有什么本子，那是一张模拟得极逼真精巧的3D图。

简墨手一穿过去，图上的颜色就流动起来，如同浮在水面上的一层彩色油脂，以他手腕为中心飞速汇聚，形成一个五颜六色的旋涡，最终收束成一只光圈，不大不小正好卡在他的手腕上，前后用时不过一秒钟。

上当了！

简墨满心懊恼地甩着镣铐一样的光圈，然而他也知道只是徒劳。这明摆着是由异级纸人设下的陷阱，他一个普通人怎么可能轻易摆脱。

但紧接着他就呆了，光圈居然真的被他甩出去了。

光圈掉到地上，滚了两圈，光芒越来越明亮，然后猛然向窗外窜了出去，在简墨的视网膜上留下一道流光溢彩的残影。

不等他反应过来，只听见“嘭、嘭、嘭……”连续一串礼花绽放的声音，简墨心中生出更不好的感觉。他抬起头，此刻窗外的天空已经被绚烂的烟火映成了一片白昼。

简墨后退了一步，下意识抓住胸口的银链。

他还是太天真了，以为过去一个月，对方就放弃了。可对方根本没打算放弃，还动用了异级来抓他。谨慎啊谨慎，他怎么就学不会！在没有足够的实力前，他拿什么与敌人对抗？上一次运气眷顾他，可不代表每一次他都能靠运气从强大的敌人手里逃命！

但现在说放弃还太早了一点，简墨根本没打算坐以待毙。两分钟后，他已经从房子里翻了出来，以最快的速度在混乱的街道中移动。

敌人来得也很快。来拦截他的人虽不是异级，却也是特级以上擅长近身搏斗的高手。

简墨的身手在六街的同龄人中算是很不错的，但那只是对一群十六七岁的小混混而言。遇上这种受过专业训练的高手，简墨连走过五招的信心都没有。

他现在开始庆幸自己事先还做了些准备。从前配置处理魂笔材料的溶液时，简墨曾经用到一种有麻醉作用的溶剂。这种溶剂在正常情况下不会有危险，但浓缩到一定程度，只要划破毛细血管，就能够在三秒内放倒一个成年男性。以前为防万一，简墨总习惯性备一些。今天回六街是临时起意，他来不及准备，想到曾经制好的强力麻醉剂，便随手买了一对四指指虎[1]。

指虎上手，简墨心里冷静了一点，信心也恢复了一些。尽管他知道，对于真正的高手，这东西只是增加一点麻烦而已。现在是深冬，谁的衣服都不单薄，想要短时间划破对手的皮肤，难度不是一般的大。

好在第一个敌人虽看到指虎，却没想到上面有麻醉剂，猝不及防中招，很快倒下。

简墨看也没看那人一眼，忍着肚子上挨的那一拳疼痛，脚底下跑得更快了。

六街凌乱繁杂的地形在他脑中如同电子地图一样清晰地摊开。各条逃跑线路的优劣都在脑海里被快速地评估着——他的能力实在有限，哪怕能够借助外力多提高零点一分的概率都很有必要。

不到半分钟，第二个敌人也追了上来。对方的警惕心因为第一个同伴的倒下提高了许多，下手也更加不客气。

简墨本想挨几下装出不敌的样子，再趁对方放松警惕的时候偷袭。可事实上不用装，对方很专业，两招就让他几乎失去行动的能力。捂着腹部，天旋地转地摔在地上后，简墨清楚地意识到自己将要维持不住清醒。若是此刻昏过去，以后就只能任他人鱼肉。

他眼睛快睁不开，还很想吐，但是胃里没有东西，是他被轰成豆腐渣的脑浆在喉咙管汹涌翻滚。

对方还是不放心，在他身上又踢了两脚，见他只是呻吟完全无法动弹的样子，才慢慢走近，小心地将他手上的两个指虎摘下来，扔得远远的。然后将他

---

1 指虎为格斗拳术家的常用武器。

一把扔上肩膀，像扛一头死猪一样，嘴里骂骂咧咧："小兔崽子，还挺能的，一会看老子不……"接着掏出大概是对讲机的东西说："得手了，马上归队。"

他话才说完，整个人就软下来，直直地倒了下去。

简墨无可避免地跟着又摔了一次。这一下摔得不比刚才那一下轻，他感觉自己的脑浆快要从脑壳里摔出去了，耳朵里嗡嗡作响了好一会儿，才忍着眩晕勉强爬起来。

能够干掉这个人，完全得益于从房子里逃出时简墨的灵光一现——他顺走了一根平常用来钉扣子的缝衣针。

简墨将针插在自己羽绒服的袖口内侧，线留在外面。这样就算被敌人看见了，也会以为只是衣服上的线头。等到要用的时候，眼睛都不用睁，只把线头一拉，针就出来了。

指虎划不破冬天的厚衣,但一根寸许长的针如果想要扎到肉,还是很容易的。

能够干掉两个这样的高手，已经远远超出他平常的水平。

扶着墙干呕了几下，简墨强压下全身细胞想要罢工的嚣叫，双脚颤抖着，一步步向前挪。每迈出一步，他都得付出巨大的努力和毅力；每一次呼吸，肺就像重新被撕裂了一次；腿部肌肉紧绷成一块水泥板，酸痛得快能挤出醋汁来；被重击过的腹部，疼痛逐渐变为麻木。汗水顺着额角流了下来，碎发被打湿，紧紧贴在脸上，感觉像快要死去……

可这个时候，简墨模糊的视线里却有了一个令他心沉到谷底的发现：曾经被光圈缠绕过的手腕上，一道极细的光圈在皮肤下若隐若现。他用手去擦，却怎么都擦不掉。

原来，自己根本没有摆脱敌人的监控啊。

简墨仿佛能感觉到这光圈主人深沉的嘲意：臭小子，你是不是以为马上可以从我手掌心逃脱了？嗯？

最令人绝望的是，就算他再精通电子设备，也没办法拆除这异能作用下的追踪。

还能坚持下去吗？还需要坚持下去吗？

简墨的意志有些动摇了。

他手腕上的光圈分明就是套在狗脖子上的项圈。无论他去到哪里，都能将他拖回项圈主人手中。

简墨开始后悔：他今天为什么要这么莽撞地跑来六街，为什么要那么轻率地去碰那些本子？简爸明明说过，陷阱往往就隐藏在你最熟悉的东西之中，在你最掉以轻心的时刻，取你的性命。

空气越来越稀薄，世界开始一点点崩塌，眼前模糊的景象化作无数泥沙，混入黑暗之中。

不。他不情愿，也不甘心，他不想低头，更不想认命。

简墨不知道自己还能走几步，也不知道下一个敌人距离自己还有多远。他只是下意识地向前走，摔倒了，爬起来，继续走……

直到听见一声尖锐的急刹车，简墨感觉自己像是飞了起来，然后失去了知觉。

他没有听见，与此同时在身后响起的一个声音："吾曰……"

追到十字路口的魁梧男子目瞪口呆地看到穿黑色羽绒服的少年被一辆小货车撞出了七八米远，正要上前查探，却发现少年的身影忽然凭空消失了。

与此同时，从朋友家造生节庆典回来的甜品店老板童小琴猛地刹住了车：前面不远处的马路中央躺着一个黑色的身影，不知道为什么看着有点眼熟。

连蔚觉得很生气。首先气的是简墨为什么打工结束后不马上回家，非要好奇心那么重的去逛造生节的夜市，结果被车撞了。当然，他更气的是，事发现场居然没有摄像头，逃逸的肇事者完全没有线索可查。

昏睡一天一夜醒来后的简墨则是满心疑惑。他脑子里对那道急刹车的声音有些印象，连蔚说他出了车祸，他认了。但是那一撞总不至于把他一个大活人从木桶区直接撞到了石山区，还好巧不巧地让他打工店的老板娘发现了。

更奇怪的是，自己明明被那两个敌人打得半死，可身上除了被车撞得肋骨轻微骨裂外，其他地方连点淤青都没有。那道隐匿于皮肤中的光圈更是不见踪影。

莫非六街的那一场追杀，只是他幻想中的场景？

可羽绒服袖口上残留不多的麻醉剂味道，让简墨确定自己在六街被异级狩猎不是一场幻觉。

肯定是有人帮了他。挨那么些拳脚，不可能一点伤都没有。能把人撞飞的力度，也不可能让自己身上只留下一处轻微骨裂。帮自己的人肯定是一名异级纸人。是他帮自己消除了这些伤，留下一个能够解释自己昏迷的合理理由。

那个救了他性命的人究竟是谁？他为什么要救自己呢？只是出于好心吗？

简墨摸着胸口的绷带，苦笑起来：这次回六街，不但没能得到自己想要的答案，反而有了更多疑惑。

唯一确定的是，想杀他的人还在，并且随时随地等待着对自己再次下手。

他们看来是算准了自己会忍不住回去，于是就在六街守株待兔，结果被自己逃掉了。那将来，他们会不会找到石山区，甚至找到连蔚家来？

虽然听齐眉的语气，连蔚从前似乎挺有些影响力，但那毕竟是从前了，如果那些人找上门来，连蔚不一定能够护得住自己。

可不留在这里，他还能去哪里呢？简墨轻轻叹了一口气，去哪里都未必安全。

楚中市郊区的一栋别墅里。

“你的那位小朋友挺厉害的。”富态的中年男子手里把玩着一对指虎，带着一点调侃，“一个人放倒了我两个特级，最后居然还逃掉了。”

“如果没有人在背后帮他，你以为光凭他自己能逃得掉？”夏尔用镊子夹了一粒方糖扔进自己杯子，轻轻抿了一口，“简东果然还没有离开楚中市。”

“没有离开的话，你想要找到这位小朋友岂不是更麻烦了。”富态男子将指虎扔在茶几上，“要不要找你老师借几个人手？”

夏尔瞥了他一眼，毫不客气地说：“有现成的人手在这里，我为什么要去麻烦老师？”

“虽说你我关系好，可我到底只是十二联席之一，你的老师可是造纸师联盟秋大主席。放着造纸师联盟的大好资源不用，却要找我这个小席主，让你那个师兄知道了，怕是又有闲话要传了。”

富态男子嘴里说着为难的话，脸上却丝毫没有觉得为难的表情，反而咧开嘴笑得没心没肺。

“别跟我提他。”夏尔冷冰冰地瞪了他一眼，“再提要你好看。”

富态男子对着自己的口做了一个拉上拉链的手势，随意的表情变得严肃起来：“那你接下来打算怎么办？杀封三的凶手查清楚了吗？”

夏尔冷笑一声：“他们跑得倒是利索，没留下什么痕迹。可是就算什么也没有留下，总归是那几个人中间的某一个，当年事情没做干净，现在跑来收拾尾巴。我倒是奇怪，他们是怎么知道简东在这里的？”

“你不是说过，李氏的那个展览办得莫名其妙吗？”富态男子在沙发上敲着手指，“我总觉得这两者之间有点什么关系。事出蹊跷必有妖啊。”

“事情到这一步，追查李氏的那个展览有个屁用。”夏尔又抿了一口茶，“经过这一次，那小家伙怕是不敢再来六街了。不过，只要我想，总会有办法让小家伙自己乖乖滚出来！”

第六章
写造原文风波

1 摸索造纸的第一步

出院后的学校生活一如往昔，唯一值得一提的是，简墨上次写造课月测的试卷被当成范本贴在了学校橱窗栏。

那是一个短篇传奇小说，背景是一个刚刚推翻了封建王朝，建立民主共和制不到二十年的国家。

生活平静安逸的主角被出身不凡的女友拉去参加上流社会的晚宴，意外见到了王朝最后一位皇太子重回公众视线的场景，这一幕成为了王朝复辟风潮的开始。没有经历过二十年前残酷政治风波的年轻人，正在一味追求王朝时代的浮华，却没想到，在这股追逐时尚刺激的风潮愈刮愈烈的时候，真正的复辟势力也借机在全国各地复苏，引起政局的动荡。理智的主角警告那些被一时迷住心窍的同学冷静克制，反而遭到误解和敌视，甚至得不到女友的理解。而同时，他本人却被最不愿意接触的人找上了门。王朝末代最忠实的几位大臣，终于忍不住出面，来说服这位大隐于市的真正皇族末裔参与复辟。

复辟风潮并没有让主角欣喜。看着同学们并不坚定的复辟信念，女朋友对复辟人士玩笑般地追捧，以及越来越多复辟力量的出现，主角一反常态地答应了老臣子们的要求——揭露假皇子并统领复辟旗帜。他高调宣称要统一全国各路复辟势力，向共和党势力宣战，一雪国仇家恨。然而，当所有复辟势力齐聚一堂共襄盛举时，共和党军队却突然出现，将他们团团包围。老臣子们惊慌地保护主角撤离，主角却出人意料地反目相向，亲手杀死了忠心的老臣，并将残余势力全部交给了与他有灭族夺国之恨的共和党人，最后孑然离开。

此帖一出，围绕简墨的风波骤起。

传统派的写造原文无论在网络还是书店都很难见到。之前写造老师对简墨评价很高的传闻在学生间流传已久，但简墨一直不肯将自己的文稿公开，造成许多学生认为简墨不过是故作神秘、自抬身价，根本名不副实。直到帖子出来，所有质疑的声音都消失了。

就算是只在历史书的写造简史一章看到过传统派介绍，却从来没有认真了解过其写造手法的师生，在这篇文稿面前，也不得不承认简墨文字的操控能力“确实还不错”。

橱窗里文稿纸的末尾有一段手写评语：“人物个性明晰独特，形象生动丰满，栩栩如跃然纸上，言行描述前后一致，切合情理。虽无很多关于主角个人的细节交代，但回顾全文，音容笑貌，如置左右。重神韵而由内及外，较现代派之良作不遑多让——余玲。”

这样一段褒赞之意洋溢于字里行间的评价，对一篇传统派原文来说极为罕见。但没有一人对此反驳。

与学校写造课老师讨论的重点不一样，学生讨论的焦点更多如下，

“太子这样杀掉对自己忠心耿耿的老臣是不是太过分了，别人为了他可是连命都不要，他却这样做？”

“是啊，真是不明白，难道他不想做皇帝吗？”

“你们是白痴吗？你没看见谢首在开头交代得很清楚吗，那场政变风波已经过去快二十年了，大家的生活也都平静安逸了下来，所以才闲得蛋疼整天琢磨王朝的服饰啊，建筑啊，民风旧俗啊。但是他们真的有勇气复辟吗？太子不过随口提了一句民主党可能会在升学资格中淘汰支持复辟的学生，就有那么多人开始犹豫退缩，他的女朋友居然还反问太子‘干什么这么严肃，复辟又不一定会死人？’你觉得凭这种心态，真的会成功吗？政治斗争是你死我活的，没有流血和牺牲为代价，根本不可能成功。”

“就是啊，明明看清普通民众不会放弃本来安逸富足的生活去造反，如果还一意孤行地去复辟，太子的脑袋才是不清醒吧。不过王朝皇族灭绝的时候，还有大量老臣遗留，长久的安逸并没有打消他们的复辟梦。如果任由他们这样发展下去，早晚有一日会把这个已经安宁的国家又拖进内战的泥潭。太子肯定是看到了这一点，才不得不大义灭亲的！”

“那个共和党将军就是利用太子的善良故意放任复辟风波愈演愈烈，诱惑王朝遗留下来的老臣露出马脚，最后一锅端——真是太阴险了！”

“不过，他最后还是让太子走了，没有杀掉他，总算有点良心。”

“不是说斩草要除根吗？”

“闭嘴！太子都亲手杀掉了那么多老臣，你以为将来还会有人支持他吗？他现在是‘众叛亲离’。共和党忌惮他，复辟党仇视他。你没看见那将军最后对别人说‘你以为他还活着吗？’”

“我觉得太子殿下真是太可怜了。明明全家被杀已经很惨了，好不容易韬光养晦得以安静的生活下去，最后又被逼得为了整个国家的安宁，不得不把对自己最忠诚的人都杀死，落得孤家寡人一个。虽然他明明没有做错，但心里只怕会愧疚得要死。我觉得他活下去也是生不如死。”

“他的女朋友也是蠢货，一点都不配太子。”这是个女声。

“就是。”这也是个女声。

“其实我觉得王朝如果能够延续，太子一定是位好国君，你没见那个共和党将军都在心里说‘如果有酒，真想敬你一杯，我的王’。可见，在他的心里，太子才是真正有资格担当一个国家领袖的人。”

“其实我觉得如果国君好，君主制也没什么不好。”

“哈，你是被小说迷住了吧？那种一人独断决人生死的制度有什么好，太子殿下不过是个特例。若真的坐到了那个位子，你以为有几个人不会被权力冲昏头脑？”

校园里的讨论越来越激烈，只是内容逐渐向不可控制的方向偏斜，然后演变成无数更小的话题：比如国家和王位之间哪个更重要？君主制与共和制可否共存？太子殿下的女朋友能不能不要那么蠢？将军以后会不会后悔没有杀掉太子？太子和他女朋友将来会不会结婚……

这一篇小说引起的轰动是简墨没有想到的。平常他和其他同学的关系不比陌生好多少，所以当齐眉将学校里关于这篇文的讨论八卦给他的时候，简墨的第一反应是惊讶和新奇。

从小到大，他只有一个算不上忠诚的读者——简爸。简爸对他的小说从来都是以一副“你是我儿子，你写的就算是狗屎都是好的”的姿态来夸奖他，所以简墨从没当真过。这几天，尽管他注意到之前对自己敬而远之的同学看他的目光有所不同，却没想到是和这篇文有关系。

简墨回想起自己读到特别喜欢的文时的心情，慢慢对齐眉的说法接受了一点，心底也生出一丝喜悦和骄傲。他不知道在旧纪元那些当红小说家的追逐者有多么火热疯狂，也不知道有些感人至深的故事不但能成为一个时代的标签，甚至能根植于一个民族的文化命脉之中。他对那些粉丝心情的认知，仅仅是代入了对自己的感受——“这到底是怎样一个人？居然能够想出这样有趣的故事，写出这样精妙的文字，真是太厉害了”之类的崇拜。

这是很好，但并没有什么了不起，简墨想。

事实上，在新纪元的泛亚，也确实如此。尤其这一段时间，简墨的心思都放在连蔚给他的那本《造纸基础》上。

尽管《造纸基础》对于造纸的流程已经描述得相当细致和清楚了，但是不难发现中间有些内容并没有使用肯定的语气来表述，这说明它们可能只是编写之人多年经验的推论，并非是百分之百得到证实的真理。

简墨考虑的是，既然类似说明书的现代派写造手法，更重情节的传统派写造手法都能够最终实现造纸的成功，那么造纸的真正原理就很值得商榷了。

现代派的手法是由外而内，类似穷举法一般地贴标签，用一个个词汇将一个人的性格、外形、三观、好恶等属性“明示”出来，最终形成一个“圆满个体”的概念。而传统派则由内而外，通过不同时间、环境、情景下一个人的反应，包括心理活动、言行举止、神态表情等，将性格、外形、三观、好恶等属性潜移默化地“暗示”出来。一个是赤裸裸的明示，一个是婉约隐晦的暗示，但造纸原理都可以接受，也就是说，这两者之间存在共通之处。

简墨由此推断，如果能够找到造纸原理的关键点，也许同一篇文稿中，现代派和传统派的手法同时出现，也能够成功写造。

那这个关键点到底是什么呢？

传统派写造的手法现在市面上几乎看不到，简墨无从对比，只好去找连蔚。

连蔚听了简墨的想法后，向来严肃的脸上流露出赞赏："你能在接触造纸不到半年的时间内想到这个问题，确实是用心了，可惜这一点上我也给不了你什么帮助。传统派的写造原文现在市面上是看不到了，不过我想市立图书馆里或许还能找到一些。至少纸人之父的文稿，他们应该不敢丢。你拿我的借书证去看看吧。还有一个月就要天赋测试了，虽然我觉得以你现在的水准通过测试没有大问题。但是有一个好的初窥之赏，对你是有很大帮助的。"

"初窥之赏？"简墨好奇地问。

连蔚笑了笑："去了图书馆，自己查吧。"

简墨走后，连蔚的书房窗帘后转出来一个胖子，看着少年关上门道："你倒挖出个宝来了。"

胖子赫然就是校长。

连蔚冷哼了一声："别打他的鬼主意。我知道你跟欧家的关系好。不过这个孩子欧家还用不起。"

胖校长听出他话中有话，眼珠一转，嘴不禁张大了。

连蔚瞟了胖校长一眼，有些不情愿地吐露道："不会在我之下。"

"那敢情好。"胖校长一下子笑开了花，看着连蔚，试探道，"你现在这样教导这个孩子，是终于想通，准备重新回来搅混这潭水了？"

连蔚叹了一口气，拉开书桌最下面一个抽屉。空荡荡的抽屉里面只有一个相框，照片上一个年轻人穿着学士服，眉目疏朗。

"过去这么多年，我一直在想，阿英如果地下有灵，会不会觉得我这个做父亲的自己手上都不干净，有什么资格去向别人复仇。说不定他怨我这个父亲，比怨害他的人更甚。但现在我想明白了，这不是阿英的复仇，是我自己的复仇。为我自己，向那些夺走我儿子的人复仇。那些人如果一直好好地活着，我心头的那根刺一辈子都不会消失。各人做的恶，各人承担。如果我曾经伤害过的人要向我报仇，我接着。但阿英的仇，"他重重地说，"我不能放下不报！"

"其实你复仇，或者不复仇，都好。"胖校长拍拍连蔚的肩膀，"我只是看不下去你这样想放放不下，想复仇又被自己套住。你从前是多么狂放不羁的一个人，如今这样子，唉，你打算怎么做，需要帮忙尽管跟我说。”

连蔚摇摇头：“事情过去太久。我若动手，一出面旁人就知道我要做什么。动静太大，只怕打草惊蛇。”

胖校长见好友欲言又止，目光闪动了几下，恍然惊道：“难道你想让谢首这孩子动手？不是我说，这孩子来历不明，跟你也没有什么牵绊，他凭什么要为你动这个手？更何况那伙人今时今日的地位和能耐，比你当年并不逊色多少。谢首一个半大孩子能有多大能耐？”

连蔚哼了一声：“我有让他现在就动手吗？等他羽翼丰满之日，那些家伙只怕根本不在他眼里。我也不会要求谢首特别去做什么，我只要他三年后考入京华大学就好。”

胖校长会意道：“我明白了。以谢首的天赋和才华，绝无可能在京华市默默无闻，到时候一定会和那伙人有所交集。但是以谢首的心性，肯定看不惯那些人的做法，一来二去，矛盾自然而然就出现了。”

连蔚冷笑一声：“谢首是未来的造纸师，他们可没有办法故伎重施毁了他。”这句话说完，他的眼底到底还是闪现过一丝愧疚和不安。

胖校长看老友这个样子，安慰道：“你也不用内疚。单凭你在六街那么混乱的情况下收留他的情分，他为你报阿英的仇，也是应该。退一步看，如果他没有那个能力，自然和那群人对不上，那就当什么也没发生——话说回来，这么多年，学校也有不少好苗子，有些知道你底细，求到你面前，你都没有理会过，怎么这次倒看中这一个了。”

连蔚叹了一口气：“有的天赋不够，有的心思太杂。这些年，我本来已经不抱希望了，但现在却有一个再合适不过的人掉到我面前。罢了，实话跟你说吧。那天，这孩子还没有进我屋子，我就已经发现他了——太醒目了，就像夜晚的月亮，明晃晃的刺眼，想假装不知道都不行。还好石山区就只有我一个，不然这孩子早就被造纸管理局的人带走了。”

胖校长倒抽一口气，急道：“不可能，造纸管理局的人每隔几年都会各区排查。”

连蔚摇摇头：“去了也没有用。这孩子身上八成有什么物件压着。因为那几日之后，我就什么都看不到了。我估计是他在逃出六街的时候不小心弄坏了那物件，后来又修好了。”

胖校长难得收敛了笑容，有些警惕道：“给他东西的人显然是知道这孩子的天赋。可既然有这样的天赋，为何还要在六街那种地方待着？莫非是在躲避什么？”

连蔚回答道：“这类东西罕见得很。就算在京华顶级的造纸师圈子，知道这个物件存在的人都凤毛麟角，我也不过是偶然一个机会听说过。这孩子来历必定不简单，但也无所谓了。我一开始只是想让他躲过了风头就走。可一段时间接触下来，觉得这孩子就是老天爷特地给我送来的，实在不忍放手。”

“先不过是编了个身份让他接触下写造试试。结果发现不但悟性好，笔上的功底更是远超我的预计。至于人品和心性，你也看到了，欧家大少爷厚着脸皮磨了一个月，好容易让谢首对他另眼相看，但稍有不诚，这孩子就恼了。但恼归恼，却也没有抖出欧阳的背景身家。重情义，又不势利，无论贵贱，待人不卑不亢，遇事冷静，又有主见，小小年纪能够做到这几点，太难得了。也不知道之前是不是有人用心教导过，若说缺点，就是有点爱记仇，吃了亏就算当场报不了，事后也总要讨回来。好在眼光极高，没为些睚眦小事浪费光阴。”

“看来你对这个孩子真是满意得很。”胖校长说，“小玲也是对这个孩子赞不绝口，希望他将来真能对得起你们两个人的期待。”

2　铜花区见闻

楚中市的市立图书馆不在石山区，也不在木桶区，而是在铜花区。

铜花区拥有楚中市最繁华的商业街，人称“不夜天”。不夜天的区域极大，范围跨越了几乎整个街区。来这里的人即使一店不进，光是在主干道上走，从早上九点到晚上九点都不一定走得完。

不管晴天还是阴雨，太阳从地平线消失的那一瞬间，不夜天所有霓虹灯会被同时点亮——就如同被施了魔咒的妖兽，从亿万年的沉睡中睁开了眼睛。

不夜天没有路灯，这里的每一棵树都是亮的，每一朵花也是亮的。桥梁道路是白描勾边，高楼大厦是油墨泼彩，来往的小型观光车是粼动河道里溯回的灯笼鱼，而来来往往的游客才是唯一不发光的影子。在不夜天里看不见星星，不是因为地上的霓虹压过了星光，而是在天空巡游的无人机，早已经构筑了无数条银河，流淌于这片种满火树银花的土地上——不夜天是一个拒绝睡觉的地方。

简墨以前没来过不夜天，一时为这里店铺之多之大、商品品类之丰富震动。六街的超市里只有最普通的食物和生活用品，要买件像样的家电，必须去一街二街。不过即便是一街二街，也远远比不上铜花区的不夜天。

可惜他没有多余的钱。连蔚的收留照料、管吃管住，甚至为他购买各种学习用品，他都可以接受。毕竟这世界上有很多助学慈善家，他正好也需要这些。但是让简墨向连蔚要求一些自己感兴趣却并非必要的东西，他却做不来。

打了一个月的工，虽然有点收入，不过跟以前卖魂笔却是远不能比。他现在真切觉得做魂笔是暴利，难怪私贩纸货在六街屡禁不止。他卖一支魂笔所赚的钱差不多是楚中市居民一个月的平均收入了。

想到这里，简墨突然想去看看这里的魂笔。

选了一家离他最近的造纸用品专卖店，简墨很快找到了魂笔专柜，一眼扫过去，那些标价让他有些咋舌——这比他的叫价可贵多了。

售货小姐看见简墨打量柜台，热情地介绍："这个柜台的七支笔是欧氏最新推出的高端细流系列，采用最先进的点睛导流系统，可以承载连续书写十个小时的点睛，稳定性高，流畅度 E 级以上，不发热不变形，防水抗摔。点睛仓双层隔离，安全性能高。使用寿命超过一百五十个小时。新款上市，购买三支以上赠送同系列的点睛一份，喜欢的话可以试用一下。"

"拿一支新款我试试。"简墨说。他知道欧氏的魂笔在制式魂笔品牌中走中端路线，但也不定期会有少量高端路线的商品推出。

售货小姐迅速从柜台里取出一支，小心地放在黑丝绒的托盘里："这一支笔锋粗细中等，您试试。"

简墨在售货小姐给他的一叠纸上随手写了几个字，心里迅速做出判断：点睛流速中等，没有明显的色变和断点，重量适中，手感良好。

他推开保险环，看了售货小姐一眼。后者连忙送上手套，避免点睛沾到客人手上。毕竟目前市面上多数点睛都有腐蚀性，即便已经不像以前的配方那么危险，但是如果沾到又不立即清除的话，还是可能伤害皮肤的。

扫了一眼里面的结构，简墨心里大致有数：在 7.0 的基础上略有改良，导流槽更精细了些，上面涂抹的防沾层似乎也换了材料，看上去更光滑。这样即便导流槽变细了，高浓度的点睛也不易集垢，流速不会减慢，稳定性却大大提高了。

制式魂笔是大工业生产下的产物。简墨不会做，也做不出来。不说别的，防沾层的涂抹他就做不到，因为他没有这个材料。而且就算有这个材料，要他手工涂抹那么薄也是不可能的，这需要高端精细化设备的配合。

他通常制作的魂笔是将象牙木等抗腐蚀的硬木连续浸泡在特制的溶液中二十四小时，晾干，再浸泡二十四小时，晾干，反复七次后，再以手工雕刻导流槽，利用材料的天然优良属性成就魂笔最重要的笔芯性能。

导流槽的路线不能太简单也不能太复杂，调制点睛的材料虽然经过精细的碾磨加工，但多数是不易溶解的物质。导流槽的设计太复杂了，睛流的线路太长，流速会过慢，点睛中物质沉积的比例就会加大，影响睛流的稳定性，容易出现断点。相反导流槽的设计太过简单，睛流速过快，虽然沉积不多，但快速流动导致热量增多。点睛的温度过高，不适合诞生纸对点睛的良好吸收，容易导致字迹晕染，被污染的原文可能在造纸进程突然中止，同时长时间热量聚集还会导致导流槽的变形。导流槽一旦变形，这支笔就等于废掉了。

当然导流槽的设计不仅要考虑睛流的速度、温度，也要考虑原文中人物的要求。比如普通纸人的导流槽设计多用鱼骨结构，注重智力的需要网状结构，注重体力的需要星形结构，要加强情商的则考虑添加螺旋结构，提高抗压力要添加小型循环结构……高级制式魂笔的标准至少是三个结构的叠加，结构之间的融合度不低于 75%。简墨自己制作的魂笔通常是五到七个结构的叠加，并且融合度从来没有低过 90%，所以他的魂笔才常年在六街众多魂笔商铺中占据一席之地。

手工制作不但费时费力，还考验设计者对材料性能的了解程度。同时因为每次能够拿到的原料都不一样，导流槽的线路分布也必须做出细微的调整，才能保证魂笔的质量。而且这种调整一般需要多次调试才能成功，为此会报废大量的材料，从而导致手工制作成本的上升，所以即便资本雄厚的大企业，也不青睐这种手工制作。只有那些魂笔制作大师，才能凭借多年经验将调试次数控制在较低的水平。手工魂笔售价一向不菲，并非大多数造纸师能够长期负担得起，一般只接受等级较高的造纸师定制。最顶尖的魂笔制作大师，甚至终生只为某个造纸师制作魂笔，并不接受其他人的订单。

当然，手工制作的魂笔结构更能满足个性化定制的需要，而且睛流的各项属性都比制式魂笔更佳，每个造纸师都求之不得。而据说那些专门为造纸师定制的魂笔，还会考虑到造纸师的个人写造特点，甚至每次写造纸人的天赋属性，进行更高一层次的调整——简墨制作魂笔的能力不差，但从没为造纸师量身定制过魂笔。所以尽管他制作的魂笔属性普遍不错，但性能却是千人一面，所以还只能归属于制式魂笔范畴内。

对比欧氏这套最新上市的细流系列，简墨觉得自己制作的笔也不逊色，毕竟天然材料的抗腐蚀性还是超过现在的合成材料。同时，他调制的那些浸泡液不但能加强材料的抗腐蚀性，对于点睛的调节作用也同样不可忽视。

将笔还给了售货小姐，正要说一声谢谢，简墨身后传来一个男子的说话声：“六街元气难恢复了，唉，若是那个摊子还在，我何苦跑这里买这些又贵又不怎么样的货色！”

“那天若不是我硬拉着你买了两支，第二日去可就什么都没有了。唉，也不知道那摊子的小老板是不是也被抓进去了，我去过两次都没看见他。也不过十几岁，下辈子就要在牢里度日，也真是可怜！”

“这说明我运气还不错，若不是抢着买下那两支笔，老师哪肯把这次推荐机会给我？”

简墨认出这两个声音就是清街前一天最后买走他两支魂笔的顾客，心道怎么这么巧。他没有回头，向售货小姐笑了笑，然后背对着两人，步伐不疾不徐地离开了柜台。

楚中市立图书馆就在“不夜天”附近，交通十分方便。

看到简墨出示了借书证，管理员便让他进去了。

在电子目录查询中输入“传统派写造原文”，系统筛选出来的书竟然没有超过三十本。一个藏书达千万的图书馆，传统派的写造原文竟然不到三十本。

顺着索引编码找了过去，简墨发现自己走到了整个图书室最高最边缘的地带，书架附近一个人都没有，不由得暗暗感叹传统派居然如此没落。

随手抽了一本，简墨慢慢地翻看。

如同连蔚所说，现代派对传统派怎样打压报复，对于开创造纸的先人却不敢亵渎。简墨所找到的几本书，全是当年开造纸先河，被称为纸人之父的李青偃留下来的写造原文。

虽然是一百年前的作品，与小说几乎没有两样的传统派写造原文依旧让简墨看得津津有味，手不释卷。要知道写造对传统派作者的笔力要求多高，也就是因为这样，才有现代派的后来居上。

梅络没有想到一向生尘的书架旁居然能够看到人：一个十六七岁的少年，白色连帽T恤和蓝色牛仔裤，正盘腿坐在落地窗旁，手捧着一本纸书全神贯注地看。一双黑亮的眼珠来回扫动，半分钟左右就翻过一页，阅读速度显然很快。漆黑的头发用橡皮筋在脑后抓了个短马尾，但额前的长刘海遗憾地没被橡皮筋抓住，被他捋在耳后又掉下来，捋上去又掉下来……这让梅络注意到他的左眉尾有一道细细的破口，不知道是不是跟人打架时划伤的，让本该清秀斯文的面孔看上去带上了三分小混混的匪气。

不过再多的匪气在梅络目及他所看的书时，也都消失殆尽了。那是一本纸人之父的文集。现在的年轻人，不，比这少年年纪更大的人，也都鲜少会来看这个。而这少年却投入到自己走到他面前竟然都没有察觉。梅络发现少年的身边还放着两摞书，一摞明显是已经看过的，另一摞似乎是准备接下来继续看的。

对传统派感兴趣的小家伙？真是难得一见。梅络颇有兴致地想，现在的孩子们哪个不是追求简单速成的现代派写造，对于需要大量时间和精力沉淀而成的东西素来是缺乏耐心和关注。不，也不止是年轻人，整个社会不都是如此吗——浮躁、急迫、功利心盛，肯静下心思考和品味的人越来越少了。

梅络本来想与少年打个招呼，但见他脸上专注如一的表情，就好像正酣于酒的醉客，居然一时有些犹豫。想了想，梅络干脆退了一步，走到自己本来要去的书架边，寻找自己的目标。他没有注意到自己的脚步下意识轻柔了起来，生怕惊扰了这个读书的少年。

落在书上的光从明亮的白色逐渐变成淡黄色，又很快变成晕黄色，接着眼前闪烁了几下，突然变成了炽白色。简墨立即合眼，缓冲一下自然光与室内光变化带来的视觉刺激，同时听见一个年迈之人发出的笑声："小朋友看书好专注啊！"

简墨下意识想从地上站起来。然而他起到一半，便体会到蚂蚁上树的酸爽滋味，一时之间竟然没法挪动。等他完全站起来，循声看去，发现说话的是一位鹤发童颜的老人。对方穿着宽大休闲外套，双手按着一根手杖，笑得很和蔼。

已经多年没有被人叫"小朋友"，简墨感觉有些怪怪的。但看对方的年纪，自己在他面前也确实是一个小朋友。

简墨向老人笑了笑，点点头。他望了一眼窗外——手机在逃出六街的时候掉了，现在还没有买，于是顺口向老人问道："老先生，请问现在几点了？"

老人看了看腕表："已经六点了。"

居然在这里待了大半天的时间，简墨向老人礼貌地道谢："谢谢。"

老人点点头，神色柔和，似乎对他很有好感："小朋友对传统派有兴趣？"

简墨想到连蔚的话，不想和陌生人就这个敏感话题说太多，只回答道："书少了点。"

老人居然也叹息一声，点头表示赞同，又问:"小朋友参加了天赋测试吗？"

简墨摇摇头："还没有，今年五月参加。"

"你看这些书，可是想用传统派的手法参加测试？"老人似乎十分好奇，"为什么不选择更容易操作的现代派手法呢？"

简墨皱起眉头，用什么派的手法是他自己的事情吧。还有，那种跟人物设定表的东西，怎么拿得出手？

他有些冷淡地回答："我不会写那种东西。"

梅络怔了怔，这里的"不会"显然不是"不想，不打算这么做"的意思，而是"做不到，没能力写出来"的意思。可是能够驾驭传统派手法的人又怎可能写不出来现代派——少年显然是故意这么说的，不过是隐晦地表示了对现代派贫乏无味文字的不屑。

真是有趣！梅络内心对这个少年更加喜欢了，本想多说几句，又恐交浅言深反惹少年反感，于是只道："你若喜欢传统派，有几本书老夫倒想推荐给你看看，不知你有没有兴趣？”

梅络充满期待地等着少年的回应，果然看见对方点点头。

走过几节书架，梅络扶着手杖，缓缓从倒数第二格上拿出一册书：“这倒不是什么写造原文。不过是一部传奇小说而已，你有兴趣吗？”

话音刚落，他便见少年的眼睛猛地亮了，听得对方兴奋的声音：“没有想到图书馆里竟然还有这个，如今不管是学校还是书店都找不到一部像样的小说了。”

少年看看手上的书册，见上面标了个“一”，于是又蹲身下去看，果然不止一本，顿时笑得眉毛都弯起来了。

梅络心里乐开了花：如今这年头见到一个同好真是不容易。哪怕是一个十几岁的孩子，他也不介意，甚至觉得因为这个孩子的原因，自己的心态也年轻了起来，当下滔滔不绝地开始向少年介绍起书来。

可少年只听了两句便打断他：“别讲给我听，你说完了我还看什么？”说完，双眼亮闪闪地又去翻附近其他的书册。

这个小家伙——梅络被打断话感觉有些憋气，不过没有真的生气。

许多看书人并不爱别人的剧透，亲自去品味书中每一字每一句和背后潜藏的韵味才是读书最好的体验。真正的爱书人对书的痴恋如同饕餮客看见美食，酒鬼看见佳酿。所以当他看见少年企图将十几本书都搬了下来，但很快又纠结地掏出借书证查看借书权限时，又忍不住笑了出来。

“一次最高允许借七本书。小朋友你估计怎么都得跑两趟了。”梅络打趣地说。

少年瞟了老人一眼，最后瞄到了老人口袋里半露的借书证，然后就挪不动视线了。

梅络顿时噎了一下：这个小家伙还真是不客气。自己不过是第一次和他见面，推荐了一本书，怎么就打上自己借书证的主意了。

少年大概也是觉得不好开口，因此一句话都没有说，可是那双眼睛的意图太明显了，视线就是在那十几册书和老人的借书证上来回打转。

这不是逼他自己主动开口帮少年借书吗，还有这么厚脸皮的吗？梅络有些气恼地想，老夫才不帮你这个忙呢！可脱口而出的话却是："既然小朋友这样喜欢这部书，若是为难的话，不如暂记到老夫的借书证上——"

话音未落，少年弹身而起，口中慢条斯理地说："既然老先生都开口了，晚辈就却之不恭了！"

明明是他自己有求于己，怎么搞得好像自己硬拽给他的一样。梅络心里这样想着，脸上却挤出一个笑容："不客气！"

等到排队登记的时候，管理员看着少年抱着厚厚十几册书和摆在自己面前的两个借书证，心里不由得泪流满面：你们一个个都把借书管理条例当空气的啊，上面写得明明白白，借书证仅供本人使用，不得外借。一个十几岁的孩子拿着四十年前就登记过的借书证也就算了，自己面前这两个登记年限加起来超过一百年的借书证算什么啊？这是赤裸裸的挑衅！

少年身后的老人走过来，看着面色不好的管理员，轻轻咳了一声："嗯——后面七册是我借的。"

管理员目光森森地看了老人一眼：忽悠人一点诚意都没有？不过在旁边副馆长拼命眨眼示意下，他只好郁闷地给少年手上十几册书做了登记。

等到少年和老人走远，副馆长才走过来："以后这个少年来，态度要好些。"

管理员有些不解："为什么？这个孩子难道有什么大来头？"

副馆长没有解释，只是看着登记表上"连蔚""梅络"两个名字。心道，能让一位特造师、一位异造师同时出借自己的借书证的少年，本身就是需要认真接待的对象啊。

异造师，能够制造出异级纸人的造纸师，占造纸师总数的 0.5%。

异级纸人判定标准：至少拥有一项原人所不能拥有的异能。

3　梅络的提点

要不是校长又给高一（1）班的老师们都打了招呼，要不是这个学生上次月测写造课成绩年级第一，四门科目满分，高一（1）班的任科老师都恨不得把谢首赶出教室。这个学生上课虽然不出声，却一会儿憋笑得全身抖动，一会儿双眼泛红——什么东西那么好看，看得你那么专注！你敢不敢看老师一眼啊？！

简墨如此异样的表现自然引起了全班同学的好奇：向来寡言少语，什么集体活动都不参加，看起来像是对整个人生都缺乏兴趣的谢首居然也会对某样东西如此投入？他看的到底是什么啊？

最先按捺不住的就是欧阳了，他已经一个多月没有和简墨怎么说话了。每次主动搭话，简墨不是“哦”，就是“嗯”，态度十分冷淡。即便是车祸的时候去探病，简墨对他也只是随意敷衍，就像接待一个只见过一面的人。欧阳知道自己隐瞒身份试探对方的行动，让简墨十分不满意，但今天难得看见他高兴，便立刻决定：一定要趁他心情好的时候和他说上话，打破这种僵局。

一下课欧阳就坐到简墨旁边，笑眯眯地问：“阿首，看什么那么入迷啊？我看你整堂课都表情又喜又悲的，到底在搞什么啊？”

简墨看了他一眼，从抽屉里抽出一本已经看完的：“你自己看吧。”

欧阳低头一扫：“《行走于阿尔卑斯山脚下的东方剑仙》。这是什么？是传统派写造原文吗？真的很少见欸！”

简墨瞥了他一眼：“是小说啊小说。别动不动就是写造什么的。难道是个文章就非得用来写造不成？”顿了一下，“你自己拿去看吧。别弄掉了。我从图书馆借的，要还的。”

阿首很久没有跟他说这么长的句子，还主动邀请他一起看书——欧阳大少爷第一次体验到一种叫受宠若惊的感觉。为弥补过去的过失，他一定要好好研究下，至少将来不会再被当成空气忽略掉了。

欧阳不知道，对于同好们，简墨一向是有耐心又有宽容心的。

三天后，简墨顶着两只熊猫眼在约定时间和老人在图书馆碰头。把书一还，两人就站在图书室外的饮水室里聊了起来。

“这书如何？”梅络笑眯眯地说。

简墨立刻迫不及待地说起书中的精彩之处。说到令人兴奋的地方，不禁手舞足蹈。这个时候他才像个十六岁的少年，毫无顾忌地展现自己天真的一面。

梅络被他这种状态带动起来，也全然忘记自己已经是七十多岁的长辈。说到得意处，毫无前辈的矜持和威严。

“还有好书,想借吗？我的借书证可以借给你。”连自称都从老夫改为我了，梅络丝毫不觉得有什么不妥。好书不过夜，他深知这种急迫的心情，连犹豫都没有，诚心诚意地主动提出帮忙。

简墨先是一喜，但随后又皱起眉头，内心挣扎了起来。

还有四个月就要天赋测试了，自己是不是该好好准备下了？连蔚对自己的写造报了那么高的期待，至少在他面前还是要做做样子吧，不然太对不起他了。借书的事情要不先缓缓吧？

可转念一想，简墨又自嘲：自己不过是出于好奇心才在写造课上展露自己的文字。别人不知道也就罢了，难道自己还能骗自己。作为纸人，他根本就无法写造，准备得再多也无济于事。

简墨暗暗在心里再次告诫自己，别被几个不知道真相的群众一赞一捧就忘记了自己是谁了。天赋测试之后，他纸人的身份就会立刻暴露。到时候他也不可能继续在连蔚这里留下来。至于来图书馆，更是猴年马月的事了。即便这位叫梅络的老人愿意继续借证给他，可到时候自己居无定所，哪里还有闲心看书。

偌大一个楚中，竟然没有一个角落是真正属于他自己的，简墨沮丧地想，还不若今朝有酒今朝醉呢。

梅络见少年脸上忽而高兴，忽而犹豫，忽而迷茫……神情转瞬竟是变了好几次，最后竟恢复成第一次见面时起初的冷淡和疏离，不由得心下微讶：难道自己刚刚那句话触发了他什么不好的想法？

最后，简墨还是开口向他借了图书证，抱一堆书回去，只是心情这次没有上次的轻松和惬意。

简墨突然沉迷于小说让连蔚十分生气。他的做法也很直接，强行收走了简墨借回来的书，然后带着借书证统统还掉，包括那些根本不在他借书证下的书。

“马上要天赋测试了，你竟然还把时间放在其他无关紧要事情上。你给我抓紧时间好好准备。天赋测试结果出来前，借书证你碰都别想碰。”连蔚拍着桌子愤怒地警告。

本来就有些内疚的简墨对于连蔚的强硬手段虽然不甚高兴却是也生不起气来，缩了缩脖子，乖乖地回房间去研究《造纸基础》。

到了约定的还书日，简墨还是去了图书馆——在连蔚把他反锁在书房里后，偷偷翻窗户出去。

“怎么书都已经还了？”梅络有些奇怪，而且日期还是两天前。

“家里的长辈发现了，说耽误天赋测试，非让我把书给先还了。”简墨故意用略带抱怨的口气说，其实心里对连蔚并没有什么怨气。

梅络一拍脑袋，歉意道：“对呀，你马上就要测试了！前途攸关的关键时期，我还让你去看小说，真是——这都怪我，都怪我！这个时候是应该把精力都集中在准备测试上。话说，这次测试你准备写什么啊？”

简墨一愣。他根本没考虑过这个问题，因为不管写什么，他的诞生纸都不会起反应啊。

梅络见他似乎完全没主意的样子，提醒道：“小家伙，天赋测试是你第一次真正的写造。但你要明白，这并不只是一场测试！”

“有别的什么含义吗？”简墨也听连蔚提起过类似的话，突然记起“初窥之赏”，问道：“初窥之赏是什么意思？”

梅络摇头露出责备之色：“你连初窥之赏都不知道是什么，到底是怎么上的学？难道你们老师都不教吗？”

简墨的老师若是听到此刻老人的责备，定然会喊冤：谢首同学上课不听讲那是校长都默许了的，他们能有什么办法。

简墨露出惭愧的表情，虚心地请教老人。

梅络叹了口气，把简墨拉到一边的椅子上细细地告诉他。

初窥之赏是这一百年来造纸师们在长期造纸中慢慢总结出来的一种有趣现象。

“比方说一个普级造纸师通过造纸师认证的作品等级是普五级。什么？什么是普五级？你这孩子怎么上的课，怎么什么都不知道……算了，从最基础的给你讲起吧。”梅络叹了一口气。

普级纸人占了纸人总数的绝大部分。但同为普级纸人，个体之间也存在差别，根据各项指标的综合计算，普级纸人被划分了十三个层次。

普一级只拥有健康的体魄和基本的思考交流能力，一般从事繁重而枯燥的重复性劳动，达到普三级才可以从事需要一定思维和分辨能力的工作，普十三级是最高等级，具有接近特级的综合属性。而特级的划分比普级少一些，分为七个层次。

“……再之上就是异级了。异级的划分更少，只有三个层次。不过实际上异级以上的能力划分没什么意义。普级和特级可以根据三大天赋属性的强弱以及对社会的平均贡献划分，但异能这个东西，真的不好评判。如果从强弱来说，能够瞬间净化一个城市的空气的能力，与能够隔空操控一根绣花针的能力相比，显然前者的能力更加显著，后者更微弱。但是如果后者想要利用隔空操控的能力去杀掉前者，却是不费吹灰之力。所以能力不在等级的高低，而在于如何去运用。如果一定要比较，只能相同或类似的能力进行比较，所以这种等级评定并没什么实际意思。”梅络说到这里，顿了一下，“我们再回到初窥之赏这个问题上来。”

初窥之赏，顾名思义，就是造纸师最初窥见造纸这条门径所获得的奖赏。虽然现在还没有研究出来是什么原因造成，但除非是故意降级写造，几乎每一个造纸师第一次造生的作品，都会比之后相当长一段时间内造生的作品出色。

举例说，如果某个造纸师的初窥之赏是普五级，那么他之后很长时间内造的纸人可能只在普三到普四级。只有经过长时间的练习和钻研后，才会第二次造出普五级的纸人。造纸师想要超越初窥之赏的水平，需要付出巨大的努力。所以通常来说，一个造纸师的初窥之赏几乎代表了一位造纸师的终生成就。初窥之赏等级越高，造纸师未来的潜力就越大。

之所以大家都如此重视十六岁这次天赋测试，就因为它是绝大多数人的第一次写造。写造虽然容易，但从起笔开始，到造生结束，中间需要消耗的各种造纸用品不是一个普通家庭能够负担的，而造纸管理局早就明文规定严禁私造纸人，除非你获得了造纸管理局批准的造纸配额。而这种配额除了天赋测试外，非造纸师的个人几乎没有免费获取的合法渠道。

“选择自己初窥之赏的角色很重要。你必须对自己的能力有足够的估测，最好选择高出目前文字操控力二成的角色来尝试。不要害怕失败！虽然很多学校的写造专业对通过造纸师认证十分看重，但是过于保守的选择会导致错失初窥之赏的厚赠，得不偿失。当然过高的预定目标也不理智，所以需要好好思考。”

不得不说老人的提点给了简墨很大的帮助，之前他根本没有考虑过这些。

“第二点，认真对待你的造纸。”梅络直视着简墨的眼睛，“我知道现在社会对于纸人的看法十分低下。造纸师喜欢把自己放在造物者的角度，用看货品、宠物甚至奴隶的目光来看待自己的造纸，因此对于纸人天赋的规划过于随意，甚至没有。”

“众所周知，婴孩的写造最简单，社会的包容度也最低，因为他们在产生社会价值之前需要消耗大量生活资源。选择婴儿作为自己的写造目标，通过造纸师认证的成功率固然会更高，但也体现了造纸师的极度不自信。而且他们只是十几岁的孩子，大多家庭条件比较普通，根本无法负担一个纸人婴孩成年之前的生活开销。这些婴孩的命运……不提也罢。”

简墨垂下眼帘，抿紧了嘴：他自己不就是这么一个随意写出来的产物吗？若不是幸运地被简爸捡了回来，下场指不定多惨呢。

“所以，阿首，你在规划你的造纸时一定要想清楚。你现在无力负担他的未来，所以至少要给他能够养活自己的天赋。纸人的三大天赋属性应该如何挑选，你必须好好思考。

“第三，关于忠心暗示。这点对于天赋测试并没有针对性，不过我认为你有必要知道。造纸师在写造的时候，都会主观认为纸人是忠诚于自己的，这种心态不一定会被写入诞生纸，但却真实存在。这也就导致一个很微妙的现象：写造出来的纸人，不论什么性格，都会从内心对其产生很微妙的信赖感和忠诚度，就像是孩子天生依赖自己的父母一样。这种现象，被称作忠心暗示。一般情况下，纸人不会伤害或背叛自己的造纸师，不过具体的认知范围也因个体而异。

“——所以，你在写造的时候，需要综合考虑纸人天赋对他和你的影响。因为每个造纸的诞生，都意味着你未来的道路上，多了一个绝对值得依赖的人。”

“这是我对你的三点建议。”梅络对简墨认真地嘱咐，“希望你的初窥之赏能够顺利完成。”

老人的热心让简墨有些受宠若惊，他感激地连连点头。

看着老人离去的背影，简墨心头的愧疚感又重了些：他考虑得再周全又有什么用？太多的期待，同时也是一种负担。

简墨今天来图书馆，除了向老人解释书为什么被提前还掉了，还想查找传统派的写造原文，与现代派对比，找出两者的共通之处，从而发掘写造真正的原理。

如今连蔚收缴了借给他的图书证，刚刚他又不好意思再向老人借，不得不在阅览室外徘徊，直到被副馆长看到，问他为什么不进去，简墨只好说走到这里才发现忘记带借书证了。

副馆长居然十分和蔼地说没关系，然后带他去办了一张临时借书证，亲自写上“谢首”两个字交给他：“每次都用别人的也不方便，哪天你记得带证件和登记照来，我再给你办一张正式的。”

简墨拿着临时借书证，郑重地向副馆长道了谢。心想，难道自己离开六街后开始转运了？先是连蔚的收留和照顾，又遇到不错的欧阳和齐眉，就连在图书馆借书，也能遇到对小说痴迷又精通造纸的长辈。现在，发现图书馆的副馆长居然也这么好说话。

他不知道的是，副馆长无事献殷，不过是因为他曾经借用过的两张借书证，它们看起来普通，实际却代表重要的意义。

4　造纸三大原则

将有限的几本传统派写造原文看完后，简墨开始整理自己的思路。

传统派的写造原文与人物传记体小说看起来没有明显不同。如果硬要说有区别，写造更重视角色形象的塑造，由角色引导情节发展，多用限制性第三人称，重点刻画主要人物角色形象，文学欣赏性则在次要位置。同现代派对比，除了“明示”和“暗示”的不同外，也没有其他区别。

简墨琢磨了半天，突然想到一个办法：既然从成功的案例身上发掘不出经验，不如从失败的案例上面寻找。他又检索了“现代派写造原文案例”，这次跳出了一万多册。

简墨随意找了一本有失败案例的分析书册，只见其中一段评语写：“辞藻华丽，过于堆砌，导致人物性格不分明，甚至有自相矛盾的地方。比如，‘目下无尘’与‘平易近人’不可能同时出现在一个人身上，除非此人是双重性格，又或者在特定的场景或时段，但文中并未见此类说明……”

又有一段评语这样写：“此人身高一米九，精通多项运动没有问题。但是‘健美教练的身材’显然不适合玩‘柔道’。人物的各项特长如何合理搭配需要进一步考虑。”

“精通七国语言可以，但同时还有‘生命科学、信息工程、新能源材料’三料博士文凭，并且擅长‘汽车、飞机、登山、潜水、珠宝鉴定、外科手术、针灸、围棋、象棋、国际象棋、桥牌、台球、高尔夫’……这样一个人才年仅十五岁。孩子，你确定不是想太多了？”

还有的评语写道：“原创音乐天赋的描述缺乏专业度，造纸师显然对音乐并不了解或者了解不深。”

上百条评论看完，简墨总算有了些收获，他在脑子里总结了几条重要的规则。

写造原文首重一致性。如果对角色的各类描述自相矛盾，造纸在进行到孕生阶段就无法继续了，因为赋生阶段就开始考验写造语言的严谨性。第二是合理性。即便文中前后一致性没有问题，但存在明显不合常理的地方，也会导致赋生失败。比如赋予一个少年几个成年人终其一生才能达到的能力总和，显然超出了正常人类的范畴。第三是深广度。在一致性和合理性之外，纸人在某个专长上达到的天赋，原文中必须有一定程度的专业描述。

这就是为什么连英的导师去找特造师，必须拿着连英的研究成果。特造师本人对专业领域一无所知，自然无法做出相应的描述，也就无法把这个天赋赋予纸人。

这几条规则在传统派中同样适用。即便是“暗示”，也同样存在传达内容的一致性、合理性和深广度的问题。在简墨看来，造纸的过程就是对造纸原理这个“人”说话，明示也好暗示也成，不过是说话的方式不同，只要说出的内容没有问题即可。

有一些思路后，简墨对造纸的概念更加清楚。欧阳的话没有错：写作和写造不完全一样，起码在人物塑造方面，它的目的性更直接强烈。

简墨所不知道的是，这只是因为他刚刚接触造纸，认知有限，才会被欧阳误导，得出这样粗糙的结论。但随着他日后眼界开阔，对世界的了解越来越深时就会发现，原来从“写作”的角度出发，也会在写造上获得意想不到的结果。

这些结果不断地刷新了他的认识，让他无限惊喜或者无限恐惧。

但对初学阶段的简墨来说，能够发掘这些已是十分不易。至少在他所在的石山高中，还没有一个学生能独立总结出这个程度的写造规律。

有了这些收获，简墨正准备起身随便逛逛，看能不能借两本有用的书回去，却听见书架那边响起两个人刻意压低的快速交谈声。

这么偏僻的地方居然还有其他人会来？

简墨本来只是漫不经心地听，但隐约捕捉到的几个词句却让他不由得竖起了耳朵。

“……我欧氏的财产凭什么给一个纸人！我一定要把这臭小子的真面目抖出来，还请万主席一定帮我这个忙！”一个中年男子恳切道。

“欧先生，不是万主席不愿意帮忙。你要知道，辨魂师虽然能够分辨原人和纸人，但却无法将他看到的东西展示给其他人。”另一个年岁相仿的男子声音不疾不徐地分析着，“因为存在做伪证的可能，所以泛亚法律从来不把辨魂师的判断作为证据。”

“杨科长，那怎么办？”这位欧先生着急了。

“不要着急嘛，这里有一个更稳妥的主意，你先听一听，”杨科长从容地安慰对方，“马上不是就要天赋测试了吗？怎么做最保险，还需要我教你吗？”

两人还在继续交谈，根本没想到这么偏僻的地方居然还有人在。

简墨微微低头，目光从书架上的空隙看过去：两个啤酒肚中年男子正站在窗边交谈。略高的一个眉头紧皱，鼻头酒糟红，仿佛霉运缠身，略矮的一个脸上带着养尊处优的从容，胸有成竹地指点他。

这些断断续续的词句联系到一起，简墨脑海里顿时浮现起之前欧阳问他某个问题时的情景，脑子里逐渐形成了一个猜测。

看着从图书馆走出的简墨，坐在黑色轿车里的谢子韬挑起眉毛：“这个男孩似乎在哪里见过？”

坐在驾驶位上的小个子保镖笑道：“韬哥，最近你这句话说得太多了，是疑邻盗斧吗？”

谢子韬听到这话，收回目光，苦笑了一声：“这个案子已经过去半年了，我们至今一点线索都没有。周先生走的时候放了话，找不到凶手我们就别回去了，你说我压力能不大吗？”

“是啊，研究员在眼皮子底下被人杀了，连队长和副队长都被一刀毙命。我们就算回去了，日子也不好过。”小个子也跟着叹了一口气，“不过，副队长和队长可都是异级呢。他们都对付不了那个女杀手，我们又能怎么办？”

谢子韬拍拍小个子：“小光，制伏凶手不是我们的目标，我们的目标是找到女杀手的下落。如果她真的不是我们能够对付的凶徒，那就让周先生安排人来。”

“但我们现在连凶手在哪里都不知道啊？”小个子气馁地说。

“所以我才来求这位梅络先生。我已经打听到，他写造过一名异级纸人，能够根据画影图形找出凶手的下落，对我们很有帮助。”谢子韬说。

“可是异造师不是那么好见的吧。”小个子犹豫着说。

“我已经打听到，这位异造师最近经常出入市立图书馆，从今天开始我们就守在这里，设法见他一面。”谢子韬决心道。

“要二十四小时在这里守着吗？”小个子突然有些犹豫。

“怎么了？”谢子韬问。

“我……我明天有点事情，想请一天假。”小个子说。

谢子韬见小个子吞吞吐吐的样子，眼睛扫了一下车内电子屏上的日期，表情瞬间阴沉了下来：“皮小小，你明天是要去参加破门仪式吗？”

“不不，我没打算‘破门而出’！”皮小小见谢子韬脸色瞬间变了，立刻否认，“我只是去看看。”

“好奇心不但会害死猫，也会害死人的！你以为你现在只是去看看，可那些邀请你的人可不是这么想的。虽然现在纸人管理局没有在乔蓝节抓人的习惯了，但是你自己想想你的位置。你是靠李家吃饭的，不是那些食不果腹、衣不蔽体的流浪汉，想怎么样都行！难道你想拿现在拥有的安稳工作和生活去换一个所谓的‘独立’？没了工作，你连经济都独立不了！”

“韬哥，这跟我们的工作、地位没什么关系。就算我是一个异级纸人，我觉得拥有自己的独立人格，做自己喜欢的事情，追求更好的生活，都是很合理的要求吧。”

“嚯嚯，说得还一套一套的，乔蓝党给你洗过脑了吧！”谢子韬嗤之以鼻，

“那你告诉我，现在是有人逼你做不喜欢的事情了？还是谁拦着你去追求更好的生活了？”

“是没有。”皮小小愤愤不平地说，“可是他们从来没有把我们当成一样的人看。队长和副队长都已经死在凶手的手上，如果他们的能力足够抵抗凶悍的杀手的话，难道连自己的性命都不在乎吗？可所里却硬说他们渎职，连抚恤金都不给。嫂子们都这么伤心了，想上门讨个说法，还被骂得狗血淋头。”

谢子韬听到这里，神色柔和了下来，拍拍皮小小的肩膀：“原来是为了这个事。放心吧，我们不是已经凑了一笔钱给嫂子们办后事了吗？以后她们有任何难处，我们也不会袖手旁观。至于你说的，让李氏把我们当成一样的人——皮小小，真正的公平是没有的，就算队长和副队长不是纸人，所里难道就会改变做法了吗？”

“韬哥，”皮小小突然眼睛亮亮地看着谢子韬，“研究所的做法会不会改变，我不知道，毕竟所里造纸师的保镖百分之九十五都是纸人。可是韬哥，你不觉得自己心里其实也明白：嫂子们眼下的难关只能靠我们。这可是你说的话——纸人的生活只能靠纸人自己。纸人做或不做任何事，也只能由纸人自己决定。我们不能，也不需要去依从原人的指示——这就是乔蓝节的真正意义啊。”

“我觉得你完全是在偷换概念，我跟你说——”谢子韬显然没有被皮小小的话说服，他正准备好好地给自己这个小搭档纠正一下观念，眼睛突然一亮，“等等，梅络出来了，不说这件事情了。”

第七章
天赋测试

1　他们说你是纸人

晚上归家，连蔚果然对简墨没什么好脸色。翻窗逃家，怎么看都不是好孩子的行为，更何况以连蔚古板的性格，这种叛逆期挑战家长权威的举动，怎么可能不令他生气。

不过，当简墨将老人对自己的建议复述后，连蔚的面色稍微缓和："算你运气好，遇到一个有真本事又肯帮人的造纸师。你可记得别人的姓名？要记得感谢别人。"

简墨努力回想借书证上的名字。他两次借用对方的图书证时，心都在书上，并没有留意姓名。倒是对方问过自己的名字，简墨顿觉有些惭愧。

"梅络，或者是梅格，记得不太清楚了，大概就是这么个写法。"借书证上是手写体，龙飞凤舞的。他扫过一眼，只有一个印象。

梅络？难道是市造纸师联盟的前任主席梅络？简墨这个六街来的常识盲不知道，连蔚怎么会不知道梅络是谁，一听之下心都快跳出来了："你可看清楚了？"

简墨显然不是很确定："没。"

"你！"连蔚一拍桌子，气得想抽这小子一顿：旁人哪个不是想尽了办法和梅主席搭上关系，想求一句指点都不能。若那老人真是梅络，你小子走狗屎运入了对方的眼，居然不知道抓住机会，真是有眼不识泰山！

连蔚恨不得把简墨破口臭骂一顿，却忘记自己也是千金难买一见的特造师。他不也是赶着送上门来的不稀罕，东挑西捡后看中了简墨这块性格不讨喜的臭石头？

简墨不知道自己到底错过了什么，一脸坦然地夹着菜扒着饭，一点懊恼的心思都没有。不过就算他知道，最多也就后悔一小会儿，谁叫他成不了造纸师呢？

吃完饭，简墨就回到自己房间，躺在床上刷了一会儿刚买的手机，不知不觉已经过了 12 点。打个呵欠，他把手机放在床头，闭上眼，但想起什么，又摸起手机，看了一眼亮起的屏幕：3 月 21 日 0 时 8 分。

现在是乔蓝节了。

乔蓝节，官方正式名字叫纸人独立日。《纸人权益法案》即二次协定签署后，纸人们为了宣告自己不再是原人的附庸，而是拥有与原人同样权利的人类，便将 3 月 21 日定为纸人独立日。这一天，是一位为争取纸人权益而战的著名纸人将军——乔蓝的造生日。据说，这位乔蓝将军在第一次纸原战争中声名赫赫，几乎是百战百胜。

一直以来，造纸管理局对此节日采取默认却并不推崇的态度。因此作为纸人传统节日之一，乔蓝节不但没有造生节声势浩大，获得纸人广泛庆祝，在政治风声最紧的时候，公开庆祝乔蓝节的人甚至会以“妨碍社会公共秩序”的罪名被拘捕。可是，这并没有妨碍乔蓝党人暗中默默发展。

不知道简爸是担心他受这些思想影响变得太过激进，到处惹是生非，还是对乔蓝党提倡的纸人精神不以为然，反正简家从来不过乔蓝节。

不过简墨小时候却偷偷去参加过一次典礼。也许是年龄原因，他印象中的乔蓝节庆祝仪式还挺好玩的：一群纸人神神秘秘地躲在一个人迹罕至的地方，偷偷吃水果……水果只三样：梨子、柚子、苹果。吃完了还不算，要把吃剩下的种子收集起来，找一块土地，一人撒一把土埋起来。

直到很久以后，简墨才知道这三样水果是有说法的。梨子代表独立，柚子代表自由，苹果代表平等，“独立、自由、平等”是乔蓝党人倡导的三大纸人精神。种下种子意味着要把这些精神根植地下，让它们生根、开花，生生不息。据说有的地方会投入活水之中，让这些种子随着江河湖海的水流漂到更远的地方，寓意着将纸人精神传播到更广阔的土地上去落地生根。

除此之外,乔蓝节庆典上还有一个“破门”仪式。那仪式他现在还有些印象:将原本缠在左胳膊上的一根红布条剪断，然后和代表点睛颜色的青蓝色布条打结，再系回去，这寓意着断开了自己和造师之间的“脐带”——虽然实际上并没有那种东西。

宣告“破门而出”的纸人，从此以后不再向造师交“奉养金”，以示自己是一个不依赖造师也不受造师控制，有着独立思想和人格的纸人。

通常的惯例是，纸人找到工作后，会定期向自己的造师上交劳动报酬10%~30%不等的“奉养金”，就好比孩子工作后赡养父母。而如果有人或企业向造纸师主动购买或订制造纸,则除了要提供相应的造纸配额外,还要支付一笔“选置费”。当然纸人的奉养金按照惯例还是要上交的，但相应比例会低一些，因为雇主会从订制纸人的工资中将前期投入的“选置费”扣除。

简墨从没听过简爸提起自己的造师，也没有见他给自己造师上“奉养金”，就好像世界上没有这么一个人一样。他曾经问过几次，却都被简爸以各种理由混过去了。所以直到现在，简墨也不知道简爸到底是算“破门而出”，还是像他这样被造纸师遗弃的造纸。总之，他们俩的“思想和人格”都没有受到自己造师的影响，所以庆祝不庆祝乔蓝节，简墨一向都无所谓。

至于小时候那次参加乔蓝节庆典，纯粹是出于小孩子的好奇心。当然最后也没逃过简爸的眼睛，被好好修理了一顿。简墨那个时候还小，觉得被他爸揍就是天底下最严重的事情，所以自那以后，只要乔蓝党人接近他，他便理直气壮地回复对方：他的梦想就是过安稳平静的小市民日子，不想为了遥不可及的梦想把自己的生活搞得波澜壮阔。

天赋测试前的最后一个月，高一年级的气氛明显紧张起来。尤其那些对自己的造纸天赋抱有期待的学生，无一不是摩拳擦掌，整天造纸范例不离手。

有了老人的指点，简墨对自己的原文如何构思已经有了一些思路。他没有学别的同学，因为觉得与其抱着所谓的范例不放，不如好好思索一下自己想要的初窥之赏到底是什么样的。既然连蔚已经帮他交了那笔不菲的测试报名费，就好好体验一次吧。

年龄，设定在二十五岁吧，人生各项机能高峰期。

性别，男。既然是为未来有一个可以帮助自己的人，还是男性方便点。

外形嘛，身高 185 厘米，体形匀称；相貌五官端正，看着顺眼就行。对了，最好是爱笑，而且笑起来还要好看。连蔚那张整天板着的冰块褶子脸，简墨已经看厌了。

性格要稳重踏实，乐观自信。为人要坚持自己的道德底线和行为准则，但做事也会审时度势随机应变。能沉得住气，也能一往无前，不轻言放弃，也会适时取舍。面对危机能冷静沉着，平常也不失谨慎细致。这世界可不怎么安宁太平，他为什么会从六街逃出来，由此可见。

能力什么的，自然是多多益善。不过首要的如同老人所说，必须具备用自己的劳动养活自己的能力。简墨刷刷写上：擅长烹饪，精通医药。不管哪个时代，哪个地域，这两个职业都不会找不到饭吃。

另外，他继续添加设定：武力指数不能低。长于近身肉搏、射击，野外求生乃至各种交通工具的驾驶不能少。智力指数同样爆表，观察力入微，能洞察人心，以便料敌先机并且未雨绸缪。擅长谋略布局，精于情报搜集和分析，具有极强的团队领导力和人才号召力。

简墨猛地停下笔，对比了下纸人等级划分标准，扶着额头叹了一口气：如果能够写造成功，最起码也是特五的水准了。

就凭他？把笔一扔，他捏了捏鼻梁，有些疲倦。玩一场没有结果的游戏，到底有没有意义？

他这么认真地去做人物设定，是不是十分好笑？如果三儿在这里的话，会不会取笑他，白日梦已经做得不知道自己是谁了。不，如果是三儿的话，大概会跟他一样脑洞大开，兴奋地指手画脚：要美女啊，要长腿大胸水蛇腰吧。

简墨无声地笑了下，怅然地低头，视线落在手上。他的大拇指无意识地摸着右手中指指节上的书茧，这是十六年六十七本的“后遗症”。

六十七本，他到底是有多痴心妄想？

呵呵。他真想对命运这座大神比个中指。

他想写，他真的想写。

猛地捂住眼睛，汹涌而出的泪水让他感觉十分委屈。

为什么他不是原人，为什么他只是一个纸人？他想要的世界不是这个样子，他想要的生活也不是这个样子。为什么他不能正大光明地去触碰那些文字，凭什么他的文章写得造纸课老师都击节赞叹，而笔下的人物却无法变成活生生的人。

为什么？就因为他是纸人吗？

捂着眼睛的手猛地向下一抹，简墨心口的恼恨积累到顶点，反而彻底放开了。

有什么不行，有什么不能！

就算没有任何结果，就算没有任何意义，他就是要写。只要自己喜欢，何必在意有没有结果！就算将来被揭开真身全世界都嘲笑，就算被打落尘埃，就算未来的某天会幡然醒悟，今天的自己不过是痴人说梦。但是，现在的他就是要写！

简墨一把抓起笔，抛开一切，接着前面的文字继续挥笔。内容逐渐如同脱了缰的野马，离理性这条道路越驰越远，拉也拉不回来了。

况且，他也不想拉。

为了使深广度达标，简墨提交了一份让连蔚目瞪口呆的计划单，并说服连蔚开了一张长达二十天的病假条丢给学校。接下来的时间，除了吃饭睡觉，他全部花在电脑和图书馆上，收集各种专业资料，整理归档，彻夜苦读。

一周之后，他从资料堆里站起来，跟连蔚去了一天射击俱乐部练习射击，把常用的枪械都试了一轮；在健身馆观看了一天自由搏击、擒拿术并且跟教练学了一些基本动作和原理，跟资深者面对面请教了问题；学了两天开车，连蔚甚至还神通广大地借来了附带驾驶员的游艇和直升机，让他体验了一把；在楚中市唯一一家六星酒店的后厨观摩了大厨做菜；最后，去了一次医院，先让他在急诊室观摩了三日，又跟一位老中医待了三天。

虽然不认为简墨这短短二十天的学习和体验能够发挥多少作用，但是面对简墨难得的全情投入，连蔚还是很乐意满足这些小小的要求。

“反正就算这次用不上，以后总会用得上。”他对胖校长欣慰地说。

三周时间匆匆过去，简墨感觉自己的脑袋灌满了各种资料，快要爆炸了。

这二十多天的体验其实非常肤浅，但简墨的目的不是掌握那些技能，而是做针对性的素材收集——传统派的原文特长本来就是暗示，不管什么技能，简墨只需要安排一两个体现技能高超的细节，就能将天赋属性等级提到自己想要的高度。

祝鸿飞曾说过，原文写得再好，天赋等级不足，也没有用。

后来简墨问过连蔚这个问题，后者给出的回答是：造纸的等级不仅与原文的三大赋予有关，同时也受限于造纸师的天赋。比方说，如果造纸师天赋是普十三级，写的原文却是特一级，那么造纸的结果会有两种：最常见的是失败，进程会在造生前结束；极少数情况下会造生成功，但是各项天赋属性会降到普十三级的标准，且仅仅出现在造纸师天赋无限接近特一级的情况下。

没有人可以预知自己的造纸天赋，只有等到造纸结束后，才根据自己写造是否成功，写出的纸人到底是什么等级，来判断自己的造纸天赋能够达到什么高度。也就说，如果一个人的造纸天赋是特五级，但他赋予纸人的天赋却是特六级，那么他九成九会失败。

这也是为什么很多人在天赋测试的时候选择婴儿作为写造对象。因为不管实际的造纸天赋如何，只要达到了造纸师的最低标准，就能够造生纸婴。而不管造生的纸人是什么等级，只要造生成功，就能够通过造纸管理局的造纸师认证，成为一名造纸师。只要成为了造纸师，哪怕没有等级，每年都能够获得造纸师管理局发放的造纸配额，有了这个配额，不管是卖掉，还是自己使用，都是一笔可观的收入。

对于绝大多数希望成为造纸师的原人来说，最稳妥的写造方案，就是先写造一个纸婴。有了最起码的保障后，再用造纸配额来不断尝试，最终试出自己的造纸等级。因此，一名造纸师的初窥之赏是纸婴，后来却发现自己是一名异造师，这样的事情也并不稀罕，反而是无数原人梦寐以求的励志美谈。

不过这些与写造本身没有多大关系的事情，连蔚并没有跟简墨细讲。

当然，就算简墨知道了，除了生气，也不觉得怎样。他只是一名纸人，所以，他想怎么写就怎么写，有什么不对吗？如果不是他现在还搞不清楚异级到底怎么写，天赋赋予里加上几个异能谁又能说什么？

这个时候，离天赋测试只有五天了。

然而，结束休假一回到学校，简墨就察觉周围同学看自己的眼光有些不对。

不等他弄明白，欧阳就跑过来，招呼也不打就一把将他拖出教室。直到一个僻静少人的地方，欧阳方才放开他，表情凝重地问："这些天你去哪里了？一点音讯都没有，问连主任他也不说。"

简墨看欧阳的样子，好像自己请假时发生了很严重的事情一样，便疑惑道："我不是已经请病假了吗？难道班主任没说过？"

他说完后，欧阳的神色一点也没有变轻松，他甚至没有问简墨生的什么病："我当然知道你请病假了，全校都知道你请病假了！问题是你什么时候不好请假，非要在这个时候请假，而且一请还这么长时间，连我都快以为……"

"以为什么？如果我病死了，连主任自己会跟学校说的。既然他都不着急，你着什么急？"简墨有些莫名其妙，"到底发生什么事情了？"

"你真是什么都不知道啊？"欧阳望着他无所谓的脸，又是无奈又是恼恨，"本来只是那些嫉妒你的家伙瞎起哄，结果你偏偏在这个时候请病假，搞得那些人的猜想倒像是真的了！"

"猜想？什么猜想？"简墨皱起眉，他不在学校这段时间，难道地球还不转了不成，"说重点！"

"纸人！"欧阳没好气地说，"他们说你是纸人！"

2　纸人赌局

简墨瞳孔猛然收缩了一下，双手下意识想握紧，但很快又放开了。在外人看来，他似乎只是动了动手指头。

"他们为什么会这样认为？"

简墨声音听起来带着一丝好笑，但心里其实是在嘲笑自己：难得他挣扎着过了自己这一关，打算认真对待这次天赋测试，结果最后要在这里翻船？如果一开始就发生这茬事情，他也就罢了。可他已经决心要赴这场荒谬到极点的约会，所有的环节都在有条不紊地准备着，这时却杀出一只拦路虎来，叫他怎么甘心！

欧阳哼了一声："连主任大概是忘记了，造纸管理局规定年满十六岁的学生必须参加天赋测试，可不光为了检测是否拥有写造天赋。如果写造不能达到融生，你知道那意味着什么？”

融生成功代表写造者是原人，赋生成功代表写造者拥有造纸天赋。融生失败的，只有纸人。

简墨盯着欧阳目光不移，强压着心虚问：“这和我有什么关系？”

欧阳苦笑道：“泛亚每年天赋测试都会检测出少数学生不是原人。实际上，这些纸人学生多数都不知道自己的真实身份。他们大多是被人收养，有的养父母也不知道他们是纸人，也有养父母突然去世来不及告知的。”

拥有天赋属性的纸人，只要通过短时间的学习就能够达到原文赋予的天赋等级。到学校来消耗有限的教学资源，在那些需要辛苦工作供养孩子受教育的人看来，无疑是某种程度上的挤占和浪费。虽然法律并没有禁止这种行为，毕竟《二次协议》早就规定了纸人的同享权，但是社会舆论却不会轻易放过他们——尤其是这些天然受父母影响的孩子。

“每年到了天赋测试的前一个月，各个高中的学生都会猜测到底哪些同学是纸人，以此为乐，甚至有人设了纸人赌局——这已经是不成文的惯例了。”欧阳眼中充满厌恶和不屑，“实际上没有经过天赋测试，谁知道谁是原人，谁是纸人？不过是恶意的猜测，然后有了找别人麻烦的理由。”

“既然如此，又有什么可担心的？”简墨还是没意识到他的请假有什么不妥。

欧阳有些无力地看着简墨：“你大概不知道吧，几年前，有一个学生被怀疑是纸人，受到同学们的各种欺辱，最后忍无可忍地奋起反抗，结果竟在天赋测试前被同学围殴致死。虽然那学生的父母拿出了孩子的出生证明，可法官对那些打人致死的孩子却选择了从轻审判，理由之一是，天赋测试才是原人纸人唯一的分辨方式，一张出生证明无法算作有力证据，更不用说，那些打人的学生都还未成年。”

不谈那孩子极可能是原人，单看法官的是非观，简墨就立刻明白了自己的处境。它们间接暗示了：如果那孩子是纸人的话，打死也无妨，反正是写出来的，打死了无非请人再写一个就完了。

《二次协议》虽然已经签订六十年，但实际上纸人生存环境依旧恶劣。没有原因，没有理由，随时都可能天降横祸。

“阿首，你是中途插班进学校的，之前没有任何就学记录。一进来又在写造课上表现太过耀眼，其他课也是如此，来历不明又表现优异，这是多数纸人学生的共同特点。因为前几年那个死掉孩子的教训，真正的纸人学生都会在天赋测试前选择长休或退学，而你恰好又在这个敏感时刻请假，学校里传得沸沸扬扬，叫我想为你辩驳都找不到理由。”欧阳郁闷至极。

简墨瞟了他一眼：“难道你不怀疑我是纸人吗？”

欧阳迟疑了一会儿，表情像是显得有些为难，但最后还是回答道：“我有想过这个可能。不过，阿首，不管你是原人还是纸人，你都是我的朋友。”他紧接着又补充了一句，“这几日你就跟在我身边，千万别落单了。”

简墨先是有些感动，听到最后一句，不由凉凉地瞟了他一眼。

欧阳马上改口道：“还是让我一直跟在你身边比较好。”

简墨垂眼遮掩了眼中的笑意，向旁边侧脸示意：“你待在我旁边，似乎也没有什么震慑力。”

欧阳这才发现，有五六个学生正向这边靠过来，那脸上幸灾乐祸的表情，写明了来者不善。

他不由得十分懊恼，自己怎么就莽莽撞撞地把谢首拉到了这个偏僻的地方。他只是想搞清楚事情，可不想给别人下手的机会。犹豫了一下，欧阳轻轻握住左手，按下小指指环内侧的一粒宝石。

几乎同时，气势汹汹的学生们已经把两人包围起来。

“谢首，你还敢回来？”祝鸿飞抬起下巴，倨傲地说。

简墨扫了一眼，这些人大部分不认识。不过，自己班上天赋测试已经通过了的几个学生都在其中。简墨虽然知道这些人早就对自己不爽，但真没想到他们还有胆量招惹自己。难道他们以为人多就可以骑到自己头上拉屎了？

想了想六街那些原人少年，简墨又觉得多少可以理解：少年人大约都有些不记打的坏毛病，真是难为他们忍耐了这么久才找到宣泄的理由。对于缺乏克制力和判断力的少年们来说，只用言辞劝阻还是太难了，尤其在自认为是替天行道的时候。

简墨叹了口气，轻轻摇头。看来是没有分辨的必要了，他露出一个浅浅的笑意，缓缓扫过全场：“想打架吗？”

话音刚落，还没给对方反应的时间，他便几步瞬间奔至面前，借着一脚踢上跑在最前面的一个胸腹，接着挥拳向第二人的脸，第二人连忙用手去挡，简墨左手将其隔开，右拳直接揍上对方的鼻子。对方一脸痛苦地去捂鼻子，简墨便接着一脚将他踢飞。侧方一个拳头伸了出来，简墨用手臂挡住，拉住手臂一个背身，将这个偷袭者猛地摔到身前……

只要不死人，这是简墨唯一的底线。

事情已经到这个地步，留手就是给别人反击的机会。简墨不想被人打，只好先把对方打趴下。毕竟前车之鉴在那里，纸人学生打死无罪嘛。而且对方也是动了点脑筋，动手的都是通过了造纸师认证的人。别人打死他没事，他要是把中间哪个打死，反而有麻烦。因此综合来看，他才是眼下处境最危险的那一个。所以他还不至于在自己尚未脱离险境的时候，给予敌人同情和宽容，他又不是上帝，有时间原谅每一个人。

对方大概怎么也想不到简墨居然敢先动手。

在他们美妙的想象中，简墨肯定会“心虚”地一动不动，任由他们打骂欺辱。看着全年级写造课数一数二的好学生、老师们的宠儿，在他们脚下颤抖求饶、痛哭流涕，这是多么舒服惬意的感觉。幻想太过美好，以至于反应过来之前，他们就被简墨撂倒了几个人。等回过神，立刻有人惊惶地高喊：“动手啊！打死他！这烂纸头居然敢先动手！”

祝鸿飞虽然是叫嚣最厉害的那个，但真正动起手来，却站到了最后，一副总指挥的模样：“我们这么多人，他只有一个，再厉害能厉害到哪里去！一起上啊，跟一个烂纸头讲什么公平！”

不能被对方围起来。简墨牢记那日教练教导自己时说的话，小心环视周围的情势，快速地思考。他五指抓住身边一人，猛地往身后一推，推给后边正捡了砖头要拍上来的一人，随后矮身一脚扫向后边人的小腿，狠狠踹上第三人的下身。

惨叫连起。不过好像，叫的人数似乎太多了一点。

简墨感觉有点奇怪，但“敌人”就在身边，他来不及核对自己的成果，借着旁边的单杠荡起，飞起一脚踹向一人腹部，等他痛得弯腰时，一手刀砍向对方颈侧。对方顿时一声不吭地昏了过去。

正打得灰尘四起，突然听见一人愤怒地号叫：“欧阳，你是站在谢首那边吗？

难道你也是——”

声音戛然而止。简墨侧头一看。

欧阳正咬着牙，表情凶狠地看着瘫倒在地的一人，手里拿着一根废拖把。一抬头看见简墨在瞧他，露出邀功的笑容说：“我干掉了一个。”

简墨对他这种弱鸡的战斗力报以轻轻一笑，然后收敛了笑容道：“小心背后。”

欧阳回头，居然有人学他一样偷袭，慌忙反手抡了一拖把，惊得那人向后踉跄躲避。可惜那人站稳后又凶横地扑了过来。

木桶区的六街治安虽然比五街好，但也绝不是良善之辈可以长居的地方。长期靠东躲西藏躲避巡警追查的简墨，论起体力和敏捷度，这些学生哪里是他的对手。为了守住自己的地盘，他早期没少与比自己还大的人打架。这段时间为了准备原文，去武馆又学了一些交手技巧，让他对力度巧用和人体弱点又有了一番新的领悟。理论与实践相结合的结果，就是简墨的攻击力又长了一大截。若只论学生之间的群架，他甚至可以列入以一挡三的高手之列。

因此，当来找麻烦的学生都躺下的时候，简墨只是呼吸急促了些，身上有些轻微的擦伤。再看欧阳，正扶着膝盖大喘气，脸上的笑容看起来有些傻兮兮。

虽然还不能完全拿来比较，简墨却在欧阳身上隐约看到了三儿的影子——即便心思比三儿复杂，打架也不如三儿厉害，但总算没有愧对朋友这个词，勉强可以一交。

“他们怎么办？”欧阳不知道自己的表现终于通过简墨的交友审核，指着一地呻吟的同学问。

简墨整理了一下有些凌乱的衣服，看也没看一眼：“让他们在这里冷静一会儿吧。我去找连蔚。”

欧阳顿时无语，把向连主任告状说得这么理所当然，除了这位也是没谁了。正常的高中生不是应该很硬气地说“同学之间的争斗就不要扯到老师那个层面了”。

不过他心里却承认，谢首的选择，对于减少麻烦、平息事端来说是最有效的。

3　天赋测试

简墨不知道欧阳内心的那些弯弯绕绕，如果他知道，也只会觉得好笑：那种装出来的心胸气魄只适用于生活在蜜罐里的小花？道德是对君子讲的，对小人就应该用小人的思维。简爸说过，做任何事情都要因时而异，因人而异。

想到在图书馆里听到的那番密谈，他对欧阳说："我有些话要单独跟你说。"

两人又换了一处僻静的地方，确认没有人跟来了，欧阳才说："你说吧。"

简墨左右看了看："让你那些保镖走远点。"

欧阳怔了怔，微微脸红地解释道："刚刚不是我不想让他们出来——"

简墨先打断他："我知道你不想在学校暴露。我要说的不是这个。"

欧阳的保镖靠近后，他才发现了对方的踪迹。至于为什么保镖只是守在周围没有出来，他也很理解：不到最危险的时候，欧阳不想暴露自己的身份。他本来可以置身事外，但既然让保镖过来，至少是有心在真正危险的时候拉自己一把。

这样便够了。他也并不介意多揍几个人。

欧阳讪讪的，挥手做了个手势。

直到简墨再也察觉不到周围的动静，才开口："我的事情有连蔚扛着，你不用操心。倒是你，"停了一下，他把目光停在欧阳疑惑的脸上，含蓄地提醒，"天赋测试的事，你准备周全了吗？家里人扎不紧的话，会被小人钻了空子的。"

欧阳望向他的目光顿时悚然，嘴唇动了动，却没有发出一点声音。

简墨很理解他此刻的感觉。

刚刚欧阳突然对自己说，"他们认为你是纸人"的那一瞬间，他就感觉背上的毛孔仿佛都炸开了。这还是在他早就有了被揭露身份的心理准备的情况下。

"你……怎么知道？"

足足过了一分钟，欧阳才低声问道。他大概也觉得简墨不是那种无的放矢随便诈话的人，这么说应该是真的知道了什么。

"这段时间我在准备测试的事情，意外在图书馆遇到两个人。他们大概觉得那地方僻静不会有人去，却偏偏让我听到了几句。"简墨将事情简单说了一下，"这种事若换了别人，我是懒得理会的。你，好好准备吧。"

欧家家大业大，简墨相信自己没有必要替他操剩下的心。他说完，便单独离开了，留下欧阳一个人陷入思考。

欧阳一个人站在原地，游移不定的目光很快变得坚定。

“你们过来一下。”欧阳抬高了一些声音说。

两个保镖出现在欧阳的面前。

“这段时间让人盯紧一下二叔，看他和哪些人接触，都在谈什么事情。”

“是的。”其中保镖点头，然后迟疑道，“少爷，刚刚——”

“刚刚怎么了？”

“您发了信息后我们很快就到了。但正准备帮忙的时候，有异级比我们先动手了。”保镖有些惭愧道，“对方行踪很隐秘，似乎不想被我们发现。我们见他也是帮少爷这边的，不好强行接触，免得交恶。”

“帮我们的？”欧阳眼露疑惑，只想了两秒，“难道是连主任安排的人？”

校园某处制高点，琥珀色眼眸女孩将被风吹乱的长发挽在耳后。

“明知待不长，在学校里赖着到底是有什么目的？”她的眼里流露出一丝疑惑。

简墨本来想在测试前利用学校的环境恢复一下平常心态，但是看目前的状况，剩下的几日可能都不会太平。他径直回家，将学校发生的事情告诉了连蔚，又道：“到时候我直接去考场。这几日，我就不去学校了。”

连蔚显然已经收到了学校的知会，冷笑道：“你就安心在家里准备，学校的这些歪风邪气是要好好整顿整顿了。”

参加天赋测试的准备工作，简墨已经完成得差不多，这几天他只在有灵感的时候，将原文再做一些微调，其他时间便闲了下来。

甜品店的老板童小琴知道他要备考，很大方地给了一月的假。当然，工资是没有的。但简墨心里也清楚，天赋测试之后，自己也不可能再去甜品店了。清点了自己所有的财产：逃离六街时身上带的一万多元，以及这几个月打工攒下来的，一共有两万元，节省着用应该可以对付大半年。他现在要尽快找到一个容身之处，既可以继续隐藏自己的真实来历，也可以以纸人的身份工作。

报纸和网上的招工倒是很多，愿意接受纸人的也不少。只是钱少事多，爱做不做。简墨随意翻看了十几家招聘启事，申请了一个新邮箱，群发了求职信。想来等到天赋测试结束，就会有回复了。

他在家这几天，欧阳和齐眉都给他打了电话。

齐眉安慰了一番，让他专心准备考试，其他的半个字也没有多提，很符合她班长大人的身份。

欧阳则滔滔不绝地描述了连蔚在学校里一系列举动，他霸气全开地整治了考前纸人赌局。据说，最后闹到几乎要取消所有参与群殴的学生本年度造纸配额的程度。在家长的不断恳求和道歉下，胖校长才出面斡旋，让他们记大过一次并罚校园劳动一个月。

欧阳在电话里用痛快的语气对简墨说完这一切，最后含含糊糊地暗示："我的天赋测试已经准备好了，你别担心。"

简墨微笑着挂了电话，心里泛起淡淡的遗憾：如果能够继续待在石山高中，也许他和欧阳会成为不错的朋友。可惜啊！

五天时间很快过去。

虽然连蔚告诉他写造流程全部走完至少要三天，再加上登记录入的时间，成绩公布应该是在五天后。不过以防万一，简墨随身携带了全部财产，以便随时脱身。

为了让简墨安心参加考试，连蔚居然细心地准备了一个背包。里面有纯净水、清凉油、纸巾、防拉肚子的药，甚至还有平复情绪用的一盒薄荷糖。让简墨这个不轻易感动的人，心里也觉得暖暖的。

测试地点就在本校，只不过监考员不是本校老师，而是造纸管理局测试委员会派来的专人。

"紧张不？"欧阳拍了下简墨的肩膀，笑眯眯地说。他环视了一下熙熙攘攘的学生，以及穿着黑色制服正在维护秩序的造纸管理局属员，一派智珠在握的泰然。

周围学生有的拿着原文书抓紧最后一段时间奋发努力，有的在纸上写写画画似乎想把所有灵感都记录下来，有的面色微红，与身边朋友激烈地讨论，有的则坐在那里全身紧绷一言不发……

测试场外面的家长站在烈日下，有的大汗淋漓地透过铁栅门拉着孩子嘱咐什么，有的只是一味向里面张望……

简墨低头看了一眼欧阳刚刚塞到他手中的卡片：谢首，男，十六岁，学校，泛亚联盟东二十七区楚中市石山高级中学高一（1）班，天赋测试编号：A-E027-5147-0525-0384。

天赋测试用的魂笔和点睛，是他这五天利用空余时间自己做的。

这是简墨第一次为自己制作魂笔，虽然明知道发挥不了作用，要求却比以前更加精益求精。南美铁牙木，百年生，在自制的溶液里浸泡晾干十三次，制成最标准的笔芯。根据以前客户反馈得到的经验，他针对预备好的原文三大赋予，精心设计了最适合的导流槽线路，反复测试十五次后达到最满意的效果，为此他准备的三十支笔芯只剩下四支。若是放在从前在六街，简墨绝对不会挑剔到这个地步。不过为了他仅有一次的写造，多严苛的标准他都愿意。最后一天，他调制了五份点睛，方才大功告成。

简墨的动作没有刻意去瞒连蔚，毕竟他是拿连蔚给他买魂笔和点睛的钱去买的原材料。

不过，连蔚起先确实是有些生气，但在简墨向他展示了自己的“实力”后，连蔚就打消了重新去给他买一套的念头，心想，难怪这孩子在六街被追得那么惨，看来平常也是巡警们的重点“照顾”对象了。

欧阳不知道这些笔是简墨自己做的，所以当他看见简墨明显非制式的淡白色魂笔时，心里不由感叹：连主任对阿首真是没话说，竟然还专门为他订制了魂笔，也不知道是哪位大师的作品？

简墨没有关注别人的目光，他的心思都放在了面前的淡黄色诞生纸上。虽然在六街他也曾经看过很多次，但在上面写字，却是第一次。

造纸管理局还专门为考生准备了一打备用稿纸，不过对已经在脑子里打了上百次腹稿的简墨来说，一篇需要在八小时内完成的文稿，有无稿纸都不是问题。

青蓝色的点睛在诞生纸上蔓延开来。长长短短的句子，如同湖边杨柳垂下的丝绦，整齐密布却又不尽相同。这些没有灵魂甚至连实体都称不上的字迹，此刻却暗暗闪着微光，如同一只只萤火虫，不安地颤动着翅膀，在幽暗寂寞的湖边徘徊。

生命是怎样诞生的？

明明是死物，又怎样被赋予了生机，有了鲜活的肢体，有了自我的意识，有了蓬勃的活力，有了改变世界的想法。

这真是一个奇妙的世界。

尽管这份奇妙对他而言，不过是一场站在橱窗外观看的宝石秀。虽然能够看到每一粒宝石漂亮的色泽和璀璨的光芒，但却无法像真正能拥有的人一样，细细品味它毫无瑕疵的通透，细滑如冰的质地，以及每个棱面转动的那一瞬间，折射出的令人迷醉的光芒，呈现出的如火般燃烧的色彩。

可即便是无法真正拥有，对他来说，它仍然充满了无穷的诱惑力。

此生，就让他唯一一次忘记自己到底是谁，忘记现实，忘记外界的一切，随着自己的本心走一回不属于自己的路。

笔尖甩了出去，勾起细长的弧度，那应该是一只眉毛，若剑飞入鬓。下面会有一双很好看的眼睛，亮且澈，透却不见底。笑起来很好看，清爽、温暖，让人放松。

这个生命一个人也能生活得优渥舒适，但是待在我身边会更好。简爸、三儿，还有即将告别的连蔚、欧阳……如果这个世界注定不会有人为我停留，至少我创造的这一个，会例外。不是血缘的羁绊，却比血缘更加深厚牢固。何时何地，不离不弃。

如此，我便赐你永生。

第八章

初窥之赏

1　初窥之赏

简墨在写下最后一笔的时候，全部意识如同被抽去，眼前一黑，昏了过去。

他从椅子滑落到地上的动静不大，但足以惊起全场测试学生的注意。监考员立刻快步跑了过来，大力按揉他的人中，却没有弄醒他，只得对另外两名监考员交代一句，背着简墨出了考场，直奔医疗室。

另两位监考员对望一眼，默默摇头：每年都有这么几位昏倒在考场的，已经不新鲜了。其中一人叹气道："心理素质真是太差了。"

一人走过去，收拾了简墨摔倒时带到地上的东西，然后将桌上的诞生纸拿起，准备收起来，却发现上面的字迹干净，结尾完整，不由得轻轻"咦"了一声："写完了？这手法——"

连蔚赶到医疗室的时候，简墨正挂着葡萄糖，人还没有醒。

医疗室的医生对面带焦色的连蔚道："没什么大问题，就是血糖低了点。可能中午没有吃饭，情绪又有些紧张，让他睡一会儿就没事了。"

连蔚只好谢过医生，把简墨带回家。看着在床上昏睡，面色有些发白的少年，连蔚心里又是心疼又是欣慰，给他拉过一床毯子盖好之后，就离开了。

晚上给这个孩子准备一桌好吃的犒劳犒劳吧。

简墨在睡觉，而且睡得很酣畅，完全不知道外面发生了什么。连蔚进来过好几次，他都没有任何感觉。

他感觉自己正飘在无尽的宇宙中央，周围有许多星星点点的荧光在浮动，有的明亮如皓月，有的微弱如萤火，有的灵动如精灵，有的旋转如陀螺……远远近近，如幽暗的海上漂流着的发光藻类。

从小到大，梦见这样的场景已经不是第一次：真实的星空虽然同样浩渺无际，却给人空灵寂寞之感。而这一片星海，却让他感觉到蓬勃的生机，就仿佛那些星星是有生命的。

他每一次梦到这星空，总有一种荒谬的感觉：如果自己开口说话，星星们是会回应自己的。

当然，他不会傻到真的去做这种事情。

就让他静静躺在这片幽暗的星海中，安静地发会儿呆吧。

忽然，简墨感觉到某处有人正专注地看着自己，而且已经看了很长时间。强烈的被视，以及如有实质的触碰感，让他十分在意，却并不怎么紧张，而且莫名觉得这目光并没有恶意，反而像是刻意让自己发现一样。

是谁？

蓦地睁开眼睛，视界里是他在连蔚家的房间。房间里一片黑暗寂静，外面的路灯灯光透过淡蓝色兰花窗帘，在玻璃窗周围氤氲成一片朦胧的光雾。

简墨的呼吸停了一拍，随即有些失望地舒了一口气：原来是做梦。

那个梦——

不，真的有人！

简墨"噌"地坐了起来，警惕地看向阳台：一个年轻的男子，黑发黑眸，正在昏黄的路灯灯光下，微笑地看着他。

"你是谁？"简墨盯着他。

明明是来历不明的陌生人，他却生不出一点点警惕，反而有一种说不出来的……喜欢。

年轻男子笑意更盛，他宛若一位贵族，优雅地歪了一下头："我是谁？不是应该由您来告诉我吗？"

最普通的白衬衣，袖子折到七分，方领留了最上面一粒未扣。年轻男子的打扮很寻常，但不论是他刚刚随意靠在栏杆上的姿态，还是说话时的抑扬顿挫，都如同受过严苛训练一样得体，给人美好的视听享受。简墨不由联想到用瘦金体写出的《秾芳诗》，傲骨峥然，隽秀不失。

年轻男子从容走到简墨的床边，半跪下来，捧起简墨的手，合眼低头，额心轻轻地贴上。

造物向神灵膜拜，生命的牵引在胸口跳跃。

孩子向父母昵亲，灵魂的传承在眉心印结。

骑士向主人誓忠，长剑的信仰在左肩闪耀。

简墨莫名地没有推开这位从未见过的年轻男子。

他心里升起一种奇怪的感觉：年轻男子走到自己身边跪倒的姿势，娴熟自如地仿佛已经做过许多次。而自己这般望着他的情形，又似乎在脑海里也演绎过多次。对方表现出的亲近，自己心里居然一点反感都没有，反而觉得很欢喜，难道这就是所谓的一见如故？

简墨很清楚，自己不是一个轻予信任和容易亲近的人。相处了大半年的欧阳就是例证，他不会随便给予别人了解自己底细的机会。可这个人——难道自己被人下了药，否则怎么会觉得这个初次见面的人是能够信赖的？

望着年轻男子头顶的发旋，简墨心里突然闪现一个可能，心头一颤，随即又摇头否定。

过了一会儿，年轻男子才有些恋恋不舍地抬起头，将简墨的右手在身侧放平，默默切脉。

这动作——简墨眨了下眼睛，好像也在哪里见过。

一分钟后，年轻男子抬头向简墨轻柔道：“您脑力消耗太多，加上没有按时进食造成低血糖，脑部有些供血不足，不是大问题。”

顿了顿，他又有些担忧地注视着简墨，委婉地补充：“只是，‘赐你永生’这种赋予，对您目前的身体状况是严重超负荷的。如果不是初窥之赏的增幅作用，只怕对您将来有很不好的影响。”

简墨耳朵猛地抖动了一下，某个足以点燃核弹的关键词，仿佛终于划过期待已久的导火索，肾上腺素如同火花“刺刺”地急速上升：震惊夹杂着狂喜，交缠着对某个重大猜测不断否定又肯定的激烈情绪，如同顺着地心裂缝飙升而上的沸腾岩浆，扑向整个世界。

下一秒，他就已经站在床下了。

不敢置信的惊喜瞬间传染到全身，明明之前只是躺在床上睡觉，但此刻简墨呼吸都急促起来。他紧紧盯着年轻男子的脸庞，一秒都舍不得移开，感觉自己的每一个细胞都在尖叫，笑意刚在嘴角被抑制住，就从眼角汹涌而出：“你是——”

年轻男子一双明亮的黑眸围着简墨打转，笑容里闪烁着孺慕的虔诚，专注而纯净。但这种纯净和他的年龄十分违和，它让简墨联想起婴孩对待父母的某种本能：强烈渴望着占有父母的全部注意力，同时又凭着敏锐的本能观察父母对他的态度——小心翼翼地触碰，并毫不留情地企图占为己有。

一旦想明白了某个事实，简墨对自己莫名而起的亲近感一点也不觉得奇怪了。

因为这是他的纸人啊！

他笑得真的很好看啊。

简墨忍不住伸出手，好奇地触摸年轻男子的脸、脖子、肩膀，柔韧有弹性，他完全可以感受到脉搏在温热的皮肤下强有力地跳动，感受到肌肉、骨骼，纠缠交错的纹理，感受到有序的呼吸，以及心脏的搏动，源源不断地把新鲜的血液输送到身体的各个部位。

这是一个真实的，活生生的人，有血有肉，有着自我意识和行动力。

这是他一手创造出来的生命！

年轻男子并没有拒绝简墨的触摸，依旧维持着半跪的姿势一动不动，脸上流露着喜悦和享受的沉醉。直到简墨企图扒开他的衣服观察，脸上才犹豫地露出了为难之色：“我的身体让您满意是我的荣幸。但是作为同性，您是不是应该稍稍克制一下您激动的心情，不然我会觉得有些小小的困扰。”

听到年轻男子半带揶揄的诉苦，简墨表情僵了一下，有些尴尬地收回自己的手，嘴角却止不住一弯再弯。

他知道，这确实就是他写造的纸人。虽然没有亲眼看见造纸的全过程，但那种仿佛源自灵魂的亲切感和信赖感让他清楚地知道——这就是。

不是血脉的羁绊，却比血脉更加深厚牢固。

克制了还想探究自己纸人的冲动，简墨的思维终于回归到理性的运转路线上。他把他的纸人拉了起来。

“你怎么知道我在这里？”简墨好奇地问。

“感觉。”年轻的新纸回答。

“撒谎！”简墨心想，我又没装定位，你怎么可能这么精准地知道我的位置。

“感觉，只是一部分。”年轻新纸被自己的造父戳穿谎言，一点羞愧之色都没有，反而像是有些懊恼自己露馅了，“化生池都有编号，我对着编号找到了自己的档案，然后查到了您的资料。”

“你就这么跑出来了？没有人拦你。”简墨依旧觉得不可思议，严加管理的造纸管理局不可能没人看着，更何况是天赋测试这么重要的时期。

“没有。”年轻的新纸笑容有些羞涩，仿佛在检讨自己手段的拙劣，“我放了一把火，所有人都慌着救火去了，没人注意到我。”

“放火？”简墨目瞪口呆地望着一脸无辜的纸人，满脑子就一句话回荡：这种刚诞生就搞大事情的能力算是，青出于蓝而胜于蓝吗？

此刻，第一次造纸的简墨并没有意识到：一个初诞生的纸人，怎么能迅速拥有如此清晰的自我意识。他的造纸如何在睁眼的那一刻就了解了自己的处境：知道化生池是什么，知道初窥之赏是什么，还会根据编号查找造父的资料？

2 简要

楚中市的造纸管理局乱成了一团麻。

自这栋颇有些年头的宏伟建筑落成以来，第一次发生这样重大灾难。

资料室不知道被哪个混蛋扔了一根烟头，引发火灾。火势蔓延得极快，很快就波及旁边的几处建筑。其中一处，正是天赋测试所用的化生池。

值守人员在零点记录过一次测试结果后，便跑出去吃夜宵。不知该说他运气好还是坏，避过了火灾，却也要承担抢救不及时的罪责。唯一值得庆幸的是，零点的记录中，所有的诞生纸都过了融生阶段，不然这次天赋测试只怕要作废重考。

“我不想自己的诞生纸落到别人手中，只好带了出来。但是诞生纸单少了我一个就太明显了，不如将那一批全部毁掉。”年轻的新纸笑容温柔，坦诚地解释。

造生结束后，诞生纸会发生质的改变，水溶不浸，火烧不焦，普通手段无法损伤，如同是被神灵保护了起来。但在造生步骤结束之前，诞生纸和普通纸张差不多，受到任何形式的损伤，都会造成造纸进程的终止。

年轻新纸一把烧掉了其他诞生纸，等于烧掉了其他生命诞生的希望，虽然“他们”目前还只是“胚胎”而已。

简墨震惊之余，不免有些愧疚，但看着一脸懵懂的新纸，却又说不出责备的话：他的纸人刚刚出生，能知道什么该做什么不该做？他眼里的半成品诞生纸，就像小朋友嬉闹中扯断踩烂的花花草草，既没有伤害的恶念，也没有愧对的负疚。

年轻新纸似乎没有察觉简墨心中一掠而过的纠结，伸手从怀里掏出一卷纸，如珠似宝地呈给简墨。

简墨见他如此慎重，也郑重接过来展开一看：正是自己今天在测试现场所写的那张诞生纸。

熟悉的笔迹，亲切的气息，他忍不住在纸上轻轻摩挲。当修长的手指碰触到字迹的一刹那，青蓝色的墨迹里无数金光破土而出，如同萤火虫一样围绕着字迹，上下左右欢快地飞舞，无视诞生纸的阻隔。

黑暗的房间里，简墨的眼睛里仿佛倒映着他梦中出现过的幽暗星海，神秘而浩渺。

这确实是他写造的诞生纸，已经完成了全部造纸进程的成品诞生纸。占据简墨眼眸的惊喜逐渐被疑惑取代。

几个小时前，他还在为自己接下来的流浪做准备，但现在，他的初窥之赏竟然站在了他面前。

这是怎么回事？

他怎么会写造出纸人？纸人不能写造是公认的事实，简墨不认为自己会是个例外。

莫非——

写造课上，简墨曾经听余玲老师讲过，异级纸人之上有一个特别的等级——神级。

普、特、异、神四级划分，是造纸管理局在夏历 5079 年二次纸原战争前就明确了的标准，虽然不知道是谁制定的，但是至今都没有改变过。

很多人都奇怪：为什么异级上面还要设立一个莫名其妙的神级。毕竟拥有异能的纸人已经是超出原人能力上限、穷尽原人想象力极限的存在了——那更高层次的神级纸人岂不是可以毁灭全世界？

造纸管理局对外的解释是，为了给造纸师拟造一个需要追逐的最高目标，这样造纸界才会有不断进步的动力。

可神级纸人到底是什么？

连蔚给他的回答是：可以造纸的纸人。

无论在东方神话，还是西方圣经中，造物都是神圣的能力。能够写造纸人的造纸师实际上是代神灵司其职——造纸师即神。如果被写造出来的纸人也能造纸，则等于拥有了神灵的能力。而制造出这个等级纸人的造纸师便是在造神，即神造师。

从夏历 5053 第一个纸人被李青偃带入这个世界后，就不断涌现出风格各异的造纸流派。除了广为人知的传统派、现代派，还有众多声名显赫的写造流派，以及名动一方的造纸师和造纸团体。

他们有的不断发展壮大，影响了越来越多的造纸师，比如造纸师联盟，成为造纸师行为标准、价值观念的缔造者；有的雄踞一方，如十二联席，成为某片地区或某个领域不可违逆的裁决者；也有的逐渐走向没落，或隐藏在民间小众传播，或最终湮没在时间长河之中。

但是，不论是哪个时期、哪个组织，都没能创造出所谓的神级纸人，甚至连一丁点门槛都没有摸到。

所有人都认为，神级纸人只是一个高高在上的虚幻目标。

自己说不定是传说中的神级纸人这个念头，只在简墨脑子里一掠而过，因为它实在是比“他其实不是纸人”还要不靠谱的猜测。如果他的造师真的达到了神级，他还可能被遗弃在六街吗？

如果他不是神级纸人，那就只有一个可能——他是原人。

他爸是纸人，才会在六街捡回他。被遗弃在六街的几乎不可能是原人的婴孩，因为原人夫妇如果无意要孩子，即便是偶然怀上也可以选择打掉。除非是某些极少数的情况，比如因为某些残酷的现实不得不抛弃他……

所以，或许在这个世界的某个角落，还有一对男女，是自己的父母。

从知道何为纸人何为原人的那一天起，简墨就无数次想过：为什么自己不是原人。他也无数次幻想过，自己其实也有可能是一个原人。

只有自己是原人，才有成为造纸师的可能，才能将他笔下无数喜爱的人物变成真人。现在，这个幻想居然变成了现实——他不但是原人，还是能够写造出特级纸人的造纸师！

这真的是难以置信！

然而不知道为什么，此时此刻，简墨却并没有多少狂喜。或者说，伴随着他的喜悦还有一种说不清楚的感觉，像是茫然无措，又像惶恐不安。

这种感觉，就如同有人突然告诉你：你不是地球人而是火星人。也许作为一个火星人，会比地球人拥有更多生存优势，可却倾覆了他对自己的定义。他忽然意识到，自己不知道该用怎样的眼光来看待这个熟悉的世界，他熟悉的那些人，以及最重要的——他自己。

世界还是那个世界，人还是那些人，我却不是我了——这算什么事？

这个极其深奥的哲学问题简墨非常不想去思考，他本能地感觉到，自己的某些观念和情感开始趋向混乱，这让他觉得有些无所适从。

简墨深吸一口气，慢慢地握紧银链上的魂笔吊坠。木质吊坠上装饰的银线，在朦胧的灯光下反射着幽冷的光，让他的心逐渐安定了下来。

简爸说，这根银链是在他襁褓里发现的。他当时还在想，自己的造师虽然遗弃了他，但总算还有点良心，给自己留了一个念想。现在看来是有点天真，他在六街生活十六年，就没有见过一个身边戴着纪念品的弃纸。

这条银链，应该是他的亲生父母留给他的。

他们是谁？现在在哪儿？是不是像三儿的父母一样，生活得很困窘，所以才遗弃了他。他们有没有来看过他？是不是已经忘记他们在这个世界上还有一个孩子了？

只一分钟的时间，简墨脑子里就飞过了无数个猜测。但他素来有个好习惯，幻想时再漫无边际，必要时也是能及时抽离，冷静地面对现实。

放开银链，简墨心里有了决定：不管自己到底是谁，去想那些现在根本没办法搞清楚的事情毫无意义！还不如想想被打乱的下一步该怎么做。

简墨抬起头，将诞生纸还给年轻的纸人："诞生纸你收好，不要让别人知道了。"

年轻的新纸望了简墨一眼，什么也没有问，只是顺从地将诞生纸又收回怀里。收回的时候，简墨惊讶地发现那诞生纸并不是被放在衣内，而是如同石沉水中，毫无阻碍地没入了胸口，最后消失无踪。

刚刚，他就是这么把自己的诞生纸从身体里拿出来的？

简墨忍不住又伸手摸了摸他的胸口，和刚刚一样平滑结实，没有什么伤口。

年轻的新纸笑了起来，抓起简墨的手，让他五指伸开，然后快速垂直插向自己的胸口。简墨几乎忍不住要惊叫起来：他的手竟然毫无阻隔地没入了对方胸口，指尖触碰到了一个纸卷。

简墨下意识握住，收手，再张开：那张他亲笔书写的诞生纸就这样平摊在他的手心。

年轻新纸微笑着说："只要您心里想，就可以从我身体里取走它。但除了我自己和您以外，谁都做不到，哪怕是把我解剖了。"

他怎么从来没有听说过诞生纸可以藏在纸人的身体里！况且他清楚记得，原文里并没有这一能力的赋予，倒有点像是异能，这是怎么回事？

简墨这个时候才开始意识到：他的造纸似乎一出生就知道许多，这些甚至不在《造纸基础》以及他所知的范围内。

作为一个才诞生不到两个小时的纸人，他是不是知道得太多了？

他的纸人似乎看懂了他的疑惑，解释道："您不用疑惑。高阶纸人自造生成功就会觉醒'本能'。许多常识从我睁开眼睛的第一时间就会存储于我的记忆里，不然我也不会这么快找到您。"

"'本能'？'本能'是什么？"简墨疑惑地问。

纸人有些为难："这个我也不清楚。只是到了某个特定时刻或者场合，我就会想起需要知道的事情。"

简墨暗想：又不是动物，还本能呢。莫非就像阅读器中某些小说里的"血脉传承"？他小时候可从来没有感受到什么"本能"。好吧，他现在也知道自己不是纸人了。

"那高阶纸人又是什么等级？"

他其实好奇的是：他的造纸是怎么知道，或者说怎么认定自己是高阶纸人的？如果有高阶纸人的话，那一定也有低阶纸人，这个划分标准是怎样的？纸人的一切不都是造纸师设定的吗，那么纸人群体什么时候拥有自己内定的划分体系，而这种体系又是怎么传承的？难道也靠"本能"？还有，将诞生纸藏在自己胸口，这也算是"本能"吗？

年轻男子表情有些沮丧，似乎对一再无法回答自己造父的问题十分羞愧："这个我也不清楚，您将来观察我的表现再看吧。"

强求一个新生的纸人回答这种问题，简墨也觉得自己有些过分。他也不想一再地暴露对造纸常识的缺乏。想了想，简墨总算问了一个比较正常的问题："你叫什么名字？"

他的纸人仰头，乖巧得让简墨觉得他根本是在刻意卖萌："我正在等您给我命名啊。您创造了我，名字自然是由您来定。"

一番交流下来，简墨深切地感受到，自己忽然之间有了一个新生的纸人。这个新生的纸人表面年龄看起来大他近十岁，心理年龄却为零。压力真大啊！

"就叫简要吧。"他想了一会儿说。简墨的简，重要的要。

经历了震惊、狂喜、错乱、疑惑等一系列复杂又激烈的情绪后，简墨终于慢慢冷静下来，开始考虑即将面临的现实问题。

现在他已经确定自己不会有纸人身份被识破的风险，因此也不需要跑路，首要问题是如何安置自己的"第一个孩子"。

要公开简要的身份吗？

不，简要既然带着诞生纸逃出了管理局，一旦身份公开，没有私人造纸权的自己，势必要将简要的诞生纸上交。更不用说，那一批诞生纸都毁坏了，怎么独独他的初窥之赏毫发无伤地逃出来了？到时候，简要放火的事情很可能捂不住。

简要的身份不能公开！简墨脸上的笑容一点点地消失：不仅不能公开，简要甚至不能留在他的身边。

木桶区与石山区虽然是两个行政区，但六街距离这里并不算远，否则当初他也不可能光凭两条腿逃到连蔚家。也就是说，追杀他的那一伙人，随时有可能找到这里来。

以前他孑然一身，逃就逃了，死就死了。可他的纸人——

简墨看了简要一眼，后者冲他笑得一脸纯真。

他的孩子才刚刚诞生。

尽管造生节受的伤已经全好了，但那份无路可逃的绝望和让人崩溃的痛楚，他仍记忆犹新。

不，这一切绝不能发生在他的纸人身上。

远离自己，或许一开始会很艰难，但至少简要是安全的。

简墨低着头沉思了良久终于做出决定，可这个决定却让他不敢去看纸人的眼睛。

他一言不发地将自己为跑路准备的钱找了出来，装在连蔚给他的包里，接着打开衣柜，衣服鞋子翻看了一遍，又叹气地关上，都太小了。

简要不明白自己的造父到底想做什么，一脸茫然地看着简墨在房间里到处乱抓。

最后把卧室里的零食也都扫了进去，一把递给了他的新生的纸人。

简要接过沉甸甸的背包，不明所以地看着简墨。

简墨努力组织了一下语言，挤出一个笑容说："简要，我现在只是一个连自己都无法负担的学生。就算出去打工，收入也很少。当然，这些都不算什么，最糟糕的是，我现在的处境非常不安全，你待在我身边很容易受牵累，具体情况以后有机会我再跟你细说。"

"咳，我在写造你的时候，特意赋予了你不少能够独立生活的技能。所以即便你一个人，这些技能也足够支撑你生存下去。你别哭啊！你……简要，你听着！这些钱你先去找一个小旅馆长住下来，再买些衣服和生活用品。如果节省点用，大概能支撑你三四个月。这段时间你要好好观察周围，尽快学会如何和人打交道，如何融入这个社会，接着你就可以找一份工作，想办法养活自己……”

简墨越来越说不下去了。

他的视线闪躲着自己刚刚诞生不过两小时的“儿子”，后者完全没有了刚见到简墨时的神采飞扬从容自信，不能置信的脸上写满了惶恐和无措。当确定造父不是在开玩笑的时候，那张比自己还成熟的脸上清楚地流露出委屈的神色，看上去很有点滑稽。但简墨此刻的心头却堵得慌，完全笑不出来。

让简要留下来，或许不是完全办不到的事情。他可以跟连蔚说明这是他的纸人，但不能公开来历。简墨相信连蔚不会介意收留简要一段时间。

可连蔚虽然是特造师，之前也有点权势，但他现在毕竟只是一个高中主任，和楚中市造纸管理局对抗，最后谁赢谁输，简墨一点把握都没有。天赋测试刚结束，一个天赋如此之高的人出现在自己身边，就算连蔚愿意为简要编造身份，也难保不会被有心人胡乱猜测，这风险简墨不敢冒。

明明是期盼已久的造纸，简墨却不得不将他赶走。继遭遇六街来历不明的强大敌人后，简墨再一次深入骨髓地感觉到自己到底是多么的无能。

简要直直地站在楼下的路灯旁，满眼恳求地看着淡蓝色小兰花窗帘的窗户。直到东方发白，路灯全都熄灭了，他才慢慢离开，一步一回头。

简墨站在窗帘后面，直到简要的背影再也看不见。

他忽然发现，自己也成了六街原人孩子最憎恨的那一种人。想到这一点，他从小到大极少流的泪，差一点儿就给逼出来了。

3　被破坏的天赋测试

“队长，虽然这场天赋测试的诞生纸毁了大半，不过记录倒是留下来了——您看这里，”副队长将一本册子放在轻音面前，一脸不可思议，“就是连蔚收养那个少年。”

轻音看向副队长所指的名字。

谢首——

15:00-15:03，融生。

15:04-16:09，孕生。

16:10-22:52，赋生。

22:53-？？，凝形。

无记录，造生。

“赋生？”目光微微一凝，轻音琥珀色眼睛里的冷淡被一丝充满戾气的暗红色取代。站在一边的副队长忍不住打了个寒战，想起某些恐怖的画面，他努力缩小自己的存在感。

“这还真是——有趣。”她一字一顿地说，语气里分明没有有趣的意思。

“我也是大吃一惊。”副队长笑得有些夸张，像是刻意挤出来的赔笑，“我原以为，连蔚那种性格，肯定不会做这种暗地为别人打通关节的事情。”

“你是蠢吗？既然知道连蔚不可能做这种事，就没想到别的可能？”轻音讥讽道，“一个纸人，值得曾经的十二联席之一为他费这番手脚？”

“队长，您的意思是——这个谢首本来就是原人？”副队长怔了一下，“说得也是。可一个纸人伪装成原人还好解释，一个原人伪装成纸人，到底是想做什么？”

“呵呵，是啊，想做什么呢？”轻音细白的手指划过那行表格。

明明是弧度美好的指甲，却让人感到充满杀气的锋利。副队长咽了下口水，他很熟悉这位异级队长的某些习惯，这分明是心情很不好的征兆。

“搞不明白也没关系。”轻音缓缓说，“你只要知道，今后这个人不再是无辜的纸人，而是我们的敌人就行了。”

“敌人？”副队长面露难色地说，“虽然说谢首的测试记录是石山中学最快的，可也不代表他一定能够通过造纸师认证吧。”

说完这句话，他就看见队长那张精致得不似真人的面孔转向自己。

“我先前还在好奇：连蔚这样的人，为什么会无缘无故收留一个来历不明的小子。”轻音瞟了副队长一眼，“现在看来，谢首显然不是纸人，并且离造生只有一步之遥，也就是说，如果没有这场意外，他的初窥之赏必然造生成功。

所以我基本确定，连蔚是一名辨魂师。他早就发现谢首是一名天赋者，而且能得到连蔚如此重视，恐怕他的天赋很不普通！”

“连蔚是辨魂师？比异造师还稀罕的辨魂师。这，这可能吗？！”

“凡公开了身份的辨魂师，多在三大局里，这已经是泛亚不成文的规矩。”轻音不耐烦地说，“但连蔚多年前就位列十二联席。李家又不差他这么一个辨魂师使唤，自然不会为此找他的麻烦。”

她顿了一下：“既然知道了这点，将来对付谢首和连蔚的时候，要格外小心。尤其是连蔚，他虽已辞去席主多年，但身边护卫恐怕不少。这段时间，先集中力量收拾了那几条李氏的走狗。那个会画影图形的异级和他的造师梅络，也别放过。”

“是。”副队长吞吞吐吐地说，“不过，社里不是说过，为了避免树敌过多，未通过造纸师认证的天赋者不列入制裁。那个谢首……社里恐怕不会让他上名单。”

“副队，我之前跟你说的话都是耳边风吗？他现在和造纸师有什么区别？莫非一定要等他通过了造纸师认证，我们再来动手？”

“这个，我不是这个意思。”副队长识相地停止发问。

“你是不是觉得，谢首现在还只是天赋者，没什么威胁？”轻音问，“可他迟早都会成为造纸师。而一旦成了造纸师，他的心态就完全不一样了。”

副队长感到队长的眼神充满冰冷和肃杀。

“我的造父在初成造纸师时，也是一个温柔善良的好人。可是后来，却完全变成了恶魔。

“无论是谁，一旦发现生命能够按照他的想法诞生，便会完全沉迷于这种掌控的快感。造物者的傲慢和优越感，从这一刻起会不断侵占他的心智，改变他的思维方式。不管他过去如何，现在如何，将来，他一定会变得和其他造纸师一样。非天赋者不过是卑微的蝼蚁，纸人呢，只是人形的物品——想怎么样都可以，莫说尊严与自由，连活着的资格都只看心情。”

副队长显然知道队长说的那个人是谁。也知道队长一旦提起这个人，若是再不妥协，后果就是自己承担不起的了。

“我说的话，你记住了吗？”轻音的眼珠转过来，盯着副队长。

“记住了。我只是看那男孩还年少，一时不忍心。既然要动手，在他羽翼未丰的时候动手最好。”

“你在别的事情上糊涂，我不会怪你。”轻音暗红色的眼眸冷冷地盯着他，“向副社长汇报我的一举一动，对我的命令推三阻四……”

“队长，我——”副队长没想到自己的小动作都被看在眼里，满心骇然，牙齿都打起架来，“我、我……”

“你不用向我解释什么，只要他不碍我的事，我也不在意这些小事。但有一点你要记住了——”

副队长后颈的汗毛都竖了起来：“只要是造纸师，无论他看上去有没有威胁，都是我们的敌人！不管是简墨还是连蔚，要从根源上断绝他们造纸的可能，唯一办法就是把他们统统抹除掉！这么做看似无情，但从大局来说，却是最好的选择。”

轻音表情变得虔诚和狂热起来，“社长说过，变革是痛苦的。不要因为一些小小的不忍而错过了最好的制裁时机。这种微不足道的仁慈确实让人内心感到安宁，但给了更大的恶生长的时机和空间。我们必须防微杜渐，将所有恶扼杀在萌芽状态，才能实现我们宏伟的事业，为未来创造一个纯净美好的世界。”

造纸管理局部分诞生纸被焚毁的消息很快就传播开来。连蔚听到这个消息后勃然大怒。

通知的人安慰他，简墨造纸进入凝形阶段的成绩被记录下来，这已是不幸中的万幸。但这话并没让连蔚感到宽慰，反而如火上浇油，让他暴跳如雷。

“放狗屁！你根本就不知道这小子的天赋有多高！初窥之赏只有一次，那群玩忽职守的家伙赔得起吗？”

简墨情绪低落地从二楼下来的时候正好听见连蔚对着电话吼完这一句。原本满心沉郁的他，却在愧疚片刻后隐隐生出一股不怎么厚道的窃喜。

我的纸人把造纸管理局烧了，可是你们一个人都没有发现。他有本事吧？不过可惜，我虽然什么都知道，却一个字也不能说。这种锦衣夜行的感觉，真是挺令人遗憾的。

只是脑海里小兰花窗帘下的那个背影让简墨这份小小的得意没持续多久便消失了。连蔚脸色作难地告知他这个“噩耗”时,他几乎没怎么费力就流露出“震惊”和“难过”，一脸“没有胃口”的模样在早餐桌前坐下。然后简墨发现，自己是真的有点吃不下去。

自己在这里吃香喝辣的，他“儿子”现在不知道在哪个角落里躲着哭吧？也不知道他有没有吃东西。既然天赋属性那么高，自己拿钱买吃的，应该不成问题吧……应该是吧？

简墨叹了口气，放下筷子，按了按胃，觉得里面像有什么在翻滚。

有没有哪本书可以告诉他，纸人刚造生的时候会不会自己买东西啊？花钱总会吧？不会不知道钱这个东西是怎么花啊？好歹是高阶纸人，一手交钱一手交货应该也在“本能”的范畴内吧？简要不会被坏人骗得一无所有，然后拉去割肾了吧。

简墨沉郁的心情一直持续到了学校放学。

欧阳以为简墨因初窥之赏被焚而心情不好，表示十分理解：“那个乱扔烟头的家伙真是应该被拖出去枪毙。旁边就是几百张诞生纸在造生，居然一点警惕性也没有。还有那个值班员，搞什么鬼，不吃夜宵会死吗？

“阿首……你不要太沮丧了。反正将来总有一天你会超过初窥之赏的等级。造纸管理局不是已经提出补偿条件了吗？达到赋生阶段的考生每人有三次免费造纸的机会。如果通过了造纸师认证，还能享受到一次与特造师面对面讨教的机会。这可不是有钱就能办到的。”

简墨瞟了欧阳一眼，随意嗯了一声，算是回应他的关心。

这个家伙，天赋测试看来已经安全过关了。

至于补偿三次免费造纸这件事情，连蔚早上已经告诉过他，并且还问他什么时候再进行一次写造。

他想都没想就拒绝了。

有简要在，他的造纸能力已经不需要再证明一次。尽管与自己的纸人只有短短几个小时的接触，简墨对于造纸的某些想法，已经发生了本质的改变。

以前热爱小说的他，非常盼望将自己喜欢的角色都带进真实的世界。那些精彩绝伦的人物如果能够出现在他面前，会是多么美妙的事情!

但当简要这么一个大活人真的站到他面前，简墨几乎是瞬间意识到一些从前没有想过的问题:将一个人带到这个世界上,这种分量并不是他轻飘飘一个“喜欢造纸”就能够负荷的。

简要是一个活生生的人，不是小说里的二次元人物。

在小说里，人物的喜怒哀乐也好，生离死别也好，造成的影响不过是读者情感上的变化。这些感情再强烈，也不过持续几小时便烟消云散，最多未来在某个时刻触景生情，回味一番。

可当这个人物真正来到这个世界，他本人所感受的喜怒哀乐，承受的酸甜苦辣，都不是虚拟假设。微笑是真的，哭泣也是真的。快乐是真的，悲伤也是真的。流的汗是真的，流的血也是真的。自己将他们带到这个世界来时，并没有征求他们的意见，更不用说，这个世界的现状对他们又不那么友好。作为导致这一切的根源，他无疑是需要负责任的。

就像原人父母将婴儿带到这个世界，造纸师也应该帮助造纸们学会如何在这个世上生存，帮助他发掘自己生命的价值，并让他感受到自己生存于世的意义。简墨绝不希望有一天再见到简要时，他责怪自己为什么要造生他，怨恨自己让他在这个世界只感到痛苦和愤怒。

是以简要离开后，简墨就决定了，在他拥有能够保护第一个孩子的能力前，绝不再造纸。

当然对着连蔚，简墨又是一番说辞，比如上次的原文还有不足之处，他需要再调整一下。初窥之赏的增幅作用已经错过了，要好好考虑下一次写造原文的天赋难度等等。连蔚虽然对这些借口不以为然，但造纸师自己不愿意写造，谁也强迫不了。

石山中学高一学生天赋测试的诞生纸，在这次大火里全部付诸一炬。根据这次天赋测试的记录，在大火前就进入赋生阶段的仅有十八人。简墨的造纸是唯一进入凝形阶段的，也就是说单看眼前的数据，他是这一年级中最有可能通过造纸师认证的学生。

现在，曾在纸人赌局上押简墨是纸人的学生，远远瞥见他的身影就绕路走开，实在绕不开，也只得僵硬地摆出一副友好的表情和他打招呼:“谢同学好啊，今天到得好早啊。”

简墨和以前没有任何两样，只是冷淡地看一眼，道一声“早”便错身离开。

得到回应的人反而受宠若惊。尽管对方只是一点热度都没有的回应，但也足够让他们心里一松：看样子谢首是不打算计较之前的事情了。

此后，石山中学的学生对简墨的态度逐渐发生变化。简墨一向被评为“目中无人”的孤僻不合群，如今被认为是“天性使然”。甚至有不少男生公开评价谢首说“此人其实相当爷们儿——有仇必报，却又没有得理不饶人，值得一交”。

这话如果被简墨听见，大概会嗤之以鼻：既然有仇当场就报了，何必再得理不饶人。

不过，也不是所有的挑衅者都改变了自己的态度，比如带头挑事的祝鸿飞。大概是觉得自己已经被简墨恨毒了，索性破罐子破摔，三五不时地在其他人面前嘲讽简墨，说他的造纸不过到了凝形就摆出一副已经是造纸师的姿态，真是脸皮太厚了。

某一次祝鸿飞开嘲的时候没有注意到当事人也在场，洋洋得意之际被简墨拎出来揍了个严实。自此以后，他就再不敢点名道姓地说任何简墨的坏话了。

天赋测试后的日子就这么不咸不淡地过去了，直到简墨再次以写造第一、四门满分、四门不及格的成绩升入高二。简墨才知道，通过天赋测试被确认有造纸天赋的学生，哪怕九门全部不及格，也一样升级。

对于简墨的不骄不矜，连蔚相当满意，他甚至大方地让简墨在市立图书馆里泡了一个夏天——看小说。尽管图书馆的小说数量相当有限，并且年代“久远”，但简墨毫不介意。当然，主要是他也没有别的选择。

那位不确定是叫梅络还是叫梅格的老人，不知什么原因，简墨再没有遇到他。能够将简要的原文完成得那么理想，除了连蔚一直以来的教导督促，这位老人的帮助也不小。他本想当面好好感谢他一次，可惜没有老人的联系方式，只得作罢。倒是为简墨办了临时借书证的副馆长，在得知简墨的初窥之赏搞砸了后，还特地安慰了他一番。

第九章

简要的意志

1　造师节

因为火灾的原因，同样没通过造纸师认证的齐眉，在暑假报了一个写造培训学校。她问简墨要不要一起去。简墨问清了写造学校到底培训什么后，便没了兴趣。欧阳也请简墨去他家玩了几次，简墨倒没有拒绝。对于一个造纸师来说，多接触些人和新鲜事物总是十分有用的。

老板娘童小琴嫌假期生意不好，甜品店暂时歇业。图书馆里的小说看得差不多后，简墨便找了一份临时工来打发时间：在齐眉上课的写造培训学校附近卖冰激凌。

每天都可以看到简墨的齐眉内心十分不解：连主任看起来不是那么小抠的一个人，不会连零花钱都不给谢首吧？还是阿首想不开，希望早点财务独立？虽说这次没有人拿到造纸师认证，不能享有造纸配额。但对于造纸已经达到凝形阶段的谢首来说，成为造纸师，赚到不菲的收入不是迟早的事情吗？

如果简墨知道齐眉心里怎么想的，肯定会说她想得太多了：连蔚不是没给他零花钱，而且给的还不少。只是一旦闲下来，他总是忍不住想起那个远去的背影，心里不由自主地就慌起来。

那是因为自己才诞生在这个世界的生命，自己却连一天都没有陪伴过他。

造生不到五个小时，就离开造师独自生活的纸人能去哪里呢？这段时间过得好不好？有没有人欺负他？现在人在哪里呢……

“每天来看他，又不去见他，你是想干吗呢？”戴着浅咖色爵士草帽的中年男人靠在墙上，问盯着街对面的冰激凌小贩的年轻男子。

“我只是想知道造父每天都在做什么。”简要轻轻关上窗户，目光转向对面的中年男子，眼神平静而认真，“今天学什么？”

“今天学——”中年男子顿了一下，笑了，“做生日蛋糕。”

“生日蛋糕？”简要挑起眉毛表示不解，“虽然我的天赋里有厨艺这一项，但这不是眼前最着急要学的吧。”

“今天是什么日子？”

“七月十五日，嗯——造师节？”

“对。按照传统习俗，你需要给小墨做一顿饭或者一件衣服，用衣食的回馈感谢他赋予了你生命。在动物界里，这叫作反哺。”中年男子站直了身体，拿下头顶的爵士帽挂在一边的衣帽钩上，手上浅白色的斜十字疤痕被简要收入眼底，“不过，现在的造纸师们更喜欢聚在一起，让他们的造纸相互展示超凡的才艺，或者献上昂贵的礼物，以此炫耀攀比。不过我想小墨应该不会喜欢这个。”

“为什么要是生日蛋糕？”简要问。

“因为小墨的生日是七月十六日，明天。”

“哦，那不是你在六街捡到他的日子吗？”简要淡淡地指出。

“看来你的学习进度不错，这么快就查到了……我很好奇，你还查到了些什么？”简东从柜子里取出模具，颇有兴致地望着简要。

简要抿了抿嘴唇，表示拒绝透露更多。

简东也不强求，只耸耸肩，望了一眼窗户外大汗淋漓兜售冰激凌的小贩：“小墨的生日，确实是七月十六日，造师节的第二天。”

“我有一个疑问。”简要站在案台前，看着简东往玻璃碗里倒材料，“纸人收养一个原人孩子，无论在什么地方都是正常且合法的。可你一直告诉我造父，他是一个纸人。这到底是为了什么？”

“这个问题——”简东笑道，“有点难度。不如作为你的毕业考题，如何？”

将裱好的蛋糕小心地放进盒子里，仔细包装好，简要脱去围裙。

今天是他离开造父独立生活的第六十五天。

其实独立生活对他来说并不是多难的事情，他只在造父家附近一条比较繁华的街道观察了一天，就了解到如何挑选商品，如何讨价还价，如何在餐厅点餐，如何付款，如何向陌生人搭讪，然后他买了两套衣物和一个行李箱，按照造父说的，去了一家生意比较好的旅馆住下。

第二天他在旅馆吃早餐的时候，又观察到其他人如何用餐，如何交谈，这些都很简单，只不过在买手机的过程中露了怯，因为销售员问他用的什么手机卡，而他根本不知道手机还需要手机卡这个配置。不过这个问题被他三言两语掩饰过去了。销售员很热心地指点他买了新卡，并且帮他安装好，开通了基本服务。

接下来三天，他待在旅馆里，熟悉了手机的基本使用，并且借助手机网络查询各种常识和信息。有了网络这三天里，简要大脑里的信息快速膨胀起来。他甚至还注册了一个社交账号，评论自己住的这家旅馆的早餐如何单调乏味。

日常生活不成问题后，简要开始了专业学习。他的学习很有计划，当然也可以说是他的计划早就被列好了——都在他的诞生纸上写得清清楚楚。他的造父认为他需要擅长什么，他就向那个方向去学习。没有老师，他就去书店，去图书馆，上网购买他需要的书籍、教程，根据他学到的东西，他去对应的网站、论坛，用不同的社交账号去结交可能给他帮助的大咖……

一个月后，当他结交的专业大咖已经很难回答他提出的问题，自己的账号有升级成各论坛大咖的趋势时，简要便知道自己“纸上谈兵”这个阶段的学习已经到极限了。

这个时候，简东出现了。

简要当然不会忘记自己造生后见到的第一个人。

如果没有他，他肯定和其他纸人一样，在化生池里苏醒，然后被造纸管理局的属员取走诞生纸，登记信息，然后送回造父身边。

可简东打破了这个惯常的流程。

简要在第一时间被告知了自己是纸人，以及诞生纸对纸人的意义。在简东的引导下，他做出了隐藏诞生纸、放火烧掉可能暴露自己的一切痕迹，并逃出诞生纸管理局的决定。

通过这么多天对这个世界的了解，简要并不后悔自己做出这个决定。但要说自己多么感激简东，却也不一定。因为从第一次见面，这个男人就没有掩饰自己的“别有居心”。简要知道对方做这一切都是因为他的造父——简墨。

简东与他造父简墨的关系，在简要查到六街的时候就一清二楚了。

在他眼里，简东与简墨的关系非常奇特。说简东对简墨不好，绝对是假的。六街人人都知道简东又当爹又当妈，上到赚钱养家，下到衣食住行，虽然给儿子的东西档次有限，但却样样精细，处处俱全。

不过，让简要注意更多的地方，是简东在各个方面对简墨的培养。

作为六街一个普通孩子，能自己鉴定、挑选、加工魂笔材料，设计制作的魂笔，甚至在六街高端市场占据一席之位吗？能写出文采斐然、令造纸课老师都惊艳的原文吗？能未受过任何正式教育，第一次考试就拿到四门满分的成绩？能在欧阳的生日晚宴上，用虽不娴熟却没有任何错误的社交礼仪，应对第一次踏入的高级社交场合？

制作魂笔也就罢了，可其他知识，对于一个从小长在六街的孩子，根本没有用武之地，甚至可能连展露的机会都没有。既然如此，简东教这些又是为什么？

如果把这些教导解释为，一个拥有丰富知识阅历的人在幼儿教育方面的本能，也勉强能说得通。可相比这些知识层面上的教导，更令人奇怪的是，简东在简墨世界观和人生观的塑造上所花费的心思——让简墨从小自认是纸人，并切身体会作为纸人可能受到的一切歧视和欺辱。

如果简东因为自己是纸人，所以希望养子的情感立场偏向纸人，这很好理解。但关键在于，简东虽然让简墨从小感受到作为纸人的痛苦，却又没有让他形成纸人身上的狭隘观点——一切错误都是原人引起的，一切罪责最终归咎于原人。相反，在让简墨了解到纸人处境的同时，简东也没忘记让他看到许许多多的原人，也同样遭受着不弱于纸人的磨难和无奈。

否则，作为一个自认为是纸人的孩子，会在看到原人女孩受欺压的时候，毫不犹豫地伸手相救吗？会和原人小孩成为至交好友，两人联手成为六街孩子轻易不敢招惹的对象？

简要甚至察觉到一些可疑的痕迹：封三姐弟极可能是简东精心挑选后，推到简墨面前的。其目的就是让简墨同时感受到纸人和原人两个族群，长久以来错综复杂的矛盾和纠葛。

六街人不会意识到简东这些举动的意义，但简要知道，在简东十六年来的刻意引导下，简墨的眼光和格局，已经超越这个世界上绝大多数的纸人和原人——因为他从小就站在更高的位置，清楚地看到了这个世界更客观更真实的一面，因此自然而然会用另一种思维看待纸原关系，不同于任何一个纯粹的纸人或者原人。

可这又能怎么样呢？他的造父现在只是一个背景后台全无，至于实力——做最好的估算，就算有幸达到造纸师的顶端成为异造师，也不过是泛亚数万异造师中的一个。

简东，你到底是怎样一个纸人？如此煞费苦心对我造父潜移默化，究竟目的何在？

简墨卖完所有的冰激凌回到家后，连蔚告诉他，有人匿名给他送来了一个十寸的大蛋糕。

连蔚见他盯着精美的生日蛋糕一脸迷茫，好心提醒："今天是七月十五日。"

"七月十五日，又怎么了？"简墨可以肯定，自己从没有提过七月十六日是自己的生日。而且不是特殊情况，谁的生日蛋糕提前一天吃啊。

"七月十五日，造师节。"连蔚有点无奈，只得直接给出答案。

简墨张了张嘴，一时说不出话来。

从来没有过过造师节的简墨，完全没有意识到这个日子的特殊性。但连蔚一提醒，他立刻明白了：蛋糕是简要送过来的。他知道明天是自己的生日，所以才特地把造师节的饭食做成了生日蛋糕。

按捺住内心的狂喜和冲出门去看看简要在不在的强烈冲动，简墨不得不装出一副难过的表情："这是谁买来安慰我的吗？"

他努力给这个蛋糕找一个说得过去的来历。毕竟在其他人的认知里，自己的初窥之赏还没有造生就已经葬生火海了。

"或许是齐眉，也可能是欧阳吧。"连蔚的思路被他带跑，"不过为什么会是生日蛋糕呢？你的生日快要到了吗？”

简墨连忙点头：“明天。”

“难怪，这算他们提前给你庆祝了。”连蔚指着蛋糕，笑着说，“既然是生日蛋糕，你不请我吃一块吗？”

十寸的蛋糕不是一餐能够吃完的，两人只好把剩下的部分放进冰箱。

连蔚回到自己的书房，看着书桌边堆成一座小山的包裹：都是今天送到的。

或许是因为灯光并不明亮的原因，他的表情有些模糊不清，不知道是喜悦，还是忧愁。

“时间过得真快，眨眼间一年就快过去了。”

简要送来的生日蛋糕不仅让简墨美餐了一顿，同时也安抚了他一直以来忐忑不安的心。既然还能准备生日蛋糕送来，想来现在生活应该不成问题了。

晚上，简墨站在阳台上向外面张望了几次，可始终没有看到他期待的那个身影。这让他无比失落，也更加愧疚。

只是时光若能倒转，同样的事情，简墨依旧会做。

一个充实的暑假很快过去了。简墨开学第一天走进教室，看到别的同学正在上交作业本，这才想起他的暑假作业还没有做。

好吧，齐眉和欧阳没有提醒他也就算了，为什么天天看着他“不务正业”的连蔚也不提醒一下他？他真的是年级主任吗？

愿意借作业给简墨抄的人肯定不少。只是简墨看了下作业的厚度，干脆放弃了。不写又怎么样？有连蔚在，难道学校还会把我开除了！

简墨突然觉得有后台的感觉真好。

他正这样嘚瑟，收作业的组长径直从他前面过去了，根本看都没看他一眼。

欧阳见简墨盯着组长手中的一摞作业本一脸不解，很好心地解释：“天赋者写不写作业都没关系。你看齐眉，她身为班长不也一样没写。”

简墨无意中再次暴露了自己身为六街人常识的贫乏。

踩着上课铃的余音，英语老师走进教室。欧阳低声“咦”了一下：“英语课换老师了？”

还在郁结于丢了面子的简墨，哼了一声，表示一点都不想关注。反正不管换成哪个老师，也管不着他上课干吗。

英语老师扫了一眼下面的学生，目光落在低头无聊地翻着一本软面抄的简墨身上，嘴角微微勾起：“这位穿白衬衣的同学对老师有什么意见吗？”

简墨听见声音，心猛地跳了起来。他忙抬头一看：台上的年轻男子，穿着蓝白拼色的棉质短袖衬衫，夹着花名册的文件夹摊在左手手掌上，小指上一枚简约素雅的银色戒指，散发着温润典雅的银光。

笑得真好看。

简墨僵坐在桌位上，盯着这个新任英语老师，一言不发。

新任的英语老师似乎也没打算为难他，只是笑容更柔和了些：“不用这么紧张，我只是随便问问。既然没什么意见，那就好好上课吧。自我介绍下，我叫简要。”

简墨的简，重要的要。

2　少爷，我的年薪100万

新来的简老师能力不俗。虽然带了教案，但是整堂课都没翻一下。他讲述的内容来源于课本又不限于课本，穿插了各种民俗典故、笑话俚语，时不时点一两个学生起来互动一下。虽然只是第一堂课，但整个教室被他带动得笑声不断。所有学生对新老师的好感度都唰唰上涨，一个个满脸相见恨晚。

对于一个班级来说，这当然是很好的事情。

对于简墨来说，这显然有点难熬。说起来距离上次见面，已经四个月了。

理智上知道简要独立生活不会有任何问题，可理智归理智，一点都不担心也不可能：智商高不代表就能事事平安如意，吃亏倒霉的也不见得都是蠢货。简要刚刚造生，万一遇到坏人，还不是有可能吃大亏！

不过现在，简要没有丝毫征兆地成了石山中学的老师，并恰好当了自己所在班级的英语老师——说不是简要事先谋划的肯定没人信。能够在四个月的时间快速融入社会，解决自己的身份问题，找到一份稳定的工作，简要这四个月的生活大概……还算顺利吧。

只是这么快就适应了这个世界吗？取得足够的资质进入石山中学，对于一个刚诞生四个月的“新生儿”来说，应该不是那么容易的事情吧。

简墨突然莫名感觉有些怅然和失落。简要这几个月是怎么度过的，怎样一点一点走到今天……他作为造父居然一无所知。简墨不知道是该庆幸自己造纸的成功，还是失落自己不被孩子需要。

“我看过你们的成绩单，貌似谢首同学已经连续两次取得了英语课的满分。那么，本学期由他担任英语课代表，大家没有意见吧？”简要的声音传到他的耳朵。

嗯——嗯？

英语课代表？！

简墨回过神来，带着一脸抗拒地看向简要：“我——”

“既然大家没有！那就这么定了。”简要笑眯眯地盯着简墨，眼睛里一片阳光灿烂，“课代表，下课后来一下我的办公室。老师有事情交代你。”

非常凑巧，办公室里一个老师都没有。

“主人。”

简墨赶紧左右看看，没人偷听，回头瞪了他一眼：“别乱喊！不知道的还以为我跟你有什么乱七八糟的关系呢。”

“可是别的纸人……”见到简墨凶残的眼光，简要从善如流地改口，“那——父亲。”

这称呼倒是说不出有什么不对，但是对比两人的外貌年龄，怎么就那么别扭呢？

“其实叫什么都不重要。但为了将来少些麻烦，我们可以选择一个对外最便利的关系。”简要显然看出简墨的尴尬，微笑着解释，“反正您总有一天是要认回我的，到时候我得有一个合适的身份待在您身边吧？您怎么向其他人解释，我一个上得了讲堂、下得了厨房、打得过特警的社会精英，会待在一个毫无背景的少年背后呢？”

简要的语气轻松幽默，考虑的问题也合情合理，姿势神态也完全表现出对自己这位造父的敬重。但简墨依旧感受到了，在这些轻描淡写的话语背后，有种誓达目的的决心和不容商议的强势。这与四个月前那个茫然无措，不得不接受被赶走命运的简要完全不一样。

他的纸人长大了，简墨微微有点心酸，但总的来说，还是高兴的。

“很抱歉没有经过您的同意，就查了您的来历。”

简要见简墨没说什么，便跳过这个话题，丝毫没有愧疚地道歉，“一直查到了六街。虽然目前得到的信息还很少，但对于您之前的担忧和困扰，我也大致了解了一些。您现在大概不知道，简墨这个身份在六街——已经被宣布死亡了。”

简墨没想到会听到这个消息，怔了一怔：“什么？”

“‘您’的尸体被木桶区巡警带走的时候，很多人都看见了。”简要意味深长地说，“倒是一位和您很亲近的邻居，据说已经失踪了几个月，他的姐姐一直在找他。”

六街的人把自己和三儿弄混了？

简墨立刻察觉到其中的蹊跷：六街认识自己的人那么多，怎么可能弄混呢？

简要像是知道简墨在想什么，接着说：“我当时也很奇怪。后来打听过，所谓的目击者，只是看见巡警把一个用白布盖着上半身的十几岁少年抬上了车。但是，因为人是从您家那条巷子拖出来的，而且衣服身形与您相仿。巡警也没有否认别人的猜测，所以现在六街的人都认为您已经死了。”

他那天本来是打算回了自己家后，再去三儿家里看看的，结果中了陷阱，后来就再没有机会去了。

“你没有进我家吧？”简墨没有料到简要竟能够查到六街，不由得有些后怕。

“怕打草惊蛇，没有进去。”简要观察着简墨的表情，“有什么问题？”

简墨犹豫了一下，怕自己不说反而撩起简要的好奇心，非要跑去一探究竟，便将造生节那日的事情简单说了一遍，然后郑重对简要要求：“在没有绝对安全保障前，以后不要再去六街。”

见简要垂眼不语，像是在思考什么，没有立刻回答自己，简墨顿时生出面对熊孩子的担忧和焦躁：“那里有异级！不是你我现在能够抗衡的，不要冒无谓的风险！”

“您以后还去吗？”简要对简墨的要求不置可否，只是抬头问道。

“不去！”简墨斩钉截铁地说。

“那我也不去。”简要像是得到某种保证，笑容舒展开，“没关系，您放心。我会从其他方向来查的。”

“查不到也没关系。”简墨知道现在的简要不是他几句话能够糊弄的，赶忙补充道，“安全第一。”

简要貌似很听话地点点头。

简墨微微舒了一口气，略放了一点心，然后才反应过来：简要的性格谨慎，听到了自己的描述，自然不会“自投罗网”。他根本就是借自己的担忧，让自己做出不再去六街的保证。

“您父亲那边，我也查过了。”简要大概感觉到简墨有点恼羞成怒的小情绪，立刻转移话题，“那天早上六街有人看见您父亲出门，但之后就再没有人见过他的踪迹。您父亲工作的工厂，当天他也没有出现，就好像突然人间蒸发了一样。”

“是吗？”简墨的注意力被转移，然后苦笑了一下，“那么他就是在去工厂的路上失踪的了。”

“应该是这样。”简要回答。

没有消息，应该就算是好消息，至少他爸多少还有活着的可能。而三儿是简墨亲眼目睹被射杀在巷子里的，所以他知道，自己连再看一眼最好朋友的机会都没有了。

“我从小生活在六街，就算得罪了什么人，也不过是六街那些普普通通的家伙。至于我爸，也从没听说过他有什么仇敌……很多原人确实看我们不顺眼，但他们也都是平常的人家。最大的攻击力无非是一张嘴和两个拳头。”简墨自嘲地笑了一下，“我就搞不明白，我们家是什么时候招惹上那种层次的敌人的——潜藏的狙击手，异级纸人留下的陷阱，特级的搏斗高手。看起来完全是不取我性命誓不罢休的架势！最糟糕的是，我连为什么会发生这一切，都搞不明白！”

简要认真听着造父沮丧地说完这些话，思考了几秒钟道：“这件事看起来是没有什么头绪。但您想过没有，或许这件事情本身，与您或者您父亲是否得罪什么人没有关系。也就是说，不管您或您父亲是否做了什么，那些人终究还是会找上你们。”

简墨怔了一下。如果不是他们得罪了什么人引来追杀，那就是他们的存在本身就触犯了别人的利益，碍了别人的事。

他不是傻子，简要这一提，简墨最近一直潜藏在心底的某件事情自然而然翻上来："你是说，我不是纸人而是原人这件事情——是我的身份有问题吗？"

"这是可能之一。"简要注视着他的眼睛，郑重道，"您父亲到底是把一个原人弃婴当成弃纸儿误捡回去了，还是他原本就知道您是原人小孩，却还是故意把您当纸人小孩抚养。"

"如果是前者，那就算了。如果是后者，您到底是从哪里来的？父母是谁？家庭背景如何？他为什么一直告诉您您是纸人？是单纯为了更合理地掩盖您的身份，还是另有原因？或者两者兼而有之？"

简墨之前并没有把自己被误认为纸人的原因，归咎到简爸的刻意误导上去。此时简要缜密的分析，让他觉得心里好像被什么哽住了，这是赤裸裸地暗示简爸对他别有用心。

简墨放在膝盖上的指节按紧了。他深呼吸了两次，努力地让自己冷静下来。

"这么说，那个杀手，是因为我的身份来的？"简墨开口道。

"这个可能很大。但是，身份有问题的，绝不仅仅是您。您的父亲简东，"简要的目光冷静，"同样身份成谜。"

"据我收集到的资料，十六年前您父亲搬入六街两三天后，您就出现了。尽管邻居们都以为您是您父亲在六街捡到的。但我认为，并不能排除在此之前您已经在您父亲身边，只是未曾公开露面的情况。"

"六街以前从未有人见过您父亲。而他跟周围人宣称的过往经历，我查过了。"简要看着简墨，平静地说，"全都是假的。"

简墨沉默了很长时间，才用低沉的声音道："你的意思是说，这世界上，或许根本没有简东这个人？"

他忽然意识到，如果简要说的都是真的，那么简东很可能是一个因为自己才出现在这个世界上的身份。而现在，这个人觉得已经没有必要在自己身边继续待下去，所以连只言片语也未留，就离开了。

简要未置可否，但他的眼神分明在回答简墨：是。

简墨猛地闭上眼睛，翻滚的血液在他的胸口上下攒动，好像一锅已经煮沸的水，即使强忍着烫伤的危险去按，也很难将跳动的锅盖按住。

这是一个比直接告诉他“简爸被人杀死了”，还要令他难以接受的可能性。

“这些目前只是猜测而已。”

简墨坐在简要对面的姿势没有改变，甚至后背还挺得更直了一些，但他的指节却已经在大腿压得泛白，“我爸他只是一个普通人，充其量技术比一般人好一点。他没你想的那么神秘厉害。”

简要似乎对自己的分析也并不是那么确定，赞同道：“这些确实都是我单方面的推测。不过既然要分析缘由，自然是把所有可能性都考虑到，哪怕是最不合情理的方向。反正现在还没有您父亲的消息，我们也没有必要那么武断地下定论。那群杀手的来历我会继续想办法查……也说不定我们在找到杀手来历之前，就已经找到您父亲的下落了。到时候您再亲自问问他，不就什么都知道了吗？”

简墨不知道简要这番话里安慰的成分有多少，但他听完确实感觉好了很多，心绪慢慢平静下来。

没想到自己这个当“爹”的还要“儿子”来安慰。他犹豫了一下，伸手轻轻揉了一下他黑色的头发，真心诚意地说：“谢谢你。”

简要的眼眸一亮，眼底的神采又多了几分，仿佛收到了意外的礼物。

他继续道：“因为之前的清街，六街变得萧条了很多。差不多有一半居民不是被抓就是逃走了……木桶区的警长夏尔也在不久前调职了。新上任的警长是个聪明人，对六街的恢复表现出支持的态度。他应该也很清楚，没有六街，他和他手下的收入要少很大一截。”

原来夏尔也走了。尽管对于六街人来说，夏尔是个需要时刻提防的大魔王式的人物，但现在简爸不在了，三儿不在了，自己不在了，连他们都惧怕的人如今也不在了，简墨忽然就产生了一种物是人非的惆怅感。

六街，即便能够再回去，也不是他记忆中的那个六街了。

“咳咳。”简要故意轻咳两下唤回简墨的注意力，继续说，“我综合考虑了一下，反正您的身份来历不明，不如重新给您编造一个——某个低调隐世大家族的子弟怎么样？这样我作为您的管家、保镖或者左右手，就都好解释了。”

简墨白了他一眼:“你以为在写小说呢？我这个样子跟大家族有哪一点像？”

他面前的青年有些羞涩地一笑：“可能现在还早了点，但我们可以以此为目标规划起来。我保证，等到您从石山高中毕业的时候，就会拥有一家不错的……小公司。”

这个世界的造纸师都不穷，等级越高的造纸师越有钱。

他在这一年的学习中也逐渐了解到一些：普级造纸师主要靠批发劳动力致富，特级造纸师更多依赖特级纸人的天赋积累财富。而异级纸人能为自己造师提供的，就不仅仅是金钱了。

简墨知道自己给简要的天赋属性有多强悍，因此并没有觉得他的承诺不切实际。相反，简要的提议，他很心动。

从六街死里逃生回来的时候，他就越发感觉自身力量的渺小。因为他的无能，他保护不了自己，也保护不了自己的造纸，找不到简爸的下落，也查不到敌人的来历，更别提为失去的好友报仇。

简墨认真思考过：要做到这些，他必须要有属于自己的，至少是能够为自己所用的强大势力——建立这个势力首先需要足够的财力，然后是各式各样的人才，接下来再不断将财力和人力优化整合，并向他所需要的各个领域渗透，最终发展成他想要的一股力量。只有拥有这样一股势力，他才能够不再被迫隐姓埋名地生活，才能够为自己，为关心自己的人建立起一道保护墙，才能找到简爸，找出敌人，才能为三儿复仇。

但简墨也很清楚，他的起点太低，要走完这个过程，非常非常难，中间必定要经历无数的艰难险阻和重重考验。可是，简要想要的生活，却未必是这样沉重而充满磨难的。他不能无所顾忌地将他拖下这一摊浑水。

还没等他继续考虑下去，就听见简要欢快的声音说:“既然我做了您的管家，您总得给我发薪水吧，一个像我这样的高级管家起码年薪百万。嗯，您是我的造父，就给您打个对折，五十万怎么样？”

简墨噗的一声笑出来：“你觉得我一年能赚到五十万吗？”

简要继续自卖自夸地向简墨兜售自己：“其实很划得来的。只要您雇了我，我会把您的生活打点得妥妥当当不说，还能为您进行理财投资。只要您答应雇用我，我一年后给您一百万如何？”

“你当我脑子有坑是不是？给你五十万，你给我一百万，还白送我一家公司。到底是我雇你还是你雇我？”简墨苦笑道。

他知道，这五十万与其说是简要要的薪水，不如说是他们构建未来势力的第一笔启动资金。简要用这样一套体面的说辞，无非想让自己心安理得地接受他的帮助——有了这笔钱，再加上管家的身份，后期无论简要为他带来多少财富和资源，似乎都说得过去。但实际上，以简要的天赋，撇开自己，哪怕是想一夜暴富，也并非绝无可能。当然，他也明白，这份说辞的另一层目的，是让自己再没有将简要赶走的理由。

“简要，不管你信不信，当初……我并不是真心想赶你走。这些你已经调查过了，应该清楚我没有撒谎。既然现在你已经有了合适的身份，不会让其他人怀疑到那天造纸管理局发生的事，那么我也没有理由对你避而不见。”简墨试着展露父亲般“慈爱”的笑容，轻轻摸了摸简要的头发，“你是自由的，不要因为我荒废你的人生。”

简墨说这番话的时候，简要目光一直落在他的脸上，那双明亮的眼睛似乎想看透他心里最真实的想法。那张脸虽然微笑依旧，但莫名的，简墨就觉得，那看似完美的表情下潜藏着深切的不安和紧张的戒备。

他到底在不安什么？戒备什么？简墨不解，但接着脑海里蓦地又浮起那天清晨，熄灭的路灯下不肯离去的孤单身影。他猛然意识到：也许当初强行赶走简要所留下的后遗症，远比他预估的要严重得多。在这件事情上，简要只怕对他毫无信任可言。

发觉了问题的严重性，简墨开始着急到底该怎么做才好。但这时，他的手被简要毫不留情地拍开了。

“您是不是觉得，作为我的造父，就可以随便安排我的人生了？打着为我好的名义，想把我赶到哪里就赶到哪里，说要如何便要如何？您有丝毫考虑过我的感受吗？”新晋的英语老师轻轻一笑，带着淡淡的自嘲，“当然，那个时候，我只是一个不敢发表任何想法，也没有任何能力的稚嫩新纸。或许，即便发表了意见，也不会被您放在心上。”

简墨愕然望着简要。对方眼中他熟悉的羞涩和虔诚消失了，取而代之的是满满的傲慢和讽刺，让人顿时感到压力十足。

“但现在——不一样了。您还是一个只能在校园里掀掀风浪的高中生，而我已经掌握了您赋予我的全部天赋，对这个世界拥有远超过您的操控力，并将一天比一天强大。所以——”年轻的英语老师抬起下巴，站了起来，双手按着桌面，斩钉截铁道，“我觉得我们之间的关系该怎么定义，应该由我说了算。”

“从现在开始，我就是您的管家，您就是我的少爷。”

“这件事情，就这么说定了。”

没有任何分辩的机会，简墨就这样干脆利落地被赶出办公室，后面还轻飘飘地跟着英语老师提醒的声音：“少爷，别忘记准备我的薪水。”

第十章

复原社的袭击

1　复原社的报复

回到教室，欧阳见简墨表情古怪，好奇地问：“简老师叫你去做什么了？”

简墨面无表情地转头看了他一眼:“你知道哪里有一年赚五十万的工作吗？”

欧阳见他郑重其事的模样，忍不住笑起来：“这有什么难的？你将来做了造纸师，莫说五十万,五百万也是轻轻松松啊！”

问题是他现在就要,不是将来。简墨知道这话没法跟欧阳直说,索性不再提。

一整天，简墨都在本子上默默勾画一年赚五十万的可能性，最后发现这些构想都指向失败。

既然已经决定暂时不造纸，那么赚钱的渠道只能从别处去想。可就算他再找一份工打，一年撑死了最多也就三四万。卖魂笔倒是来钱快，不过就算按过去最好的销量，他也要至少三年时间才能凑齐五十万。并且现在六街他不能回去，大量制作魂笔，又根本无法逃过连蔚的眼睛——这位“万事皆下品，唯有造纸高”的特造师，怎么可能放任自己把时间消耗在这种“没有前途”的事情上呢？

简墨长这么大，尽管手头拮据的时候居多，可还真没有特别为钱犯愁的时候。但既然简要已经打定了主意要跟在身边，简墨自然不会让他失望——更不用说，这个结果本身也是自己最为期盼的。

放学之后，简墨提出要到简要现在住的地方去看一看，一是想了解一下他的生活环境，二则也是找机会促进一下“父子”感情。简要自然是非常开心。

到了目的地，简要打开门，门口鞋架上棉质拖鞋整齐地摆放，木质书架上的工具书从高到低排列，厨房里光洁的厨具秩序井然，餐桌上明净的玻璃瓶里一大把绿色的尤加利叶正在盛放……房间里几乎没有一件多余的东西，但偏偏给人一种主人对生活极其用心，对品质要求极高的感觉。

看过“儿子”品位不俗的布置，想到自己向来只比凌乱好上一点点的房间风格，简墨在颇为些汗颜的同时，也觉得十分欣慰。

“您还有什么想看的吗？”简要笑着问。

“不，没了。”简墨回忆起了自己和简爸的生活，不由得觉得有些好笑：简爸从前是不是也总是用这种患得患失的心情，操心着自己的各种琐事呢？

距离简要住所大约三公里的一处高档住宅区外，一男一女及一名年长的老人站在一辆被严重损毁的黑色豪华轿车旁边。

轿车整体框架都发生了严重的变形，顶部已经深深凹陷了下去，车窗玻璃全裂了，但大概因为是夹层的原因，没有碎开。车内只有司机一人，上半身以扭曲的姿势卡在变形的车顶和方向盘之间，满头是血，显然已经没有生命迹象。其他三处车门也都变形，但似乎被人强行用暴力破开，才让里面的人都逃了出来。

三人所站的地方半径三米内都干干净净，而这个圆圈之外却撒满了大小不一的碎石，仿佛是与什么激烈相撞之后碎裂散落下来的。

“这群复原社的杂碎居然有胆量盯上先生。”男子咬牙道，“谢子韬倒是没有夸大其词，果然是嚣张狂妄。”

女子眼里充满担忧：“对方等级远超过一般的异三级，你一定要谨慎。”

“我会小心的。”男子凝眉观察着防护罩外，“你也不用太担心。到目前为止，对方的异能还没有直接作用于人身体的，那么很有可能他能够操控的只有死物。我只要离开对方信号屏蔽的范围，将求援信息传出去就可以了。如果运气好的话，说不定还能顺便干掉对方。”

说完，他对老人禀告一声：“先生，我去去就回。”

老人神色凝重：“不可掉以轻心。情况不对，马上回来。”

三人身周忽然泛起一层圆柱状的透明水波纹。男子走到边缘，水波纹很快拉开一个椭圆形的出口。

男子一走出屏障，身边的空气便快速旋转起来，以他的立足之地为风眼，转瞬之间形成了一个小规模的龙卷风。几乎在龙卷风成型的同时，男子便感受到有东西向自己飙速而来，并且是很多个，从四面八方直扑过来，仿佛他是一块人形吸铁石，吸引着周围的磁石到来。然而这些如同子弹一样弹射过来的物体，一靠近风域边缘便脱离了原来的轨道，顺着旋涡的风向改变方向，然后被卷上天空，不知抛向何处。

大概知道小东西无法将男子如何，敌方开始尝试投来更大的物体。其中有刚刚被砸扁的轿车，也有附近住宅小区里的假山……但也都被龙卷风送上天空。

事情如预想中进展，男子微微松了一口气，但仍不敢放轻警惕，一边控制龙卷风移动，一边观察着四周有无异状，时不时还看一眼手机上有无信号，准备随时将信息发出去。

“队长怎么办？”副队长看着男纸人越走越远，不由得有些急躁，“这样下去，他很快就能走出信号屏蔽区了。”

“梅络不愧是市造纸师联盟的前任主席。不过是异一级造纸师，造纸却个个刁钻难搞。”轻音盯着男纸人的行动，“果然上了异级，就不以等级分强弱了。”

“队长，用火行不行？”副队长左思右想，“把附近加油站砸烂，然后把汽油弄过来烧死他。”

轻音只想了一秒，便摇摇头：“风能助长火势，但过大的风也能把火压灭。我能把整个加油站的汽油弄过来，他也可以扩大风眼，不让火焰近身。而且龙卷风会提前将绝大部分汽油卷走。留下一点点，也构不成威胁。”

“那怎么办？”副队长仅仅抓着天台的外沿，满脸不甘，“错过了今天，以后肯定就不这么好得手了。”

轻音没有回答，凝神考虑了数秒后，细白的手指轻轻一划。

数块巨大石头从天而降，在男纸人四周一通乱砸，将平整的水泥地砸出一大片深坑。最深的地方甚至砸穿了地下粗大的供水管。大量水从破裂处喷薄而出，不过三四秒工夫就将深坑填满，还溢到了路面上。

显而易见，男纸人若想继续前行，就不得不蹚过这个脏兮兮的泥水坑。凹凸不平的坑底和浑浊的泥水必然会拖慢他的进程。

然而男纸人的脚步只停滞一下，仿佛这种难题已经司空见惯。他连一秒都没有思考，自如地伸开双手双脚，成大字形扑向地面。就在他的身体快要碰到地面的那一刻，整个人仿佛被一股来自地面的强风吹了起来，瞬间升到了四五米高的半空处。

龙卷风继续前进。

副队长狠狠地砸了一下墙面，虽然他也不觉得水坑能起多大作用，但对方就这样轻描淡写地解决了，不免让人觉得气闷。

不甘心地看了一眼旁边的队长，他却发现她脸上的表情没有一点变化，仿佛早就在她的意料之中。队长的动作一直没有停顿，将泥坑区扩大到了十数米之外，甚至又砸破了一处水管。

路面上四溢的水越来越多，几乎汇成了一个小池塘。

男纸人大概也担心夜长梦多，推动着龙卷风快速穿越水坑。

坑里的水一接触到龙卷风，瞬间被卷走了大半。远远看去，就好像地心引力失去了作用，水直接飞上了天空。

“这——”副队长忍不住开口问，“水不是同样会被卷走吗？”

如副队长所料，男纸人随着风眼飞至水坑的上方时，没有受到任何影响。水坑里的泥水被龙卷风全部送上天，甚至连碎裂的水泥板块和散落的泥沙都没留下。

只是地下供水管很长，而且处处相连。即便是龙卷风，也没有办法将裸露部分的那一小截卷走。风速为零的风眼一覆盖供水管破口，破口外涌的水便不再被卷走，重新开始填补空白的泥坑。因而当男纸人飞过重新出现的水坑时，那股自下而上将他托在半空中的风，也将水坑里的水送上半空，毫不客气地把他浇了个透心凉。

这感觉并不好受，但也没有办法。男纸人侧过头，避免脏水堵住口鼻，催动龙卷风更快地离开这处窘境。

就是此时，轻音眼中的光一闪，手指轻轻一划。

龙卷风不远处的一排电线杆被巨石砸倒，上面的电线也同时被飞速射去的碎石切断。断掉的电线切口闪着蓝色的火花，正掉在不远处新砸出来的供水管破口附近。

供水管处处相连，风眼中的水流在这一瞬间成了完美的电导体。原本稳稳飘浮在半空中的男子一阵抽搐，然后掉了下来，落在水坑中，溅起大片的水花。

龙卷风瞬间失去控制，立刻向四周消散。还来不及送上云霄的东西，噼里啪啦如同冰雹一样落了下来。

几秒钟后，供水管破口涌出的水推着男子的身体翻过来。浸泡在浑浊泥水中的脸一片惨白，双眼紧闭，已经没有一点生机。

从地下供水管被砸穿，到男纸人被电击落，全程不超过十五秒。

副队长盯着下面，咽了咽口水，眼里的畏惧又深了一重："队长不愧是队长。这风系异级对异能运用几乎无懈可击，居然被您三两下解决了。看来这梅络再厉害，还是无法逃出队长您的手心啊……"

轻音对副队长满口的褒赞并没什么反应。她确认了男纸人的死亡后，便将目光重新投向老人那边。

撑着屏障的女子虽然满脸悲痛，目光却愈发锐利坚定了。

拥有这么好的天赋，却固执地要为造纸师卖命，真是太过愚蠢了。既然如此，那她就成全他们的忠心。轻音俯视着一切，露出了令身边副队长全身汗毛倒立的轻笑。

窗外的太阳已经落到了地平线下，蓝色天空上一道道橙红色的晚霞，如同薄薄的轻纱。

简要提出送他回去，简墨却觉得没有那个必要："你送我回去，再自己回来都几点了？我查过地图了，从前面那个小区穿过去就有公交站直达，不是很远，你在家里好好休息吧。"

他一不是女生，二不像有钱人。只要不走些偏僻小道，人来人往的大街上总不至于遇到打劫的吧。

2　不得不管的闲事

如果水泥马路上没有连串的喷溅状血色斑点，左右墙壁上没有一道道血痕，简墨或许还能欺骗一下自己，眼前满地的石块碎屑，如月球表面的小坑大坑，以及远处成排倒下的电线杆，不过是发生了一场局部的地质灾害而已。

他现在才意识到，从刚刚就隐约闻到的奇怪气味，其实是人血的味道。简墨一站到这个路口，味道顿时浓厚了数倍，腥得令人作呕。

就算是外行，他也能够判断，这绝不是一个人能够流出的血量。

这不是普通的打劫者，这是来自异级的屠杀。

虽然没有感觉到直指自己的恶意，但是这场景已经让简墨手脚发凉，心跳飙速。

离开这里！马上——他身体的每一个细胞都在歇斯底里地尖叫着。

简墨的视力虽然不算太好，远处地面反射的微光却还能感受到。血尚未干透，凶手八成没走远，说不定正看着自己这个不速之客，思量着怎么干掉自己。

简墨的手抓了两下才抓到胸口的银链，正准备偷偷离开，眼角余光却发现原本躺在地上的一个人动了一下。

还有人活着？

他忍不住多看了一眼，然而这一眼就让简墨走不了了。

这个人简墨认识——在市立图书馆借过他借书证，指导过他如何设定简要原文，但在天赋测试后就再没见过的那位老人。

连蔚说他是一名异造师。可异造师身边不是会有很多异级保镖吗？他怎么会搞得如此狼狈？

简墨来不及细想前因后果，现在一个最直接的问题摆在他面前：赶紧开溜，还是设法救人？

他是一个很有自知之明的人，有多大能力做多大的事情。一群异级都不敌的凶徒面前，既然只有白白送菜的份儿，不走难道给别人当陪葬吗？可面对这位对他有过帮助的老人，简墨却做不到狠心袖手离去。

既然做不到无视，那就不要再犹豫，赶快设法解决。简墨立刻退回路拐角另一侧，靠着围墙蹲下，按下本市异查队的求助电话999。

异查队是纸人管理局中专门抓捕异级纸人的部队，也就是一支由异级纸人组成的警察部队。如果犯罪嫌疑人是难以对付的异级，便可以拨打999，向异查队求救。

999求救电话有一个很人性的功能。电话一旦接通后，如果不方便说话，只要再按下999，异查队救助中心就会自动联网搜索手机信号所在地点，以最快的速度出警。

据连蔚说，这是因为999求救电话在设立之初，超过五成求助者连地点都没说完就死了。所以从那时起，救助中心就特别设计了这样一个功能。

但无论再怎么人性，异查队赶到现场也需要时间。简墨很担心，如果凶手不打算就此住手，老人恐怕很难逃过这一劫。

听着提示音，按下第二个999后，简墨把手机放进书包，轻轻搁在一边。他自己肯定干不掉敌人，只看能不能将时间拖延到异查队赶到了。

“队长，有人过来了。”副队长望着路尽头的十字路口，觉得那个身影有些熟悉，“是那个男生？他怎么会在这里？”

轻音瞥了一眼打电话求救的短马尾少年，精致面孔上露出一丝不满：“你的信号屏蔽失效了？”

“队长，这个……怕引起附近的人注意，我们事先设定的信号屏蔽半径只有五十米。”副队长缩了缩脖子，“这个小子的位置大概，呃，刚好在范围外。”

“算了。刚刚的动静有点大，附近应该也有人察觉了。”轻音盯着下面跑向老人的少年，抬起细白的手指，“一起解决了吧。”

天台上一粒小石子蓦地消失。

简墨喊了两声。老人睁开眼睛看了他一眼，又虚弱地闭上眼睛，非常难受的模样。

简墨不知道老人是不是有骨折，犹豫着要不要搬动他，突然脑中警铃大响。他来不及分辨是哪里传递过来的杀意，只来得及抱着老人在地上一滚。破空之声在耳边呼啸而过，简墨只觉得左大腿外侧一凉，随即是一声响亮的炸裂。

不等他爬起来，尖锐火辣的痛感就传递到大脑里来。简墨忍着没去碰伤口，只向发出声音的地方看去。

一个深达三寸、两米见方的裂坑赫然出现在刚刚老人躺着的水泥地上。成放射形碎裂开来的水泥块擦痕白得发亮，不远处是糖果大小的碎裂鹅卵石——这应该就是造成破坏的罪魁祸首了。

对方的异能大概是操控物体。物品移动速度如果够快，完全可以媲美子弹。如果被打中人体要害是会没命的。这就是所谓的境界到了，飞花落叶皆可伤人，简墨不由得想。

“欸？这小子难道能感觉到您的投掷方向？”副队长惊讶地说。

轻音素来少有失手，这次目标居然只是大腿受了点伤。盯着短马尾的少年，她微微皱起眉头：莫非自己判断错误，这少年或许不是造纸师而是异级纸人？不然他是如何察觉她的攻击轨迹的？难道这个傻兮兮副队的猜测是对的？这小子只是一个伪装成原人的异级纸人？

抑或，只是一个巧合？

不管了。如果他真的是一个异级，与造纸师同流合污，同样该死；如果不是异级，那么身为一个造纸师，死了正好。

亲眼见过一次这样的攻击，简墨便明白，他能躲开一次已经是运气爆棚，带着老人躲过第二次几乎没有可能。可既然已经开始了，总不能这样就放弃闭目等死吧。

忍着腿痛，简墨从老人身后叉起他，一步一瘸地靠向围墙，希望能够借围墙的遮挡，拖延几秒是几秒。他不知道这样的“垂死挣扎”有没有用，但乐观地想，对方没有在杀死保镖之后马上杀死老人，也没有在第一次攻击后马上施展第二次，是不是因为他的异能需要“冷却时间”呢？

正胡思乱想间，简墨却听见一个不可能出现在这里的声音。简墨侧头一看，正满脸焦躁跑过来的，不是简要是谁？

他愕然一怔，随后怒火一下子蹿上了心头：老子现在正后悔瞎逞这个能！你这家伙现在跑过来干什么！一会儿要是有机会，老子说不定可以逃走。你这么冒冒失失地闯进来，老子本来可以走掉的，反倒走不掉了！

“快走！你来这里干什么！”简墨气呼呼地冲他喊道。

简要恍若未闻，看了一眼不远处的裂痕，目光立刻投向东南面那栋高层的天台。

深蓝的天空中，一条由无数璀璨的星星和丝丝蔓蔓的黑色云彩组合的银色河流，从北连接到南，正在慢慢移动。天空看不见月亮，却显得更加浩瀚无垠。仿佛此时此刻，无数永恒的生命正从天空俯视着大地。

然而，有着如此美丽夜空背景的高楼却显得鬼气森森。

破空之声再次传来。

简要突然双手一抬，"当"的一声响起。与此同时，他的身体剧烈地晃了一下，整个人摔倒在地。

简墨才发现简要拿着一根婴儿手腕粗细的实心木棍，木棍的一头是刺拉拉的断口，显然是被生生打断。简要刚刚应该就是用这根棍子，将袭击物弹向了别的地方。袭击物速度越快，在遭遇外力的时候，偏离的距离也越大。

道理很好理解，可要做到这一点并不容易。除了足够的眼力和判断力，还要有强大的力量去对抗。如果扛不住，袭击物会直接穿透木棍，打到人的身上。可即便扛住了，又会给持棍者的手带来多大冲击。

简墨果然发现简要握着木棒的手心有血流下，将他戴着的银色尾戒都染红了，刚刚的火气被心疼压了下去："你的手——"

"没事，有点麻而已。"简要动了动手腕，但显然动作不是很自如。

没事个屁！简墨的火气噌噌又上来了："你赶紧走，别留在这里碍事！"

简要笑了一下，看着周围："可是，大概走不掉了。"

地面上被多次攻击打裂的水泥碎片，此时此刻全都飘浮了起来，大约有近百块之多。

宛如某种长着隐形翅膀的外星生物，将他们团团包围了起来。

这是打算来一场"暴雨梨花针"吗？

简墨绝望的时候，脑子里冒出的第一个念头，居然是老旧阅读器里这件无差别攻击武器。然后第二个念头是，当初他为什么不试着赋予简要一项异能？

既然已经是抱着做一场白日梦的心情去准备原文，他为什么不再多花点心思研究一下异级的写法？他当时脑子是被狗啃了吗？！

万一异能赋予成功了，说不定今天大家都不用死在这里了！至少，他的初窥之赏不会才造生了四个月就死在这里。

可是这个时候，就算是一万个后悔，也救不了他。

简墨闭上眼睛正要认命，却觉得眼皮外光线一暗，下一秒就感觉自己被按到地上。

他不明所以地睁开眼：简要正试图用身躯将他的脑袋和上半身要害全部护住。因为贴得太近，简墨甚至能够感觉到这件白色衬衣后有力的心跳：咚、咚、咚……由心脏传递到四肢百骸，以及由此带来的温热。

简墨心头震动，眼中微热，随后不觉又苦笑起来。

简要，能在坚实水泥地上冲击出两三寸小坑的力量，你觉得凭血肉之躯能够挡得住吗？我写给你的实体赋予不过达到正常人类的峰值，距离金刚不坏、坚固不摧还远得很呢，就算多了你这一层防护，你的造父最多也就是留个全尸？

一瞬间，无数想法在简墨心头涌出，有的甚至自相矛盾：像是嫌弃他太傻，又觉得有子如此此生无憾；或是觉得这种毫无实际意义的举动太徒劳，又觉得他这种一往无前的豪情真是太帅了；又或是觉得明明可以活一个偏偏要一起死的戏码太无聊，又觉得心底某块深藏的地方被触动了……

简墨很清楚，面对这样的异级，简要此刻护不护他，结果都一样。

“没用的，挡不住的。你如果还有办法躲过去，就先把自己护好。能保一个是一个，以后说不定还有机会给我报仇呢。”他叹气道。

如果不是大腿受伤，简墨此刻也会试着逃一逃。自己已经尽全力去救了，但敌人的实力显然超出他能够对抗的范畴。此刻如果有机会逃掉，他一定会毫不犹豫地逃走，丝毫不会觉得有愧于心。

只是看敌人的架势，大概是一个都不肯放过。

简要应该听见了他的声音，却没有照做。

“别动。”他只听见这两个字。

深蓝的天空中，原本掩藏在丝丝黑云后面的星子更加明亮了，它们的光芒似乎要穿过黑色云层投向大地。

接连被一大一小两个非异级躲过了攻击，轻音的脸色不是很好看。

“队长，这男的是个高手。如果是纸人的话，至少在特级以上。”副队长迟疑着说，“他也要杀死吗？”

尽管听不到两人之间的对话，但看着年轻男子如此保护少年的姿态，轻音轻蔑道：“敌人的朋友就是敌人！就算是纸人，也不过跟这些异级一样，都是脑子不清醒的白痴。为造纸师卖命，这样的家伙死多少都不值得可惜！”

将三人团团围住的近百粒碎石蓄力一般齐齐后退了数十米，接着猛然向三人激射而来。

无数道尖锐的响声破空而来。

第十一章

简墨的抉择

1　获救

“当、当、当当当、当、当当、当……”密集得有些恐怖的敲击声在简墨的耳膜上弹跳，仿佛是夏日的冰雹敲击着窗户玻璃，然而简墨并未感觉有东西砸到自己身上。

莫非真的被简要挡住了，他慌忙仰头去看：并不是简要挡住了“暴雨梨花针”，而是一层透明的防护罩将他们三人都罩了起来。碎石仿佛砸在锅盖上，发现无法穿透后，只能无力地滑落。

他心头一喜：得救了！

简要眼神警惕地环顾了一遍周围，没发现什么不妥，才慢慢爬了起来。他半蹲在简墨身边，阻止后者要坐起来的动作，然后快速检查起简墨腿上的伤口，接着用一根手指压在腿上某处止血。

简墨也把简要上上下下都扫描了一遍，发现他除了手确实没有其他地方受伤，才松了一口气，分出注意力到周围。

附近的半空中悬浮着十多个身穿银灰色制服的人。简墨对这种制服并不陌生，这是纸人管理局的制服。

“是谁打的 999？”有两名银制服落到地面，其中的女性用例行公事的语气问他们。

“我打的。”简墨看着地上依旧难以动弹的老人，“他们袭击这位老人。”

女银制服看见老人，眼中闪过一丝惊讶，快步走了过来，探了探老人的脉搏，神色凝重。

这时男银制服也看见了老人，诧异道：“是梅络先生？”

女银制服大概知道这位梅先生的大名，对简墨问话的语气更客气了一些：“你认识梅络先生？”

原来是叫梅络。简墨点点头：“见过两次，说过几句话，不是很熟。”

女银制服诧异地看了他一眼，笑了：“我还是头一次见人主动强调自己跟梅络先生不熟的呢。”

简墨有些尴尬：“我的意思是说，我不知道梅络先生家住在哪儿，也没有他家人的联系方式。恐怕要麻烦你们来安置梅络先生。”

男银制服点点头：“放心吧，梅络先生的家人我们会帮忙联系的。不过我觉得你最好也去医院包扎和检查一下。既然梅络先生也要去医院，我就送你们一起去吧。”

简墨连忙指着简要：“他也要一起去，他的手需要检查一下。”

女银制服看了一眼简要：“当然。”

连蔚来医院接简墨的时候，差点把他大骂一顿：“你是疯了吗？自己有几斤几两不知道？就算对方是……你一个普通人上去能帮什么忙？今天若不是你运气好，正好简老师路过救了你，你小命还不知道有没有！”

简墨无奈低下头乖乖挨骂，眼角余光却看见包着手的简要站在连蔚身后，笑得一脸赞同。

连蔚还准备继续骂下去，急救室的门开了。梅络坐在轮椅上，被人推着进来了。

“梅络先生。”连蔚变得非常客气，和刚才教训简墨时完全两样。

梅络笑呵呵地看了表情僵硬的连蔚一眼：“你这学生救了我一命，我得好好感谢他一番。”

“他不过是运气好，没把自己搭进去就不错了。”连蔚的反应有些冷淡，完全没有第一次从简墨口中听见他名字时的兴奋和尊敬。

“运气好也是实力的一种。你看，我有那么多异级纸人保护，算是有些本事吧。可惜运气不好，还不是差点送命。”梅络大概也理解连蔚此刻的心情，并没有气恼。

身后的青年将他的轮椅推到简墨面前，梅络含笑关心地问：“你的伤怎么样了？”

听着两位地位不俗的造纸师气氛古怪的“寒暄”，简墨尴尬满满。

他知道连蔚之所以对梅络的态度大打折扣，肯定是心里怪对方连累了自己。但对方真心诚意地来道谢，自己总不能赶人吧。

“还好，已经不怎么疼了。医生说没有伤到骨头，很快就会好的。”简墨看了看盖着毯子的大腿。

“那就好，不过还是要好好休养。”梅络笑着对简墨说，又打量了一番旁边的简要，用欣赏的语气说，“这是你的初窥之赏吗？”

简墨差点没吓出一身冷汗，连忙否认：“不是，这是我学校的简老师。这次天赋测试造纸管理局发生了火灾，我——”

“是我糊涂了。”梅络懊恼地一拍脑袋，“有人跟我说过这件事情。唉，真是可惜。”

他没有再关注简要，看着简墨正色道：“这次袭击我的异级能力不俗，加上我也太轻敌，所以才有了这场祸事，牵累了你。以后我会加强警惕的，你放心，他们的目标不是你。不过以防万一，这段时间你还是好好养伤，尽量少出来活动。”

简墨点点头：“我知道。”

梅络回到自己的病房。“你这次追捕的犯人倒真是能耐不小。”推着轮椅进来的青年把老人慢慢扶上病床，“借给你的画影不说，我的三个保镖也死在了他们手上。”

谢子韬面色愧疚，郑重地弯腰道歉：“这本是我们的责任，却带累梅先生被这伙凶徒记恨。让您遭遇了如此凶险，我真是万分内疚。我会立刻上报研究所，向梅先生的援手表示感谢，同时对您的损失给予补偿。”

梅络对谢子韬的话反应十分冷淡：“李氏自然是财大气粗，但我的这三名保镖保护我已经十年有余了，我对他们也不止是普通雇主的感情。现在最重要的是尽快抓住凶徒，不要让事态继续恶化。”

谢子韬连连道是。梅络没有什么再与他说的，便挥一挥手让谢子韬赶快离开，不要打扰自己休息。

谢子韬走后，梅络对给自己递茶过来的青年说：“我总觉得这个攻击我的异级的手法，有些熟悉，感觉像是在哪里见过？”他眯着眼睛想了一会儿，摇摇头，“还是想不起来，但感觉总是很不妙。”

青年低声道：“要不要属下去查一下？”

“这件事情秘密去做，尽量不要惊动其他人。”梅络嘱咐道。

青年表示明白了。“宿卫们的遗体，”梅络闭上眼睛，喉头滚动了一下，脸上的皱纹显得更深了，“好好安置。我出院后，再去祭拜他们。”

京华市。李氏造纸研究所总部。

“楚中市造纸师联盟前主席梅络，被之前杀害展览馆两个研究员的凶手寻仇。保镖全灭，自己还差点丢了性命。”韩广平放下电话，表情有些不好看，“这伙凶手确实有点超出我的意料了。”

“那个谢子韬又跟所里申请支援了？”周勇笑了一笑，打趣道。

“那个小保镖居然有点脑子。借梅络的纸人来帮忙，成功了，他可以一雪前耻；失败了，正好用‘连梅络的异级纸人都不敌’的理由申请支援。梅络在联盟也是有名号的人，我倒真不好不管不顾，否则没脸见秋主席了。”韩广平哼笑了一声，“也罢，展览馆的案子已经拖了快一年了，也该了结了。”

“说起这场展览，我一直觉得有点奇怪。”周勇疑惑道，“所里怎么想到跑那么个破地方去办展览？我上次闲得无聊，替你跑了一趟腿。切，真是让我开了一回眼界。”

“你不提我还忘记了。这事说起来跟秋主席还有那么一点关系。”韩广平笑道，“去年做全年展览计划的前几天，我和秋主席在秦大师的魂笔展示会上聊了几句。他说造纸师联盟的展览，过去总是在比较繁华的地区举办，今年想做点改进，拿一部分展览放到比较落后的地区。这样一方面可以扩大影响的区域，另一方面公平照顾到更多造纸师，口碑也好听一些。我回来想了一下，觉得秋主席这个思路很不错。都是做展览，李氏也不能落后于人，就交代下面的人去执行了。”

“是了，我恍惚也听说过，去年那场展览的前两个月，造纸师联盟在楚中市的金砖区办了一场。楚中市比金砖区更差的好像也只有木桶区了。”

韩广平有些意外，周勇居然对一个普通城市的行政区如此了解，心下一转，意味深长地说：“怎么，你最近真的挺闲？都跑到我这里关心起两个小研究员的后事了——老三没给你布置点任务？”

“我闲不闲的，你韩大所长心里没点数？”周勇打了个呵欠，一脸无奈，“要不是李家兄弟这摊子浑水，研究所历来不插脚，你当我敢三天两头地跑过来找你喝茶。”

周勇走出李氏造纸研究所总部，坐进了车子的驾驶座。发动引擎前，他先点了一根烟，然后拨通了谢子韬的电话。

“我让你们查的那个男孩找到了吗？”用力拔了一口烟蒂，周勇沉声问道。

“周先生，那个叫封三的男孩，我们在整个楚中市搜寻了好多遍，各种关卡和渠道都用上了，可一直没有他的下落。”谢子韬诚恳地解释道，“我们怀疑他早已离开楚中市了。”

“你们怀疑？一个小男孩怎么能在你们眼皮子底下离开楚中市？更何况他姐姐还在楚中市。我看你们不是偷懒就是无能！”周勇夹紧眉头，目光变得锋利起来。

他停顿了一下，闭上眼睛深呼吸，让自己的语气稍稍缓和了一些：“韩所长已经批准了你们的申请，给你们派了一队异级高手。如果再没进展，那就别怪我不帮你了。”

“是是是。太感谢周先生的美言了。有了所里的高手支持，我们一定会大有突破。”说到这里，话筒里谢子韬的声音迟疑了一下，“周先生，还有一件事情……我们发现在楚中市找封三的，似乎不只我们。”

“你是说，还有人在找他？”周勇拿烟的手微微抖了一下，烟灰落到了他的西裤上，但他此刻的心思完全在电话上，看都没看一眼。

“你仔细说给我听，到底怎么回事……我知道了，你查查那则广告背后的人是谁？动作要轻，尽量不要惊动对方。”周勇挂掉电话，随手将手机扔在副驾驶座上。

他凝视着汽车前方，放在方向盘上的手指用力反复摩挲。等香烟快烧完了，他才回过神，猛吸了两口，将完全燃尽的烟蒂扔出窗口，发动了轿车。

“你不在的这一个月里，校长、连主任、余老师连番强调了造纸师不要单独外出，不要夜间在外停留。”齐眉表情显得有些烦躁，显然也是被念叨得有些不耐烦了，“说是有仇视造纸师的恐怖分子在到处活动，连天赋者也要提高警惕。”

“阿首，你觉得这些人与你和简老师遇到的，是不是一个组织的？”欧阳猜测道。

“这我怎么知道？”简墨回答，“不过我觉得，应该有些关系吧。”

虽然那天晚上他只是大腿受了些皮肉伤，但连蔚硬说他失血过多，给他请了一个月的假，将他按在家里好好补补。更糟糕的是，简要对此也持赞成态度，并给连蔚提供了一份详尽的食谱。

一个月后回到学校，他感觉自己像是换了一个人。欧阳也揶揄他，说他白胖了不少。

“如今造纸师的日子也不好过咯。”三人正聊天，一个突兀的声音在他们旁边大放厥词，“不知道那群杂碎是怎么想的。如果没有造纸师，有他们的存在吗？居然恩将仇报，真是一群白眼狼！”

简墨看了他一眼，他知道这话是故意“抱怨”给自己听的。造纸管理局对自己的天赋测试记录只到“凝形”，并没有达到“造生”。而因诞生纸被焚毁获得三次造纸资格的学生中，除了少数如简墨没有再次造纸的学生，没有再出现一位新的造纸师，这大概让祝鸿飞非常高兴，越发表现得优越感十足，换着花样在自己面前炫耀。

欧阳曾告诉他，班上这三个造纸师的初窥之赏最高等级是普五级。不过，祝鸿飞并没有正式等级，因为他当初写造的是婴儿。

纸婴至少长到十岁才能在造纸管理局进行等级测试。祝鸿飞的家庭经济条件据说不怎么好，不可能将纸婴养到十岁再进行测试，自然是和所有写造纸婴的造纸师一样，选择将纸婴私下处理掉。因为没有等级，没有人向祝鸿飞订购纸人。而他自己不知道是没有把握造出成年纸人，还是出不起造纸材料的费用，只把自己名下的造纸配额转让给别人，换取一点收入。

简墨虽然知道自己是原人，但听到遗弃纸婴的事情，仍然感觉十分不好受，对祝鸿飞的感觉愈发差了。他也知道，这不能成为自己公开对祝鸿飞表示不满的理由。所以这几天，他一直憋着一股气，想找个理由好好收拾祝鸿飞一顿。

机会很快就摆在了他的面前。

简墨在学校一向是吃食堂的。这一个月没有吃到，他还挺怀念。向来喜欢在校外吃的齐眉和欧阳，今天也以照顾伤患的名义陪着他一起去了。三人正在打菜台前张望今天的菜色，突然食堂的另一角传来喧哗声。

"跟你说不要胡萝卜，你非要把胡萝卜打给我！你什么意思啊？"发难的一方，正是他们的同班同学祝鸿飞。他此时一脸阴郁，言辞刻薄，"是我说的不是人话，还是你听不懂人话？"

"同学，你，你——你说话太过分了！胡萝卜烧排骨本来就是一起的！你要不想吃胡萝卜，可以点别的菜啊。"打菜的食堂大妈涨红了脸，不服气地说。

"可我就想吃排骨，不想要胡萝卜。我一向都是这么吃的。"祝鸿飞抬起下巴，挑起眉毛，"怎么，现在纸人心气这么高，居然都敢故意怠慢造纸师了？"

祝鸿飞最后一句话声音非常大。几乎整个食堂里的人都停下了原本的动作望向这边，并窃窃私语起来——然而所有的动静，也仅止于此。

偌大一个食堂，数百号人，竟然没有一个人发声阻止，就仿佛有什么冰凉的东西淌进食堂，慢慢地填满整个空间，将所有人都湮没在一片毫无生气的死寂之中。

简墨目睹这一切，内心先是愤慨，但接踵而至的却是一股说不出的悲哀。这份悲哀，并不仅仅是为这位纸人大妈，也不仅仅是为纸人这个族群。毕竟过去十六年，早已让他对纸人遭受的种种不公产生了相当高的免疫力。简墨此刻所感受到的悲哀，更多的源于自身。

没有通过造纸师认证的学生不想轻易得罪祝鸿飞，而通过了的学生，看在同为造纸师的份上，未必想管这份闲事。同为纸人的食堂职工虽然感同身受，却也因纸人身份，敢怒不敢言。而同为食堂职工的原人，纵然觉得祝鸿飞言辞有些"不妥"，也不肯为纸人出这个头，更何况还会得罪造纸师。

在场每一个人，内心都有着符合他们自己立场的道德标准和情感偏好。原人冷漠或幸灾乐祸，纸人麻木或忿忿不平，他们的想法和选择诞生得都那么顺理成章，没有丝毫需要犹豫和考虑的部分。

可唯独他不一样。

就比如眼前的情形，如果他仍旧是纸人的话，完全可以肆无忌惮地为这位大妈出头，畅快淋漓地教训祝鸿飞。就算事后倒霉，他也觉得无愧于心。但问题在于，他是原人。依照原人的立场，他就应该和食堂里的其他学生一样，内心对祝鸿飞再不满，也该作壁上观，闲事少管。相反，若是他选择遵从内心的冲动，结果必然会招致身边原人的不解和排斥。而食堂大妈和其他纸人，或许会感激他，但更可能对他的动机产生怀疑。

简墨终于深刻地意识到：他就像一只蝙蝠，既不是真正的禽鸟，也不是纯粹的兽类。无论是站在原人这边，还是纸人那边，他都与周围的世界格格不入，好似混入白色羊群中的黑羊，永远找不到自己的同伴。

“我是谁？我应该站在哪边？”从简要造生起他就下意识逃避的这个问题，此刻在内心世界回荡起来，让他整个人都变得焦虑惶恐起来。

“阿首，你怎么了？”欧阳看见简墨在盯了祝鸿飞一会儿后，脸色突然变得十分难看，连忙伸手握住他的胳膊：“你是不是不舒服，要不我们去医务室看看？”

这个时候祝鸿飞大概感应到有人注视，侧头向这边看过来。当他发现简墨的时候，不大的眼睛里光芒猛然闪动了一下，下巴抬得更高了。

而那边食堂大妈害怕被祝鸿飞扣上这个名声，顿时气短了一截：“这位同学说的真是。我，我哪敢欺负造纸师？”

紧跟着，她发出了一声惊慌的尖叫——祝鸿飞的饭盒猛地飞了过去，里面的菜肴和米饭撒了她一头一脸，浓稠的酱汁在白色的工作服上留下难看的咖啡色污渍。

“不敢？”祝鸿飞口中对着食堂大妈说话，眼睛却斜睨着简墨，“我看你敢得很！”

食堂大妈不敢置信地看了一眼祝鸿飞，全身微微发抖。随后她低下头，擦掉身上残余的蔬菜，没再说一个字。

“你这句话，是说给我听的吗？”简墨推开欧阳的手，盯着祝鸿飞，语气极为不善。

祝鸿飞转过身，先是拉了拉身上的校服，仿佛哪里不平整一样，然后双手插兜，歪着脑袋道：“你觉得是给你听的，那就是给你听的。”

他话音未落，简墨便将自己的饭盒塞到欧阳手上，大踏步走了过去，把这个家伙猛地一推，祝鸿飞躲避不及，栽进菜盘，整张脸都泡进面前那盘胡萝卜烧排骨的汤汁中去了。

2　教训祝鸿飞

整个食堂一时间连窃窃私语都没有了。

所有人都目瞪口呆地看着毫无愧疚之色的简墨，以及挣扎着从菜盘里爬起来的祝鸿飞。

“谢首，你疯了吗？！你他妈连造纸师认证都没通过，居然敢欺负到我头上了！”祝鸿飞一边抹去满头菜汤和蔬菜，一边气急败坏地吼道，“你不就仗着连主任撑腰吗？我看你要过不了造纸师认证，连主任还会不会这样维护你？”

简墨嫌弃地看了他一眼，嘴里奚落，“我教训一条在食堂里乱吠的狗，需要连主任维护我什么？”

“你说什么，你再说一遍！”祝鸿飞被简墨气得眼睛都红了，“你骂谁是狗？”

“我只知道人不爱吃胡萝卜会自己挑出来，狗吃排骨才会怪别人不帮忙挑胡萝卜！”简墨嗤笑道，“所以你不是狗，谁是狗？”

这下终于有人忍不住笑出声了。

祝鸿飞停下来，用一种不认识的目光看着他，满脸不可思议地问：“你——是在维护这个纸人？你他妈的有没有搞错，你居然为了一个纸人得罪一个造纸师？你脑子是不是有病？”

他这话似乎引起了食堂里每一个人内心的共鸣，四周蓦然又静了下来。

简墨收敛了笑容，嘲讽道：“一块只敢写造婴儿的废料，没有资格在我面前摆造纸师的谱。”

祝鸿飞顿时色变，身体僵硬了一瞬间，双手拳头立时握紧了。

简墨没注意到祝鸿飞的变化，此时他的脑海里又浮出六街每天清晨七点出现的垃圾车，当下说话变得更加不留余地："你写个婴儿能干什么？居然还挺自豪——"

话没说完，一个拳头来势汹汹地就冲着简墨的脸挥过来，后面是祝鸿飞如同看杀父仇人般的眼睛。

然而这速度在简墨眼里还是太慢。祝鸿飞一击不中，恼羞成怒，拳头毫无技巧地朝简墨脸上持续落下。十分钟后，前者满头大汗，脸色赤红如滴血，如同跑了五千米一样。后者在戏耍了前者一阵后终于失去兴趣，打算结束这场争斗。可简墨这么想，他的对手却并不这么想。

正在他开始有些厌烦的时候，一个身影冲着祝鸿飞快步奔来。简墨不用细看就知道是简要，顿时心里咯噔一下，果断后退一步，摆出停战姿态。

"简老师，我们只是闹着玩的。"简墨故意咬重"老师"两个字，希望简要能够足够理智。

"谁跟你闹着玩！！"祝鸿飞一见到老师，攻击动作下意识就收了回去，只是听见简墨"欲盖弥彰"的解释，瞬间又炸了。

简要的脚步在两人面前停了下来，一双黑漆漆的眼睛毫无笑意地看着他们。

祝鸿飞在这种目光压迫下，不但满腔愤怒消散殆尽，还有些后悔自己刚刚说话太冲。简墨则生怕简要对祝鸿飞动手，在众目睽睽之下也当起乖学生。

几秒钟后，两人才听见这位简老师冷冷地说："你们两个人现在都跟我去主任办公室！"

连蔚以每人五千字检讨和校园劳动一周的处罚结果解决了此事。

虽然事情到这里也算结束了，简要怎么会感觉不到自家造父糟糕的心情。其他人或许不明白简墨今天为什么会这般冲动。但简要却是明白的：这是简墨从小被误导而自认为是纸人导致的。错位的身份认知，让他的造父在融入本该属于自己的身份时，立场和观念发生了激烈的冲突。

"你想要过怎样的生活？"

在化生池边，简东就问过他这个问题。可那时他连生活是什么都还不知道，无法作答。而三个月的学习结束后，简东又问了同样的问题。

“我不知道。”他坦诚地回答，“但我想先去造父身边。我想了解他是怎样的人，他会怎样对待他的造纸。这或许会让我找到答案。”

“你的三大赋予都非常出色，尤其是天赋赋予和天性赋予。即便一个人独自生活，也完全没问题。为什么一定要回到造父身边去？纸人虽然是造纸师创造的，但选择什么样的生活，是纸人自己的自由。”简东教导他。

“我回到他的身边，也不意味着我会成为他的附庸。”他毫不犹豫地说。

“可当初，他坚持赶你走。”简东提醒他。

“但现在我知道，他赶我走是有原因的。”心情瞬间低落了许多，但他很快就恢复如常，“你说的没错。财富、权力，甚至声望与地位，获得这些对我来说只是时间问题。但我并不想抱着这些东西一个人孤单地生活，这不是我想要的。”

“你并不是一个人。你会有朋友，会有兄弟姐妹，也会有志同道合的同伴。”简东摇了摇头，似乎并不认同他。

“是的。”他并不否定简东的话，“但，那不一样。”

“他对于我来说，和这个世界上其他所有的人都不同。我不知道再过五年、十年，我会不会改变想法，会不会选择你所说的那一种生活。但现在，我只想和我的造父一起。”

“我想知道他想要怎样的生活。我有预感，我应该能从中找到我真正想要的。”

简东默默听他说完了这一长段话，直视着他的双眼盯了好几秒，目光好似要穿透眼睛看清他的内心，接着这个深沉的中年男人又低头勾起嘴角，笑了一笑。

简要至今没有弄明白，简东问这个问题用意何在。但他知道，现在同样的问题被抛给了他的造父。简要忽然隐隐有一种感觉，简东故意误导简墨，或许为的就是这么一天。

“你想要过怎样的生活？是站原人立场，为原人的利益说话？还是站纸人的立场上，为纸人的利益摇旗？”

“选择吧！”

这个问题对于简墨来说，难度要高多了。

简要的住所和上次来的时候基本没什么变化，连厨房里端出来的饭菜味道也是一样好。简墨放下碗筷，摸着鼓起来的肚子笑道："你这是专门来安慰我？"

"不是为了祝鸿飞的事。"简要罕见地迟疑了一下，"我想说的是，您本就是原人，不可能勉强自己永远按照纸人的思维做事，所以顺其自然就好。另外，我觉得即便您选择了原人这条路，也会是这世界上最理解纸人的原人。"

简墨慢慢收敛了笑容，怔怔地看了简要好几秒钟，最后冲他笑着摇了摇头："不，简要，我不选。"

简要愣了一秒。

"我哪个都不选。"简墨轻轻摇头，清晰地说。

"我就是我。纸人也好，原人也好，我首先是我自己，然后才会去考虑自己是原人或者纸人。"

"是非对错，善恶黑白。判断某件事情该做或是不该做的标准，不该因是纸人还是原人而改变。我只须遵从我内心的那道标准，做出抉择就可以了。"

简墨看到简要似乎被自己一本正经说教的模样震住，忍不住扑哧一声破功了："其实我也是刚想明白的。"

"祝鸿飞是原人，也是造纸师，和我有着相同的利益。而食堂阿姨是纸人，和我不一样。按时下的'亲疏'标准，我应该挺祝鸿飞，或者至少应该保持沉默。可祝鸿飞这样做是不对的。因为食堂阿姨是纸人，你祝鸿飞就有资格欺负她？反过来，因为食堂阿姨是纸人，而我也曾当自己是纸人，所以我就应该教训祝鸿飞？不，判断标准不应该是这样的。"

"我之前一直很迷茫，可最后看到祝鸿飞愤恨不甘的眼神时，我突然就想通了。"他笑了起来，带着一点小小的得意，"我不需要知道祝鸿飞是不是原人，也不需要知道食堂阿姨是不是纸人。我只要知道祝鸿飞毫无道理地欺辱了食堂阿姨，我就有足够的理由去教训他。"

简要看着他的造父那双明亮通透的眼睛，突然觉得自己之前所有的担忧都太过多虑。

作为一名天赋出众的纸人，简要并不像大多数纸人一样，将纸原那道先天存在的隔阂看得十分重要。但他同样也非常聪明地不去触碰它，并暗暗将它划成自己和造父之间和谐相处时需要注意的敏感事项——就像是，明知道与朋友在某个问题上有严重分歧，但不想为了这一点点分歧失去这个重要朋友，所以尽量避免为这个问题发生正面冲突。

在今天之前，对自己造父的最好期盼，不过是希望他能够深切地理解纸人并对纸人抱有最大的善意。但在这一刻，简要突然发现，他一直以为的那条横亘在纸人和造师之间的隔阂，在他与简墨之间并不存在。

这个认知，让他的心里猛然有了一种堵塞许久的河道忽然被疏通了的感觉。突如其来的狂喜，让他整个人如同泡在暖暖的春水之中，没有一处不放松，没有一处不舒畅。

“但您知道，如果您这样做，未来会面临非常糟糕的处境。您可能既得罪了原人，也讨好不了纸人。”简要笑着说，但眼神却认真了许多。

“这一点我知道。”简墨解释道，“我又不是蠢。我也会选择方法的。在石山高中，只要不是杀人放火，我相信我做得再过分连蔚都能兜得住。而且如果当时他在场，也一定会教训那个家伙。”

“只不过，由连蔚来出手，祝鸿飞会认为连蔚是用师长的身份压他。虽然口头上会认错，但他内心却不会真的觉得自己有错，甚至连害怕都不会。他只会继续肆无忌惮，并且做得更加隐蔽，避免被连蔚发现。但由我来出手就不同了，他感受到的是来自整个社会的不满。以后每当他想欺负人的时候，就多少会考虑一下，被他欺负的人里面，有没有我这样不按套路出牌的家伙——而只有这样，才能让他将来做任何事，都有所顾忌。”

简要听着简墨分析得头头是道，微笑道：“既然少爷这么胸有成竹，想必以后我不在学校也能如鱼得水。

简墨突然听到这个消息，愣了愣：“你要离开？”

“其实我早想过离开学校。”简要正色道，“从救梅络那天起，我就觉得不能再按部就班。危险不会等我们一切都准备好了才出现，提高实力刻不容缓。”

“你说得对。”对那天的惊险简墨也是记忆犹新，沉吟了一会儿，“你是怎么想的？”

简要显然已经考虑过这个问题：“我只是特级纸人，对这个世界来说，还是太弱小了。既然少爷暂时不打算再造纸，就只能用别的方法——建立一个组织，吸引其他高阶纸人构建一个强大的保护圈，这是眼下最适合我们的。”

“这方式我虽然想过，但总觉得距离我们还很远。”简墨苦笑一下，“不如先研究下能不能把你变成异级纸人，说不定还来得更快一点。”

“少爷，你对力量一无所知啊。”回到自己擅长的领域，简要毫无心理负担地嘲笑起他的造父，“并不是只有异能才是最大的力量。共同的利益，才是最大的凝聚力。有的人连造纸师都不是，但在整个泛亚，他所掌控的能量可远在无数异级造纸师之上——您知道秋山忆吧？”

简墨的表情顿时有些茫然，眨了一下眼睛：“秋山忆是谁？”

第十二章

诱饵封玲

1 寻人广告

石山中学的连主任可不是个消息闭塞的人。祝鸿飞屡屡在简墨面前炫耀造纸师身份的举动，他一清二楚。但连蔚并没有出面阻止，因为他觉得简墨迟早会漂亮地打这些家伙的脸。而一个主任去教训一个学生，似乎也有点小题大做了。

只是连蔚没想到，简墨对祝鸿飞的不满居然累积到这么严重的程度，如果简要没有及时出现，事情不知会发展到什么地步。对于连蔚的懊恼情绪，简墨也隐约感受到一些。但这都不及欧阳向他报告的事情后续来得直观。

祝鸿飞父母先是找到连蔚，要求严惩侮辱造纸师的简墨。连蔚将之前两人的口舌之争轻描淡写，并告知自己将作为监护人起诉祝鸿飞。祝鸿飞父母见势不妙，便去向胖校长申诉。胖校长根本不予理会，让他们去同连蔚协商。两人轮流踢一通皮球后，祝鸿飞父母便放言要去市造纸师联盟和教育局投诉。

“据说造纸师联盟和教育局的人一听到连蔚的名字，又得知他们要告的学生是连蔚监护下的学生，便让他们先回去教育好自己的孩子。”欧阳讲的时候很是快意，“我真不知道他们哪来的自信。”

祝鸿飞的父母至此才偃旗息鼓。而祝鸿飞本人请假在家休息了几天，依旧回到学校继续上课。但从此整个人就变得安分许多，别说挑衅简墨，连对非天赋者的态度也收敛了一些。

见到一切平稳，简要也安心递交了辞职申请。因早就与简要详细谈论过此事，简墨并没有产生遗憾的情绪。倒是他们班的同学，尤其是女生，知道消息后私下都惋惜了好久。这让简墨对自家纸人的魅力有了深刻的认识，揶揄了他好几次。

简要对简墨的反击，就是提醒他别忘了支付管家薪水。

“毕竟我现在是失业人口了。”简要虽然从石山高中出来,却比以前更忙了。连跟他说话的时候，敲电脑的手也没停下来。

在欧阳的建议下，简墨一到周末便到楚中市的各个地方转悠，看能不能获得什么赚钱的启发。不过为了安全，住了十六年的木桶区、他曾经工作的工厂所在的铁门区、遇到过以往顾客的铜花区都被他排除在外，剩下的就只有金砖区、银元区和玉壶区。

今天简墨逛的就是银元区的商业街。

在这条街耗费了大半天时间，简墨脑子里仍然没有半点头绪，反倒觉得自己的腿有点受不了。

他买杯饮料，正准备找个位置歇一下，简要的电话就打了过来，声音带着笑意：“少爷，考察得如何了？要不要我来帮帮忙？”

简墨没好气地说：“一切进展顺利。”

“哦？”简要的声音里充满了揶揄，“真的吗？少爷其实你不用这么固执，你给我的天赋虽然没有精通商业这一块，但到底我的智商和情商都不低。只要我愿意，学起来其实比有天赋的也慢不了太多——”

“你闭嘴！”简墨恨恨地说，在路边的座椅上坐了下来。

他承认，他是有点固执。放着现成的人才不用，非要自己一个半吊子家伙上阵。这段时间，他已经陆续接受到简要“无意”透露给他的一些消息：他从很早以前就开始为现在做准备了，手上已经有好几个商业方案在“备选”。

简墨相信，自己只要放手让简要来做，后者绝对非常乐意，并且效率和成果会比自己好得多。

可正是明白自己能做的太少，简墨才坚持自己完成第一步。因为他知道，越到后面，他能做的就越少。说他好面子也行，简墨就是希望，在建立那道他们的保护墙的过程中，自己能够贡献出一份力量，而不是轻轻松松一句话，就等着坐享其成。

简要大概也明白他这种心情，所以计划进度这么紧张的情况下，仍旧没有坚持自己来做这第一步。

“给我一点时间。”简墨望着对面的一块巨型广告屏幕，上面正在展示欧氏最新款的魂笔，“我知道留给我的时间不多，但我还是想——”

他突然停止了说话，瞳孔猛然收缩，因为此刻占据大屏幕的是一张他熟悉的面孔：封玲。

“三儿，姐姐好想你。如果你看到这则启事，尽快来找我……姐姐真的很担心你。如果大家知道我弟弟封三的下落，或者曾经见过他，请联系我，我一定重重酬谢您。”

封玲怆然而泣的脸消失后，出现的是那张他再熟悉不过的面容。

简墨死死盯着大屏幕，手中已经打开的饮料因被过度捏挤，饮料流了满手也没有察觉：这是自三儿死后，他第一次再见到这张面孔。那张对着相机镜头都不肯正经一下的面孔，陪伴他在六街度过了十年时间。

封玲已经回来了。她当然回来了！玲姐说过她只是出去一个月。而现在距离清街已经一年了。她如何会不知道？简要说得没错：六街的人都以为死的是自己，失踪的是三儿。连玲姐也这么认为。

可是为什么玲姐的寻人广告会出现在这里？玲姐虽然有一个富二代“男朋友”，但她能够拿到的钱，也不过维持两个人的普通开销，而这里是银元区最繁华的商业街。租用这么一块大屏幕的费用必定不菲，这不是玲姐能够负担得起的。

所以——

简墨因为再度见到三儿而失控的情绪慢慢冷静了下来。

他甩掉自己手上黏糊糊的液体，将一次性的杯子扔进垃圾桶，接着抬头又望了一眼大屏幕：上面的广告已经换成了一则最新话剧的演出公告。

之前寻人广告里的每一句话、每个画面都留在他的脑海之中：广告上的女子应该就是玲姐本人，但她会出现，必定是另有人操纵。那人的目的并不是帮玲姐寻找三儿。他的目的是——自己。

这个人无疑是通过这则广告威胁他：封玲在他的控制下，并且是为了寻找三儿自愿在他的控制之下。如果不想封玲出事，那就来找他！

简墨可以毫不犹豫地确定广告背后的人不怀好意。但对方用的是阳谋，根本不畏惧自己看穿背后的心思。因为对方既然想到利用封玲，就表示他很清楚，就算自己知道其中的危险，也一定会自投罗网。

因为那是三儿唯一的亲人，十年来六街第一个也是最后一个向他伸出友谊之手的朋友的姐姐。封玲经过了那么多磨难，忍受了那么多的屈辱，好不容易将弟弟养到成人，却因为自己被打碎了所有希望。如果简墨独善其身，对封玲不管不顾，他如何去面对因他而死的三儿。

“少爷，你还在听吗……你现在在哪儿？喂——”

忘记挂断的手机里传来简要的声音，简墨平静地应答：“还在听。刚才不小心把饮料打翻了，现在要找个地方洗下手。没什么事情先挂了。”

挂断电话，简墨抬头最后看了一眼大屏幕：想要找到封玲很简单，只要找到广告位的广告商，稍微打听一下，自然能知道这则寻人启事是谁的手笔。

不，或许到时候他连打听都用不着。对方只要知道他与广告商接触，自然会找上门来，简墨自嘲地想。

造生节那晚从六街逃回来的时候，他曾发誓不再去触碰那个他对付不了的敌人，没想到今天他却不得不自己送上门。尽管知道这样做可能九死一生，但封玲在对方手里，他做不到袖手旁观。

这件事绝不能让简要知道。一旦他知道了，要么全力阻拦，要么陪自己一同赴险，这都不是他愿意看到的。尽管简要比他聪明和强大，但在能够驱动异级的敌人眼里，简要也不过是比蝼蚁大一点的小虫子。

楚中市郊区的一栋别墅里。

“我知道了。”富态男子放下电话，对着在贵妃椅悠闲地抽着雪茄的夏尔摇摇头，“我总觉得你继续在我这里待下去，迟早有一天体型会变得跟我一样。”

夏尔瞥了他一眼：“电话里说什么了，让我们楚中市市长大人突然这么感慨？”

“恭喜你。”富态男子斜眼看着好友，“你下的鱼饵被咬了。”

夏尔猛地坐直了身体，紧盯着他：“问清楚了？不会像上次那样，鱼没引过来，倒引来一串王八。”

“那个谢子韬最近得了李氏派来的支援，查会展中心那起凶杀案正起劲呢，短时间内没那个精力来翻我们的老底了。”富态男子放松地往后一靠，“放心吧，这次是你要的那个小朋友亲自上门来问的。”

“如果您想了解的话，可以去这个地址问一下。”

简墨站在广告屏幕所在大楼的一段楼梯上，一手拿着广告位负责人给他的名片，一手在手机上查找去名片上的地址的路线。

他丝毫没有注意到，上行楼梯上站着的一女一男，正目不转睛地看着他，直到与他错身，也没有收回目光。

“队长，”副队长压低了声音道，“是那个男生。”

轻音摸了摸指甲被磨得光滑的外缘，目光中带着一丝冷笑：“跟上去。”

等简墨站到名片上的地址前时，内心是有些惊异的。他本来以为这即便不是一个抛尸弃骨的偏远之地，至少也该是一处隐蔽的私人场所。

结果——

如果他没有看错那块汉白玉上的描金文字的话，这里应该是造纸师联盟的楚中市总部。

可为什么会是这里？难道想杀自己的人是楚中市造纸师联盟的？既然一开始偷偷摸摸狙击自己，显然是不愿意将身份公布于众，为什么现在又——这该不会是一个假的造纸师联盟总部吧。

算了，见到人了不就什么都明白了，简墨想。

恢宏的大门两边一人高的石质貔貅，雕工精美，威风凛凛。只不过当他踏上第一级台阶的时候，左边的雄貔貅突然抖了抖头上的鬃毛，硕大的脑袋转了过来，没表情的五官潜在阴影中俯视着他：

“这位同学，你有什么需要帮助的吗？”

那两排森森的牙齿靠近他脑袋的一瞬间，简墨的腿都要软了。还好他很快意识到，这石貔貅不过是充作门卫之用的某个异能载体，这才忍住了掉头就跑的冲动。

"我来找——"他念出了那张名片上的名字。

石貔貅没有反光的眼珠上下动了动，仿佛是在打量他："你是谁？"

"我——"简墨正犹豫是报自己的本名，还是用的假名，却听见石貔貅愤怒地大吼一声，向他飞速扑来。

简墨猝不及防，被两只尖锐厚重的爪子压住肩膀，整个人向后猛然倒去。目睹着那张血盆大口逼近，他满脑就两个字：完了。

然而一道破空之声同时传来，石狮子还没来得及咬掉简墨的头，就被什么狠狠打中，庞大身体发出震耳欲聋的爆裂声，在半空中轰然炸开。

简墨重重摔在地上，背上生痛，巨响让他下意识蜷缩起来，用手护住脑袋，避免被迸开的石块砸伤。但不等他放下手，听到旁边又是一声大吼。简墨的眼角余光看到一道白色身影向身后扑了过去，那是大门口另一侧的雌貔貅。

破空之声再次传来，雌貔貅石质的身体居然灵巧地一扭，在空中改变姿势，躲过了这一击。而此刻简墨也通过这熟悉的破空声想起——这是刺杀梅络先生的那个异级发出的。

上次破坏了他们的好事，想必是被这位异级记恨上了。简墨看着雌貔貅与异级激烈地对抗，不由得苦笑了一下，他这算不算祸不单行？

雄貔貅适才扑倒自己不是要咬死自己，而是想救自己。但想清楚这点的简墨，并不认为这是敌人良心发现，充其量只能说明对方想要抓到一个活的自己。或许他们想从自己身上获取什么信息，也或许只是单纯想玩弄一番再杀死。但不管怎么样，有一件事是肯定的，此时这里不是他的久留之地。

趁着那名异级与雌貔貅纠缠，简墨快速躲到一处花坛的后面，但他一口气还没有喘匀，便听到一道破空之声向这边袭来。

根本没有思考的余地，他向远处一滚，然后趴在地上抱住头。一声可怕的炸裂声在不远处响起，一秒后花草和泥土噼里啪啦撒了他满身。

简墨连看都不敢看一眼，爬起来就逃。但下一秒，他就停住了脚步，向后退了两步。

他的前面大概有一条街的自行车、电动车，以及还在陆续赶来的垃圾桶……正陆空联手，三百六十度堵死他所有的去路，将他包围在中间。

从这些障碍物的缝隙中，简墨甚至看到百米之外，一辆红色小轿车正自蔚蓝色的天空向这边飞速俯冲，就像长了一双隐形滑翔翼。

如果目标不是自己的话，或许他会非常欣赏这场规模空前的车辆围剿行动。

简墨叹了一口气，闭上眼睛，脑子里不知怎么浮现了会展中心那个年轻女孩对他说的话。

“异级与我们不是一个世界的人。”现在他深刻地感受到了这一点。

2　夹缝中的逃亡

然而七八秒过去，简墨仍旧没有感受到疼痛。

他疑惑地睁开眼睛，顿时愕然：散落在他身边的蔷薇花，此刻变成了一片密密麻麻的花墙，将包围他的所有物品缠了个严实。

那辆来势汹汹的小轿车数次向花墙里冲，结果不但没有成功，反被捆住车头。看似柔弱的花藤击碎了所有的车窗玻璃，接着“哐啷”“哐啷”“哐啷”“哐啷”四声，车门全被扯掉。其他的花藤一拥而入，三下五除二将这辆小轿车拆成了一堆零件，显得无比凶残。

暂时没有被砸死的生命危险，简墨微微松了一口气，却并没有感到多少高兴：做好自投罗网的打算，结果在敌人门口遇到另一波想要杀死自己的敌人，反而保下了一条命。他一个既无能力又无背景的小人物，居然成为他人争相弄死的对象，他应该感到骄傲吗？

可不管落在谁的手上，生死都不由自己做主，这种任人鱼肉的感觉，简墨绝对不喜欢。

舞动的花藤发出细小的摩擦声，尖锐的蔷薇花刺划出一道道划痕，完全没有一点身为植物的娇柔。然而，甚至能够将石头划出痕迹的花刺，在他面前穿梭的时候，却连他的一片衣角都没有擦到。

这个细节让简墨心里一动，脑子里浮出一个大胆的想法。他试着向花藤最薄弱的地方撞过去，花藤果然如同受到惊吓般松开藤蔓，露出一处缺口。简墨见状大喜，穿过缺口，拼尽全力向马路中央跑去。

如果有人看到简墨此刻的举动，大概以为这个少年疯了：要逃跑的话，不是应该找更曲折隐蔽的路线吗？怎么你直接往视野最开阔的地方跑去了？

能隔空控物的异级如同简墨预料，没有放弃对他的追杀。除了如同流星雨袭来的大小石块外，路边陆续被击断的电线杆、广告牌、路灯……都如同发生了地震一样，向马路中间奔跑的简墨争先恐后地压过来。甚至当他跑过附近一座石拱桥的时候，湖水海啸一样暴起十几米高的巨浪，连同水中鱼一起向他拍了过来。

然而这一切都没给简墨造成任何实质性的伤害。

一路跑过的花坛里，蔷薇花瞬间变长，仿佛拥有自己的眼睛一样，用带着尖刺的细长花藤织起一道长长的蔷薇拱门，将所有细小攻击物挡住。电线杆、广告牌、路灯这些大个子则被坚韧的花藤牢牢缠住，除了抖落的花瓣，没有任何东西砸到简墨身上。

汹涌湖水拍来的那一刻，简墨脚下石桥瞬间拔高，将掀天巨浪变成了脚边的微波。洁白如玉的桥身在湖面上，瞬间扭出了九曲十八弯，而他宛若坐在大型水上游乐场的高台滑梯上，就着冲过桥面的一点点湖水，通过已经变得光滑无比的数百米石桥“滑道”，一路躺着溜到了对岸。

在这个过程中，桥栏杆上一长溜的小石雕石狮子甩了甩鬃毛，争先恐后地跳起，将浪尖上箭一样飞过来的鱼一条不落地咬住，“啊呜”一口吞进了肚子里，一脸餍足地坐回原位。

随着简墨的远离，攻击越来越少，最后完全消失。他不敢立时就停，硬是七拐八绕，换了五六次交通方式，窜了三四个行政区，才在不夜天的一处喷泉广场前停了下来。

尽管长时间逃命让他精疲力尽，但狂奔的心跳让他不敢马上坐下，硬是扶着墙走了两三百米，方在一处长方形的喷泉池边趴下。也不管池水干净不干净，双手捧着连灌两口，抹了一把脸，翻身枕着池边缘，瘫着不动了。先前精神高度紧绷不觉得，一旦松懈下来，简墨顿觉全身骨头都快散架了。

不夜天的红男绿女们多是来玩乐的，路过这个喷泉水池的时候，不免多看了一眼这个狼狈少年，全身不知是被汗浸透，还是整个掉进了水池：如同死人一样瘫在池边一动不动，半晌后又莫名其妙笑得像个精神病。

对于这些疑惑打探的目光，简墨一点也不在意。这份劫后余生的庆幸和狂喜，真不是一般人能够体会得到的。

六街的杀手暂时不想要了自己性命，别人想杀他的时候，反而出手保护他——这是他从蔷薇花藤的表现推测出来的结论。所以他便大胆地将自己摆在双方争斗的正中，如果双方正好势均力敌，那他便能利用他们彼此缠斗无暇分心的时机，乘乱逃走。

反正不论是落在谁的手中，最后都免不了一死。这个方案虽然风险极高，因为不论是一方敌人提前落败，还是六街的杀手突然改变主意，甚至争斗过程中发生的种种误伤和意外，都能将他活下去的概率一层层削减。

但比起其他的结局，这种选择至少给他留了一线生机，所以简墨毫不犹豫地做出了抉择。

“队长……还追吗？”造纸师联盟楚中市总部门口的花花草草，都恢复了原本该有的模样后，副队长小心翼翼地问。

“没想到他居然能发动造纸师联盟为他出手，果然不只是一个天赋者那么简单！”

轻音望着远处，细白的手指轻轻一划。

变换成冲水滑梯帮助简墨逃走的白色石拱桥如同被火箭弹射中，发出一声惊天巨响，瞬间化作无数碎石粉末炸开。湖边的垂柳被强力冲击波砸得或拦腰折断，或拔根而倒。绿茵茵的草地蒙上了一层厚厚白色石粉，镜子一样的湖面同样变得浑浊不清。

第二次让这个男生从眼皮子底下逃走了，队长不气疯才怪。副队十分惋惜地想，真是可惜了这么漂亮的“石桥映月”。

“早知如此，一出商场就应该动手。顾虑太多，果然什么事都做不成。”琥珀色的眼眸一瞬间被赤红占据，非常骇人。

造纸师联盟楚中市总部外的某家咖啡馆。

“好不容易引出来的鱼，居然就这么让他逃掉了。”富态男子满脸的可惜。

夏尔脸色极为不好，盯着面前的咖啡一言不发。过了好一会儿，他才绷着脸向富态男子道：“帮我查查这帮人的来历，看是不是跟谢子韬一伙的！”

“你怀疑他们是李家的人？”富态男子挑了挑眉毛。

“你敢说没有这种可能？”夏尔心不在焉去拿杯子，却不小心把杯子差点碰翻。咖啡洒了满桌，他顿感眉毛都要烧着。

富态男子见夏尔气急败坏的模样，忍住笑意打了个响指，两名女仆模样的年轻女子立刻走了进来。

一名女仆轻轻抬起左手在桌面上一抹，被弄脏的餐垫、桌布，翻倒的咖啡杯，洒出的咖啡残液都如同被吸尘器吸走般飞入她的左手心，跟着她右手一挥，干净的餐垫、冲调好的咖啡，甚至新准备的糕点都已经在新的桌布上摆好。另一名则捧起夏尔溅了几滴咖啡的手，一股混着玫瑰花瓣的清泉自空气中出现，如有灵性般绕着他的手掌游走了一圈，带走了所有的残留。

两人完成了任务，躬身一礼便退出房间，带上了门。

夏尔看着舒爽干净的手，闻着空气中残留的玫瑰花香，心情略好了一点：“他们虽没有再来骚扰，但放一两个眼线在广告附近盯着也不是没有可能。我起先就觉得不对劲，李氏为何莫名其妙跑到六街办这场展览，果然有目的。什么追查杀人凶手，不过是碰巧有人送了他们一个继续留在这里的幌子而已。即便没有死人这一出，怕也会找点别的借口盘亘不走……哼，谢子韬！演得跟真的一样。”

富态男子凝眉想了一下，轻轻摇了摇头：“问题是，他们怎么知道的呢？你在六街待了这么长时间，不过也是清街之后才确认的。”

“他们不需要确认。”夏尔冷笑，“这种小尾巴，他们宁可错杀三千，也不放过一个。”

夏尔盯着桌面上新换的茶垫，眯起眼睛：“不过你说得也没错，就算只是风声，他们又是怎么知道的呢？这件事，我明明只——”

夏尔的眉头几乎无法察觉地蹙了一下，随后又恢复了如常。

富态男子耸了耸肩膀，聪明的没有追问下去，而是换了个话题：“我一直没问你，你之前整整五年都没个结论，怎么突然间就又确定了？不会搞错吧？”

夏尔将精致的玫瑰花珐琅茶匙轻轻放在茶垫上，方才抬起目光转向一直啰啰唆唆的好友：“你是在怀疑一位三级辨魂师的能力吗？”

原人拥有魂力波动，纸人拥有魂晶。辨魂师，则是不需要借助任何工具，便能直接辨认纸人和原人的人，其数量比异造师还要稀少。有人说，辨魂师是最接近造纸原理的人。

一级辨魂师，可以直接辨认原人和纸人，误差率 10% 以下。

二级辨魂师，在一级的基础上，可以直接辨认原人中的天赋者和非天赋者，误差率 10% 以下。

三级辨魂师，在二级的基础上，可以直接辨认天赋者中达到造纸师标准的原人，误差率 10% 以下。

传说中还有四级辨魂师，可以辨认造纸师普级、特级和异级的区别。

“我当然不会怀疑。只是简东明明知道你想做什么，居然还没事人一样在六街继续住了五年。如果那小家伙真是——他怎么敢？！”

夏尔瞥了他一眼：“你也知道那是个成了精的老妖怪，他的举动怎能依照普通人的思维方式来判断。我当然知道他也可能只是随便捡了个孩子当障眼法，但也不排除他真的找到了那位，并放在身边保护的可能。虚虚实实，实实虚虚，本就是老妖怪最喜欢玩的。”

“本来，我也已经放弃了的。”

可是，清街那天，他“看见”的那一幕太过骇人：一瞬间占据了他全部“视界”的“光”，澄透如碧，蔚然连天，犹若浩瀚星海中一颗超级新星骤然爆发。

当那如有实质的“光”从他的身体穿过时，他感觉自己的魂魄仿佛是沙滩上被一层层海浪冲刷过的一只小海螺，随“光”的波动在沙粒上难以自抑地翻滚、荡漾……直到那“光”如同出现时一般，骤然又没入黑暗，他才重新握回自己神智的控制权。

镇魂印。

夏尔心中豁然明朗。

因为暴露的魂力波动辐射面积太广阔，他没能看见魂力波动的主人是谁，事后去巡查也没能在那个地方搜到有嫌疑的对象。虽然没有任何证据，可夏尔的直觉就认定了：一定是那个孩子，一定就是简墨。

这个世界上，能够将这样惊艳的魂力波动压制得毫无痕迹的东西只有镇魂印。拥有镇魂印的人物，在整个泛亚，也是凤毛麟角。

而在六街，这样级别的人物就只有简东。

人人都知道，简东在六街唯一在乎的，就是他的儿子简墨。

难怪他五年都没能从那少年身上发现一丝异常，难怪简东敢无所顾忌地将这个小家伙放在眼皮子底下抚养。如果镇魂印等级足够高，就算是传说中的四级辨魂师也无法察觉。更何况造纸界里人人都知道，纸人的魂晶中有一类极罕见，再高级的辨魂师也无法“看见”。

夏尔一直以为，简墨正好是拥有这类特殊魂晶的纸人。

没想到他花费了那么多工夫心机去查找和试探，结果还是被简东那家伙骗了。

“就算找到了这个孩子，你打算怎么办呢？”富态男子问，“把他送回去？还是——奇货可居？”

夏尔无所谓：“这就不关我的事了。我只是受老师之托，把事情查清楚。至于这个小家伙将来是死是活，与我何干？”

“如果死活不与你相干，你何必把封三死讯压住，又放出简墨的死讯。不就是不想让其他人继续追查下去吗？”富态男子嘲笑道。

夏尔放下茶杯：“老师还没告诉我他想干吗？我怎么好让他提前死掉，或者落在别人手里！”

“我还以为你对他或许是同命相怜呢？”富态男子耸了耸肩膀。

“他能跟我一样？”夏尔冷笑着嘲讽道，脸上却掠过一丝淡得几乎无法察觉的惘然，仿佛想起了某些令人不快的过往。

富态男子对好友的口是心非已经习以为常。他用叉子叉了一块小蛋糕放进嘴里，眯着眼睛露出享受的微笑：“我觉得秋主席大概宁愿你把心思多放点在联盟事务上。”

夏尔低下头，用小勺子搅动咖啡，漫不经心道：“联盟啊，有我师兄不就够了。”

等到简墨终于有力气爬起来，便看见五颜六色的霓虹灯下，一个熟悉的身影穿过乌乌压压的人群笔直向他走过来。

“你怎么在这里？”他心中顿时升起一种不好的预感：简要能够找到这里来，是不是知道了什么？

“我一下午给您打了多少个电话，您知道吗？”简要将他上上下下打量了一番后，板着脸色，语气非常不悦。

简墨这才想起还有手机这回事，赶紧掏出一看，却发现已经因为没电自动关机了。

他讪讪道："手机没电了。"

"只是没电了吗？除了这个，您就没有别的要说？"简要盯着他问，"要不要我放一段广告，帮您回忆一下？"

这是知道了。

简墨抿抿嘴。虽然知道坦白后肯定免不了被简要"教训"，但为了避免简要跟他跳到一个坑里去，他也不能隐瞒。

简要越听脸色越冷，冷到最后简墨以为他已经快要冻住了。

"我……不该贸然去找封玲。"简墨有些心虚地说，眼睛一动不动地盯着地面上颜色变换的地灯，"我知道去了多半是死路一条。但是我担心，封玲她等不了。我不知道对方会不会久等我不到，就杀了她泄愤。"

"那你觉得你死了，对方就会放了她？"简要讽刺地问。

简墨当即被堵得说不出话来。

"封玲是对方放出来的一只诱饵。只有鱼永远不碰饵，饵才是安全的。如果您把唯一的筹码都交了上去，就是把封玲生死的决定权拱手他人。"简要声音平静地说，"是的。不能排除这个过程中封玲可能会被对方伤害。但有一点是肯定的，您去得越早，封玲死得越快！"

简墨不得不承认，简要说的是正确的。他顿时有些懊恼，自己当时为什么就没有想到这一点，就这么沉不住气地去了。

"今天是您运气好，有一方敌人暂时不想您死，才给了您活命的机会。但这中间凡有一丁点差池，恐怕我只能给您收尸了。"简要的声音凉凉的，"或许还无尸可收呢。"

简墨无言反驳。

"您觉得自己今天做错的只有这件事情吗？"简要又问。

简墨有些不明白，抬起头望着他。

"好吧，您还没有意识到自己做错什么了。"简要笑容有些危险，"这好像显得我有点自作多情。不管是作为您的初窥之赏，还是您的管家，这么重要的事情，您连跟我商量一下都没有，就自作主张自己去了。您是害怕我会拦住不让您去，还是觉得您的事情根本没有必要让我掺和？”

简墨嚅动了一下嘴唇，不知道该怎么回答。

“那就是说两者都有了。”简要挑了挑眉毛，“看来我的造父不但是个白痴，还是一个英雄主义的白痴。在您的心里，我到底算您什么人？”

当然是我的纸人。简墨心里默默说，但他不敢说出来。因为搞不好简要会回他一句，就您这个智商，说您是我的纸人都有人相信。

简要这次没有逼简墨回答，只是望着广场对面起起伏伏的喷泉，长长叹了一声。

第十三章

复原社报复升级

1 绑架欧阳

经过了周末的那场惊魂逃命，简墨暂停了自己的考察活动。

谁知道六街的杀手和刺杀梅络的异级是不是还在到处找他，自己还是安分一段时间为好。在没有找到更好的办法前，简墨决定重新回到甜品店，继续因为养伤而暂停的兼职。虽然也赚不了多少钱，至少能够安慰自己是在向这个目标前进。

这天放学后，简墨背着书包一边向校外走去，一边沉浸在如何赚五十万的思考中，突然听见欧阳高声向他招呼："阿首。"

他抬头望向那个方向，欧阳向他挥着手，高声道："你不是说要请我去你打工的店里喝奶茶嘛。怎么，想溜？"

周围的同学们纷纷向简墨看来，表情都有些惊讶，他们大抵没有想到简墨这个高才生还会打工。

自己什么时候说过请他喝奶茶了？简墨皱了皱眉头，感觉欧阳的笑容有些古怪。

冬眠很久的警惕心终于醒了，他眯了下眼睛：欧阳身边什么时候跟了几个保镖？

以欧阳的身家来说，有多少个保镖都不奇怪。但欧阳一直不希望同学知道他的身份，所以保镖从来没有在他身边出现过。

疑心一起，简墨察觉不对劲的地方很多：那几个保镖虽然没有强拽生拉，但他们的举动分明是要把欧阳逼向旁边的一辆轿车里——这些保镖的身份有问题！

有钱人家里就是麻烦多。简墨暗叹一声，他虽然不喜欢卷入这样的麻烦，但也绝对不可能看着朋友被人绑走。

简墨一进门，站在柜台后的老板娘童小琴就骂起来："怎么来得这么晚，你不知道现在是最忙的时候吗？告诉你，就算你过了天赋测试，也得在我这里好好做事，不然别想拿全工资！我现在要出去一趟，你给我好好看店。"

店里此时还有两三个客人在。简墨心中微安，有人在才好，这样这些假保镖们才不敢轻举妄动。

他迅速冲了四杯奶茶送到欧阳和他三个保镖的桌上："我只答应请你。这三个人请你付钱。"

欧阳一边骂他小气，一边把钱包扔到他手里："真是掉到钱眼去了！你爱拿多少拿多少，撑不死你这个财迷。"

"四杯奶茶正好送一份炸鸡，你们稍等一下。"简墨挥着钱包，跑进了加工间。

简墨走到甜品店的加工间，快速打开钱包。可是里面除了一沓现金外，只有几张银行卡和 VIP 卡——想想也知道，谁会把通信录放在自己的钱包里。

看来只能通过齐眉通知欧家的人了。简墨立刻拨通了电话。

挂了电话，简墨一边警惕着外间的动静，一边飞快地思考：若只有一个家伙，借着熟悉环境，他还能勉强一拼。可同时对三个人高马大训练有素的保镖，自己根本毫无胜算。

这样想着，简墨心里对老板娘道了一声对不起，从柜子里拿了一瓶新的空气清新喷雾放进了微波炉，把加热键扭到最高档便赶紧从窗户翻了出去。

一分钟后，"轰——"一道巨大的爆炸声从甜品店里传来。巨大的震动把甜品店的地板都掀了起来，一时间店内所有人都被毫无规律的巨大冲击力掀到地上。

尖锐的玻璃碎裂声和重物倒塌粉碎声接踵而至，噼里啪啦的断裂声，轰轰的倒塌声，让人担忧是不是整栋房子都要坍垮。而几乎同时，强劲气流带来的粉尘，扬满了这间本来就不怎么宽敞的甜品店。

甜品店里都是些十几岁的学生，哪里见过这样的场面，齐齐发出惊恐的尖叫，连爬带滚地向外跑了出去。

三个保镖同样拉着欧阳向外面跑去。他们一出去，才发现外面都是人，几乎水泄不通。这里本来就是学生密集的小吃街，这一炸，外面的学生们被冲，知道情况的，不知道情况的，立刻就冲突起来。远处看热闹的不想走，近处的想要离开：怒吼的、惊惶的、尖叫的……场面顿时混乱不堪。

人流一拥，保镖们下一秒就发现刚刚还在手边的欧阳已经了无踪影。

简墨拖着欧阳冲刺般地跑了两百米，挥手招了一辆出租车。

欧阳下了车，望着医院大门惊魂未定地问：“来医院干什么？我没有受伤，你受伤了吗？”

简墨从欧阳的钱包里翻出一张大钞扔给司机，又拖着欧阳进了医院，低声说：“我刚刚给几个报社打了电话，说甜品店发生了爆炸。很多学生受伤，被送到了附近医院。人多眼杂，你反而安全。”

欧阳了然地点点头。

简墨斜睨了他一下：“这都是为了救你弄出来的乱子，我是不会负责任的。你记得好好补偿我老板娘，还有替我善后。”

欧阳并没有被简墨不客气的要求吓到，望着他满脸感激郑重道：“你放心吧，我知道怎么做。”

甜品店里并没有太多危险品，欧阳除了被爆炸带出来的碎片在身上划了几处小口子外，并没有其他伤。医生也诊治不出来什么，可是看两个孩子一个劲地说不舒服，只得随便开了一点葡萄糖，让他们去挂吊瓶了。

果然不出简墨所料，不一会儿就有好些学生闹哄哄地涌进医院。大部分人不过划伤，最严重的一个是在爆炸后被推倒在地踩了好几脚，大概腿骨折了。简墨观察了一会儿，发现他们都没有受到什么致命的伤，才安心地拿着药去找护士配。

只不过等他回到输液室的时候，心顿时沉到谷底：欧阳全身僵直地坐在病床边，满脸苦涩地看着他。

两名黑衣保镖从两边各用一只手强按着他的肩膀，身上杀气逼人。病房里其他病患和医护人员都被另一名保镖用枪指着，背对着他们蹲在墙角，像一群鹌鹑一样抱着头瑟瑟发抖。

简墨下意识想退出房间，但是背后一股大力将他向里面一推，随后门被猛地甩上。门后守株待兔的保镖先生怎么可能给他躲开的机会，一把揪住他的衣领向后一拖，将他狠狠摔在地上，然后手肘狠狠撞上他的胸口。

简墨只觉剧痛袭来，眼前一黑，血液向脑部飙涌，窒息如同一张大网，将他整个人牢牢束缚住。

接下来的拳脚交加反而没什么感觉了，简墨的意识越来越模糊，只隐隐约约听见欧阳惊慌地喊："别打了……我跟你们走就是了！"又似乎听见几声惊慌的厉喝、怒吼、惊叫……最后结束在一片安静里。

到底是怎么了？简墨拼命留住脑海里最后一丝清明，想要搞明白周围到底发生了什么。又仿佛过了几个世纪，才听见简要的声音说："……坚持一下。"

他终于放心地昏了过去。

清醒的时候天光正亮，简墨估摸着应该是第二天下午了。

"简要。"他转动了一下眼珠叫到，声音有些沙哑。

床边的人迅速转过头来，见他醒了，眼睛微微亮了一下，似乎想笑，但下一秒笑意就消失了。

这是又生气了，简墨心想。

那天为了封玲舍身犯险后，简要就没理过他。简墨只好时不时发信息过去，试图哄简要消气。最近几天，简要偶尔也会敷衍地回他一两个字。没想好不容易缓和了关系，自己居然又进医院了。简墨觉得自己的霉运也是没谁了：明明被绑架的是欧阳啊。

简墨只好厚着脸皮继续说："我想喝水。"

简要不言不语地倒了一杯水，递到他面前。

简墨压力山大地在简要沉默的目光中低头喝完了一杯水，嗓子总算好受了些：“那天……你怎么知道我这边出事了？”

简要的笑容虽然看起来和平常一样，但简墨却总觉得心里有些忐忑。

“您的手机里我安了定位。原本应该在店里打工的时间，定位偏离了常规路线，我不该来看看吗？”简要反问。

手机定位？上次简要在不夜天找到自己也是因为这个吧。

简墨还在想自己手机什么时候被他安了定位，便听见简要凉凉的声音继续道：“您早就知道了这件事吧，所以觉得反正我也会来救您，就无所谓地找上这种危险的事情。您有没想过，如果我没赶上的话，会怎么样？”

简墨不知道回答什么好，只好讪讪地赔笑。

不知是不是老天听到了他内心的祈祷，病房的门被人推开了，几个人走了进来。

领头的是医生，后面跟着一个护士和几个实习医生，然后是欧阳和齐眉二人。

“醒了？”医生摸了摸他的额头，“还好，没有发烧。”

欧阳相比就激动多了，他看着简墨说话的声音都在颤抖：“阿首你终于醒了！昨天看见你那个样子我真是快吓死了，还以为你……还好你醒过来，不然我真是——”

医生检查完毕又交代了一大堆事情才离开。

简墨这才有机会开口：“昨天后来怎么了？”

“是前天。”齐眉苦笑了一下，纠正他。

“好吧，前天后来，怎么样了？”简墨没想到居然昏睡了一天一夜。

欧阳有些迟疑，看了一眼站在一边的简要，但脸上却带着淡淡的敬畏神色。

简墨瞟了一眼从进门后就一副私人管家姿态的简要，淡淡道：“无妨，简要会保密的。”

简要适才对简墨爱理不理，此刻有欧阳、齐眉等人在却恭恭敬敬地站在一边，嘴角带着优雅的微笑：“少爷的话，就是我的言行准则。”

欧阳和齐眉愕然，看一会儿简要，看一会儿简墨：“阿首，简老师，你们——”

简墨并没有看见简要前天犹若天神降临般大杀四方。

三个持枪的黑衣保镖，在他面前就如同小孩一样幼稚无力。飞来的子弹好像总是打不中他，反而很快被他抢到机会近身。

欧阳很清楚自己的保镖是什么水平，也知道昨天某人以自己父亲名义派来的保镖是怎样难得的高手，但这些人竟然都不是简老师的一合之敌。

现在见昨日威风凛凛的简老师谦恭地站在谢首面前，他一时感觉自己的世界观被刷新了。

简要看两个少男少女的表情，哪能不知道他们心里在想什么，只好配合简墨的节奏开始表演："不到万不得已的时候，我不能随意表明与少爷的关系，相信欧同学也能够明白其中的苦衷。"

欧阳若有所思，他知道有些大家族喜欢在子弟达到一定年纪的时候，将他们派出去历练。而这些家族的未来身边必然会有专门的高手保护。显而易见，简老师应该就是谢首身边的保护者。这样也就解释得通，为什么谢首有这样的保镖却还得去甜品店打工赚零花钱，为什么一个看起来普通的少年，能够让连主任这个级别的造纸师放下原则来照顾。

想通了简墨和简要的关系，欧阳也觉得没什么必要再掩盖了。他看了一眼身边的齐眉，低声述说了缘由。

情况其实和简墨猜想的差不多。

欧阳的爷爷生了他父亲和叔叔两个儿子。欧阳父亲遗传了爷爷的经商天分，将一家小公司在二十年内，发展成了今天在楚中市甚至整个华东大区都有影响力的企业。而他的叔叔从小在父亲和哥哥的照顾和宠溺下长大，整日游手好闲。这本也没有什么，可随着年龄的增大，叔叔野心也大了。他想插手欧氏，却又总想着投机取巧，或者用不正当的手段来获取重利。这让欧阳爷爷和父亲不敢将重要权力交到他手中。欧阳叔叔却只觉得父亲偏心，哥哥自私。

而欧阳父亲在多年前发现自己无法生育，与妻子商量后，决定秘密请一位特造师，写造一个具有商业才能的婴孩，对外宣称是自己亲生儿子。可不久前，欧阳叔叔却不知如何探到了些风声，准备在欧阳天赋测试的时候揭露这个事实。虽然二次协定中规定纸人与原人一样享有财产继承权，但欧阳爷爷是个思想传统的人，很有可能因欧阳不是欧家的血脉而取消欧阳的继承权。好在早有准备的欧阳在简墨的提醒下稳妥地过了这一关。

可惜利益动人心，上次的失算没能让欧阳叔叔得到教训，反而变本加厉找人绑架欧阳，然后撕票。这样无论如何，欧氏将来都会落入他和他的儿子手里。

欧阳表情阴沉："我叔叔既然敢向我出这个手，不让他好好吃个教训我是不会善罢甘休的。"

齐眉忧虑地说："问题是就算你把他一时打怕了，却不能让他死心。"

欧阳叹了一口气，神情有些无奈："我爸原本的意思，是让我先接了手，好好打理欧氏，将来看看叔叔的孩子中哪个靠谱，再稳妥地传给他。只是我爸照顾着叔叔的自尊心，以前从来没有跟他提过。你们都知道……我是无法有自己的孩子的。我爸的计划，我本来也很赞同。但是现在，叔叔已经闹到了这个程度，即便跟他解释，恐怕他也只当是我爸的敷衍之语，缓兵之计。

"绑架的事情，你爸知道吗？"简墨问。

"闹得这么大，怎么可能不知道？"欧阳苦笑道，"我爸快气死了。居然有人能在他的眼皮子底下将保镖悄无声息地换成绑匪，还差点置我于死地。可惜，气归气，那人终究是我爸的亲弟弟。我爸到底不可能把他怎么样！"

齐眉生气道："所以他才有恃无恐！"

简墨虽然构思过无数豪门恩怨、兄弟阋墙的情节，但是对于如何解开这种局面，还真没有什么两全其美的办法。除非当事人突然自己想开，否则结果无非是一方弄死另外一方，或者更糟糕，两败俱伤，渔翁得利。

不管是在哪个阶层、哪个角落，纸人与原人的矛盾，都如此难以调和。被歧视、被轻视，仿佛是理所当然的常态。即便二次协定中规定了纸人同样享有财产继承权，但在现实中执行起来，总是困难重重。

不知道何时，欧阳一向自信明亮的眼睛逐渐变得黯淡："虽然我不想这么认为，但这一年来频频发生的事总让我忍不住想：如果我是我爸的亲生儿子，或许我爸的态度会完全不一样。他或许不会姑息我叔叔继续对我咄咄相逼，甚至危及我的生命。"

他握紧了拳头，忍耐道："可我只是一个纸人，如果昨天我没有幸运地被阿首和简老师救下来，最后真的撕票了……我爸也只需要照着再写一个，一切依旧可以回到正轨上，就好像什么事情都没有发生过，就……好像我这个人不曾在这个世界上出现过。"

"前天，我坐在阿首的治疗室外，听医生说，阿首来晚点就救不过来。"

他垂着眼睛，眼睛里不知不觉充满了迷茫，“我那一刻就在想：阿首是一个原人，舍命救我这么一个——就算死了也能够重新再仿造一个的纸人，是不是值得——”

“啪——”一个耳光突然抽在欧阳的脸上，将他完全打蒙了，“齐眉？你打我做什么？”

齐眉红着眼睛瞪着欧阳：“你把你爸你妈当成什么样的人了？他们十几年把你从一个小婴儿辛苦养到现在这么大，不是让你说出这样的话的。”

然后她握紧了手，像是有些艰难地继续说：“你是一个纸人。可，就算再写一个欧阳，那最多只是一个长得和你很像的人，绝对不是你。”

原本有些伤感沉重的气氛突然变得暧昧起来。

欧阳也变得有些手足无措。过了一会儿，他轻轻牵起齐眉的手，用力握住。

简墨摸了摸鼻子，莫名觉得自己的存在有点尴尬。

简要站在一边倒是依旧笑得怡然自得，没有一点当电灯泡的觉悟。

“你不用多想什么。”简墨开口结束了这种古怪的气氛，“我只知道我的朋友是那个曾经在别人想要欺负我的时候，坚定地站在我这边，为我说话、帮我打架的欧阳。至于其他什么欧阳，这世界上长得像的人多了去了。就算有一百个，与我又有什么关系。还有原人纸人什么的，我不和你这样的人做朋友，难道要找祝鸿飞那样的？”

齐眉侧头，浅浅一笑道：“我也是这个想法。”

“少爷说的，我十分赞同。”简要微笑着附和。

欧阳眼睛里有什么闪动了几下。他转过头，背着众人拼命眨了十几下眼睛，硬将眼泪压了回去，眼圈红红的，脸上却是露出难以言喻的开心。

深吸了一口气，这个明朗的大男生，脸上又恢复了从前的自信：“先看看我爸的态度吧。如果这一次我爸不能拿出足够的魄力震住我二叔，我也只能狠心出手了。”

他的自信中带出一丝冷硬：“想要废掉一个人，并不是只有暴力这一条路。”

因为这一场动静不小的绑架，欧阳的身份也不得不在众人眼中曝光。尤其在石山中学的学生中，激起了相当大的反应。

欧阳父母特地到医院亲自感谢了简墨一翻。

简墨仔细观察两人，感受到他们真挚的感激，觉得这对父母确实是将欧阳当成亲子看待的。鉴于此，对于这个好朋友的未来，简墨算是放了一半心。

在他看来，只要欧阳父母真的将欧阳放在心上，欧氏由谁继承并不重要。毕竟感情归感情，生意归生意。如果欧阳撑不起欧氏，斗不过他叔叔，那么还是趁早退出这场豪门之争更干脆。

2 酒吧事件

简墨现在的课业可以说很轻松，即便他所有学科都不及格，将来想找一份不错的工作也不难。高二学期开始后，简墨专门向连蔚请教了造纸师的培养是怎样进行的。

连蔚告诉他，天赋测试前不存在针对造纸师的特别教育。很简单，如果一个造纸师搞不清楚物理和化学的区别，不明白中文和英文表达有哪些不同，想要他写出一个精通外语的物理诺贝尔奖获得者，根本就是天方夜谭。一个造纸师自身具备的知识面越广越深，那么他能够写造出来的纸人天赋范围也越高越广。这也是为什么通过造纸师认证的学生普遍留在高中里接受教育——当然后面学到什么程度，那就看个人的选择了。

天赋测试之后，天赋者就被筛选了出来。他们多数能在造纸相关政府机构、企业团体、学术组织找到一个职位。但希望继续磨砺通过造纸师认证的天赋者，包括已经通过造师认证的新造纸师，则可以报考综合大学的造纸专业或者专门的造纸学院。大学毕业后，他们可以选择进入某个集团工作，也可以选择受聘为某个人的私人造纸师，或者联合几个人组建工作室接活，甚至可以不为任何人工作，只将自己写造的纸人挂在造纸师联盟的交易平台里待价而沽。

不过，如果造纸师已经取得了相当耀眼的成绩，还可以申请进入造纸研究所继续深造。但是造纸研究所不容易进，越是好的研究所门槛越高，而且申请的条件往往千奇百怪。

并非所有的天赋者最终都走上了造纸师的道路。天赋者在通过天赋测试到毕业之前这段时间，如果感觉自己的天赋可能终生都无法通过认证，也可以提前转向写造的其他领域，比如造纸材料与设计。因为比起非天赋者，能够体验到造纸工具对作品影响的人，显然拥有更多优势。

基于对这类学生的考虑，从高二开始，简墨他们在写造课外还多了一门造纸课。非天赋者学生不必上课，而有造纸天赋的学生，可以根据未来的职业规划选择上或者不上。

写造虽是影响造纸结果最重要的环节，但造纸师也不能对其他环节一无所知。除了造纸师本身的天赋外，魂笔、点睛、诞生纸、孕生水四大造纸工具，很大程度上也影响着最终的造纸等级。此外，造纸师就算不知道四大工具的制造过程，至少要了解挑选和使用它们的方法。如果不能选择合适的造纸工具，并最大限度发挥它们的特点，使得自己的写造成果最大限度的呈现，岂不是太可惜了。

因为那场火灾的缘故，在天赋测试中完成赋生的只有十多个学生。好在后来造纸管理局补偿了他们，给了每人三次造纸机会，所以加上之后补测的结果，整个年级的天赋者加上已经通过造纸师认证的，一共才二十五人，空荡荡的教室里只坐了一半。

到开课的时候，简墨的表情就更加精彩了。因为造纸课与其说是传授如何挑选和使用造纸用具，不如说是造纸工具的推销会或者新品测试会。

每堂课，造纸课的老师只上台授课十分钟。接下来由各个牌子的推销员轮番上台介绍自己的产品特性，拿出样品给他们试用，然后记下使用感受，最后留下名片以便日后联系。

虽然这课上得有点不像话，简墨却并不反感。毕竟他就是做魂笔出身的，对于这种技术交流还是很有兴趣。只是为了不暴露自己过去的经历，他的交流仅仅停留在自己问，对方答的基础上。开始这些推销员还十分兴奋，以为这个学生对自家产品有兴趣。但最后他们发现，简墨似乎对所有的产品都有兴趣，而且兴趣点仅限于这些产品的制造技术上，推销员们就对与他交流失去了热情。

不过凡事都有例外。其中有个三十多岁名为王临的推销员，发现简墨兴趣点不在购买而在技术上时，不但没有疏远，反而很认真地与他探讨改造造纸工具的各种构想和可行性。简墨后来才知道，王临在成为推销员前本来就是一名技术人员。

“谢首，如果你以后……嗯，我是说如果你在造纸师这条路上走得不理想的话，就来我们公司工作吧。”王临半开玩笑地说。一名造纸师的前程远比一名造纸工具技术员的前途更光明。但这些时日，见识过简墨在魂笔设计上的各种奇思妙想后，他还是忍不住说出了这句话。

好的想法谁都会提，关键是这些想法如何在技术层面实施。这个叫谢首的少年不经意间透露的几个设想，或许其他推销员不会注意，但在他眼里，却有极高的实践价值。其中有的甚至只需要经过几次试验，确定几个参数，就能转化为真正可用的新技术。

一个月前，心痒难耐的王临忍不住将其中一个比较成熟的构想，偷偷透露给他的原部门经理。结果前几日他得知，融合了这种新构想的产品，已经被公司拍板，定为下一季度的主打新品。

王临深觉后悔，左思右想还是忍着羞愧向简墨道歉，并承诺补偿他。简墨开始是有些生气，后来又想开了：毕竟他没有试验的条件，就算有再好的想法，也只是空谈。不过王临倒是为他一直发愁的资金筹措，提供了一个很好的思路。于是简墨转而提出一个条件：这一次就算了，但是他希望能与王临的公司合作。由他提供设计方案，王临的公司来进行试验。如果能够成功转化为新品上市，他要一定比例的分成。

这种态度算是很有诚意的了，毕竟他对之前的损失一点都没有提。当王临欣喜地将简墨的想法转达后，公司老板倒是很快同意了。只不过他们考虑得更深远一些：要求简墨签订一份合同，承诺十年内，不得将自己的技术方案卖给别人。

简墨看着合同觉得有些好笑：十年？自己又不是想挂死在他们这棵树上，他们真当自己是不懂事的小孩吗？要不是想起还差简要一年五十万的零花钱，他才懒得起这份心思。

欧阳得知后反应倒比他还大些，愤然把几张纸拍得啪啪响：“一群贪得无厌的蠢货！阿首，你若相信我，把你的设计交给我，我找间实验室帮你试验。试验好了你就拿去申请专利。到时候无论谁用你的东西，都狠狠地下手宰——我要让这群家伙后悔狮子大开口！”

欧氏有自己的魂笔品牌，实验室自然也不会差，欧阳这个提议显然也有与自己合作的意思。简墨想了想，觉得自己的设计不会愧对朋友的好意，便道:“东西我画给你，受益人写简要。”他只负责设计，其他的东西还是让他的纸人去操心吧。

简墨对简要的信任并没有让欧阳惊异，将收益挂在与自己绑定的从属名下，在大家族里本来就是很正常的事情。

因为欧阳的热心帮忙，专利的事情进展飞快。在欧阳的极力撮合下，简墨和欧氏的合作也成了顺理成章的事情。只不过为了避免不必要的麻烦，这件事简墨并未公开，除了负责与欧氏对接的简要，也就只有欧阳、齐眉加上一个连蔚知道。

欧氏不愧是楚中市最大的魂笔品牌商，简墨的设计投入后很快就有了不菲的收入。既然那五十万已经有了保证，简墨也没再着急于赚钱的事情。打工的时间省下来，还不如多研究更好的导流槽结构呢。

得知简墨终于不再操心那莫名其妙的五十万后，欧阳十分开心，毕竟好朋友有这样的才华，还要整日琢磨着去哪里打工赚钱，不是浪费生命吗?

在得知简墨拿到第一笔分红后，欧阳便揶揄他：“晚上一起去你原来老板新开的酒吧玩吧。”

简墨老板娘的甜品店被炸了，欧阳父母得知原委后，除了弥补原来的损失，还补偿了她一大笔钱。童小琴一合计，索性甜品店不开了，重新租了一处铺面，开起了酒吧。

简墨立刻道：“你出钱？”

欧阳鄙视地看着这个死抠钱的家伙：“你不是刚刚拿到一大笔钱吗？”

那是简要的零花钱。简墨毫不犹豫地说：“那我不去了。”

欧阳无奈抬手投降：“我出钱，我出钱总行了吧。”嘴里一边嘀嘀咕咕，“以前没钱是抠，现在有钱还是抠……

童小琴的经营头脑相当不错，以前做甜品店，做得风生水起。如今酒吧虽然开张不久，却也已经是顾客盈门。

简墨选了个灯光不是那么阴暗的地方坐下来，身材姣好的女郎立刻送上了两杯冰水。冰块在透彻水晶杯中折射着七彩流光，配着身旁传来的淡淡香水味和音乐声，立刻让他脑子里浮现“纸醉金迷”四个字。

“不喜欢吗？”欧阳眯起眼睛，有些揶揄地笑起来：“你到了这个年纪，好歹也该见识下这些场面了。”

说完他摆出一副浪荡不羁的样子，向身边的女郎眨了眨眼睛：“小姐姐口红真好看，是什么牌子的？”

女郎对应付这种口头调戏已经非常有经验，只笑着说：“我不记得了。朋友送的，随便涂涂。”

这算什么场面？

木桶区的四街，虽然他从来没去消费过，但和六街也只隔了两个街区。那些贩卖活色生香的场所，他很小的时候就见过，尺度只比眼前这个更大，风格也更直白。现在他们所处的酒吧，男男女女之间的你侬我侬多少还带着些情感因素。而在四街，这些东西只是明码标价的交易，就如同在三街买药，五街买凶，六街买纸，本质都是一种商品与金钱的交换。

所以简墨并不觉得好奇，也不觉得尴尬，只觉得吵闹和无聊。但企图带他来“见世面”的朋友显然不知道，以为他是第一次进这种场所感觉尴尬，而开始调侃他。

简墨不知道这到底有什么好笑的，对他身边的女郎道：“麻烦帮我拿菜单来。”

平常这个点他已经坐在饭桌前吃饭了，现在却连菜都还没有点，女郎微笑离开。酒吧里没有多少菜品，但甜点、小食和饮料还是有的。

欧阳见简墨完全把酒吧当成了餐馆，鄙视地说了一句“牛嚼牡丹”，然后便跑到吧台的调酒师那里找人胡侃去了。

莫非被齐眉管得太严了，看见几个漂亮女孩就高兴得不得了？简墨心想，对送餐来的女郎道了声谢，便开始吃饭。

阅读器小说里的主角，去喝酒一般都会发生点什么，比如英雄救美、结识隐士高人、痛打富二代之类。但简墨很清楚，要是现实里酒吧也天天这么闹腾，谁还敢去找乐子，那是找不自在。作者之所以那么写，不过是为了情节需要。因而简墨不至于自己进了一家酒吧，就抱有这种期待。

然而，他忽略了一点，小说里的情节虽然夸张，但它的源头还是真实生活。

就在简墨感叹酒吧的吃食到底不如餐厅的时候，突然就听见人群那头传来欧阳的高声怒吼。

他拨开围观的人群，欧阳正一脸怒色地和一个陌生男子对峙。一名衣衫凌乱模样狼狈的酒吧女郎，正被欧阳挡在身后。

那男子一身得体的商务装，衬衣最上面的几颗扣子打开，看上去放浪形骸，像是个下班后来寻开心的精英白领。只可惜这人眼光太过猥琐，这个时候还直勾勾地瞅着女郎的脸蛋和胸口。

“不过是个纸片儿而已，你还真把她当个玩意儿？”精英男浪笑道，“就算我今天把她怎么了，又如何？这种东西除了给哥儿们找乐子，难道还有别的用处？”

简墨瞬间就明白发生了什么事情，目光变得幽深了些。

酒吧女郎听见这句话，脸色在刺目的灯光下越发苍白，眼中流露出又怒又恨的表情，但却只能悲伤无力地流泪。

“混蛋，禽兽！”简墨听见人群中有人低声咒骂，抬头望去，一名男服务生紧紧按住另一名满脸愤愤的酒吧女郎，“冷静点，等小琴姐出来。”

简墨环顾了一下周围，几乎所有的服务生，不管是怒目相视还是强作克制，眼中皆是对精英男的满满愤恨。如此同仇敌忾，他不免心中疑惑，难道这里的服务生全都是纸人？

不是所有造纸师都能够写造出拥有一技之长的纸人，但美貌这个东西，只要不是瞎子都能看出来，写造难度自然不高。所以在低阶纸人中，貌美惊人却没有任何特长天赋的纸人几乎占了大部分。

而这部分没有特别谋生技能的纸人，几乎全部成了富有原人的玩物。

等老板娘出来也没用，简墨心里暗叹一口气。

童小琴是一个颇具风情的女人，虽然精明，却是初涉此行，难免根基不牢。精英男恐怕是看准了这点，才敢在这里借酒装疯。没准他原本目标就是童小琴，这个酒吧女郎只是一块跳板。

看来只能卖一回蠢了，简墨顺手在一边茶几上摸了个空酒瓶子，心中又默默向老板娘道了一声抱歉，握住瓶颈，向一边装着镜子的立柱狠狠砸过去。

玻璃爆裂的巨响吓得围观人群四散逃开。等他们觉得安全了，回头再看，才发现一个十五六岁的短马尾少年，手持着破裂的红酒瓶子，不言不语地站到了另一个少年身边，面无表情地瞪着精英男。

酒瓶破口处锋利的断面，在灯光下反射着凛冽的光，壁内残留的酒液正缓缓沿着边缘滴下，在昏暗的酒吧里竟给人一种滴血的错觉。

短马尾少年看了一眼护花少年，沉声问："要打架吗？"

护花少年似乎也被他的动作吓了一跳，只是怔怔地看着同伴。

少年没有温度的目光落在另一边的精英男身上："想打架吗？"

精英男目光紧盯着少年手中棱角锋利的破酒瓶，喉头一紧，咽了下口水："等等，我怎么说也是一名造纸师，为了一张纸片，没，没有必要这样吧——"

"我管你是为了她，还是为了别的什么。总之，想欺负我朋友，先来问问我同意不同意？"短马尾少年一副"我才不管什么正义是非，我眼里只有兄弟"的表情。

精英男心里发颤：不是他畏惧一个小孩子啊——而是这个年龄段的孩子，你跟他讲道理，他不听。你威胁恐吓，他也不知道怕。一旦热血上头，就能什么都不管不顾！就算事后他能找回场子，也没有必要非得先吃个大亏吧？好汉不吃眼前亏，他一前途大好的造纸师放着滋润日子不过，跟一个犯二的孩子较什么劲？

精英男想通了这一节，立刻语气放软了："算了，不跟你们这些孩子计较。现在的孩子，真是没有礼貌！"

简墨抬起下巴，扬了扬手里的酒瓶。精英男见状，话也不说了，赶快拨开人群，窜出了酒吧。

对付那些自以为是的人，只有比他们更自以为是，比如伪装成不论是非对错只为朋友两肋插刀的熊孩子，简墨心想。

他回到自己座位上，继续刚刚被打断的用餐。对周围偷偷摸摸瞄过来的目光，丝毫没有在意。反正这个地方，他是不打算再来了。自己能够帮一时，却帮不了一世，能够帮一个，却帮不了所有。尽管心中的不平并不比周围的纸人少，但简墨也清醒地知道，自己并没有改变现状的能力——他连保护自己和重要的人都还做不到，自然更发不出剪除天下陋弊的宏愿，所以还是眼不见为净的好。

过了好一会儿，欧阳过来了，还带来了老板娘和刚刚被欺辱的女郎。女郎已经重新整理了仪容，没有刚刚那么狼狈了。

“老娘果然没看错人，是个有情有义的。”童小琴在简墨对面坐下来，“从今往后你和欧少过来玩，都记我账上。”

“阿首当然有情有义。”欧阳笑起来，“不然老板娘也不能没了甜品店吧。”

女郎也亲自道了谢，然后在童小琴的催促下，回家休息去了。

“像今天这样闹事的很多吗？”简墨问。

“小打小闹的不少，闹出今天这个场面倒是第一次。”童小琴看见简墨有点懊恼的神色，不由得笑了笑，“你不会觉得是因为你才闹成这样吧？”

“这男的我见过两次，眼神很不老实。所以他来的时候，我一般都尽量避着。他今天拿我的员工开刀，不过是想逼我出面。迟早都会有这么一出，只不过不巧被你们碰上了。”

简墨摇摇头：“还不如原来的甜品店呢。”

童小琴苦笑了一下，不知道心里是赞同还是反对，最后只说：“已经走到这一步了，便只能硬着头皮走下去，你小琴姐从来没有因为困难后退过。”

“如果那家伙再来找麻烦，小琴姐记得找我。”欧阳真诚地说。可他微笑的眼底仍潜伏着深深的沉郁之色。

其实坐在这里的三人都清楚，今天的胜利并不能改变什么，也许明天还会遇到同样的顾客。这样的事情，在泛亚的每个角落无时无刻不在发生，但却不是每次都能像今天这样有个令人满意的结果。

除非从根本上改变纸人的地位以及纸原关系。简墨目光下垂，看了看盘子里的炸虾圈，轻轻一笑，摇摇头。

目视他们离去的童小琴身后，出现几个服务生：“小琴姐，你觉得他们怎么样？”

“出手阔绰的男生是欧氏掌舵人的公子欧阳，另外一个是他的朋友谢首。两个人都通过了今年的天赋测试。”童小琴低头摇了摇，“这两个都不是我们能够拉拢的。”

“李氏派来的异级，最近在市里排查杀死李氏研究员的凶手。复原社最近似乎损失了不少人。”一个男服务生说，“我们要帮忙吗？”

“白先生说过了，这件事我们不插手。”童小琴说，“复原社这次针对的对象虽然是李家人。但我们和他们不一样，我们要对抗的不单单是李家，而是所有歧视纸人的人。”

“复原社不是已经销声匿迹了好几年，怎么最近又复出了？”男服务生疑惑道。

“也没有销声匿迹，只是行动没有以前那么丧心病狂了。他们的前社长还没有被楚中市异查队抓到的时候，别说新生造纸师，连天赋者都在他们的制裁名单上。为增强实力，他们还笼络了许多特级和异级纸人，声称造纸师造纸不仅让原人生存艰难，让被迫诞生的纸人也不得不面对各方的侮辱和歧视。只要能杀死造纸师，无论是原人还是纸人，都会拥有美好的未来。”童小琴解释说，“不过新社长就任后，复原社行事作风稍微柔和了点，主要针对那些成名的有一定影响力的造纸师。加之最近几年他们活动的重心不在楚中市，所以你没有什么感觉。”

“原来如此。”

“不过，不管是前社长还是现社长，复原社的目标一开始就错了。杀死一个造纸师，还会有下一茬儿长出来。只要有原人存在，造纸师是杀不完的。所以他们的奋斗目标是没有意义的。而我们要做的是更重要的事，改变这个社会对待纸人的态度，让更多的原人，包括造纸师，都能够公平合理地对待纸人。”

男服务生苦笑了一下：“可是如何改变他们的态度呢？就算今天教训了他们，明天这样的人还会出现。今天如果那两个男孩不出手，说不定小琴姐你都要吃那个混蛋的亏。纸人权益协会倒是乐意为我们出头，可每次出头的结果，无非是用舆论迫使他们，说两句敷衍都算不上的道歉，事后还要防范这些人更疯狂的报复。想要改变他们，我总觉得像是天方夜谭。”

其他服务生也露出差不多的表情。

“是啊，想要改变这一切，很难很难。但万一真的改变不了，”童小琴抬起头，黝黑的眼睛里闪耀着奇异的光，甚至压过了此刻夜空中的星光，“那就打破它，建立一套新的秩序——一套属于纸人的秩序。”

3　又到纸人造生节

“今天是什么日子？”简要看简墨提着几只大袋子走进来，好奇道。

简墨抬眼便看见桌面上的笔记本电脑，和一大堆密密麻麻令人眼晕的文件。欧氏打过来的分红，已经达到了简要对他的启动金的要求，因而这段时间简要的工作量骤然增加了许多。

“你忙昏头了吗？”

他提起手里的袋子，里面装着诞生纸饼和点睛酒，笑着说：“今天是造生节啊！”

简要的眼睛里仿佛有一颗颗星亮起来：“对啊，我都忘了。这还是我第一次过造生节。”

“以前我都是和我爸一起过的。”简墨眼神里带上一点回忆，但随后又笑了起来，“去年我是一个人过。不过，从今年开始，你和我一起过。”

……

血缘的缺失不代表生命浅薄
以我为名不接受姓氏的蛊惑
五千年传承不只财产与基因
信仰与品德请务必始终如一
当我闭上眼睛与这世界挥手道别
无可取代的个体　凋谢

爱憎与愤　冰火淬炼沉浮
真人生　不是白纸黑字写的喜怒
捍卫尊严　虽万人我亦往
逆风上　终有一朵在荆棘中盛放

我的意义　辗转冬季到春季

两人对着诞生纸饼，唱完这首歌，笑着举起装着点睛酒的玻璃杯，轻轻碰了一下，一饮而尽。

简墨将礼物放在简要面前。是一个很大的方盒子，用色彩明艳的包装纸和缎带装饰着。

“我爸送我的造生节礼物每年都不重样。但我最喜欢的，是九岁那年的一个小型工具箱。他当时跟我说，有了这个，以后我想要什么，就可以自己去做，不用再受限于别人。”

“你的小工具箱，我已经写进你的天赋里，所以不能再当作节日礼物送给你了。不过，如果说我还有什么想送你的——”简墨抬起头，轻轻摸了摸他的头发。

虽然简墨在同龄人中并不算矮，但相比简要还是差一些。

“你纸上年龄可能比我大，但真实年龄却还不到一岁。你愿意和我一起生活，我很高兴。但是你来到世上的时间并不长，对自己想做什么，想要什么，恐怕都还很迷茫。不过这些等你再长大一些，都会想清楚的。而我希望，到那个时候，自己不会成为你未来的枷锁。”

他把礼物盒推到简要面前。

简要微笑着打开精美包装，发现里面是满满一盒子五颜六色精致漂亮的糖果，原本期待的表情僵了一瞬——这是把他当小朋友吗？怎么不干脆买一盒奶嘴送他呢？没满一岁的小宝宝都没断奶呢！

“我把所有味道都买了一份。”

简墨毫无察觉地望着他，眼神里盛满了鼓励：“人生就跟吃糖一样。无论哪种味道，想吃哪个就选哪个。别人不能左右，也无权左右。”

简要脸上的笑容慢慢收了起来，望着糖果的眼神变得温柔而宁静。他的目光在各种造型的糖纸上一一移动，伸手拿出一个白色的糖圈。

“薄荷味的，”简要抿着嘴，嘴角弯了弯，“但愿我吃完这些不要蛀牙。”

至少造父没在天性赋予里写上喜好甜食，自己还是应该感谢他的，简要想，否则他的牙齿可能真的保不住。

“你可以留着慢慢吃。”简墨从袋子里拿出笔墨，放在诞生纸饼的旁边，“接下来，是你的‘天赋祝语’。”

他拿出与魂笔一模一样的墨水笔，吸饱青蓝色墨汁，指向简要的左手——这是朋友之间互留祝语最喜欢的地方。

简要没有如他所愿，走近一步，半跪下来，仰头露出自己的额头：“写在眉心。”

简墨怔了一下，笑了起来：“好。”

传说眉心是通往纸人灵魂的入口。因此对纸人来说，眉心是最重要最须谨慎对待的部位，甚至有传闻说，有人在眉心写的字真的改变了纸人的天赋。

简墨本想像通常人一样写上“平安”或者“万事如意”之类，但脑际突然闪过一个词，便微微弯下腰，托着右手腕，轻轻在简要的眉心写下四个字。

简要睁开眼睛，眨了一下，站起来走到穿衣镜前。

“随心行止。”他盯着镜子说。

“记不清听谁说过，又或是在哪里看过。”简墨放下笔，“我觉得这四个字很好。”

简要望着这四个青蓝色的字迹出了一会儿神，然后笑着：“是很好。不过——如果少爷您的字能不那么难看，就更好了。”

“还没有人说过我的字难看呢。”简墨撇撇嘴。

“明年写之前，多练练吧。”简要不客气地提要求。

他对着穿衣镜又看了好一会儿，眼中带着一丝淡淡的不舍：“洒孕生水吧。”

简墨买的合欢花用异能保鲜过。明艳蓬松的花朵沾水，轻轻在简要的眉心扫过。清水混着青蓝色的墨汁，颜色迅速变淡，很快就看不见了。

或许这墨汁中添加了遇到合欢花水就褪色的配方，简墨想，这样看确实不像是洗掉的，倒似溶在水中了。

轻音放下几张钞票，将小店里的诞生纸饼都买了下来。

小老板难得遇到这样的大顾客，笑得眼睛都快没有了，忙招呼店员打包好，还主动问道：“小姑娘，买了这么多东西家里要开庆典吧。你一个女孩子也不方便，我让人帮你送过去吧。”

“不用了。”轻音摇头回答道，“那地方太偏了。”

“没事，开车去，一会儿就到。说吧，什么地方？”

“枫霏巷。”

小老板顿时悚然色变：“枫、枫霏巷？姑娘，你去那个鬼地方做什么？”

轻音不语。

“姑娘，你是不是被什么人捉弄了？那地方可不只是偏僻啊！”小老板生怕轻音听不进去话，焦急道，“哎呀，怎么跟你说呢，你不是本地人不知道。那个地方以前住了个非常厉害的异级造纸师，叫什么名字来着……反正就是，大家原本都很尊敬很崇拜他。可谁知道这个异造师表面看起来斯文正派，背地里却是个变态，喜欢折磨和虐杀纸人。他死了以后，地下室里的东西被曝光了出来，光是被剥下的人皮都有十几张呢！”

“我听说纸人管理局的人进去都吐了。太血腥残忍了，就算是纸人，也太过分了。”小老板回想起当时的报道，仿佛有些不寒而栗，“……不知道是不是那些纸人的冤魂作祟，自那以后，住在附近的人家总是不太平，后来都陆续搬走了，那条巷子就再也没人敢靠近了。现在荒凉得跟鬼街一样，你要是去了，准得吓哭！”

枫霏巷位于金砖区，十年前是楚中市最有名的街道之一，有着“枫林赤海”的美称。与银元区的“石桥映月”、铜花区的“不夜天”、玉壶区的“沧洪遗珠”，并称楚中市四大胜景。

当初改建者考虑到这满巷的枫树，建筑设计一律采用了简约路线，楼层最高也没有超过四层。一到枫叶变红的日子，整条巷子如同沉浸在一片火红的云海之中，明艳不可方物。若是天气晴好，明灿灿的阳光投射下来，最外沿的枫叶便染上了一层薄薄的金色。清风一起，赤海云涌，金浪叠起。那些掩映其中的素色楼宅，便被衬托得如同琼楼玉宇，不似在人间。

那个时候，每年都有不少游客远道前来赏枫拍照，可现在却成了众人口中的荒凉之地。

轻音站在巷口，脚边四只大纸箱子。送她来的小伙子，在劝说了几句无果后，只好驱车离开。

经过十年的风吹雨打，原本的白墙四处开裂，斑驳的水痕仿佛孩童的随笔涂鸦。建筑物虽然没有倒塌，但到处都灰蒙蒙。地面上铺着厚厚的枯叶，最上面一层落叶是今年秋天新落的，还没有完全褪去原本的红色，也已经残破不堪。

枫霏巷5号。

小老板口中那位很厉害也很变态的异级造纸师，本名叫柯晋，生前就住在这栋别墅之中。这栋别墅是枫霏巷最大的一栋别墅，占地面积有四五个篮球场加起来那么大。

虽然明知道荒弃的别墅里空无一人，也知道那些骇人的东西已被纸人管理局清理干净，但一靠近这里，轻音还是感觉一股阴冷的寒气，从黑洞洞的门口源源不断地流向自己。那股寒气一碰到她，便好似化作一双透明色的大手，将她死死抓住，力图拖进门后那个无底深渊。

“轻音你知道什么是纸人吗？纸人是造纸师创造的，也就是我——创造了你。没有我，你不会出现在这个世界上，不会拥有这样完美的躯体，以及这么强大的能力。所以啊，你是不是应该发自内心崇拜我、感激我、服从我呢？

“轻音，所有的造纸里，主人最喜欢的就是你。但只要我想，我可以再写十个轻音，一百个轻音……所以呢，你要听我的话，永远不要让我失望。这样主人就会一直、一直喜欢你，不会让你受到任何伤害。”

柯晋对自己的造纸不是没有温情的时候，尤其是对待新的造纸。

轻音还清楚地记得她造生的那一天，柯晋为她准备了新裙子、新鞋子、新房间。在最初的那段时间里，柯晋将她宠得像个小公主。这栋房子里，除了柯晋本人，无论是原人还是纸人都对她呵护有加。他在造师节上将她介绍给其他的造纸师时，眼神是多么骄傲自豪。他在造生节准备了那么多美味的诞生纸饼和点睛酒，亲自为她写下“天赋祝语”……

“轻音，虽然你只是我随手写造的一个纸人，也不是我造纸中最成功的一个，我却对你这么好，就像是对待自己的孩子一样，所以你一定要听话，一定要听话噢！”

“是的，主人，我一定会听话的。”

但这是不可能的事情。或者，对于一个正常人来说，柯晋的命令是不可能完成的。

“轻音，求求你，不要——”

“住手！住手——轻音，我诅咒你！诅咒你！”

“轻音，你还不明白吗？总有一天，你也会成为我们中的一员！”

不知道什么时候开始，原本坚定的信念开始动摇。不，或许一开始，她就已经动摇了。

“主人，我可不可以知道，为什么要这么做？”她终于忍不住问。

“轻音，造纸是造纸师写造的，是属于造纸师的。因此他们的命是我的，他们身上的每一部分都是我的！我想怎样就怎样！谁也没有资格说什么，谁也没有权利阻拦我——轻音，你是在质疑我吗？”

“不，主人，我绝对没有这个意思……”

是的，柯晋是她的造父，是她的神。无论他的命令是什么，她都不应该犹豫和怀疑，无论他让她做什么，她都应该一丝不差地完成。她不想，也不能够失去造父的信任和期望。

那个阴森恐怖的地下室里，那数不清的血淋淋丑陋和罪恶里，也有她制造的一部分——来源于那些和她同样出身的纸人。

“啧啧，轻音，做得真棒！”

“你是我最喜欢的孩子，主人对你再满意不过了！”

厚重的血色逐渐污染了琥珀色的眼眸，肮脏了纯净的灵魂，永远也洗不掉，抹不去。这栋别墅里，从原人到纸人，没有一个是干净的。

终于有一天，柯晋牵着一个新纸人走到她的面前：“轻音，这是你的弟弟。他是不是很可爱，就像一个圣洁天使。”

她造生那一天，柯晋也曾用同样美好的话语来形容她。

可即便是最圣洁的天使，在恶魔的手里，终有一天还是会变成和她一样双手血淋淋。而自己，也终有一天会变成那个地下室里的标本，放在陈列柜、玻璃瓶、标本盒里，甚至挂钩上。

“轻音，你逃吧。主人已经给新纸下了命令，明天将你作为试炼的对象。”柯晋的初窥之赏是一个特级纸人，却是这栋房子里活得最久的纸人。

“不，不可能。主人是最喜欢我、最信任我的。他绝对不会下这样的命令。”

“是啊，他们以前也都是这么说的——”

柯晋已经死了十年，不可能再回到人间残虐任何一个纸人。可她总觉得，他的魂魄还在这栋房子里，又或者是，他的魂魄化作了这栋房子，只等着她再踏入的那一天，就把她一口吞下去，将全身骨头和着血肉一起嚼烂、碾碎，然后咽下喉咙管……

其实到现在，轻音还是不明白：自己是那么害怕柯晋，结果最后却成了杀死他的那一个。这是因为她的畏惧已经到了极点，反而忘记了害怕，还是柯晋看多了她畏惧的模样，才放松了对她的警惕？

将四只大纸箱放在枫霏巷 5 号的门口，轻音点燃了它们。

无数小火焰升起，在纸箱表面慢慢扩大各自的领地，最终汇聚成一团，将一切吞没。明亮细小的橙色火星随着被灼热的空气，在逐渐转深的夜色中不断翻滚、上升，向遥远而深邃的天空飘去，不知道是不是净化后的灵魂在舞蹈。

轻音忽然觉得，他们根本不需要祭奠，或者说，不乐意她来祭奠。因为如果她当年也成为躺进地下室里的一员，必然也是不开心这么一个人来祭奠自己的。

“柯晋这样毫无人性的造纸师，在这个世界上绝对不止一个，还有许多残忍肮脏的人藏在道貌岸然的外表之下，对纸人犯着不可饶恕的恶行。然而更糟糕的是，还有源源不断的新生造纸师涌现于世，他们或早或晚、或轻或重都会犯下和柯晋同样的罪行，这是因为造纸天赋给予他们作恶的能力，不断膨胀放大着他们操控生命的欲望，又日复一日地弱化着道德和善良的约束。因此无论他是谁，无论他过去怎样，一旦他发现自己拥有了这项能力，都逃不掉这个与生俱来、如影随形的诅咒——柯晋就是最好的例子。

“轻音，错的不是你，甚至也不完全是柯晋，而是造纸这项能力。因为只要拥有了这项天赋，就像染上了无药可医的病毒，罪恶的病菌将在他们身上不断复制，直到将他们完全吞噬。或许，他们中间有那么少数几个人，能够控制自己不在这条道路上陷得太深，但是绝大多数都终将变得丑陋、贪婪、残暴……灭绝人性。但很无奈，我们无法把病毒杀死，就只能选择将他们与病毒一起从这个世界抹除。

“这是一项无比伟大的事业，同时也是一项无比艰难的事业。因为你不仅会遭遇无数强大又狡诈的敌人，还会反复面临许多让你难以抉择、迷惑不解，甚至想要动摇放弃的情形。但是，不要害怕，不要犹豫！你不会杀错任何一个人。因为这个世界上，没有一个造纸师是无辜的。即便他们才刚刚造生了初窥之赏，即便他们目前对待纸人还很温柔，但我们对他们的制裁，却能避免更多无辜纸人的造生，避免更多纸人被迫承受无从选择的痛苦命运——防微杜渐，将一切罪恶扼杀在摇篮状态，是对这个世界负责的最好方式。轻音，你要牢记！我们不是在泄私愤，我们是在守候整个世界的安宁和美好。”

这些话语，即便是十年前听的，但直到今日回忆起来，仍然能在她觉得痛苦、迷茫、沮丧的时候，给予她无限的勇气、坚定的信心，以及继续前行的动力。

地上黑色的灰烬随风轻轻舞动，慢慢被吹散开，消失在夜色弥漫的枫霏巷。轻音赤红色的眼眸也逐渐恢复了琥珀色。

“社长。”一片红色半褪的枫叶无风自动，打着旋从地面轻盈自如地飞起，最后稳稳落在她白皙的手心，“我会尽我全部所能，将造纸师从这个城市清除得干干净净，无论是老叶，还是新芽。然后——”

“将你从那个地方接出来。”

轻音将枫叶轻轻揉碎，撒在了空气中。

4　拼后台

酒吧里。

领头的银制服面无表情地问：“谁是童小琴？”

服务生们有些慌乱，你看着我，我看着你，谁都没有说话。

“你们不会以为不说话，我们就找不到童小琴吧？”银制服面无表情地说，“我们既然找到这里来，自然是确定人在这里。如果你们拒绝配合的话，我们就只能强制搜查了。”

过了一会儿，童小琴走了过来，她安抚了几个激动的员工，然后向银制服道：“我是童小琴。”

领头的银制服打量了她几眼，例行公事道：“前天在这里，你是不是与一名叫作杨凯瑞的男子发生了冲突？”

童小琴镇定道：“我不知道杨凯瑞是谁。但前天晚上，确实有一名男子企图非礼我的一名员工，被两名好心的客人制止了。”

领头的银制服拿出一张照片："是他吗？"

童小琴看了一眼，心里大概有了数："是这个人，他叫杨凯瑞？"

银制服语气冷淡地解释道："杨凯瑞到我局投诉你指使员工挑逗他，又联合两名男子以英雄救美的名义对他进行恶意攻击。现在麻烦你到我局配合调查。"

服务生们一阵骚动："胡说八道！明明是那个人骚扰我们的人。我们还没有告他，他居然还恶人先告状了！"

"事实是怎样，我们自然会调查。"对于服务生的不满，银制服既没有生气也没有反驳，更像是这些人根本不值得他付出哪怕一点点注意力，"现在请你先配合我们调查。还有，请将那两名酒吧客人的资料，提供给我们。"

童小琴强忍住怒气："客人来酒吧只是为了喝酒玩乐，怎么会告诉我们他们的个人信息。"

银制服冷淡地说："你不用为他们隐瞒。酒吧有监控录像，动手的是谁，很快就能查清。"

"既然您还没取证就认定我和那两名客人是一伙的，何必还装模作样地调查呢？直接定罪不就完了。"童小琴冷笑道。

"你顽固到底，就别怪我们执法无情了。"银制服一挥手，"带走。"

市立图书馆。

两个微胖的中年男子正站在最安静的书架附近说话。

"欧先生，你没看错？这个小子真的是你大哥的那个儿子？"神色傲慢的矮胖中年男子指着视频里的一个少年再次确认。

"杨科长，我难道连自己的侄子也能认错？"另一名酒糟鼻中年男子殷勤道，"我的人一直盯着他呢。我知道他前几天去了酒吧，正好又听见令公子在酒吧被人恐吓的事，就想应该不会那么巧吧。这才找您核实一下，果然就是他！"

"欧先生，我家凯瑞可被你侄子一伙欺负得不轻啊！"略矮的中年男子表情明显有些不悦。

"杨科长，这小子从小被我大哥宠得上天入地——仗着自己欧氏大少爷的身份，在外面胡作非为，无法无天，是人尽皆知！虽然我也姓欧，可在自己家里，说话一点分量都没有。呵，就连个谁都瞧不上的小职位，也因为那小子的阴招，被我那偏心到天上去的老爹给撸了。”酒糟鼻中年男子满脸苦笑，“令公子的这事，若我换作我大哥，一定先好好教训那小子一顿，再备厚礼亲自向令公子致歉，从此以后对他严加管教。可是——”他闭着眼睛摆摆手，一副不想再提的模样。

“欧先生，我知道这不是你的责任。但作为这个家伙的长辈，你该管教还是应当管教。你我关系匪浅，我自然不会计较。但若犯在那些家大势大又脾气不好的人手里，恐怕别人就要代为‘管教’一番了。”矮胖中年男子眼中精光连闪，意味深长地说。

“像杨科长这样身居高位却又重情重义的人，现在真是凤毛麟角。”酒糟鼻中年男子感动得鼻头更红了，“不过，依我看，我这个侄子不撞一回南墙，是不知天高地厚的。如果好生让他吃个教训，日后若能收敛一些气焰，反而是我们欧氏的福气呢！算是我拜托您，这件事上您只管出手！我大哥和我老爹那边，我会尽全力说服，保证拿出一份让您满意的赔礼，就算是帮我把那小子掰回正道的谢礼！”

“哈哈，欧先生，欧家有你这样明白事理的人，才能在楚中市稳居首富之位。只是——还有一件事情，欧氏出了一大笔资金赞助明年的中学生造纸比赛，这是万主席非常重视的一场大赛，叮嘱我务必和各方通力合作，决不能出一点岔子。可这件事我若是要操作，又很难回避万主席这一关。就怕一个处理不当，闹得双方关系尴尬，因私废公就不好了。”

“杨科长过虑了。在商言商，欧氏不可能因私人恩怨随便取消已经签约的商业赞助。再说了，本来就是我那侄子有错在先，赔礼道歉是理所当然。总不能顾虑这个又顾虑那个，让令公子受了委屈。”

“欧先生这样通情达理，杨某很是敬佩。哈哈，不过，要是借此机会将你侄子的气焰打下去，欧先生也会受益不少啊。”

“杨科长真会说笑，我只是一点点可怜的面子上光鲜。不值一提，不值一提！”

“那就这么说定了。万主席那边我去操作，欧氏你来负责。我们——合作愉快！”

自那夜被异查队的人救过后，简墨对银制服的反感稍稍消退了些。可今天这群银制服直接闯进教室，将自己和欧阳强行带走，让他清楚地认识到，其实一切还在原点。那天，那些银制服的和蔼态度，只是看在梅络的情面上吧。

简墨将酒吧发生的事情陈述了一遍，问道："酒吧里难道没有监控吗？是杨凯瑞没有欺负那个服务生，还是我和欧阳伤了他哪一根汗毛？"

"监控我们自然会去调查。但在调查结果出来前，请你们务必安分地待在这里。"坐在对面的银制服十分官方地回复。

"调查结果什么时候会出来？"简墨被带回拘留室前，回头问。

"快的话一两天，慢的话，"银制服透过栅栏门，看着他平静地说，"没有上限。"

在纸人管理局的另外一间看守室。

"童小琴，你的援助律师来了。"看守员将一个穿着黑色职业装的女性领到会面室，然后走出去关上门。

"情况怎么样？"童小琴问。

女律师坐了下来："纸人管理局已经找到那两个学生。他们在管理局里协助调查。"

童小琴有些愕然："怎么会？其中一个可是欧家的大少爷。"

"我们轻视杨凯瑞了。他父亲是市造纸师联盟等级评估科科长杨华东，与市造纸师联盟万坤副主席关系很密切。欧家虽然是楚中市首富，影响力不小，但杨华东代表着造纸师联盟，他如果铁了心想宰欧家一刀，欧阳恐怕也只能吃下这个亏。"律师叹了一口气，"本来只要走完正规辩护手续就能解决，也就是在局里待几天的事，可现在……唉——"

"现在会怎样？"童小琴担忧地问。

"只怕会无限期拖下去，逼得欧氏不得不和他们私了。"女律师并不乐观，但还是耐心地安抚道，"你也不要太担心，我会尽全力为你辩护的。"

看着律师的背影，童小琴不由得长叹一口气：纸人权益协会到底还是太软弱了些。蚂蚁跟大象讲道理，还不如爬到对方身上咬两口来得痛快些。

杨宅。"怎么样？"杨凯瑞迫不及待地问父亲。

"哼，能怎么样？"杨华东冷笑着，"不过一个楚中市首富而已，以为口袋里有两个铜板，就能欺到我杨家人头上。不让他去一层皮，怕他以为自己能上天呢。”

“就是，爸，你是不知道，那个酒吧小老板，不过是一个普级，居然敢唆使手下员工对我甩脸子，还找两个毛头小子来戏弄我威胁我！哼，现在她该明白了，自己得罪错对象了！”杨凯瑞得意洋洋地说。

“如今就看欧家到底愿意为他们的继承人付出多少代价了。”杨华东打开电视，往沙发一躺，“为你这点破事，我可跟万主席说了不少好话。不从欧家身上榨出点实际的好处，我连谢礼都拿不出来。”

这时杨华东的手机响了。

“万主席啊，您好啊，您有什么吩咐……放了那两个小子，为什么？什么？是梅主席的……我知道，我明白。是是是，都是我的错，是我教子无方，我一定会好好教训他！是是是！您别生气，我一定会处理好的！”

杨华东笑容僵硬地听着对方挂了电话，盯着手机屏幕，气得手直发抖。他一把将手机扔向旁边已经听傻了的儿子：“你他妈是从哪里招惹上梅主席的人！你眼睛是瞎了吗！”

“怎么会这样？”杨凯瑞不知所措地说，反而为自己辩解，“我、我怎么知道那两个小子中有人认识梅主席？”

杨华东黑着脸瞪了他一眼，后者慌了：“爸，我们该怎么办啊？”

“还想着让欧家出点血，结果是要老子自己出血！老子怎么生了你这么个倒霉儿子！”杨华东气得眼睛都要绿了，“还有欧家老二，他给我出这个主意，是不是一早就打算坑我啊？我就不信，他不知道欧家小子那个同学跟梅主席有交情！”

“你现在可以去接谢首和他同学了。”梅络放下手机，对简要淡淡笑道，“万坤是个机灵人，一定会让你们满意的。”

说完叹了口气，他又摇摇头：“一把年纪，还把钱财看得那么重，丢人现眼！”

简要笑道：“多谢梅主席的援手，虽说我们也相信法律会给谢首同学一个公正的结果，但他毕竟还是学生，不好为此事在纸人管理局耽误太多时日，所以才劳动您出面转圜一下。”

梅络勾了勾嘴角，心照不宣地说："其实连先生如果愿意出面，也是一样。虽然这些年他不怎么在圈子里露面，但我相信他的人脉和实力还是在的。"

简要目光微微闪了闪："我与连主任也商议过此事。连主任觉得自己的关系网多年不用，一旦动起来，不免牵扯太广，而且效果未必比得上您这么立竿见影。毕竟万副主席是联盟的人，您一句话可比其他人要有用得多。"

此时，石山中学外，学生们正三三两两地结伴回家。

"我就说吧，像谢首那样目中无人的家伙，迟早会出事，这回踢到铁板了吧？"祝鸿飞眉飞色舞地说，"我是教训不了他，可这世界上多的是人能教训他。活该！"

"可不是嘛。"同行的同学立刻笑说，"他不过仗着连主任撑腰，在学校里横行霸道。到了外面，他算个什么东西！"

祝鸿飞听着周围一连串的附和与奉承，内心无比舒畅，感觉自己终于出了一口恶气，不免有些飘飘然。

"好了，我先走了。拜拜！"

他意气风发挥一挥手，向自己家的方向转了个弯，一边走一边不无得意地对着天空，发出一声感叹："我一个造纸师，居然被一个一无是处的家伙欺负这么久，也真是够忍辱负重了——"

祝鸿飞突然停下脚步，皱着眉耸了耸鼻子：这是什么味道？

他还没反应过来，就被一双手猛地拉着踉跄地蹲到了一辆汽车后。

"余老师——"祝鸿飞瞪大了眼睛，被她立刻捂住嘴巴。

学校车位不够的时候，老师们偶尔会把车停在附近的路边，祝鸿飞不是第一次在这里见过余老师，但却从没见她如此紧张。这让祝鸿飞的心也一下子提起来了，他猛然想起了前段时间，学校里反复提起的造纸师遇袭事件。

"嘘——"余老师做了个低头的手势，用大拇指向他来时方向指了指，意思是偷偷从这里离开。

然而他们还没挪几步，地面便震动起来，仿佛有一道海浪从街道那头卷过来。

5　异端

“这次我和我朋友受惊不轻，不知道两位打算如何补偿？”简墨开门见山地问。

连蔚原来预备亲自出面压阵，没想到简墨一点都不怯场。于是他干脆站在杨家人看不见的角落，旁观这边的动静。

“这都怪我管教无方。犬子鲁莽无礼，我已经在家里好好教育过他，以后也会严加看管。对于犬子这次冒犯，我一定会表示足够的诚意。谢同学您有什么要求，尽管提。”杨华东一副情真意切的模样。

简墨双手放在沙发背上，跷着二郎腿。除了进门的那一照面，他从头到尾就没用正眼瞧过这父子俩，把不耐烦应付的姿态做得很足。用下巴点点桌上的茶杯，他一脸傲慢轻佻：“道歉的话，首先要有个诚意吧。”

杨凯瑞原本有些忐忑，见对方居然让自己端茶送水，脸上顿时露出羞辱和愤恨的表情。

杨华东到底是个人精，立刻训斥道:“还不快倒茶认错。连一杯茶都不肯倒，你认错的态度在哪里？”

杨凯瑞咬着牙给简墨倒了茶，大概是怕他故意挑剔，没完没了，索性压下情绪，恭恭敬敬地弯下腰，递到简墨手边。

简墨打个呵欠，用嫌弃的眼光看了那杯茶一眼，等到杨凯瑞手都酸了，才勉强接过：“还不错，有点知道错了的样子。”

他装模作样地抿了一口茶：“既然知道错了，我不原谅你似乎也不太好。只是我长这么大，还从来没有进过局子。这次难得的人生经历，确实是让我心气很不顺。但看在梅老师的面子上，我又不好太随意，倒像是仗着他的名声故意为难你们一样。这样吧，你们自己表个诚意，我觉得过得去，这事就这么完了。梅老师那边你们也好有个交代，如何？”

杨华东仿佛等的就是他这一句话，连连点头：“谢同学说得很是。这样，我已经……”

简墨并不知道，这代价对对方的身家来说算不算是“有诚意”，但见连蔚站在门外点了个头，便知道还行了。只不过他没有马上应下。

杨华东说完，神色忐忑地看着简墨，直到他点了头，脸上露出真正放松的笑意，说了一大堆缓和关系的废话。

简墨不耐烦地打断他的殷勤："行了，正事解决了，两位就请回吧。"

才走两步，他仿佛是突然想起来，转过半个身子问："差点忘了——那个酒吧的老板娘呢？放了吗？"

杨华东一怔，显然已经忘记还有童小琴这人了。"这个，大概还有点手续没办完。您放心，我回头立刻督促人去办，马上让她回家——您看要不要给她送点什么压压惊？"

"放了就行了。我看压惊就不必了，别让人家又受惊就行。"简墨半带嘲讽地笑了一声，然后送客，"我还有功课要做，两位慢走。"

等杨家父子走后，连蔚才走出来，笑道："我倒不知道，你小小年纪没见过什么场面，摆起谱来却还有模有样的。"

简墨从沙发上坐直了身体，无奈道："我不摆谱，就怕他们打算蹬鼻子上脸了。"

"你怎么想到让杨家人先说筹码。"连蔚好奇地问。

连蔚以为他会给出"谁先出价谁先输"之类的回答，却没想到简墨说："拿到多少不是关键，首要目标是不留后患。他们主动开口给比我主动要，自然更好些。梅先生的面子上也更好看。再说了，你不是在外面给我把着关吗？"

"你把那酒吧老板的事情留到最后，还故意说得满不在乎，是希望杨家事后不要找她的麻烦吧。"连蔚含笑道。

"我倒是希望如此。"简墨很清楚，此事上杨家吃了大亏，却绝对不会认为是自己的错。杨家不敢怪罪梅络，也不敢怪万坤和自己，最后必定会迁怒童小琴。

"短时间内杨家或许还能守诺。但时间长了，我觉得还是不保险——要有什么一劳永逸的法子就好了。"自己越是表现得重视童小琴，杨家越会认为一切都是童小琴害的。眼下虽然不敢动她，可时间一久就不好说了。

"阿首，我问你一件事情，你认真考虑后回答我。"连蔚听完他的话，面色逐渐凝重起来。

简墨不明所以："什么？"

"你这么做，到底是为了帮助欧阳，还是为了帮那个童小琴？"连蔚盯着他的眼睛，仿佛想看清楚他心底在想什么。

简墨嘴角抽了抽，表情古怪："您总不至于以为——我对她一见钟情才帮她的吧？"

"你明白我问的是什么意思！你到底是看在欧阳的份上才帮助童小琴，还是因为同情她身为纸人的遭遇？"连蔚眼中透出一股说不出的敏锐，"上次你羞辱祝鸿飞的时候，我就该有所察觉的——你是不是对纸人抱有特别的同情心？"

简墨没想到，连蔚这么快就察觉到自己费尽心机掩盖的事实。不愧姜还是老的辣！

"您希望听真话还是假话？"他没有反驳，也不想转换话题。

"真话。"连蔚不客气地说。

简墨有些遗憾，古板的连主任没有走他的套路，但他还是回答道："如果想听假话呢，我的回答：是的，我是同情她身为纸人的遭遇才帮助她的。"

"可如果您想听真话——连主任，您不觉得您的问话本来就有问题吗？"他不逃不避地迎着连蔚审视的目光，"她是不是纸人，跟我帮不帮她有什么关系？"

"开始出面确实是为了欧阳，但看见一个女性受到流氓的欺负，首先想到的难道不是我有没有能力帮一下？年少热血，英雄救美，这总没错的吧。可为什么现在的人在英雄救美前，首先考虑的是这个流氓是纸人还是原人，这个'美'是纸人还是原人？"

"你不要偷换概念，岔开重点。"连蔚拍着茶几，"你以为用'美'这个词来代替纸人，就能掩盖你的真实想法吗？"

"搞不清楚概念的是您！"简墨收起脸上的笑容，注视着连蔚的眼睛，"您的心里，已经把'道德'这个东西分成了纸原两个版本，不是吗？"

"我帮童小琴，帮食堂阿姨，您看得见。可我救梅络，我救欧阳，您看见了吗？"

连蔚不说话了。他自然知道简墨为了救后面两个人，进了两次医院急救室。

"是的，我同情那个童小琴。但不是因为她是纸人，而是因为她的遭遇。她是纸人还是原人，可以是杨凯瑞对她肆无忌惮欺辱的原因，却不是我是否帮助她的理由！"

连蔚嘴唇微微颤抖，瞪着他看了很久，仿佛从来没有认识过他一样。

过了好一会儿，他才问出一个比“是不是对纸人抱有特别的同情心”更难以让他接受的问题：“所以，在你的眼里，纸人和原人是一样的？”

简墨眼神坦然地回望连蔚：“是。”

连蔚低着头，双手在膝前交叉，感觉自己遇到一道深渊级的难题：这就好像在中世纪的欧洲提出太阳中心说，又像是封建时期的华人倡导男女平等。

他收养谢首已有一年多，自认为对这个孩子很上心。可这么久了，连蔚才发觉，原来这个孩子的内心是这样看待纸人和原人的。

自从纸人在这个世界上诞生，就没有一个人说过——至少没有公开说过“纸人和原人是一样的”这句话。

不仅原人没有说过，纸人也没有说过。

这或许不是因为没有人敢这么说，更多的是，绝大多数人根本没这么想过。

夏历5087年签订的二次协定，算是对这句话最接近的诠释。但那也只是迫于二次纸原战争的威胁，迫于民众对长治久安的渴望，不得不对纸人的一种妥协。因为就算法律规定纸人拥有和原人同等的权益，也不一定意味着将纸人当成原人一样对待。

更何况经过了多年的和平期，人们对战争的畏惧之心几乎消失殆尽。二次协定实际上已形同虚设。

连蔚最初还只是觉得，这个孩子生活在纸原比例特别高的六街，所以对纸人抱有特别的同情，想提醒简墨明白自己的身份和立场：同情心可以有，但不要太过，尤其不要在某些思想极端的原人面前表露出来，免得惹些没必要的麻烦。

可是他完全没有想到，这个孩子的真正想法，比他猜想的还要……另类。

原来，在这个孩子的眼里，纸人和原人是一样的。

最为不可思议的是，他并不是因为天真无知才形成这样的观点——知道寻找借口来掩盖真实想法，就代表他对这个世界的现实看得很明白，理解得很通透。可是最后，他依然坚持了这样的想法。

这让连蔚大为惊讶的同时，内心更加震撼。

连蔚虽然不过是一名特级造纸师，但他曾经是十二联席之一，站到过很高的位置，见过很过分的事情，他的阅历和见识，让他不会拘泥于社会的主流观念。连蔚很清楚，实现纸人和原人的平等，无论从整体还是长远来说，对原人和纸人都是一件好事。

但问题是，绝大多数人都只能看到自己，最多也就是看到自己的身周。即便是他自己，尽管看得清楚，却还是因为根深蒂固的大环境和自身的立场因素，对一切视而未见。直到连英死后，他从繁华纷乱的世界里退出，反复静悟思索了许多年，才慢慢有了现在的领悟。

可在此之前，连蔚没有见过一个人，是发自内心和本能地认定，纸人和原人是一样的。

这个孩子是对的。无论在旧纪元，还是新纪元，是非对错，衡量标准应该是道德，或者至少应该是法律，而不该是原人还是纸人。

道德从来没有说过，因为你是原人，所以调戏纸人就是可以的。道德也从来没有说过，因为你是纸人，所以活该被原人欺负，甚至人为制定的法律都不敢这么说。

可是，现实就残酷在这里，即便你的想法和观点是对的，并且对这个社会很有益，却不代表你这么做了以后，社会就会对你很友善。

连蔚想都不用想，一旦谢首公开了这番言论，别人若不是将他当成哗众取宠的疯子，就是思想真的有问题的异端。

他站起来深深地吸了一口气，感觉自己要操的心似乎又多了许多，疲惫地握了一下简墨的肩膀："你给我记牢了！这话在我面前说说就罢了，绝不可以告诉其他人。"

第十四章
造纸比赛

1 葬礼

昨天突然在连蔚面前爆出自己遮掩许久的“异端思想”，简墨十分无奈。有些事情在有心人眼里，是无所遁形的。

“我看您就是故意的。”简要瞥了他一眼，“社会上对纸人报有同情心的人并不少，您顺着连主任的话承认了这点，也不会与您的行动相矛盾。可您却一股脑儿倒了个彻底，连主任没被您吓出心脏病吧。”

简墨想了想连蔚震惊至极又头疼得要命的表情，笑道：“连老师的反应比我想象的好很多，他既没骂我疯子，也没说我不该有这种想法，只是提醒我不要在外面暴露了。”

简要弯了弯嘴角：“连主任，也不是一个普通人。”

简墨正要表示赞同，便听见简要继续说：“有一个不好的消息，虽然跟少爷您个人关系不大，但我还是想告知一下——您的造纸课老师余玲，前天遇害了。”

据说当时袭击者打算先杀掉的人是祝鸿飞，余玲却冲过来护住了他。可一个原人又怎么会是异级的对手，余玲顷刻就倒在血泊之中，祝鸿飞却被紧接着赶到的异查队救下了。

简墨与这位余老师的交集虽然仅限于写造课，但对她的印象还是不错的。

她的突然去世，让简墨震惊的同时，也不由得感到一份浓浓的哀伤。

因为余玲的事，学校的警戒力量提升了好几倍，不但在校的新生造纸师每天有人接送，连教职工中的造纸师也被学校安排了保镖。

简墨非常认同学校的安排，却也对这个排场感到些意外。

欧阳告诉他："你不知道余老师是校长的女儿吧。"

简墨确实有些惊讶。余老师素来清高自傲，他一直认为这是造纸师的通病。而且学校里没人提过她校长千金的身份，也没有一些颐指气使、仗势欺人的传闻。若非欧阳告知，他确实想象不到。

"余老师人挺好的，明天是她下葬的日子，你去吗？"欧阳问。

今天简墨难得穿了一身他素来不怎么爱的西服正装。

虽然他的身量没有简要那么高，肩膀也没有那么宽阔，但他的管家先生找来的西服设计师显然是个高手，把他的缺点都掩盖了下来，使他整个人看起来状态良好，却又不是那么显眼，很符合简要低调奢华的审美观。

将一束白色的菊花轻轻放在余玲的墓碑前，看着黑白照片上的笑容，简墨深深鞠了一躬，心中默默叹息了一声，便移开脚步。

人群中的祝鸿飞很显眼：他虽然穿着与其他人一样肃穆的黑衣，但相对其他人安静而克制的沉痛，祝鸿飞整个人看起来十分萎靡，像是两天没有睡过觉。他表情异常悲伤，尽管没有号啕大哭，眼泪却一直没有停过，大概心里一直为余玲老师的死内疚不安。

祝鸿飞一直以来都表现得傲慢尖刻、心胸狭窄。但他此时的悲伤难过倒不似作伪，让简墨觉得这个家伙总算不是无可救药。不过，余老师对他的救命之恩，也确实承受得起这份哀恸。

简墨站在人群最后，听殡葬工作人员说完致辞，然后是校长向来宾答谢。不过短短三日，胖校长脸上的肉少了一大圈，简墨有些不是滋味。

余老师一直在学校里教书育人，并未以造纸谋生，是一个安贫乐道的人。这样一位老师到底做错了什么，为什么会落得如此不幸的下场？

仅仅因为她造纸师的身份吗？

一直以来，简墨都觉得造纸师是生活在云端的那一类人：生活优渥，地位尊崇，几乎没什么缺憾和忧虑。但近一年来，先是李氏研究员被杀，接着是异造师梅络被袭，现在是什么都没做的余老师莫名其妙被害，这让简墨终于体会到：在这个世界上，即便是造纸师也不能高枕无忧。敌人如果足够强大，同样可以取走造纸师的性命。

造纸师威胁普通原人，伤害纸人。受到伤害的原人和纸人，也在报复着造纸师。虽然真正有能力报复的是少数，但是未来呢？简墨突然生出一种莫名的恐慌。

夏历5053年后，为了大洪水之后的地球尽快恢复到灾前状况，纸人被大量制造了出来。源源不断的劳动力让全球复兴进程加快了好几倍，却也带来了明显的隐患。简墨虽然没有正经上过学，却知道新纪元已经爆发过两次纸原战争。虽然两次都以纸人的失败告终，但是原人的损失也同样惨重。

更糟糕的是，造纸管理局通过造纸配额及对造纸工具的管制来控制造纸规模，效果却并不理想。整个泛亚的造纸工具与材料的私造泛滥，六街就是最好的证明。诞生纸管理局五年前的统计显示，泛亚纸原比例已经高达6：4。而这项统计中的纸人数据仅仅来源于有诞生纸记录的纸人，即便如此，纸原比例也已经超过了以往任何一个时期，包括第二次纸原战争前的5：5，并且还呈持续升高趋势。

而与此成正比发展的——简墨看了一眼余玲的墓碑以及墓碑前默哀的人群——还有纸人与原人的矛盾，非天赋者与造纸师的矛盾……以及各种各样其他问题。

他忽然产生一种强烈的不安，仿佛看到了冬天满是干枝枯叶的山林里，无数细小的火苗已经在地下点燃。只要一阵风起，熊熊大火就会把这里变成人间炼狱。可在山林中玩耍的孩子们，还在浑然不觉地嬉笑打闹。

不，简墨闭了下眼睛，这或许只是自己的臆想而已。他一个普通高中生能想到的事情，难道那些政府官员、研究学者想不到？他们肯定有办法避免这种危险的产生，战争哪里是那么容易发生的？一定是自己想得太多了。

余老师只是一名普级造纸师，且早已退出造纸师圈子，却依旧遇害的事情，引起造纸师群体及组织的强烈愤慨和深切担忧。

楚中市造纸师联盟在与纸人管理局协商后，派出了他们的异级武装队伍——骑士团，协助异查队搜捕复原社的恐怖分子。造纸师出入较多的地方，也有异级布下的异能警戒机关，能够为被袭击者提供短暂防御并自动报警。楚中市的各交通关卡，都在排查复原社的嫌疑分子。

或许这些措施真的起到了作用，近一个月来，再没有造纸师遇害的消息见报。

不过简墨知道，至少还有一个造纸师死了。这人还是他认识的。

杨家父子上门道歉之后，杨凯瑞被关在家里反省了一个月。然而这禁闭结束后不到一个星期，杨凯瑞就在路边被人杀死了。

虽然凶手所用手法不像是异能，杨华东还是靠自己的渠道，请动了异查队出手调查，最后将嫌疑人锁定在酒吧老板娘童小琴身上。

解禁后的杨凯瑞被朋友屡次嘲笑，说他栽到了一个纸人手里，于是他开始骚扰童小琴。每天去酒吧纠缠她、挑逗加羞辱，甚至暗示威胁：等风声过了，一定会让她求生不得求死不能。

虽然没有确切的证据，但童小琴确实在杨凯瑞死后下落不明。她的住所人去楼空，像是有计划的杀人逃亡。

在杨华东的施压下，纸人管理局对童小琴发起了搜捕令。可当他要求对简墨和欧阳进行调查时，风水轮流转，这次被官方措辞敷衍的人变成了他自己。纸人管理局已经知道简墨和梅络的关系，莫说这起凶杀案与简墨没一点关系，就算有关系，纸人管理局也懒得扯。

纸人管理局将此事告知了梅络，梅络提醒简墨防范杨华东因丧子之痛失去理智，做出什么疯狂的举动。虽然杨凯瑞被老板娘杀死的可能性很大，简墨心里却只想骂一句“自找的”。不过，童小琴明明有自己的联系方式，被骚扰了好几天，却未向自己和欧阳求助，这到底是为什么？还是说杀人的另有其人，童小琴并非畏罪潜逃，只是凑巧不在楚中市？

可惜现在，他与简要的力量十分有限，不足以查明事情的真相。

已经离开楚中市的童小琴，此刻正坐在高速公路出口处的一辆车中。

“谢谢白先生来送我。”童小琴脸色微微发红，“都怪我没能处理好杨凯瑞这件事，让他发现了对接线人的行迹，给组织的安全埋下隐患……无法继续完成白先生的嘱托，我本就十分愧疚，现在还劳动您来送我出境，真是过意不去。”

“没有人能将事情的发展百分之百控制在手心。这么多年你为楚中市贡献很大，不用为这一点意外自责。你能帮我看护他那么久，是我该感谢你的。之后的事情，你就不用再操心了。”

戴着爵士帽的中年男子，脸上没有丝毫责怪的表情，微笑道：“那小子身边，已经有人守护他了。”

2　余玲的真正死因

清明时节的雨下起来总有点雾蒙蒙，简墨远远就看到余老师的墓前站了一个人，却没看清这人的面孔。

走近了一些后，他终于看到这人微微抬起的面孔：祝鸿飞？他双眼红肿，哭得像下葬那天一样，狼狈而失神。

简墨心里觉得有些不对劲：就算是胖校长这个当爹的，一个多月过去了，虽然情绪依旧低落，精神却恢复了大半，而祝鸿飞似乎还沉浸在悲痛之中。

简墨回想了一下，似乎从葬礼的那天起，祝鸿飞就没来上过学。莫非是那日亲眼见到余老师死亡的瞬间，刺激过大，现在还没恢复过来？

看着祝鸿飞似乎在余玲墓碑前哭诉什么，简墨心里古怪的感觉更强烈了。他想了想，小心地绕了一圈，轻轻站到祝鸿飞后面的一排墓碑后，听他说些什么。

“……我爸妈三年前找不到工作了，要不是我运气好，那年得了一个机会免费参加天赋测试，侥幸通过了造纸师认证，又申请了造纸师联盟发放的助学金，别说是上学了，我妹妹——她那年才七岁，差点被我爸带到木桶区扔掉……如果我死了，助学金就没有，我们家就一点指望都没有了，我妹妹也肯定保不住……

“余老师，你原谅我，你一定得原谅我。我不是真想推你出去的，可我不能死啊……”

简墨站在他身后，听得全身阵阵发凉。

余老师竟然不是救祝鸿飞而死，是祝鸿飞为求自保，主动暴露她后被杀害的。

事情的真相居然如此冰冷残酷。

他一方面感觉有团烈火在胸口烧得滚烫，快要将身体灼出一个洞来；一方面却有一股力量，宛若一盆凉水浇在这火焰上，让他不至于失去理智。

祝鸿飞是一名造纸师，如果把真相告知胖校长，他相信胖校长会有一百种办法让祝鸿飞死得无声无息。但接下来呢？如果事情确如祝鸿飞所说，他家靠着他造纸师的身份才得来一份经济来源，祝鸿飞一旦死了，年幼的妹妹就可能被遗弃在木桶区——就像当年的封三姐弟，悲惨地成长，甚至不知道能不能活下来。

两股情绪在脑子里激烈地对抗，简墨低着头，握紧了手里的白菊花篮，心里五味翻陈，难以平静。是谁导致祝鸿飞的父母失去工作的？是纸人。不断膨胀的纸人数量，低廉的纸人报酬，让原人在劳务市场上一再失去竞争力。

大量的原人失业，导致更多的孩子被抛弃。原人怨恨纸人，纸人仇视原人。这一切到底该怪谁？

“谢首，你、你怎么在这里——”祝鸿飞突然发现身后站着一个人，心里顿时一慌，定睛看去：竟然是谢首。

“你，你都听见了？”他声音颤抖着，后退了两步，摔倒在余玲的墓上，如同看到了世界末日。

简墨盯着一脸心虚惶然的祝鸿飞，也没犹豫，抬手就揍。直到打得祝鸿飞爬不起来，才住了手。

“你这样的人活着，一点价值都没有。”简墨在自己的衣服上擦了擦手，低头看着躺在地上如同一摊烂泥的家伙，“你若还有一点良心，就想办法混出个人样来。如果敢浪费余老师换来的这条命，我可能真的有一天会忍不住把你打死！”

简墨的身后传来祝鸿飞歇斯底里的大哭声。

简墨离开陵园的背影，正落在高处的轻音眼里。

“好险。”副队长轻轻拍了拍胸口，“现在骑士团的人怎么都巡逻到陵园里了。”

“不是巡逻到陵园了。”轻音看着少年离去的背影，“他们是跟着谢首来的。这男生救了梅络，现在他学校的老师被我们杀了，梅络八成担心我们盯上他，所以派了人暗中保护。”

“真是有点搞不懂，这谢首左一个特造师右一个异造师，前一个首富儿子后一个特级纸人，全都稀罕着他，而且还能几次从我们手中逃脱。”副队长表示不解，“这个运气真是好得让人生气。”

“不是他运气好，是他确实有过人之处。”轻音想起少年营救梅络时的果决和机敏，放弃在花藤中躲避直面自己攻击时的魄力和胆识，以及适才得知真相后的愤慨和克制，“但再讨人喜欢也没用，上了制裁名单的人，迟早会死在我们手里。”

“说得也是。”副队长点头表示赞同，“只不过让那个叫祝鸿飞的逃过一劫，真是可惜了。一个连自己老师都害的人，真是败类中的败类。”

“不过他要是死了，他妹妹就要被丢弃。”他停了停，又忍不住说，“真是两难的选择。”

“造纸师的妹妹可怜，别人的妹妹就不可怜了吗？”轻音轻轻一笑，“别人的妹妹可以被遗弃在木桶区，凭什么造纸师的妹妹就可以例外？”

副队长怔了一下，觉得队长这话似乎哪里有些不对，却一时找不出话反驳。

“造纸天赋是造纸师的原罪。如果没有造纸师，祝鸿飞的妹妹会面临被丢弃的命运吗？可祝鸿飞若继续活着，同样会让许许多多家庭的妹妹被丢弃。”轻音坚定地说，“再说了，你觉得他这样的人，莫说是造纸师，就算不是，难道不该死吗？”

这一点上，副队长无法反驳。

“你这种小善良，实际是纵容大罪恶。社长早在很多年前就说过，做事必须要有取舍，如果一时的不忍心导致无法挽回的灾难，那就是我们的错——可惜现在社里已经没几个人记得了。”轻音不满地瞥了副队长一眼，“好在，再过不久，社长就要回来了。希望在风气变得更坏之前，能纠正回来吧——万坤那边没出什么岔子吧，听说他前段时间被梅络训斥了一顿？”

“是的,不过这与我们的计划没有关系,一切都在正常进行。”副队立刻回答。

“那就好。你提醒一下队员们，没有任务行动也要谨慎，尤其是‘变色龙’‘猫’这几个异级。清闲的时光是为最后一战养精蓄锐，顺便麻痹一下异查队和骑士团。如果谁要是敢误了任务，就问问他，想分成几块下葬。”

“是。”

因为余老师被害，包括简墨在内，所有通过天赋测试的学生，又回到了无论到哪里都有人同行的日子。简墨对此很是不满意，但也没有办法。

欧阳告诉他，王临公司发现欧家推出的新款魂笔，与自己不久前推出的新款，设计思路相近且更胜一筹，于是将欧氏告上了法庭，罪名是商业机密窃取。

简墨不由觉得好气又好笑，这世界上真的有很多贼喊捉贼，占了便宜不知道偷着乐反而贪心不足，还想更进一步。通过王临给了一次警告无效后，简墨索性放弃了挽救。

简要告诉简墨，王临公司以为能够用不靠谱的合同圈住简墨，因此没有及时申请专利。所以不管从事实还是从法律角度，对方都没有胜算。

简墨后来没有问过此事，过了段日子，王临打电话来说公司败诉了，他也准备辞职，同时再次表达了自己的歉意。虽然这件事简墨问心无愧，不过王临到底是因为他失去了工作，简墨总想补偿点什么。

简要将王临的联系方式要了过去。至于之后王临是如何被安排的，简墨在很久之后才知道。

这个时候，高二的下半学期也快要结束。

“楚中市学生造纸大赛？”

石山中学所有拥有造纸天赋的学生，此刻都集中在一起，传阅着一张通知。

高三的学生面露兴奋，却没有任何意外，显然他们高二的时候已经参加过这样的比赛。

“去年的比赛中，我们的总体成绩是第五名。希望你们今年好好努力，力争超过往年。”新的写造课老师说到这里，有意打量了所有学生一眼，然后道，“为了保证这次参加大赛的学员质量，学校决定举行一次预选，决出代表学校参加比赛的八名学生。”

“八个名额？”一个学生惊喜地叫了出来，“去年才三个。”

“据说是今年的组织方拉到的赞助多，所以放宽了参赛人数，让更多的人有机会参与。”新写造课老师笑道，“所有选手的造纸配额由组织方提供，其他奖励也比去年更好些。”

“耶——”

“不过，”新写造课老师提醒道，“虽然名额比去年多一些，可也不是每个人都有机会。我希望你们好好准备预选，把握这次难得的机会。”

说是预选，实际上大家心里都清楚，通过造纸师认证的学生是板上钉钉的人选——高三年级有两个，高二三个，高一一个，加起来一共六个。如果按照以往的名额，只能从这六个学生中选三人参赛。但今年竟然有八个名额，就意味着还有两人可以从非造纸师的天赋者里选出。

这让大家都兴奋起来。不过三个年级的非造纸师天赋者，加起来有将近一百人，仅仅两个参赛名额，让大家都感觉紧张起来，一时间整个学校里硝烟弥漫。

简墨对于这次比赛没有多少兴趣。首先，他目前不打算造纸，因此比赛奖励对他没有吸引力。其次，比得再多又如何，不过是各种风格版本的“说明书”，根本激不起他的“战斗欲”。可惜，他之前的原文曾受到余老师好评，又在全校范围内掀起过追捧浪潮，所以这副无所谓的态度，被其他学生解读为“舍我其谁”的意思，立刻成为众矢之的。

新的造纸课老师也注意到这一点，不过她并没有阻止这种情绪冒头。学生之间适当的意气之争有利于激发上进心，是校方喜闻乐见的，因此她只是补充一句：“预选所有的原文将在公告栏公示，由校内所有在职造纸师公选。”

简墨并没有在预选上花费多少心思，只是随便交了一张自己练笔的小文上去，而且是用圆珠笔随意写在了打废的 A4 纸背面。

这篇不过两百字的文，被贴在学校公告栏的那天，又掀起了全校性的哗然和争论。

3　逃不掉的比赛

欧阳念完这篇长达两百字的短文，用一种“我不知道怎么说你”的眼光看着简墨，直到后者放弃装睡，坐起身来：“你想怎么样？”

欧阳语重心长地说："你的文写得好不好我不知道，但是我知道，你这不是想参加比赛的态度。"

"啊，被你看出来了。"简墨一点掩饰的诚意都没有，让一边等着说教一番的齐眉有些扭曲。

"预选的结果出来了吗？"见两人都一副恨铁不成钢的表情，简墨摸摸鼻子，转移话题。

齐眉板着脸："现在学校的造纸师教职工分成了两派：一派认为你这篇文章结构精练，人物形象分明，够资格参加比赛；另一派认为你的这篇文虽然不错，但内容太过简单，态度不够端正，如果拿这种原文去比赛，评委里十个有八个会被你气昏。他们认为去参加比赛就是为了拿奖，稳妥起见，还是让其他学生参加更合适。"

欧阳有些幸灾乐祸地说："看你这回怎么办？去不去都得罪一帮人。"

简墨翻了个白眼：得罪不得罪跟他有一毛钱的关系吗？是会影响他高中毕业，还是会让他的笔力一退千里？既然他能够造出简要，就证明他的造纸天赋还不错。这些人的评判，无法给他带来任何压力。

只是欧阳和齐眉的热心，让他觉得有点内疚，尤其是在以造纸师为职业目标的齐眉面前。

"去不去又不是我能决定的。"为了不让好朋友及连蔚暴怒，简墨无法直接表明不想比赛，不过消极应战总可以吧。

最后投票的结果出来了，是高三年级一名叫杨涛的男生，以及高一年级一名叫高霜的女生。

那名男生的原文据说写得很不错，天赋测试的记录也到了凝形期，再努力一把就可能造生成功。而且他已经高三了，如果今年再不参加比赛，恐怕以后都没有获得造纸配额的机会了。所以他获得这个资格没什么人反对。但高霜就颇受争议了。尽管高二造纸班的学生们多半看简墨不顺眼，但并不妨碍他们拿简墨的名字打击这个竞争对手。

"听说老师们最开始都是属意谢首的……"

"大家的原文都贴在公告栏，水平高低一看就知道，高霜一个才刚刚通过天赋测试的高一学生，凭什么能出赛？"

“还不如谢首呢。”

造纸班的学生心高气傲，高霜也同样如此。她听说过谢首的传闻，并不认为他有多强。或许谢首的小说是写得不错，但是写小说又不等于造纸。因此对于自己最终取得出赛资格，高霜觉得自己是实至名归。

然而她的自信并没有那样坚定，在听了两日闲言碎语后，忍不住迁怒到了简墨身上：你要么就好好写一篇文证明你比我强，要么就干脆退出预选。你不敢去参加比赛反而弄得我受尽流言蜚语，真是再阴险没有了！

“谢首，你为什么交了那样一篇文上去？”高霜忍受不住同学们的冷嘲热讽，中午放学后堵住简墨的去路质问。

已经拿着饭盒准备离开的简墨，望了一眼满脸傲气的女生，笑了笑从旁边走过。经过两年的校园生活，他已逐渐学会了漠视这种无聊的挑衅。

见简墨根本不理会自己，高霜更加不爽：“你站住！你还没有回答我的话呢。”

齐眉显然也认识这位比赛名额的归属者：“高霜，交什么文上去，是谢首的自由。你已经拿到了出赛的资格，干什么还要咄咄逼人？”

高霜瞪了齐眉一眼：“你的意思是，我的出赛资格是他让的？”

齐眉冷笑一声：“如果你认为自己是靠实力拿的，为什么这么害怕别人说闲话？既然你怕别人说闲话，自然是底气不足。知道自己技不如人，就不要怪别人。再说了，出赛资格是老师决定的。你现在找谢首，是想怎样？逼他见人就说你高霜多么厉害他自愧不如吗？你自己去公告栏看看你和他的原文，好不好意思说这种话！”

高霜被齐眉一连串的反驳堵得说不出话，一张俏脸气得通红，口不择言：“你——你们是一伙的！”

齐眉扑哧一笑：“讲不出道理就说别人是一伙。全校那么多学生都这么说，是不是都是我们一伙的啊？咦，杨涛你也来了——”

“好了，大家都别说了。高霜，老师的判断是最公正的，你要对自己多点信心。若是你因为一些嫉妒者的挑拨离间，跑来怪罪谢首同学，岂不是正好让他们看笑话？”

杨涛在学校天赋者中算是小有名气，说话也有些威信。在他的刻意安抚下，高霜的愤慨之色收敛了许多。

简墨虽然也是写造班的学生，平日除了齐眉，跟其他同学几乎没有交流，更不用说这位高三年级的师兄。但既然对方有心缓和关系，他也不能得理不饶人，摸出手机看了一眼时间，对齐眉道："欧阳应该已经在等我们了，走吧。"

齐眉见他无意计较，也乐见这场风波就此偃旗息鼓，笑道："那就走吧。"

不过午餐时，欧阳却给两人带来一则消息。

"我跟我爸商议了，拿到了两个特别推荐名额，你和齐眉都去吧。"欧阳得意地眨着眼睛，一副等待表扬的模样。

"你不说我差点忘记了，欧氏是这次比赛的最大赞助商。"齐眉惊喜道，然后揶揄地看了简墨一眼，"该你去的怎么也跑不掉，这次你该不会还要退出吧？"

简墨捂着脑袋，有些无奈："你们一个两个怎么都这么热衷让我参加比赛？"

欧阳用筷子戳着土豆，颇有些皇帝不急太监急："阿首，你根本不知道这种比赛对你将来的前途有什么影响。这种级别的比赛是被高级造纸院校认可的，如果取得了名次，将来填报高考志愿时选择造纸专业，会有加分。现在你知道，为什么写造班的学生会为了这个名额争得脸红脖子粗了吧？"

原来如此。简墨心想，难怪自己故意落选后，连蔚什么都没说，他早就知道自己逃不脱吧。欧阳这么努力为自己争取名额，自己根本无法拒绝。与其费力说服自己，不如看自己自动跳坑。姜还是老的辣。

逃不掉的比赛转眼就到了。

简墨站在门外仰头看，眼里满是赞叹。

竞赛场地并不在石山区，而是从石山区出发，越过铜花区、铁门区、金砖区才会到达的玉壶区。玉壶高中是整个楚中市最好的高级中学，无论软件师资还是硬件设备都首屈一指。

值得一提的是，这里的硬件设备并不仅指教学器材设备，更是指身为"沧洪遗珠"一部分的学校建筑。

据说"沧洪遗珠"是旧纪元古建筑群的一部分，因为所处地势独特，幸运地未曾被大洪水摧毁殆尽。楚中市建设伊始，市长对这片古建筑遗骸非常重视，邀请了十多位历史学家和几十名异级纸人，对这片建筑进行全面重建，修复后的“沧洪遗珠”距今已有近百年历史。

作为全楚中市甚至整个泛亚唯一一所古建筑高级中学，玉壶高中每年住读生资格的申请十分艰难。谁让他们住的是临湖雕花小楼，睡的是榉木拔步床，坐的是嵌螺钿圈椅，摆的是琉璃多扇屏……在这样的环境里念几年书，绝对不虚此生。当然，为了保持这些古建筑风貌不受损坏，玉壶高中每年都会请异级纸人进行维护，不但要修复磨损之处，还要将更新换代的现代设备不着痕迹地融入其中，所耗费用也是异常惊人。不过，或许正是因为玉壶高中舍得这一大笔维护费，市政府才同意将“沧洪遗珠”交给他们。

除了本校学生和教职工，玉壶高中极少对外开放。可以说，如果没有这场比赛，简墨几乎没有合法渠道进入这所学校。与简墨一样用欣赏和新奇的眼光打量这所学校的，还有其他参赛选手以及送考家长和老师。

石山高中三个年级共有三百五十多名学生，而八名参赛选手就囊括了全部的在校造纸师。简墨相信楚中市其他高中也都差不多这样，再加上类似他和齐眉这样的推荐选手，也就是说，今天这场中学生造纸大赛，已经汇集了整个楚中市三年内的全部新生造纸师和最好的天赋者。

虽然他们还没有太多成就，但十年之后，他们就会成为整个楚中市造纸师的中坚力量，从这个层面来想，简墨心头微微有些激动。

会有多少生命从这群学生的笔下诞生呢？会是漂亮娇俏的少女、高大威猛的青年，还是慈祥可亲的长者、温柔细致的妇人……如果他们中间有天赋超人的家伙，或许还会写出非常出色的人物：浪漫的诗人、优雅的钢琴师、严谨的科学家、激情的舞者……

这是简墨第一次与这么多同龄造纸师聚集在一起。他身边的每个人都拥有给世界带来崭新生命的能力，他们的大脑和双手中潜藏着无限的可能。这真是一个奇妙的世界。简墨眯起眼睛，轻轻地笑了起来，感受着周围的人来人往，就好像他能够看到他们与众不同的灵魂。

齐眉站在简墨身后，顺着他的视线扫了前面一眼，好奇问:“你看什么呢？”

听见齐眉的问话，简墨随口胡诌：“我只是有点担心，你说全楚中市的新生造纸师都在这里。如果某个极端分子在今天的考场里安一个炸弹……”

齐眉一拳砸向他的肩膀，竖眉怒道：“你说什么鬼话呢！”

她用头指了一下旁边："你没看见周围的警戒，都是明枪实弹呢！怎么可能轻易被混进去。别胡乱说话，如果被他们听见，小心被赶出去。"

简墨果然发觉，距离他们最近的两个迷彩制服安保，正冷冷地审视着自己。苦笑了一下，他耸耸肩膀，乖乖闭上嘴巴：虽然不比天赋测试，但安保措施还是挺严格的。

"真是个白痴！"有人在背后毫不留情地嘲笑。

简墨回头，只见一个衣着考究的男生正傲慢地抬起下巴睨视着他，毫不介意被他发现："白痴，第一次参加比赛吧？"

齐眉怒道："你怎么骂人啊？"

男生对齐眉的质问嗤之以鼻，一副"我就骂你了"的贱笑："本来就是个白痴，难道还说不得？"

齐眉大概很少与这种无赖说话，气得话都说不出来了。

简墨看了男生两眼，思索了一小会儿，向刚刚瞪视自己的安保人员请教："如果打人的话，会被取消比赛资格吧。"

安保人员表情十分不好看："是的。你们最好别惹事。"

男生乐了："怎么，你想打我？"

简墨摸摸鼻子，抿嘴笑了下，微微有些不好意思："是啊。"话音未落，他的拳头就向对方鼻子上招呼过去。

随着平地一声惨叫起，两管鼻血在半空甩了个抛物线。男生蜷倒在地，被洒了一脸梅花朵朵开。

齐眉瞪大了眼睛，气急道："你干什么！你疯了不成？"

不等她再说什么，安保人员已经扑过来，扭住简墨的两只胳膊，把他按蹲在地上。

简墨非常顺从地保持让人安心的姿势。这么不正常的反应倒让几名安保不安起来，凶神恶煞地威胁道："小子，老实点。乱动的话，就让你好看！"

第十五章
魂力暴动

1 卖原文的小女孩

虽说简墨并不想削连蔚的脸面，但他同样不愿改变自己的决定，因此一路都在想办法错过这场赛事。无奈齐眉得了连蔚的嘱托，让他各种诡计都没法得逞。没想到，到了赛场门口，机会却自己送上门了。

“你别担心我了，先去比赛吧。”被押进赛事组委员的办公室，听到某位负责人愤怒地宣布自己被取消资格后，简墨心情无比愉快地对愁眉苦脸的齐眉说。

齐眉恨不得用眼刀把他戳成筛子，撂下一句狠话：“等我比赛完了，就把今天的事一五一十地告诉连主任，看他怎么收拾你！”

还能怎么样，不过是被念叨几天。简墨毫不客气地选了一张宽大的躺椅，往椅背上一靠，合上眼睛后心里美滋滋的：事情终于圆满解决了，小睡一会儿吧。至于门口两个手握真枪实弹的“门神”，当他们不存在就行了。

睡了不过五分钟，简墨就从迷糊中被吵醒。

微微睁开眼睛，他看见一个十六七岁的女孩被人推了进来。

看守他的两名安保问道：“这个丫头犯了什么事？”

送人来的安保不屑道：“一个卖原文的枪手！居然大模大样在学校门口兜售，当我们都是摆设不成？”

看守的安保皱起眉头："抓进来干吗，直接赶走不就完了，还要浪费我们的时间看着。"

送人来的安保没好气地说："我已经赶了好几次了，从这边赶走，又从那头出现。实在没时间与她捉迷藏，所以队长让我干脆把她关起来。"

看守室的安保凶巴巴地冲女孩一摆头："去那边老实待着。"

女孩似乎已经习惯了这种待遇，一脸淡漠地向里面走去。身后的安保也不管她听不听得到，自顾自地说："按我说，这种枪手就应该在牢里关个几年。每次不过是拘禁几天就放了，真是害人。"

另一个安保扑哧一声笑了："关个几年？你听说了吗，陈一秀的助手其实就是他的枪手。造纸天赋高不代表就能写好原文，那些所谓的大师，有几个是靠自己的真本事写造的？说得好听是帮助大师收集资料，实际上就是枪手！"

"唉——现在的造纸师真是一代不如一代。我也听说了，好枪手在造纸师当中可是很抢手的呢！"

"是啊，在写造圈子里，混得好的造纸师养几个枪手，已经是公开的秘密了……"

写造这种事情上居然还有枪手？

现代派的写造原文已经让简墨叹为观止，以为这就是下限了。结果事实证明，在利益的驱动下，人类总有能力突破极限。

有造纸天赋的人，居然连那种说明书都写不清楚？

简墨百思不得其解：他一直以为，造纸天赋就是一个人对文字的敏感度和操控能力，也就是老旧阅读器里所谓的才气和灵性。但一个公认的造纸大师，居然可以靠枪手来造纸，这说明事实和他理解的似乎有些两样：造纸天赋这个东西，和本人的文采无关？

祝鸿飞很早就说过，原文写得好不代表造纸天赋高。那么反过来，造纸天赋高也不代表原文能写好？简墨再一次感觉到，自己对造纸原理和造纸常识的理解还是太浅薄了。

简要诞生之后，简墨曾对照《纸人等级自评标准》对简要进行评估。最后认为他已达到特级纸人各项指标的巅峰，是一个多智近妖武值爆表的特七级。简墨曾有些自负地想，如果不是当时他对自己的能力判断有误，加之对异级并无了解，简要的等级很可能不会止步于特七级——或许，他对自己造纸天赋的估算还可以再向上靠一靠？

其实这个想法在碰到梅络被袭时，就已经萌生。只不过后来忙于为将来的势力积累资金，才未曾仔细思考过。

传说中仅占造纸师0.5%的异造师，到底是什么样的？异级纸人又是怎样被造出来的？

如果说纸人的天赋是通过造纸师对相关知识的了解，再由文字传递激活。那么异级纸人又怎么解释？从来没有听说过哪个异造师自己有异能。如此，异造师又是怎么理解异能，然后把异能的概念传递过去的呢？

莫非天赋赋予的自圆性不仅对天性赋予有用，对天赋赋予也有用？简墨猜想。

他曾经仔细研究过，发现当写造原文符合一致性、合理性、深广度三项基本原则后，造纸原理就会被激活：人类的性格、情感、爱好微妙且具有多面性。即便是类似穷举法，现代派也无法把一个人所有的特性全部设定好，这部分空白的特性会由造纸原理随机选择，进行“填补”，且依旧需要在满足三项基本原则的前提之下。

造纸原理的这个特性被称为自圆性，取“自圆其说”之意。

自圆性的发现源自很久以前某位造纸师的一次有趣造纸：他将自己两个完全一样的原文同时投入化生池中，得到一对“双胞胎”。这对“双胞胎”在外貌体型、天赋技能、性格爱好各方面，都与原文描述完全一致。然而仔细观察一段时间后，造纸师发现两人的性格外在表现虽然差不多，本质却完全不一样。同样是活泼的个性，同样是喜欢说话——一个非常讨人喜欢，总是在恰当的时机做恰当的应对，与之相处如沐春风；另一个就让人有些敬而远之——为人非常自负，总喜欢“热情”地指点，却从来不尊重别人的意愿。

当造纸师再次重温这对“双胞胎”的原文时，发现自己对两人深层次的性格，并没有做明确设定，因此在造纸过程中发生了明显的偏差。

由于自圆性的选择是随机的，具有不确定的风险——造纸师也无法控制和完全杜绝。因此在造纸的过程中，造纸师往往会对重要的天性和天赋，尽可能地详尽设定，以保证作品在大方向上不偏离预想。一般来说，造纸师塑造的人物性格越立体细致，不可控性越低，反之则越高。

如果自圆性真的可以对天赋赋予进行“空白填充”的话，同理可见：当异造师对异能的设定符合一致性、合理性、深广度三项基本原则时，造纸原理同样可能被激活？

简墨有些懊恼地抓抓头发。他现在有一种冲动，想马上去构思一篇异能文，验证自己的推测是否正确。虽然市面上的写造原文案例和工具书很多，但多数只涉及普级水平，等级越向上越少。涉及特级的就寥寥无几，异级几乎无处可寻——造纸师中仅占 0.5% 的异造师，他们的经验又怎么可能轻易公之于众？

可简墨早已经决定，在拥有自保能力前不再写造，这样一来，又怎么证明自己的猜想对不对呢？不过，在不再写造一个纸人的前提下，自己是不是可以想点别的办法……

正在自我世界里翱翔的简墨，突然听见一个轻柔的萝莉音在耳边问道：“你是参加比赛的造纸师吗？”

简墨怔了一下，从臆想的世界里脱离出来：那个卖原文的女孩正看着他，等待回答。

女孩长得瘦瘦高高，看起来有些柔弱，漂亮的琥珀色眼睛，鼻子秀挺，嘴唇粉嫩，双颊上几粒浅褐色的斑，双耳各戴一只小巧的银色铃铛，黑茶色头发披散在肩头，只用一根粉色发带当头箍。如果忽略她淡漠的表情，可以说是一个非常可爱的女孩。

可简墨莫名感到一种违和感，只是一时找不到哪里有问题。面对女孩专注的目光，他也不好不理：“造纸师？不是。”

女孩有些疑惑，似乎并不相信他的话：“你不是参赛选手吗？”

简墨笑了笑：“这次参赛选手可不全是新生造纸师呢。我还没有一件作品，应该不能被称为造纸师。”

女孩用一种仿佛看透他的眼神望着他，嘴里幽幽地叹道：“都一样，都一样。”

一个面相精致的萝莉，突然发出一声仿佛是从地狱飘上来的叹息，简墨突然觉得汗毛都竖起来了。

违和感越来越强烈，简墨警惕心大起：他终于知道哪里不对了。细看这女孩子，五官的精致程度分明不属于真人，像是从二次元漫画里走出来的。更古怪的是，小女孩进来这么久，简墨居然一次也没有听见她耳朵上的铃铛响过。

这是一个纸人，至少特级以上。

一个卖原文的纸人女孩，本身就是不合理的搭配。如果女孩的主人是她的造父，一个造纸师何必靠做枪手维持生计。如果不是的话，一个特级纸人伪装成卖原文的混进来，其目的更值得警惕。

必须稳住她。简墨瞟了一眼门口两个安保，希望他们能够察觉自己警示的小动作。

"你卖原文？"他表现得像是对她的工作很感兴趣。

二次元女孩似乎没有察觉他的小动作，用一种"你明知故问"的表情看着他。

"我能看看你卖的原文吗？"简墨没话找话。

女孩看了他一眼："你有钱吗？"

简墨摸了一下口袋，想起钱包手机已经都放在入场处的储物柜："我没带钱。"

"没钱看什么原文。"女孩鄙视地看了他一眼，琥珀色的眼眸冰一样清澈，却也和冰一样缺乏温度。

简墨一时说不出话来，女孩反而又主动提问："你为什么不去比赛？"

"因为我揍了一个考生，"简墨摊手，"被取消资格了。"

"你为什么揍他？"

"嗯……表面上看，是因为他骂我。实际上，是因为我不想参加比赛。"

"为什么你不想参加比赛？参赛就有免费造纸配额，如果获奖还有更多奖励。"女孩不理解地问。

"原因很简单嘛，因为我没钱啊。"简墨笑着回答，"我没有工作，还在念书。多一个人出来我可养不起。"

女孩突然发出一阵刺耳的笑声，停住后，吐出两个字："撒谎！造师没有养纸人的义务，相反纸人还要上交奉养金。"

简墨这次没有笑，非常认真地看着女孩道："如果我造生了纸人，我不需要他交奉养金。从他造生的那一刻起，我会照顾他、教导他，直到他有独立生活的能力。我会让他选择自己喜欢的职业和生活方式。他愿意在我身边最好，如果不愿意也没关系，能够偶尔回来看看我，就行了。"

女孩表情微异，大约没料到他会说出这样一番话，竟然没有像之前那样干脆地反驳他，只是用一双琥珀色的眼眸审视着他。

“你不觉得，既然自己写造了他，他就应该完全听从你吗？你要他做什么，他就该做什么？”女孩仿佛是在试探。

“这世上，但凡有自我意识的生命，谁会把思想和行动的自主权交给别人？头脑简单的猫狗，尚且做不到完全听话，何况思想复杂的人类。”简墨反问，“血脉传承的原人家庭里，子女也不会完全听从自己父母的吧。”

“那不一样——”

“有什么不一样？父母孕育子女，造纸师写造纸人，同样都是生命的创造者，创造的也同样是有自我意识的新生命！”

“当然不一样！至少目的不一样！”女孩突然高声打断他，“造纸师造纸的目的，不是想把他们作为自己的孩子！他们只想让纸人成为他们的——”

简墨微微怔了一下，望着猛然情绪爆发，又突然缄口不言的女孩，感觉自己似乎窥视到了这位纸人女孩内心的某块隐秘。

“我不否认，很多造纸师确实怀着这样那样的目的去造纸。但如果你是纸人的话，”他停顿了一下，专注地盯着女孩琥珀色的眼睛，继续慢慢地说，“情况正如你说的那样，你就打算，这么屈服了？”

走廊上突然传来响亮的铃声。

比赛正式开始了。

接下来无论简墨选择什么话题，女孩的眼睛都盯着地面，不予回应，好像刚才两人的一番激烈争论完全没有发生过。

时间一分一秒过去，简墨感觉唾沫都说干了，瞥了一眼两个安保，他们依旧在没心没肺地拿各种八卦新闻消磨时间，忽然觉得自己应该想办法自保，而不应该把宝贵的时间浪费在这两个白痴上。

“我上个厕所可以吗？”简墨向两个安保说，“比赛已经过去半个小时，我就算再进场也失去资格了，现在出去总不会有问题吧。”

两个安保对看一眼，有些不情愿地点点头。

然而，女孩不乐意了：“怎么，这个时候想起来跑，不会太晚了吗？”

两安保乐了，他们显然会错了意。

简墨无奈地转头：“不跑还能怎么办？我已经示警了这么久了，他们却一点觉悟都没有。既然明摆着救不了，我求自保还不成吗？”

女孩不置可否，轻轻抬起一只纤细的手，顿时室内所有的物体：条案、椅子、坐垫、书册、茶海……瞬间凭空悬浮起来，看起来宛如科幻大片中的场景。

“如果你在比赛开始前这么决定的话，为大局着想，我或许会放过你。可是现在想脱身——迟了！”女孩说着，食指向三人的方向一指。

在女孩话音落下前，两个安保已经掏出了手枪，但紧跟着手枪也飘浮了起来。就在两人发呆时，简墨用最快的速度向门外扑去。似曾相识的破空声呼啸而来，各种杂物重重砸在简墨对面的墙上，两名安保的惨叫乍起还断。

简墨半秒钟都没犹豫，趁一瞬间的空隙冲向对面楼梯。

从发现女孩身份的那一刻起，除了努力拖延时间，简墨在脑子里猜想了女孩的异能，以及相应可能的逃跑方式。

一般来说，只要不是那种无解的异能，比如“吾曰：你可以去死了”之类的言灵术，或者是空气、水等生命元素的操控术，又或者是更逆天的时空逆转……简墨觉得自己还是可以逃上一逃的。

不过当女孩的异能展露出来的时候，道道破空之声让他立刻想起了熟悉的感觉：不会这么巧吧？

简墨忍痛在雕花楼台的回廊上飞奔，背后数道血痕，皮肉翻卷，有若火灼一般。

女孩一击不中，并未放弃，不慌不忙地追了上来。如果没有经历过梅络遇袭和造纸师联盟门口那一出逃亡，简墨大概会庆幸女孩的隔空控物只能走直线，给了他翻转腾挪的余地。可现在，简墨心里很清楚，对方不过是在猫戏老鼠而已。

大概十分钟后，简墨的好运气用完，两个男子出现在他前方。其中一个年轻男子正挡在简墨的去路上，疑惑目光却望向他的身后：“队长？”

下一刻，简墨就感觉到脑后重重一击，直接把他拖入了黑暗。

玉壶高中被极端组织复原社把持，这个消息很快就传遍了楚中市。

“什么？要求释放被纸人管理局逮捕的复原社社长，那个疯狂血腥的反社会分子——”连蔚几乎要把电话砸了，“这群该死的！”

电话里还在说些什么，连蔚默然听着，突然道：“余胖子，你说我是不是做错了？如果我没有逼谢首参加这场比赛，他也不会陷入这样危险的境地。”叹了一口气，“我要去那边看看，我不能在这里等，一分钟都等不了。”

连蔚抵达玉壶高中的时候，已经是一个小时之后。

赛场已被楚中市的异查队团团包围，被拦在外围的是陆续赶到的各个高中负责人及考生家长。人群情绪激动，意志稍差的几乎快要晕倒。

连蔚在玉壶高中外还看见了两个人：欧阳，以及阿首曾经的英文老师简要。

与连蔚记忆中那个永远带着微笑的英语老师不同，简要此刻的状态非常的冷静和专注。他的目光一直盯着玉壶高中，似乎想要把那里看穿。

连蔚暗想，这位简老师虽然在石山中学没待多久，但从一开始就对阿首十分亲近。帮他莫名其妙地补课就不说了，在梅络遇袭和欧阳绑架两次事件中都全力救援，还及时制止了阿首和祝鸿飞的矛盾激化。离开学校后，阿首也与他关系依旧，甚至还瞒着自己去给他过造生节。

种种迹象联系在一起，连蔚产生了一个十分荒谬的想法——可那次天赋测试的诞生纸不是都已经被烧毁了吗？

不等他决定是不是要试探一番，简要已经结束了和欧阳交谈，挤入人群，消失不见了。

算了，以后再问吧，现在还不如先问问里面的情况怎么样了，连蔚这么想。

欧阳却没什么好消息提供给连蔚：“对方应该是早有计划，比赛一开始赛场就被控制了。到现在已经快两个小时，异查队还没突破外围。只估摸恐怖分子有二十人，其中异级不少于五名。他们刚刚下了最后通牒，十分钟后再不给确切答复，就要杀死一名选手作为警告！此后，每五分钟都要再杀一人。”

连蔚对复原社的肆无忌惮有所耳闻。他心急如焚，忍不住也同周围的家长一起抱怨起来：“到现在难道一点进展都没有吗？”

“真是丧心病狂。”梅络恼怒地挂掉电话，“他们还是一群孩子呢！”

“就因为都是新生造纸师，他们才如此处心积虑——不然为何今年的比赛赞助突然比往年高出数倍？比赛规模骤然扩大，才让全楚中市三年来所有的新生造纸师和天赋者被他们控制。若是这七百多名选手全被撕票，楚中市眼下可能不觉得如何，但十年之后，便会面临造纸师断层，造纸业无人可用后继无力的局面。”纸人分析道，“同时还会给外界留下，楚中市造纸师安全难以保障的坏印象，对于未来造纸师的留用和引进都会产生负面影响。”

“他们还真是深谋远虑。”梅络压制住自己的怒火，问道，“造纸比赛一向重视安防措施，这种级别的赛事，安全等级仅次于天赋测试。组委会怎么会让这群家伙钻了空子？”

“劫持者的成功率本该是极小的。为求稳妥，向来是提前两年开始筹备，所涉组织团体都绝无中途加入的情况。但复原社的耐心显然超出了寻常，回想起来，从两年前李氏研究员被杀开始，他们可能就在筹划此事了。他们将整个楚中市造纸界搅得人心惶惶，成功让所有人的注意力放在了被袭击的造纸师身上，反而忽略了他们的真正目的。”纸人回答。

“唉——说到底还是我们轻敌了。”梅络摇摇头，“现在只能想想怎么营救出人质才好。”

“这正是最难办的地方。复原社要求释放的那位前社长，曾在楚中市犯下数起影响极为恶劣的案件，是异查队联合我们的骑士团精心策划了整整两年，耗费了大量物力财力才抓捕到手的。一旦放虎归山，必定后患无穷。想要释放他，反对的人肯定很多。”纸人表情有些作难，“但是如果不放，这些学生……恐怕下场会非常惨。”

梅络看着纸人欲言又止的表情：“想说什么就说吧。”

“几天前，谢子韬联系我，说查到那名复原社异级纸人的消息。我结合收集到的资料，初步确定了一个嫌疑人。”纸人说到这里，居然深吸了一口气，像是缺乏说出来的勇气一样。

“谁？”

“您还记得十年前死在自己异级手中的十二联席之一的柯晋吗？”纸人问。

“柯晋？”梅络回忆了一下就记起了，“我当然记得。柯晋的天赋极高，虽然初窥之赏不过特级，但后来很快就造生了异三级的纸人。二十八岁就由十二联席长老投票成为干湖地区席主之一，仅比连蔚晚一岁而已。”

“不过这个人，死有余辜。”他回忆起十年前的事情，仍然觉得惊心动魄，“虽说造纸师轻慢纸人，已经是多年不成文的陋习，可像他那样简直是灭绝人性。如果不是后来证据确凿，我简直不能相信，表面如此温文有礼的一个年轻人，背地里竟然能整出那么多惨绝人寰的手段。”

“从他家地下室里找到的纸人人体标本，一共有三百五十一件。”纸人面无表情地说，“之所以说件，是因为很多标本都不是完整的人体。最没人性的是，他不仅自己凌虐纸人，还强迫纸人之间相互折磨。自己录像保存，观看取乐。”

“你别说了。我一想到当时看到的录像，就止不住反胃。”梅络用手拍拍胸口，“不过柯晋都死了十年了，跟玉壶高中的劫持者又有什么关系。”

纸人帮梅络倒了一杯温水，继续道：“先生，我怀疑袭击您的那个复原社异级纸人，就是当年杀死柯晋后逃走的那个异级纸人。我观察过宿卫的遗体，觉得他们身体被切割的方式，和柯晋当年残虐纸人的某些手法很相似——柯晋本人死的时候，也是那个样子。”

梅络呆住了，手中的水洒了一身。

“你觉得，那个异级——此刻就在玉壶高中？”

2 就那个男孩吧

简墨是痛醒的。身上多处火辣辣的感觉，让模糊的意识逐渐清醒了过来，他试着动了一下身体，还好，行动的能力还在。

“你醒了！”耳边传来熟悉的惊喜声，他睁大眼睛微微抬起头，看见了齐眉焦虑和欣喜交织的脸，“你终于醒了？”

“这——”他正准备发问，开口发出的声音却是喑哑，几不成声。

齐眉赶紧摇头：“你别说话了，好好保存体力。”她皱着眉头看了看简墨身上的伤口，显然很想提问，但为避免简墨费力说话又忍住了。

“你是不是想知道现在情况怎么样了？”这时身边一个男生开口问了。

居然又是认识的人：杨涛。简墨微微点一点头。

杨涛苦笑着低声道：“我们被复原社劫持了，就是杀害余玲老师的那个复原社。没想到异查队和骑士团防了他们这么长时间，大家也都以为他们已经离开了楚中市，结果这次却被他们一锅端了。”

齐眉愁眉苦脸地说："十分钟前他们过来喊话，如果政府再不放了他们社长，就从我们中间抓一个人出来杀掉，时间快到了。"

杨涛握紧拳头，内心显然是紧张又惶恐，只是强自保持冷静。

"你不是在考场外的组委会办公室待着的吗？怎么会比我们搞得还惨？"齐眉不解。

简墨努力用唾沫润湿了喉咙，哑声道："运气不好，他们的一个异级成员伪装混了进来，正好也被送到办公室了。"

不等杨涛齐眉有所反应，一个女生高声惊叫道："异级纸人？还有异级纸人！"

她这一惊叫，顿时引起周围所有人的骚动。

靠在墙角的简墨，这才注意到这个房间聚集了几十名考生。小楼房间并不大，这么多人蹲在一起，显得十分拥挤。

尖叫的女生正是他们同校的那位高霜同学。

齐眉瞪了她一眼。但后者显然已经情绪失控，根本没有理会这个警告的眼神。她扑过来抓着简墨受伤的胳膊，大声说："你在骗人是不是？你一定在骗人是不是？你在学校就最爱哗众取宠。你就是想让别人都关注你，对不对？"

虽然数月之中发生多起异级袭击事件，但对于大多数人来说，异级纸人依旧是罕见的。可问题是，这里数百名造纸师，被极端分子控制超过两个小时，异查队怎么不来营救？如果复原社的劫持者中没有异级，异查队又怎么可能这么长时间还未营救成功？

简墨咬牙忍痛承认："是，我是在骗人。拜托你别抓着我的伤口不放，好不好？"

听到简墨开口承认，高霜反而拼命摇起头来："不，你说的是真话。不……没救了，呜呜呜呜，没救了，我不想死啊，我不想死在这里啊……"

她歇斯底里的情绪立刻传染了房间里其他人，女生们都跟着哭了，甚至有几个男生也跟着大哭起来，整个场面顿时变得嘈杂混乱。

劫持者显然不喜欢这种不受控制的情况，大声呵斥："安静！谁再哭就立刻拉出去枪毙！"

恐吓有时候比安抚更有用。哭声立刻消失了，只偶尔响起几声低低的抽噎。

这时候，一个年轻男子走进了教室，冷冷道：“拉一个人出来。”

守在教室里的劫持者问：“副队，他们还不肯松口？”

副队长摇摇头，仿佛是在惋惜什么：“不见棺材不落泪。”

劫持者狠狠地哼了一声，目光投向挤作一团的学生们：他们你推我我推你，争着把别人推向前面。

副队长目光扫了一圈，眼神微微一顿，轻轻用下巴指了指唯一躺在地上的人：“就那个男孩吧。”

在劫持者的枪口下，齐眉忍不住哇的一声哭了出来，口中抽抽噎噎道：“我不该非拉他来比赛的，他根本就不想来……我真是没想到，会这样……”

唯有高霜一副魂不守舍的样子，拼命把自己藏在角落，眼睛惊恐地瞪着，眼泪鼻涕糊了一脸。

简墨被人强抓起来时站都站不稳。持续的失血让他面色苍白，四肢无力，完全是被人半架半拖出去的。

他垂头看着原本光洁的木质地面，上面是自己断断续续洒下的血滴，脑子里迷糊地想：真是世事无常。今天之前，他还满脑子汲汲营营的，想要组建起一股能够保护自己和简要的势力，想要找到他爸，找出六街的杀手——可眼下，一件都还没实现，他就要死了？

小楼门口的石阶上走来几个人，一个纤弱的身影晃过，简墨下意识抬了一下眼皮：卖原文的女孩也正看着他。

两人的视线接触了一秒。

他不知道自己为什么向她笑了一下，然后又无力地垂下眼帘。

“等一下。”女孩的声音传来，依旧是轻柔的萝莉音。

拖着简墨的两个劫持者停了下来，恭敬的目光下掩藏着一丝不耐：“轻音队长，这是要枪毙的第一个人。”

轻音瞥了两人一眼，让两人感觉后脖子一凉，顿时垂眼不敢再看她。

走到简墨面前，轻音捏起他的下巴，直视着他的眼睛，仿佛是在审视他的灵魂一般：“如果你真的造生了纸人，真的会从他造生的那一刻起，照顾他……让他选择自己喜欢的职业和生活……哪怕不愿意在你身边也觉得没有关系？”

简墨被迫抬着下巴，有些痛苦。但他也正好借着这股力量，抬起眼帘，用开始模糊的视线四下扫了扫。虽然并没发现什么特别之处，可他的心并没有放下来——没看到并不代表简要不在附近。距离劫持开始已经过去了这么长时间，以简要的消息敏感程度，会不知道自己的处境才奇怪。

不是血脉，比血脉更牢固。何时何地，不离不弃。

此时此刻，简墨的脑子里突然浮现一个念头：造纸时的心情和期待会不会通过点睛浸染在诞生纸中，自纸人诞生那一刻起，就成为他终其一生的信仰和守护。

简要“会”在这里，这是他在写下原文时心中的所想所盼。简要是按照这样的情感逻辑写造的，所以他一定在这里——哪怕自己此刻一万个不愿意他出现。

我思故尔在。

可是，如果他注定要死在这里，起码让简要活下去吧。

上一次，简要用身体护住自己的情形还历历在目，他俩能逃开那一劫全凭运气，可这样的运气还会有吗？

“你在想什么？回答我。”女孩不耐烦地说。

简墨被这一声叫回神。他没想到，这名异级纸人会记得自己说的这几句话。如果简墨现在精神尚可，肯定能察觉这是一个为自己争取一线生机的好机会。但他想的却是不知身藏何处的简要，迷糊中，脑海里浮现出那个在路灯下渐行渐远的孤单身影。

“我希望如此。”他喃喃道，“可惜无法做到。”

“你果然在撒谎。”女孩冷笑一声，仿佛再度用事实印证了一直信奉的观点，“社长说得真是没错，造纸师连一个好东西都没有！”

旁边两名劫持者偷偷瞥了一眼队长，嘴角微微抽了抽。

简墨努力振作一下精神，沙哑着声音道：“轻……音队长，是吧？你……能不能答应我，倘若——倘若我的纸人来了，你不要杀他好不好？”

“你凭什么觉得我会答应你？”轻音站了起来，冷冷地说，“会信任造纸师的纸人，都是脑子不清醒的白痴——傻兮兮地卖命，被你玩弄于股掌之上，最后毫无戒心地被你抛弃，直到被毁灭。与其这样，还不如早点死在我手里，不至于亲眼目睹自己被造师遗弃的那一刻，说不定还是他的运气。”

“我是造纸师。我死了，算是死有余辜。可是——”简墨知道此刻反驳没有任何意义，不如讲点能打动对方的，“他是一个纸人，没有做任何伤害无辜的事情。放他一条性命，并不违反复原社的原则吧。”

轻音的目光落回他脸上，眼底满是讽刺，仿佛看穿了简墨藏在冠冕堂皇说辞后的龌龊心思：“这么费力地为自己争取一线生机，你的精神也是可嘉。”异级队长转身迈上小楼的台阶，“在你眼里，我是一个白痴吗？”

两名劫持者嘿嘿笑了一笑，垂眼轻蔑地扫了一眼垂死挣扎的俘虏，架起他向外拖去。

“他只是一个特级，在你们面前能有什么威胁。”

“如果你还不放心的话——”简墨双臂挣扎一下，用力仰起头，脖子上的青筋暴起，喘息着大声喊道，“我死之后，请放过他！”

3　不需要智商就可以做出的决定

轻音的脚步迟疑了一下，但随即摇了摇头。

迎面副队长走了过来，看见那男生还在这里，不解道：“队长，这男孩怎么还在？”

轻音看了他一眼：“从前与这男孩直接接触不多，没想到年纪不大，说的话倒很能蛊惑人心。虽然明知道他在骗人，每一句都荒诞无比，但——”她深呼吸了一次，自嘲道，“却让我忍不住地想继续听下去。”

或许在组委会办公室的那番交谈，暴露了自己的某些心思，所以这男孩才把她当成救命稻草，抓住不放。

轻音望着台阶上的莲型雕花，耳朵上的银色铃铛轻轻摇出一片细碎之音，清悦之中带着一丝……犹豫。

队长想要上楼，可手抓了两次栏杆都没抓住，中途还转身看了那男孩的背影一眼，眼神虽然依旧冷漠，却让副队长觉得很不寻常。

队长该不会真的被这小子几句话给蛊惑了吧？

越想越觉得不对劲，他没有时间细细思考这可能到底有几分，但他的直觉告诉他，绝对不能让这种事情发生，就算对今天的任务没有影响，将来也一定会出大问题。

副队长的眼珠在眼眶里飞快地转着，拼命思索着办法。

这时，轻音又回头向那男生的背影望了一眼，身体跟着转了过来，似乎有话要说。

他着急之下，脑中灵光一现，装作若无其事道："队长，现在的造纸师一个比一个会花言巧语，何况此刻他生死攸关。无论他说什么，无非是想拖延时间，等人来救他。"

副队长顿了一下，加重了语气暗示道："队长，造纸师是怎样的人，您不是比我们任何人都更加清楚吗？！"

轻音猛然抓紧了木质楼梯的扶手。耳朵上银色的铃铛一声一声，发出空灵回音，仿佛无数幽灵的呼喊，在地狱深处凄厉地回荡。

"轻音，你逃吧。主人已经给新纸人下了命令，明天将你作为试炼的对象。"

"不，不可能。主人是最喜欢我、最信任我的。他绝对不会下这样的命令。"

"是啊，他们以前也都是这么说的——"

"不，主人，你为什么要这样对我？你不是说我是你最喜欢的孩子吗？我不是一直都是最让你满意的吗？"

"是啊，轻音，你一直都是最让我满意的。但现在，你也要与之前的那些纸人一样，违逆主人的命令了吗？"

原本冷淡的琥珀色眼睛，逐渐被蔓延的暗红色布满，轻音的手指紧紧抓住扶手，指甲深深抠进木头中。

"你说得没错。不要被虚伪的承诺诱惑，不能为无足轻重的奉献动摇。只有坚定地抹杀一切罪恶的根源，才能实现我们伟大的事业！"她回头看了一眼表情紧张的副队长，"居然有被你提醒的一天。副队，有长进了。"

副队长看着轻音干脆利落地上了楼梯，才长舒了一口气。刚刚那一分钟，他背上的汗都出来了。再看一眼外面，两名同伴架着那个男生已经穿过垂花门，副队长的心才微微定了下来。

"到底还是老社长厉害。"他苦笑一声，"只要轻音表现出任何动摇的迹象，就跟她提一句'造纸师是什么货色，你自己不是最有体会吗'——要不是从前恰好听了这一耳朵，今天恐怕真没办法收拾了。"

副队长望着楼梯，露出一丝怜悯和嘲弄："看来，你心心念念的老社长，对你可不如看上去那么信任和倚重啊！"

"商议结果如何？"连蔚急问道。

刚刚打探消息的欧阳面色不佳："市政厅那边，几派吵成一团，造纸管理局同意放人，但纸人管理局不答应，造纸师联盟和十二联席席主还未明确表态。"

连蔚咬着牙，闭上眼睛用力捏了捏额头，猛地一拍旁边的梧桐树干："都什么时候了，就知道吵！"

"那混蛋能抓一次，难道就抓不得第二次！可人死了，就没有第二条命了。"他恨恨道，"我给梅主席再打个电话。"

欧阳心里显然也是赞同的，可尽管是楚中市首富之子，这个时候却派不上什么用场，只能寄希望于已经潜进去的简老师，希望他能像以前一样力挽狂澜。

简要正藏身在距离小楼最近的一处假山里，远远地观察着简墨那边的动静。

那个女孩不简单。

看上去虽然弱不禁风的样子，但她的每个动作都给简要一种不真实的飘忽感。他直觉，这一群劫持者中最棘手的就是这个女孩。

他观察着简墨和那个女孩说话。

简墨的嘴唇嚅动：他……一个特级……能有什么威胁……我死之后……放过他。

另一名劫持者对女孩说：队长……造纸师……花言巧语……拖延时间……造纸师……怎样……您……不是……更清楚吗？

过了一会儿，女孩踏上了小楼，简墨被拖了出来。

简要的瞳孔猛地一缩。简墨背上满是血痕，有深有浅，十分古怪，像是按照某种特别的规则划开的，给人一种诡异的美感。

简要缓缓蹲下身，贴着山石慢慢退回，悄无声息。

假山后的路上躺着六个没有气息的劫持者，头和脖子都以一种奇异的角度扭曲着。

"奇怪，这里应该有两个人守着的？"过了垂花门，两个劫持者察觉情况不对，迅速掏出了对讲机，“副队长，红二、红三、红五、红九不在原地。”

对讲机立刻回复道：“你们立刻带人返回。重复一遍，立刻返回。”

两个劫持者想都不想，快速架起简墨，一面警惕地四处观察，一面快速后退。

简墨隐隐将对话听在耳里，心想，哪有那么容易。简要既然已经出手，怎会容你们有逃走的机会。

果不其然，两名劫持者不过退了两步，一人就被一枪爆头。

简墨突然失去支撑，向地上摔去。另一个劫持者极为机敏，一把抓向简墨的衣领，将他提了起来。

可惜他抓的时候太紧张，没有抓住简墨的衣领，反将他脖子上的银链抓住了，勒得简墨差点断气。还好银链太细太软，坚持了几秒就被拉断，简墨幸运地没有在被枪毙前先被勒死。

“出来！出来！不出来我就打死他！”劫持者赶忙又将简墨的衣领抓住，将枪口抵在他的脑袋上，大声威胁着。可惜他根本不知道敌人在哪里，眼珠四处搜索，却连人影也没捕捉到。

没有人回答这位幸存劫持者的话。回应他的，只有另外一枪爆头。

简墨这次，总算来得及在血溅到之前闭上眼睛。

然而就在他这一闭眼的瞬间，轻音出现在他身后，悄然伸出了一根细白的手指。

一粒染血的子弹悬浮在简墨脑后。

还没来得及挂上电话的连蔚，猛然伸出手挡住眼睛。实际上挡也没有用，那些根本不是眼睛所能“看见”的。

这是什么样的……光啊？

如同极光一般清澈盈亮，以玉壶高中为中心，环形波一样猛然扩散开来，一瞬间就覆盖了视野中的整个天空，与视网膜上的景致重合在一起。波动周而复始，如同海浪一般，在星海之中有力地推进，连蔚感觉自己也在随着波动不由自主地颤抖。

是阿首吗？

简墨自然看不到自己脑后的风景。当他睁开眼睛的时候，第一眼看见的是简要。

苦笑了一下，简墨说不出心里是感动还是暴躁。

身侧只有两个死掉的劫持者，自以为获得自由的简墨，勉强扶着花坛边缘坐了起来。他看着简要，想说句什么，却发现无话可说，只能丧气地摇摇头。但一摇便觉头晕得厉害，不得不用手撑住，长长叹了一口气。

简要望着他，不说话，也没表现出要带他离开的意思。

等缓过气，他向简要站的方向扫了一眼："那边的人你已经都清理干净了？"

"嗯。"

"你先离开，"简墨努力让自己的话显得有说服力，"我随后就到。不用担心你走了后我死掉怎么办。袭击梅络的那个异级就在这里，所以要么我们爷俩一起逃掉，那么一起死，没有谁会落单。"

"既然如此，我们一起走又何妨？"简要居然还能在这个时候维持优雅的仪态。他用拿着枪的手稍微整理了一下左手袖口，银色戒指发出的柔光与黑亮的枪管交相辉映，"您当我是白痴吗？"

"老子造你出来是来陪葬的吗？你活着，起码以后还能给我报仇！复原社有名有姓，你怕找不到对象吗？"

身上一边痛得不行，一边还要绞尽脑汁哄他，简墨觉得自己的忍耐力也到极限了。他无比暴躁地低吼道："他妈的我给你的智商都到哪里去了？老子最讨厌那种你跳我也跳的狗血桥段了！"

"什么你跳我也跳？"身后突然传来一个轻柔的萝莉声。

简墨背后一僵，他突然明白简要为什么从出现后就一直一动不动，像被定住身了一样。

五分钟前，站在小楼上的女孩只是动了动嘴唇，没有发出一丝声音。但躲在暗处的简要看明白了她在说什么："再不出来，就杀了他。"

简要的智商很高。但在拥有绝对优势的力量前，智商再高也没有用。

唯一庆幸的是，这个世界上有些决定是不需要智商就可以做出的。

比如，留下来。

4 谁敢动他

轻音出现后，简要反而提起脚步，向简墨走了过来。他的仪态随时随地都完美得无可挑剔，仿佛不是走在鲜血满地的危地，而是在华贵府邸的波斯地毯上。哪怕他手上拿着一支 AK47。

“不……许……过……来。”轻音声音轻柔，语气却带着不容忽视的威胁。

简要耸耸眉头：“你担心什么？我可不如你。”

轻音盯着他，摇摇头：“你很危险。”

简要停下脚步，低头看了一眼手中的突击步枪，随手一扔，然后翻开空无一物的掌心，示意自己什么都没有拿，配合态度十分好：“这样总可以了吧。”

轻音一双琥珀色的眸子盯着他看了一会儿，依旧摇摇头：“你太危险。”

简墨有些无奈：这两个人是靠鼻子闻出对方的危险指数的吗？

简要从善如流地站在两人七八米外的地方，开始谈判：“至少可以把那个小玩意儿挪开吧，你这种戒备的状态让我很紧张。”

简墨有些茫然，但接着一声细微的金属落地声传入耳中，让他蓦地明白：简要是被轻音胁迫现身的。

“看在同为纸人的分上，我能不能问你两个问题？”简要诚恳地表达自己的要求。

轻音望了一会儿，像是在评估提问的危险程度。但面对纸人同族，她的态度比对简墨显然要好很多。

“你问吧。”

“据我所知，复原社以消灭所有的造纸师为终极目标，成员以原人为主，对待纸人的态度，哪怕不到深恶痛绝的程度，至少也是不屑一顾。可你，一个异级纸人，为什么会在这里？”简要疑惑地问。

轻音只停顿了一秒，就回答道：“我在这里，并不是因为我多么喜欢这些人。而是因为我们有着共同的敌人——造纸师。如果没有造纸师，我就不会来到这个世界上，不会受到欺骗和凌虐，也不会犯下许多无可挽回的罪孽。所以，造纸师是一切罪恶的根源。只要消灭他们，不但能够将现存纸人从困境中解救出来，更能避免许许多多像我这样的纸人再度出现，承受种种不堪的命运。”

“为了不让痛苦出现在这个世界上，宁愿选择让纸人族群从这个世界上消失？那么还杀什么造纸师，直接把所有的纸人都杀掉，不是同样可以达到目的。纸人不再诞生，自然不会感受到这个世界带来的痛苦，而那些一直仇视纸人的原人也开心了。”简要盯着轻音，嗤笑一声，“你的理想可真是……够憋屈的。”

轻音抬起眼睛瞪着他，琥珀色的眼睛慢慢变红了，仿佛被他这句话激怒，耳朵上的银铃发出一阵充满威慑的声响。

“我没你那么‘伟大’。我从来没想过要牺牲自己，去成就一个与自己的幸福一毛钱关系也没有的理想世界。”简要难得地露出一丝傲慢，“我不管这世界上有没有造纸师，也不管有没有恨我的原人，我都会理直气壮地享有我的生命，正大光明地争取我想要的生活。”

“——我到这个世界，不是为受委屈而来的！”

轻音被焰色染尽的眼睛，一瞬间恢复了莹白的底色，冰霜一样的琥珀色湖面，却仿佛有海浪在暗处汹涌。

她瞪着简要，如同在看一个异类：怎么会有这样的纸人，将这么肆无忌惮的想法、这么惊世骇俗的诉求，如此神色坦然地说出来，一丝犹豫和心虚都没有。

“我原以为，像你这样强大的异级，应该是超凡脱俗，令人仰望的存在。可是，”简要望着她，眼中流出一抹淡淡的失望，“你的仇恨和你的理想告诉我，你虽然摆脱了那位给你带来无尽痛苦的造纸师的人身禁锢，却始终没能逃脱他带给你的精神枷锁。”

轻音瞳孔猛地一缩，眼睛狠狠地瞪着简要，不知是不是被简要的话气得太狠，身体居然止不住地微微颤抖起来。

简要却没有一点要收敛的意思，反而用一种忧伤的声调轻轻地说：“我是一个纸人。我不配拥有正常人的幸福，我不配和原人一起，在这个世界共享幸福的生活——因为我是一个纸人，所以我生来就不配拥有这些。你是这么想的吗？轻……音……队……长？”

他歪着头：“在你心里，自己竟然如此的——卑微？”

简墨在简要开始提问的时候，心里就叹了一口气：这其实并不完全是她的错。

这种来自精神的桎梏，不是那么轻易能挣脱的。如果一个人一来到这个世界，就被告知低人一等，就该逆来顺受，就该予取予求，甚至被蹂躏践踏到尘土中也只能默默承受，当他长大后，旁人再如何劝导纠正，恐怕都无济于事。阅读器里记录过，美国南北战争中，备受欺压的黑人，也并非人人都有为自己的权利和自由奋起的觉悟。

可问题是，如果你自己尚且不能正视自己，又怎么能期望别人来尊重你。你自己都认为自己不值得珍惜，那么谁又会在乎你？

“你住嘴！”轻音赤红着眼睛，咬牙否认，“我没有。”

奇怪的是，她被简要的冷嘲热讽气得暴跳如雷，却没有丝毫要向他动武的征兆。

“那你为什么不加入一个真正尊重纸人、完全站在纸人利益、为纸人谋幸福的组织。”简要反问，“复原社有没有告诉你，等到造纸师都死光的那一天，纸人能获得怎样的权利，拥有怎样的幸福？没有了造纸师，他们是不是还会继续受到其他原人的欺压和侮辱。他们没跟你说吧——因为他们根本没想过！”

“如果造纸师都死了，纸人却还没有消失，这会多么碍眼啊。他们接下去会怎么做呢？轻音，他们现在利用着你，可心底里却觉得，像你这样的纸人原本就不该存在这个世界上。如果能让你把那些碍眼的人都埋了，同时也亲手把自己埋了，岂不是一石二鸟，再美不过？！”

“你真的要一直为这样一群人卖命吗？为了这样一个组织的命令，让纸人这个族群消失在地球上。”简要步步紧逼，“你是在侮辱‘纸人’这两个字吗？”

“你不要说了！”轻音猛地握紧拳头，闭上眼睛，“我只想要纸人不再遭受我曾经历的痛苦，不要变成我曾经不堪的样子，我只要这样！复原社能够帮我做到这一点，这就够了，就够了！未来会变成什么样子，我从来没有想过，也没有资格去想！”

她耳朵上的铃铛耳环无风自动，发出混乱不堪的铃声。

简要争取的时间并不多，其他的劫持者已经赶到，立刻将这位新的闯入者团团围起来。在一杆杆黑乌乌的枪支指对下，简要被一阵拳打脚踢放倒在地上。

一名显然是这里除轻音外地位最高劫持者的年轻男子，表情恭敬语气坚定地对轻音说：“队长，不过是一个特级，交给我处置吧。”

轻音垂着眼睛，一言不发。

简墨再顾不得其他，挣扎着爬起来抓住轻音的肩膀："轻音，你不要再执迷不悟了！你的理想不是杀光造纸师，而是希望所有纸人都能够好好的！他也是纸人啊！轻音，看在同是纸人的分上，救救他！"

轻音的目光没有任何波动，任由简墨摇晃，耳朵上的银色铃铛胡乱地跳跃，响成一团。

眼角余光看见年轻男子嘲笑地看了自己一眼，然后向简要越走越近，简墨的心几乎跳到嗓子眼。他用尽全力抓紧了轻音细细的胳膊，嘶吼着催促："轻音，你快出手啊！如果你都不肯救他，那谁还能救他？"

轻音终于有了动静。但她却没有管简要，缺乏温度的琥珀色眼眸反而直望向他，仿佛想透过简墨的表皮看清他内心的想法："你为什么要对一个纸人的死活这么执着？你反正是要死的，那他是死还是活和你有什么关系呢？若是他死了，你还活着，大不了再写一个不就……"

已经没有时间听她继续说下去，简墨极度失望地松开轻音，用尽全力向简要奔过去……

这一刻，简墨忘记了伤口的疼痛，忘记了自己只是一个战斗力不足六十的小人物，忘记了对方有很多很多人，很多很多武器……

他只想着：只要轻音不出手，简要就有机会活下来。只要他能挡下第一波，简要就有机会活下来……

可是——

他看见那个面无表情的年轻男子张开嘴，吐出两个字："动手。"

劫持者们满脸得意地抬起了枪口，对准这个不知死活的闯入者，扣在扳机上的手指向下弯曲。

简要这时从地上抬起脸，向他笑了起来。

笑得……真好看。

简墨眼角俱裂，血泪迸出。一股力量在他身体和灵魂里挣扎着、扭动着、翻滚着……终于，咔嚓一声，破土尽出——

"谁敢动他！"

环形波突然收缩起来，集中到一个奇点，越来越亮，越来越亮……虽然大小在变小，但波动频率却陡然上升了万倍。

玉壶高中附近所有原人都不安地抬起了头。他们什么都看不到，却在这一瞬间莫名感到一种难以形容的危机感。

妈妈抱紧了孩子，丈夫拥紧了妻子，路上行人惶恐地彼此张望，店铺里的店员停下招揽顾客，餐馆里的食客放下了筷子，司机们在绿灯前踩下刹车，孩子们停止了玩耍茫然四顾。

有大灾难即将到来。

然而灾难来自何方，他们却不知道。

天空一片平静的蔚蓝。

玉壶高中的校园外，连蔚捂着额头跪倒在地：眼前一片白，什么都看不见的炽白。

楚中市玉壶区某条车水马龙的街道上，夏尔突然坐直了身体，望向车窗外的天际，渐渐皱起眉头："魂力暴动？"

亮到极致的奇点，在某一个临界点，骤然爆发。

幽暗星海的平静被打破，剧烈的波动向四面八方无差别地扑开。无数掀天的巨浪张牙舞爪而来，仿佛一个无情的暴君，将星海中所有的星星点点都扯起、弹飞、摔落，再撕裂、碾压……

以玉壶高中为中心，无数原人在惨叫。

痛楚不是来自肉体，而是来自灵魂深处某个无法触摸的部分，正被一股力量反反复复来来回回地蹂躏着。他们感觉自己时而像被卷入大漩涡里的小鱼虾，转得晕头转向；时而像是被人打死在墙上的蚊子，被压轧成烂泥；时而又像被丢入碎纸机里的废纸，被切割成无数片……

多少人顷刻间昏迷，多少人精神崩溃，多少人抱头打滚……痛苦得求生不得，求死不能。

简要不知道玉壶高中之外发生了什么，他只看见简墨盯着自己不管不顾地冲了过来，眼睛里闪耀着他从来没有见过的璀璨光芒，然后还没有跑到他跟前……就悄无声息地倒了下去。

简要感觉自己的心脏停跳了一瞬间。下一秒，他就已经蹿出包围圈，奔到简墨身边，将他抱了起来。

简墨双目闭合，呼吸微弱，但心跳尚在。他微松一口气，才分神到周围人身上，发现刚刚拿枪指着他的劫持者们，居然没有任何反应。

他们都以一种武侠小说里被定身，或是科幻小说里时间暂停的姿势，维持着预备扣下扳机的最后动作，直到几秒钟后，无数红色细流从他们的眼耳口鼻慢慢渗出。

简要确定他们都已经死了，便不再瞧他们第二眼，给简墨快速检查了一遍，光是把脉就花了好几分钟——他的手抖得像得了帕金森症一样。

这是他的造师，是他生命的缔造者，是他的父亲。

“你想要怎样的生活？”

“我想先去造父身边。我想了解他是怎样的人，他会怎样对待他的造纸……我不知道再过五年、十年，我会不会改变想法，会不会选择你所说的那一种生活。但现在，我只想和我的造父一起……我想知道他想要怎样的生活。我有预感，我应该能从中找到我真正想要的。”

现在他知道自己真正想要的了——过怎样的生活不重要，和怎样的人一起生活在这个世界上才重要。

他希望每天和自己一起迎接这个世界的人，是一个能够珍视自己生命、尊重自己想法、以平等之心对待自己的人。

他希望和自己一起生活的这个人，是会把自己赶走，却又躲在窗帘后偷看自己几个小时的人；是会因为自己一句话，便竭尽全力筹备一笔数额不菲的启动资金的人；是会在造生节送给自己一盒子不重样糖果的人；是会在危险来临之际又气又急地哄自己离开的人——是会让他对自己的存在充满自信，对自己的未来充满期待的人。

这样的一个人，与这个黑压压沉甸甸的世界完全不一样，是他想沐浴的阳光，是他想感受的清风。

与这样的一个人并行于这个世界，就是他想要的生活。

“为什么？”

轻音走到简要身边，盯着他膝盖上的人，眼底一片迷茫，像受到某种剧烈的冲击，从而陷入永久的混乱。她甚至不知道这句话到底在问这个少年，还是问自己。

为什么？为什么对一个纸人的生死如此在意？为什么危险的杀手在侧，还要妄想去救一个纸人？

难道你当真认为，这个纸人比你自己的安危更重要？

昏迷中的简墨当然没法回答这位异级队长的话。

琥珀色的湖面上焰色全无，扭曲的幽灵，萦绕不去的声音，也全都不见了。

她的记忆还是一样的清晰。那些不曾淡忘过的、残忍的、绝望的、刺痛的画面依旧完整停留在脑海里。但奇怪的是，此刻想起，已经不会像从前那样，只剩无边无际的怨愤和毁灭一切的恨意。

这个世界，和她想的，竟然不一样。

竟然还有这样的造纸师？竟然还有造纸师会为他的造纸做到这一步？

这不是真的。

简要抱起简墨，冷眼看着她："人和人是不一样的。"

轻音眼睛还是盯着简墨，像在看一个不该出现在这个世界上的异类。

她最后转过头，不让自己的目光继续追着这个少年，声音强行恢复了之前的冷淡："我不相信会有这种造纸师。"

简要鼻子轻哼一声："不需要你相信。"这是他的造父，他相信就足够了。

轻音沉默了两秒钟："我还是不相信。"她顿了一下，像是突然有了可以证明自己观点的正确办法，"我会去找社长。我会问他，纸人未来——他是怎么打算的？"

"呵，会再被洗脑一遍吧。"简要嘲弄道，抱着手里的人向外走去。

"我还没傻到那种地步！"她声音提高了些，看着简要的背影，忍不住开口道，"他这是魂力暴动，我曾见过一次。如果当场没死，之后多半也不会死。"

简要脚步微滞一下，又继续前行。

轻音说完这句话，眉毛忽然也放松了下来。她环顾了一下四周，看着地上东倒西歪的尸体，面色重归冷淡，接着骤然消失在空气中。

简要似有感应地回头看了一眼，然后干脆将简墨背起来，快步向大门口奔去。

玉壶高中门外满地都是昏迷的人，从守卫的警察到等待的老师家长，竟然横七竖八躺满了马路和人行道。

为了威胁异查队，简墨被人拖出来的情形，一直被劫持者们直播着。但在简墨跑向简要的那一刻，直播突然就断了。异查队的人弄不清里面到底发生了什么，只能小心地向里探查，迎面就遇到了背着简墨的简要。

他们询问了里面的情况，一边通知救护人员赶紧进来，一边安排其他同伴继续向里探索，尽快解决剩下劫持者，解救人质。

简要在外面只见到一个清醒的熟人。

目送满身是血的简墨被推上救护车后，欧阳看了看旁边同样昏迷的连蔚，转向简要期期艾艾地说：“简，简先生，你也——”

简要轻轻拍拍欧阳的肩膀，没有隐瞒：“我是他的初窥之赏。”

距离玉壶高中一条街外的马路上。

夏尔仰头靠在车座背上，手仍旧没有从眼睛上放下来，脸色不是很好：“开车吧。”

身旁的富态男子状态比他好一点，但神情也有些蔫蔫的，他掀开眼皮：“就这么走了？好不容易找到人，你就这么走了？”

“一个魂力暴动的造纸师，不死也废了。”夏尔面无表情道，“我还不至于冷血到要逼一个废物回去送死的程度。”

“真难得你还有点同情心。”富态男子点点头，随后苦叹道，“我还是头一次感受现场版的魂力暴动，不知是该觉得幸运还是不幸。这里距离玉壶高中至少一公里吧……不知道附近的人是啥感觉。”

“你应该关心一下身边这位三级辨魂师。”夏尔的手仍然没拿下来，“他的眼睛是什么感觉。”

“什么感觉？”

“要瞎的感觉。”

七个月后。

“连先生，有什么需要我帮助的，请随时联系我。”梅络向连蔚道别，郑重道，“这个孩子于我有救命之恩，请不要客气。”

“如果有需要的话，一定会联系您的。”连蔚将梅络送到医院门口，然后返回病房。

他看了一眼床上的病人，拿起报纸。

楚中市早报《周年大事件之三——玉壶高中劫持案》：

“夏历5148年6月21日，楚中市中学生造纸大赛的举办地玉壶高中，被恐怖组织复原社劫持。劫持者要求释放曾经被纸人管理局逮捕的原复原社社长，在异查队与恐怖分子紧张地斡旋中，一名考生因为被劫持者们殴打恐吓引发魂力暴动，距离最近的数名劫持者当场毙命。市纸人管理局异查队趁机突破了劫持者的外部火力防线，成功救出了全部人质。

“夏历5148年12月3日，重犯监狱疑遭复原社残留恐怖分子袭击。关押复原社社长的牢房遭到严重破坏，社长本人在越狱过程中被狱警击毙。

“楚中市市长江二桥称，在这次与恐怖组织复原社的对抗中，体现了楚中市市民与政府团结一心，对恐怖势力毫不妥协的态度，是一次具有重大代表意义的事件。目前，潜伏楚中市的复原社恐怖分子，已经全部抓捕归案，我市将继续配合其他地区进行跨区域联合抓捕。

“楚中市造纸师联盟副主席万坤，作为此次比赛项目的执行主席，因安保工作的重大失误，已于同年七月引咎辞职。造纸师联盟等级评估科科长杨华东，因在比赛统筹工作中收受巨额贿赂，情节恶劣，开除职务并移交司法机构审理，被判处十五年有期徒刑，罚金二百万。其余相关责任人等均受到严厉处分。”

连蔚扔下报纸：“一群王八蛋！”

整洁的病房中只有一张病床，病人整个窝在雪白的被子里酣睡。也许为了方便照料，他的头发被修剪成了简洁的短发，左眉尾部那道细细的破口一眼可见。

床头是欧阳和齐眉两天前带来的一大束粉嫩康乃馨，在透明的玻璃瓶中静静绽放。细长银链和挂在上面的魂笔吊坠，在康乃馨的花影里显得黯淡无光。

连蔚不死心地又盯着那张睡脸看了半晌:“视界”里一片幽暗，什么都没有。

“你这是打算一辈子就这么睡过去了吗？”他叹了一口气，又拾起报纸叠好，放在床尾。

此时，一片康乃馨花瓣轻柔地落了下来，正好落在那枚小小的魂笔吊坠上，就像是轻轻地吻了它一下。

仿佛感应到这个亲吻，床上少年的睫毛跟着微微抖动了一下。

《造物者之歌 2》即将出版，精彩预告

魂力暴动后的简墨是否还具备造纸的能力？他和自己的初窥之赏简要的关系会如何发展？之后是否还会继续写造新的纸人？

六街那伙神秘人为何对简墨穷追不舍？明明是原人，简爸为何把他当纸人教养？简墨的真实身份是什么，他身上又隐藏着怎样的秘密？

在这个逐步展露的全新世界，简墨将逐步接近造纸术的核心，熟悉造纸简史和造纸过程，了解纸人和原人矛盾冲突的发展历程，学习造纸原理、魂笔制作、纸人魂晶等造纸知识，领略纸人集境碧海长鲸。为了替收养自己的连蔚找寻真相，简墨无意中卷入了一场牵涉到权力之争的巨大阴谋，作为一个势单力薄的小人物，简墨该如何不忘初心面对依次而来的巨大挑战？

敬请期待下一部——《造物者之歌 2》！